JOHN LE CARRÉ

La Taupe

ROMAN

TRADUIT DE L'ANGLAIS PAR JEAN ROSENTHAL

LAFFONT

Cet ouvrage a été publié pour la première fois en Grande-Bretagne, par Hodder and Stoughton, à Londres, sous le titre :

TINKER, TAILOR, SOLDIER, SPY

Pour James Bennett
et Dusty Rhodes
en souvenir

```
TINKER
        TAILOR
                SOLDIER
                        SAILOR
                                RICH MAN
                                        POOR MAN
                                                BEGGARMAN
                                                        THIEF
```

Comptine qu'utilisaient les petits enfants pour répartir les coquillages, les boutons de gilet, les pétales de marguerite ou les graines de tournesol

...extrait du Dictionnaire des Comptines d'Oxford

PREMIÈRE PARTIE

I

En vérité, si le vieux major Dover n'avait pas été foudroyé par une crise cardiaque aux courses de Taunton, Jim n'aurait jamais mis les pieds chez Thursgood. Il arriva au beau milieu d'un trimestre sans rendez-vous préalable — c'était en mai et pourtant on ne l'aurait jamais cru à voir le temps — envoyé par une de ces officines spécialisées dans le remplacement des professeurs de cours privés, pour continuer les classes de Dover en attendant qu'on eût trouvé quelqu'un qui ferait l'affaire. « Un linguiste », annonça Thursgood à la salle des professeurs, « une mesure provisoire », et d'un geste de défense il repoussa la mèche qui lui pendait sur le front. « Priddo. » Il épela : « P-R-I-D... » Le français n'était pas la spécialité de Thursgood, aussi consulta-t-il sa feuille de papier... « E-A-U-X, prénom James. Je pense que ça ira très bien jusqu'à juillet. » Les professeurs comprirent tout de suite : Jim Prideaux était le pauvre Blanc de la communauté enseignante. Il appartenait au même pitoyable groupe que feu Mrs. Loveday qui avait un manteau d'astrakan et que l'on traitait comme une petite déesse jusqu'au jour où elle signa des chèques sans provision, ou que le défunt Mr. Maltby, le pianiste, que la police avait convoqué un jour en pleine répétition de la chorale pour qu'il vînt l'aider dans son enquête et qui, aux dernières nouvelles, l'aidait encore aujourd'hui puisque la malle de Maltby était toujours dans la cave en attendant des instructions. Plusieurs de ses collègues, mais surtout Marjoribanks, étaient d'avis d'ouvrir cette malle. Elle contenait, affirmaient-ils, certains trésors disparus : par exemple, la photo dans un cadre d'argent de la mère libanaise d'Aprahamian; le couteau de l'Armée suisse de Best-Ingram et la montre de l'intendante. Mais Thursgood opposait à leurs prières un visage de marbre. Cinq années seulement s'étaient écoulées depuis qu'il avait hérité le collège de son père, mais elles lui avaient appris que certaines choses ont intérêt à rester sous clef.

Jim Prideaux arriva un vendredi sous une pluie battante. La pluie déferlait comme la fumée d'une canonnade sur les combes brunes des Quantocks, puis balayait les terrains de cricket déserts pour fouetter le grès des vieilles façades. Il arriva juste après le déjeuner, au volant d'une vieille Alvis rouge, avec en remorque une caravane d'occasion qui jadis avait été bleue. Les débuts d'après-midi au collège Thursgood sont une période tranquille, une courte trêve interrompant le combat incessant qu'est chaque jour de classe. On envoie les élèves faire la sieste dans leurs dortoirs, les professeurs prennent le café dans la salle commune en lisant les journaux ou en corrigeant les devoirs. Thursgood lit un roman à sa mère. De tout l'établissement, donc, seul le petit Bill Roach assista en fait à l'arrivée de Jim, vit la vapeur qui jaillissait du capot de l'Alvis tandis qu'elle dévalait en hoquetant l'allée de gravier, les essuie-glaces fonctionnant à toute vitesse et la caravane frémissant à sa poursuite en franchissant les flaques.

Roach, en ce temps-là, était un nouveau qu'on jugeait un peu obtus, pour ne pas dire arriéré. Le collège Thursgood était son second cours privé en deux trimestres. C'était un enfant rond et gras qui avait de l'asthme, et il passait de longs moments de sa sieste agenouillé au bout de son lit à regarder par la fenêtre. Sa mère menait grand train à Bath, et de l'avis unanime il avait le père le plus riche de l'école, distinction qui coûtait cher au fils. Venant d'un foyer désuni, Roach était aussi un observateur-né. Il vit Jim passer sans s'arrêter devant les bâtiments du collège mais continuer le virage jusqu'à la cour des écuries. Il connaissait déjà la disposition des lieux. Roach se dit par la suite qu'il avait dû effectuer une reconnaissance préalable ou étudier des plans. Même lorsqu'il arriva dans la cour il ne s'arrêta pas, mais fonça vers la pelouse de gauche sans ralentir pour conserver son élan. Puis il franchit le monticule et se précipita droit dans le Creux où il disparut. Roach s'attendait presque à voir la caravane se disloquer en passant le bord tant Jim arriva vite, mais seul l'arrière se souleva et elle plongea comme un lapin géant dans son terrier.

Le Creux appartient au folklore du collège Thursgood. Il se trouve dans une parcelle de terrain vague entre le verger, la resserre à fruits et la cour des écuries. A y regarder de près, ce n'est qu'une dépression du sol, tapissée d'herbe, avec du côté nord des monticules de la taille à peu près d'un jeune garçon et couverts de fourrés qui, en été, deviennent spongieux. Ce sont ces monticules qui donnent au Creux ses vertus particulières de terrain de jeux et aussi sa légende, qui varie selon la fantaisie de chaque nouvelle génération d'élèves. Ce sont les vestiges d'une mine d'argent à ciel ouvert, dit-on une année, et l'on se met à creuser avec enthousiasme en quête de la fortune. C'était un fort construit par les Romains, dit-on une autre année, et l'on organise des batailles à coups de bâton et de mottes d'argile. Pour d'autres le Creux est un cratère de bombe datant de la guerre et les monticules sont des corps assis ensevelis par le souffle. La vérité est plus prosaïque. Il y a six ans, et peu de temps après son départ précipité avec une réceptionniste de l'hôtel du Château, le père de Thursgood avait lancé un appel pour l'installation d'une piscine et persuadé les élèves de creuser un grand trou avec un côté plus profond que l'autre. Mais l'argent qui rentrait ne suffisait jamais tout à fait à financer cet ambitieux projet et il se trouvait donc gaspillé sur d'autres améliorations telles que l'achat d'un nouveau projecteur pour les cours d'histoire de l'art et un plan de culture des champignons dans les caves du collège. Et même, disaient les mauvaises langues, pour mettre un peu de beurre dans les épinards de certains amants clandestins lorsqu'ils finirent par s'enfuir en Allemagne, le pays natal de la dame.

Jim ne savait rien de tout cela. Il n'en est pas moins vrai que par pure chance il avait choisi l'unique coin du collège Thursgood qui, aux yeux de Roach, était doué de propriétés surnaturelles.

Roach attendit à la fenêtre mais il ne voyait plus rien. L'Alvis aussi bien que la caravane avaient disparu de son champ de vision et, sans les traces mouillées et rougeâtres sur l'herbe, il aurait pu se demander s'il n'avait pas rêvé toute cette scène. Mais les

12

traces étaient bien réelles aussi, quand la cloche sonna la fin de la sieste, chaussa-t-il ses bottes de caoutchouc et s'en alla-t-il patauger sous la pluie jusqu'au bord du Creux pour inspecter les lieux : il y découvrit Jim vêtu d'un imperméable militaire et coiffé d'un extraordinaire couvre-chef, à large bord comme un chapeau de brousse mais velu, avec un côté retroussé dans un style de pirate désinvolte et l'eau qui en ruisselait comme d'une gouttière.

L'Alvis était dans la cour des écuries; Roach ne sut jamais comment Jim l'avait extirpée du Creux, mais la caravane était là, bien au fond de ce qui aurait dû être le grand bain, calée sur des plates-formes de briques décolorées par les intempéries, et Jim était assis sur le marchepied en train de boire dans un gobelet en plastique vert et il se frottait l'épaule comme s'il l'avait cognée contre quelque chose, tandis que la pluie dégoulinait de son chapeau. Puis le chapeau se redressa et Roach se trouva contempler un visage rougeaud à l'expression extrêmement farou-che, et rendue plus farouche encore par l'ombre que projetait le bord du chapeau et par une moustache brune à laquelle la pluie donnait l'aspect de défenses de sanglier. Le reste du visage était hachuré d'un réseau de rides si profondes et si tortueuses que Roach en conclut, dans un nouvel accès de géniale imagi-nation, que Jim avait jadis eu très faim dans un pays tropical et qu'il s'était remplumé depuis lors. Le bras gauche était toujours en travers de la poi-trine et l'épaule droite un peu soulevée. Mais sa silhouette biscornue était absolument immobile, il était comme un animal figé devant son paysage : un cerf, songea Roach dans un élan d'enthousiasme, une créature noble.

« Qui diantre est-ce que tu es ? demanda une voix très militaire.

— Roach, monsieur. Je suis un nouveau. »

Pendant un moment encore, le visage brique toisa Roach depuis l'ombre du chapeau. Puis, à l'intense soulagement du jeune garçon, ses traits se détendirent et il eut un sourire qui découvrit des dents très blanches, la main gauche, toujours crispée sur l'épaule droite, reprit son lent massage tandis qu'en même temps il parvenait à boire une grande lampée de son gobelet de plastique.

« Un nouveau, hein ? répéta Jim, le nez dans son gobelet et souriant toujours. Ma foi, on ne s'en douterait vraiment pas. »

Se levant et tournant vers Roach son dos déjeté, Jim entreprit ce qui semblait être un examen détaillé des quatre béquilles de la caravane, un examen très critique au cours duquel il éprouva longuement la suspension, pencha maintes fois sa tête bizarrement coiffée et inspecta l'emplacement de divers briques en différents points. Cependant la pluie de printemps tambourinait sur tout : son imperméable, son chapeau et le toit de la vieille caravane. Et Roach remarqua que, durant toutes ces manœuvres, l'épaule droite de Jim n'avait absolument pas bougé mais était restée coincée haut contre son cou, comme un roc sous l'imperméable. Il se demanda donc si Jim n'était pas une sorte de bossu géant et si tous les bossus souffraient comme Jim. Et il remarqua, sur un plan plus général, comme une observation à enregistrer, que les gens qui ont un mauvais dos font des enjambées plus grandes, c'était une question d'équilibre.

« Un nouveau, hein ? Eh bien, moi, je ne suis pas un nouveau, reprit Jim, d'un ton beaucoup plus amical, tout en tirant sur une béquille de la caravane. Je suis un ancien. Aussi vieux que Rip van Winkle si tu veux savoir. Plus vieux même. Tu as des copains ?

— Non, monsieur », dit simplement Roach, du ton apathique que prennent les élèves pour dire « non », laissant à ceux qui les interrogent toutes les réponses positives. Mais Jim ne répondit rien, si bien que Roach se sentit soudain étrangement proche de cet inconnu.

« Mon prénom c'est Bill, dit-il. C'est mon nom de baptême, mais Mr. Thursgood m'appelle William.

— Te fais pas de bile, Bill. On ne te l'a jamais faite, celle-là ?

— Non, monsieur.

— En tout cas, c'est un beau nom.

— Oui, monsieur.

— J'ai connu des tas de Bill. Tous de braves types. »

Ce fut ainsi que les présentations se firent. Jim ne dit pas à Roach de s'en aller, aussi Roach resta-t-il au bord du Creux qu'il contemplait à travers les verres ruisselants de pluie de ses lunettes. Les briques, il le constata avec stupeur, avaient été prises sur la murette entourant le carré de concombres. Plusieurs d'entre elles étaient déjà branlantes et Jim avait dû les desceller un peu plus. Roach était éperdu d'admiration de voir quelqu'un qui, à peine arrivé au collège Thursgood, avait assez de culot pour dérober le matériau même de l'établissement, et son admiration redoubla quand il s'aperçut que Jim avait branché un tuyau sur la bouche d'eau pour son alimentation en eau car ce robinet faisait l'objet d'un règlement particulier : y toucher était un délit passible de la canne.

« Dis donc, Bill, tu n'aurais pas un calot sur toi, par hasard ?

— Un quoi... monsieur ? demanda Roach en tâtant ses poches d'un air ahuri.

— Un calot, mon vieux. Une boule de verre, une grosse bille. On ne joue plus aux billes ? On le faisait de mon temps. »

Roach n'avait pas de billes mais Aprahamian en avait toute une collection qu'on lui avait envoyée de Beyrouth. Il lui fallut environ cinquante secondes pour regagner en courant le collège, s'en procurer une en échange des plus folles promesses et revenir hors d'haleine jusqu'au Creux. Là il hésita, car dans son esprit le Creux était déjà le domaine de Jim et Roach avait besoin de son autorisation pour y descendre. Mais Jim avait disparu dans la caravane; alors, ayant attendu un moment, Roach dévala la pente d'un pas mal assuré et lui tendit la bille par la porte ouverte. Jim ne le vit pas tout de suite. Il buvait à petits coups de son gobelet tout en regardant par la vitre les nuages noirs qui filaient au-dessus des Quantocks. Roach remarqua qu'en fait Jim avait beaucoup de mal à boire car il n'arrivait pas à avaler en se tenant tout droit, il devait renverser en arrière tout son torse déhanché pour trouver le bon angle. La pluie cependant redoublait de violence, crépitant sur la caravane comme du gravier.

« Monsieur », dit Roach, mais Jim ne bougea pas.

« L'ennui avec une Alvis, c'est que ça n'a pas de suspension, dit enfin Jim, s'adressant plus à la vitre qu'à son visiteur. On roule avec le cul sur la ligne blanche, tu comprends ? Ça estropierait n'importe qui. » Et renversant de nouveau le tronc en arrière, il but une lampée.

« Oui, monsieur », dit Roach, très surpris que Jim pût supposer qu'il conduisait.

Jim avait ôté son chapeau. Ses cheveux roux étaient taillés en brosse, il y avait des plaques là où les ciseaux étaient passés trop près. Ces plaques étaient surtout d'un côté, et Roach se dit que Jim s'était coupé les cheveux lui-même avec son bras valide, ce qui lui donnait l'air encore plus de guingois.

« Je vous ai apporté une bille, annonça Roach.

— C'est bien aimable à toi. Merci, mon vieux. » Prenant la bille, il la fit lentement rouler dans sa paume rugueuse, et Roach comprit tout de suite qu'il était très adroit, que c'était le genre d'homme qui s'entendait bien avec les outils et les objets en général. « Pas d'aplomb, tu vois, Bill, confia-t-il, son attention toujours concentrée sur la bille. Elle est de traviole. Comme moi. Regarde », et il se tourna vers la grande fenêtre. Une baguette d'aluminium courait sous la partie inférieure de la vitre pour recueillir la condensation. Posant la bille dessus, Jim la regarda rouler jusqu'au bout et tomber sur le plancher.

« De traviole, répéta-t-il. Elle donne un peu à la poupe. Ça ne va pas, ça. Hé, où est-ce qu'elle est passée, cette petite saloperie ? »

La caravane n'avait rien de douillet, observa Roach, en se penchant pour ramasser la bille. Elle aurait pu appartenir à n'importe qui, bien qu'elle fût d'une propreté scrupuleuse. Une couchette, une chaise de cuisine, un fourneau de bateau, une bouteille de gaz. Pas même une photo de sa femme, pensa Roach qui, à l'exception de Mr. Thursgood, n'avait jamais rencontré de célibataire. Les seuls objets personnels qu'il aperçut, c'étaient un sac de voyage en toile avec des sangles accroché à la porte, une trousse à couture rangée près de la couchette et une douche bricolée à partir d'une boîte à biscuits perforée et proprement soudée au toit. Et sur la table une bouteille d'une liqueur incolore, du gin ou de la vodka, parce que c'était cela que son père buvait lorsque Roach allait chez lui pour le week-end ou pour les vacances.

« Le côté est-ouest semble aller, mais le nord-sud est incontestablement de traviole, déclara Jim en vérifiant l'autre rebord de fenêtre. A quoi es-tu particulièrement bon, Bill ?

— Je ne sais pas, monsieur, dit Roach d'un ton buté.

— Tu dois bien être bon à quelque chose, tout le monde est bon à quelque chose. Et le football ? Tu es bon au football, Bill ?

— Non, monsieur, répondit Roach.

— Tu es un fort en thème, alors ? demanda nonchalamment Jim en s'asseyant sur le lit avec un petit gémissement, puis il but une gorgée de son gobelet. Tu n'as pas la tête d'un fort en thème, je dois dire, ajouta-t-il poliment. Bien que tu aies l'air plutôt solitaire.

— Je ne sais pas, répéta Roach en faisant un demi-pas vers la porte ouverte.

— Quel est ton point fort alors ? » Il but une longue lampée. « Tu dois bien avoir un point fort, Bill, tout le monde en a. Moi, c'était de jeter l'argent par les fenêtres. Santé. »

Voilà une question qu'il était regrettable de poser à Roach car elle occupait précisément la plupart de ses heures de veille. A vrai dire, il en était venu récemment à se demander s'il avait le moindre but sur terre. Dans le travail comme dans les jeux il ne se trouvait pas à la hauteur; même le train-train quotidien de l'école — faire son lit et ranger ses affaires — lui semblait une succession de tâches insurmontables.

Il manquait également de piété, la vieille Mrs. Thursgood le lui avait dit, il faisait trop de grimaces à la chapelle. Il se reprochait vivement ces lacunes, mais surtout il se reprochait la séparation de ses parents qu'il aurait dû voir venir et s'efforcer d'empêcher. Il se demandait même s'il n'était pas plus directement responsable, si par exemple il n'était pas anormalement méchant ou paresseux, s'il n'était pas un élément de désunion et si ça n'était pas son mauvais caractère qui avait provoqué la rupture. Dans le dernier établissement où il avait été pensionnaire, il avait essayé d'expliquer cela en hurlant et en simulant des crises de paralysie cérébrale comme en avait sa tante Ses parents avaient conféré, comme ils le faisaient fréquemment en gens raisonnables, et l'avaient changé de collège. Aussi cette question que lui lançait au hasard dans l'espace confiné de la caravane une créature au moins à mi-chemin de la divinité, et un type tout seul par-dessus le marché, cette question l'amenat-elle au bord de la catastrophe. Il sentit le feu lui monter au visage, il vit les verres de ses lunettes s'embuer et la caravane commencer à se dissoudre dans une mer de chagrin. Roach ne sut jamais si Jim s'en était aperçu, car tout d'un coup il lui avait tourné le dos, s'était approché de la table et buvait dans son gobelet en plastique tout en lançant des phrases consolatrices.

« En tout cas, tu es un bon observateur, je peux te le dire, mon vieux. Nous autres, solitaires, nous le sommes toujours, personne sur qui compter, pas vrai ? Personne d'autre ne m'a repéré. Ça m'a vraiment fichu un coup de te voir là-haut, posté sur la crête. Je t'ai pris pour un faiseur de gris-gris. Je parierais que le meilleur guetteur du détachement c'est

Bill Roach. Dès l'instant qu'il a ses carreaux sur le nez. Pas vrai ?

— Si, acquiesça Roach avec reconnaissance, c'est vrai.

— Alors tu vas rester là à guetter, ordonna Jim en renfonçant sur sa tête le chapeau de brousse, et moi je vais me glisser dehors et me dégourdir les jambes. D'accord ?

— Oui, monsieur.

— Où est cette foutue bille ?

— Ici, monsieur.

— Appelle quand elle bougera, hein ? Vers le nord, le sud, peu importe. Compris ?

— Oui, monsieur.

— Tu sais dans quelle direction est le nord ?

— Par là, dit aussitôt Roach en tendant le bras au hasard.

— Bon. Eh bien, tu me préviens dès qu'elle roule », répéta Jim, et il disparut dans la pluie. Un moment plus tard Roach sentit le plancher basculer sous ses pieds et il entendit un nouveau rugissement soit de souffrance soit de colère, tandis que Jim se débattait avec une béquille latérale.

Dans le courant de ce même trimestre d'été, les élèves firent à Jim le compliment de lui trouver un sobriquet. Ils firent plusieurs tentatives avant d'être satisfaits. Ils essayèrent Grognard, qui allait bien avec son côté un peu militaire, avec les imprécations bien inoffensives qu'il prodiguait parfois, avec ses vagabondages solitaires dans les Quantocks. Mais Grognard ne collait pas, alors ils essayèrent Pirate et pendant quelque temps Goulasch. Goulasch à cause de son goût pour les plats épicés, de l'odeur de curry, d'oignons et de paprika qui les accueillait par chaudes bouffées lorsqu'ils passaient en rang devant le Creux pour se rendre à Evensong. Goulasch à cause de son français parfait auquel on trouvait une suavité particulière. Spikely, de 5e B, l'imitait à merveille : « Tu as entendu la question, Berger. Que regarde Emile ? » (geste convulsif de la main droite). « Ne me dévisage pas comme ça, mon vieux. Je ne suis pas un faiseur de gris-gris. *Qu'est-ce qu'il regarde, Emile, dans le tableau que tu as sous le nez ? Mon cher Berger*, si tu ne me sors pas très vite une phrase claire en français, *je te mettrai tout de suite à la porte, tu comprends,* triste crapaud ? »

Mais ces terribles menaces n'étaient jamais mises à exécution, ni en français ni en anglais. Chose bizarre, elles ajoutaient en fait à l'aura de gentillesse qui ne tarda pas à l'entourer, une gentillesse qu'on ne rencontre que chez les grands gaillards vus par des yeux d'enfants.

Pourtant, Goulasch ne les satisfaisait pas non plus. Il y manquait l'allusion à la force contenue. Ce sobriquet ne tenait pas compte du côté passionnément anglais de Jim, qui était le seul sujet sur lequel on pouvait s'attendre à le voir perdre du temps. Ce petit salopard de Spikely n'avait qu'à risquer un commentaire peu flatteur sur la monarchie, s'étendre sur les joies qu'offrait tel pays étranger, de préférence un pays chaud, pour que Jim rougît violemment et répliquât par une tirade de trois bonnes minutes sur le privilège d'être né anglais. Il savait qu'ils le taquinaient mais il était incapable de ne pas riposter. Il concluait souvent son homélie sur un sourire mélancolique en marmonnant quelques phrases à propos des mauvais plaisants et des mauvaises notes et des mauvais moments que connaîtraient certains quand ils devraient venir en consigne au lieu d'aller jouer au football. Mais l'Angleterre était son grand amour; en sa présence, il ne fallait pas y toucher.

« Il y a pas mieux au monde ! rugit-il une fois. Tu sais pourquoi, tu sais pourquoi, petit salopard ? »

Spike n'en savait rien, alors Jim s'empara d'un crayon et dessina un globe terrestre. A l'ouest l'Amérique, dit-il, pleine d'imbéciles cupides qui bousillent leur héritage. A l'est, la Chine et la Russie, il ne faisait pas de distinction : le bleu de chauffe, les camps et une sacrément longue marche vers nulle part. Au milieu...

Ils finirent par trouver Rhino.

C'était en partie un jeu de mots sur Prideaux, en partie une allusion à son penchant à vivre sur le pays et à son goût de l'exercice physique dont ils observaient sans cesse des preuves. Lorsqu'ils faisaient la queue dès le matin aux douches, ils apercevaient le Rhino qui arpentait le chemin de la Combe, un sac sur son dos gauchi, rentrant de sa marche matinale. En allant se coucher ils distinguaient par le toit de plexiglas des courts de squash son ombre esseulée lorsque le Rhino attaquait inlassablement le mur de ciment. Et parfois par les soirées douces, des fenêtres de leur dortoir ils le regardaient à la dérobée jouer au golf, utilisant un vieux fer en piteux état, zigzaguant à travers les greens, souvent après leur avoir lu quelques pages d'un livre d'aventures extrêmement anglais : Biggles, Percy Westerman ou Jeffrey Farnol, pris au hasard dans la maigre bibliothèque. A chaque coup ils attendaient son grognement lorsqu'il balançait son club et ils étaient rarement déçus. Ils tenaient un compte méticuleux des points. Au match de cricket des professeurs il marqua soixante-quinze avant de s'éliminer sur une balle lobée délibérément facile. « Attrape-moi ça, petit salopard, attrape donc. Bien joué, Spikely, c'est bien, c'est pour ça que tu es là. »

On lui attribuait aussi, malgré son goût de la tolérance, une saine compréhension de la mentalité criminelle. On en eut plusieurs exemples, mais le plus révélateur se produisit quelques jours avant la fin du trimestre, lorsque Spikely découvrit dans la corbeille à papiers de Jim un brouillon du texte de la composition du lendemain qu'il loua aux candidats cinq nouveaux pence chacun. Plusieurs élèves versèrent leur shilling et passèrent une nuit d'angoisse à apprendre les réponses par cœur dans leur dortoir à la lueur d'une torche électrique. Mais quand vint le moment de la composition Jim leur proposa un sujet tout à fait différent.

« Celui-là, vous pouvez le regarder pour rien », rugit-il en s'asseyant. Et, déployant son *Daily Telegraph*, il se consacra calmement aux dernières délibérations des faiseurs de gris-gris, expression qui désignait pour lui quiconque avait des prétentions intellectuelles, même s'il écrivait pour défendre la cause de la reine.

Il y eut enfin l'incident du hibou, qui prit une place à part dans l'opinion qu'ils avaient de lui, puisqu'il concernait la mort, phénomène auquel les enfants réagissent de diverses façons. Le temps continuant à être froid, Jim apporta un seau de charbon dans sa salle de classe et un mercredi alluma du feu dans la cheminée et resta assis là à se chauffer le dos tout en lisant une dictée. Tout d'abord un peu de suie tomba, ce à quoi il ne prit pas garde, puis le hibou dégringola, un gros hibou de grange qui s'était niché là-haut sans

doute durant bien des hivers et bien des étés du
règne sans ramonage de Dover, et qui se trouvait
maintenant enfumé, abasourdi et tout noir de s'être
débattu jusqu'à l'épuisement dans le conduit de
cheminée. Il tomba sur les braises et s'affala en tas
sur le plancher dans un grand bruit de battements
d'ailes, puis resta là, inerte comme un émissaire du
démon, recroquevillé mais respirant encore, les ailes
déployées, fixant les élèves à travers la suie qui lui
maculait les yeux. Il n'y en eut pas un qui ne fut
pas effrayé : même Spikely, un héros, eut peur. Sauf
Jim, qui en une seconde avait replié la bête et l'avait
emportée dehors sans un mot. Ils n'entendirent rien,
et pourtant ils avaient l'oreille tendue comme des
passagers clandestins, jusqu'au moment où un bruit
d'eau courante parvint du couloir : de toute évidence
Jim qui se lavait les mains. « Il est allé pisser », dit
Spikely, ce qui lui valut des rires nerveux. Mais en
sortant de classe ils découvrirent le hibou toujours
replié, bien proprement tué et attendant d'être inhumé
tout en haut du tas d'ordures auprès du Creux. Les
plus braves établirent qu'on lui avait brisé le cou.
Seul un garde-chasse, déclara Sudeley qui en avait
un, saurait si bien tuer un hibou.

Auprès des autres membres de la communauté du
collège Thursgood, les opinions sur Jim étaient moins
unanimes. Le fantôme de Mr. Maltby le pianiste les
hantait toujours. L'intendante, se rangeant à l'avis de
Roach, affirma que c'était un héros qui avait besoin
qu'on s'occupât de lui; c'était miracle qu'il se débrouil-
lât tout seul avec ce dos. Marjoribanks assurait qu'il
avait été renversé par un bus alors qu'il était ivre.

Ce fut Marjoribanks aussi, lors du match de cricket des professeurs où Jim fit de telles prouesses, qui remarqua le chandail. Marjoribanks ne pratiquait pas le cricket mais il était venu en spectateur avec Thursgood.

« Croyez-vous que ce chandail soit bien sa propriété ? demanda-t-il d'un ton railleur, ou croyez-vous qu'il l'ait piqué à quelqu'un ?

— Leonard, c'est très injuste, protesta Thursgood en tapotant les flancs de son labrador. Mords-le, Ginny, mords le vilain monsieur. »

Toutefois, lorsqu'il eut regagné son bureau, Thursgood ne riait plus et il était même extrêmement nerveux. Les soi-disant diplômés d'Oxford, il pouvait s'en arranger, tout comme en son temps il avait connu des professeurs d'humanités qui ignoraient le grec et des pasteurs qui n'avaient jamais étudié la théologie. Ces hommes-là, quand on les confrontait avec la preuve de leur supercherie, s'effondraient, éclataient en sanglots et s'en allaient, ou bien restaient avec un demi-salaire. Mais des hommes qui dissimulaient leurs authentiques capacités, c'était là une race qu'il ne connaissait pas mais dont il savait déjà qu'il ne l'aimait pas. Ayant consulté l'annuaire professionnel, il téléphona à l'Agence et demanda un Mr. Stroll de chez Stroll et Medley.

« Que voulez-vous savoir précisément ? demanda Mr. Stroll avec un immense soupir.

— Oh ! rien *précisément*. » La mère de Thursgood était en train de faire de la broderie et n'avait pas l'air d'entendre. « C'est simplement que, quand on demande un *curriculum vitae*, on aime bien qu'il soit complet. On n'aime pas les lacunes. Pas quand on paie une commission. »

Là-dessus, Thursgood eut soudain l'idée un peu folle qu'il avait tiré Mr. Stroll d'un sommeil profond dont celui-ci venait maintenant d'émerger.

« Un excellent patriote, finit par observer Mr. Stroll.

— Je ne l'ai pas engagé pour son patriotisme.

— Il était sur le sable, chuchota Mr. Stroll apparemment entre deux terrifiantes bouffées de cigarette. Allongé. Son dos.

— Je comprends. Mais je présume qu'il n'a pas passé ces vingt-cinq dernières années à l'hôpital. Touché », murmura-t-il à sa mère, la main sur l'embouchure du combiné, et l'idée le traversa une fois de plus que Mr. Stroll était retombé dans son sommeil.

« Vous ne l'avez que jusqu'à la fin du trimestre, souffla Mr. Stroll. S'il ne fait pas l'affaire, flanquez-le dehors. Vous avez demandé un intérimaire, vous avez un intérimaire. Vous avez dit pas cher, vous l'avez eu pour pas cher.

— C'est bien possible, répliqua crânement Thursgood. Mais je vous ai payé une commission de vingt guinées, mon père a été votre client des années et j'ai droit à certaines assurances. Vous avez mis — vous permettez que je vous le lise ? — vous avez mis *Avant sa blessure, divers emplois à l'étranger d'ordre commercial et prospectif*. Vous conviendrez que voilà une description qui ne jette que bien peu de lumière sur les activités de toute une vie. »

Sa mère opina du bonnet au-dessus de sa broderie. « Absolument », fit-elle en écho.

« C'est mon premier point. Permettez-moi de poursuivre...

— Pas trop, mon chéri, lança sa mère.

— Il se trouve que je sais qu'il était à Oxford en 38.

26

Pourquoi n'a-t-il pas terminé ? Qu'est-ce qui a mal tourné ?

— Je crois me rappeler qu'il y a eu à cette époque un interlude, dit Mr. Stroll après une nouvelle éternité. Mais je pense que vous êtes trop jeune pour vous en souvenir.

— Il n'a pas pu passer *tout* ce temps en prison, dit sa mère après un très long silence, toujours sans lever les yeux de son ouvrage.

— Il était bien quelque part », fit Thursgood d'un ton morose, son regard parcourant les jardins balayés par le vent jusqu'au Creux.

Durant toutes les vacances d'été, cependant qu'il était trimbalé d'une famille à l'autre, adoptant les uns et repoussant les autres, Bill Roach se tracassa au sujet de Jim, se demandant si son dos lui faisait mal, comment il trouvait de l'argent maintenant qu'il n'avait plus d'élèves et seulement le traitement d'un demi-trimestre pour vivre; et plus que tout il se demandait si Jim serait encore là quand le nouveau trimestre commencerait, car il avait l'impression, impossible à décrire, que Jim vivait de façon si précaire à la surface du monde qu'il était susceptible à tout moment de choir dans le vide; il craignait que Jim ne fût comme lui, sans gravité naturelle pour le retenir. Il revoyait les circonstances de leur première rencontre, il se rappelait notamment la question que Jim lui avait posée sur l'amitié, et il avait une sainte terreur, tout comme il n'avait pas su aimer ses parents, d'avoir déçu Jim, en grande partie à cause de leur différence d'âge. Et que donc Jim s'en était allé et qu'il cherchait déjà ailleurs un compagnon, scrutant les autres collèges de ses yeux pâles. Il imaginait aussi que, comme lui, Jim avait eu un grand attachement qui l'avait déçu et qu'il brûlait de remplacer. Mais là, les spéculations de Bill aboutissaient à une impasse : il n'avait aucune idée de la façon dont on s'aimait entre adultes.

Il pouvait faire si peu sur le plan pratique. Il consulta un livre de médecine, il interrogea sa mère à propos des bossus et il avait bien envie, mais n'osa pas le faire, de voler une bouteille de la vodka de son père pour la rapporter au collège comme appât. Et quand enfin le chauffeur de sa mère le déposa devant le perron détesté, sans même prendre le temps de dire au revoir, il courut à toutes jambes jusqu'au bord du Creux et il aperçut là, à son indicible joie, la caravane de Jim au même emplacement tout au fond, un rien plus sale qu'avant, avec un carré de terre fraîchement retournée à côté, sans doute pour les légumes d'hiver, et Jim assis devant, levant vers lui un visage souriant comme s'il l'avait entendu arriver et qu'il avait préparé son sourire de bienvenue avant même de le voir apparaître au bord.

Ce même trimestre, Jim inventa un sobriquet pour Roach. Il laissa tomber Bill pour l'appeler Jumbo. Il ne donna à cela aucune raison et Roach, comme c'est généralement le cas quand on vous baptise, n'était pas en mesure de protester. En échange, Roach se désigna comme le gardien de Jim; un gardien-régent, voilà comment il voyait la chose : une doublure remplaçant l'ami disparu de Jim, quel que pût être cet ami.

2

CONTRAIREMENT à Jim Prideaux, Mr. George Smiley n'était pas naturellement équipé pour courir sous la pluie, et surtout pas en pleine nuit. En fait, peut-être était-il l'aboutissement de ce dont Bill Roach était le prototype. Petit, bedonnant et à tout le mieux entre deux âges, il était en apparence un de ces humbles de Londres à qui le royaume des cieux n'appartient pas. Il avait les jambes courtes, la démarche rien moins qu'agile, il portait des vêtements coûteux, mal coupés et extrêmement mouillés. Son manteau, qui vous sentait un peu le veuf, était de ce tissu noir et mou qui semble conçu pour retenir l'humidité. C'étaient ou bien les manches qui étaient trop longues ou bien ses bras qui étaient trop courts, car comme Roach, quand il portait son imperméable, les parements lui dissimulaient presque les doigts. Pour des raisons de vanité il ne portait pas de chapeau, persuadé à juste titre que les chapeaux lui donnaient l'air ridicule. « On dirait une bonnette sur un œuf », avait remarqué sa belle épouse peu avant la dernière fois où elle l'avait quitté, et cette cinglante formule, comme c'était souvent le cas, lui était restée dans l'esprit. La pluie s'était donc rassemblée en grosses gouttes bien accrochées sur les verres épais de ses lunettes, le contraignant alternativement à baisser la tête ou à la rejeter en arrière tandis qu'il trottait sur le macadam qui bordait les arcades noircies de Victoria Station. Il se dirigeait vers l'ouest, vers le sanctuaire de Chelsea où il habitait. Son pas, pour on ne sait quelle raison, était un rien incertain, et si Jim Prideaux avait surgi de l'ombre en lui demandant s'il avait des amis, il aurait sans doute répondu qu'il préférait trouver un taxi.

« Roddy est un tel moulin à paroles », marmonnat-il, cependant qu'un nouveau déluge déferlait sur ses joues rebondies, pour ruisseler ensuite jusqu'à sa chemise trempée. « Pourquoi ne pas m'être levé en le plantant là ? »

Mélancoliquement, Smiley repassa une fois de plus en revue les raisons de sa détresse présente, et il conclut avec une objectivité qui découlait du côté humble de son caractère qu'il en était totalement responsable.

Ç'avait été depuis le début une journée éprouvante. Il s'était réveillé trop tard après avoir travaillé trop tard la veille, une habitude qu'il commençait à prendre depuis sa mise à la retraite l'an dernier. Constatant qu'il manquait de café, il était allé faire la queue chez l'épicier jusqu'au moment où la patience lui avait manqué aussi; il avait alors pris la décision de se consacrer à l'administration de ses biens. Son relevé bancaire, arrivé au courrier du matin, révélait que sa femme avait tiré la part du lion sur sa pension mensuelle : très bien, décréta-t-il, il allait vendre quelque chose. C'était une réaction irrationnelle car il était fort décemment nanti, et l'obscure banque de la City de Londres qui lui versait sa pension le faisait avec une grande ponctualité. Néanmoins, enveloppant dans du papier une des premières éditions de Grimmelshausen, modeste trésor datant de l'époque où il était à Oxford, il se mit solennellement en route pour la librairie de Heywood Hill dans Curzon Street où il lui arrivait parfois de négocier amicalement avec le propriétaire. Chemin faisant son irritation ne fit que croître et d'une cabine téléphonique il appela son avoué en lui demandant rendez-vous pour l'après-midi même.

« George, comment pouvez-vous être aussi vulgaire ? Personne ne divorce d'avec Ann. Envoyez-lui donc des fleurs et venez déjeuner. »

Cet avis le ragaillardit et il approchait de Heywood Hill le cœur content lorsqu'il tomba littéralement sur Roddy Martindale qui sortait de chez Trumper's après sa coupe de cheveux hebdomadaire.

Martindale n'avait aucun titre à accaparer Smiley, que ce fût sur le plan professionnel ou mondain. Il appartenait à un des services rupins du Foreign Office et son travail consistait à traiter à déjeuner des dignitaires en visite que personne d'autre n'aurait même voulu recevoir au fond de son jardin. C'était un célibataire toujours disponible avec une crinière grisonnante et cette légèreté d'allure qu'ont seuls les hommes corpulents. Il avait un faible pour les fleurs à la boutonnière et les costumes pastel, et il se vantait avec infiniment peu de raisons d'être un familier des coulisses de Whitehall. Quelques années plus tôt, avant que cet organisme ne fût dissous, il avait honoré de sa présence une commission de travail chargée de coordonner les activités de renseignement. Pendant la guerre, comme il avait une certaine facilité pour les mathématiques, il avait également hanté les lisières du monde des services secrets; et une fois, comme il ne se lassait jamais de le raconter, il avait travaillé avec John Landsbury sur une opération de codage brève mais délicate. Mais la guerre, comme Smiley devait parfois le lui rappeler, c'était il y a trente ans.

« Bonjour, Roddy, fit Smiley. Content de vous voir. »

Martindale utilisait pour s'exprimer ce beuglement assuré des classes supérieures qui plus d'une fois, lorsqu'il était en vacances à l'étranger, avait amené Smiley à quitter précipitamment son hôtel pour aller chercher refuge ailleurs.

« Mon bien cher, mais c'est le maître en personne ! On me disait que vous étiez cloîtré avec les moines de Saint-Gallen ou de je ne sais où, à étudier des parchemins ! Confessez-vous sans tarder. Je veux savoir tout ce que vous avez fait, dans les moindres détails. Allez-vous bien ? Aimez-vous toujours l'Angleterre ? Comment va la délicieuse Ann ? » Son regard inquiet balaya la rue du haut en bas avant de se poser sur le volume de Grimmelshausen enveloppé dans son papier sous le bras de Smiley. « Je vous parie tout ce que vous voulez que c'est un cadeau pour elle. Il paraît que vous la gâtez outrageusement. » Il baissa le ton : ce n'était plus que le murmure d'un orage en montagne. « Dites donc, vous n'avez quand même pas repris du service ? Ne me racontez pas que tout ça n'est qu'une couverture, George, hein, qu'une couverture ! » Sa langue pointue vint effleurer les commissures humides de ses petites lèvres puis, comme celle d'un serpent, disparut entre leurs replis.

En sot qu'il était, Smiley avait donc acheté sa fuite en acceptant de dîner ce même soir dans un club de

Manchester Square auquel ils appartenaient tous les deux, mais que Smiley évitait comme la peste, et notamment parce que Roddy Martindale en était membre. Quand le soir arriva, il était encore tout empli de son déjeuner au White Tower où son avoué, un homme qui ne se refusait pas grand-chose, avait décidé que seul un repas grandiose arracherait George à son cafard. Martindale, par d'autres voies, était parvenu à la même conclusion, et durant quatre longues heures passées devant des plats dont Smiley n'avait aucune envie, ils avaient échangé des noms comme s'il s'agissait de joueurs de football oubliés : Jebedee, le vieux directeur d'études de Smiley. « Le saint homme, quelle perte pour nous », murmura Martindale qui, pour autant que Smiley s'en souvenait, n'avait jamais vu Jebedee. « Et quel talent pour le jeu, hein ? Un des vraiment grands, je le dis toujours. » Puis Fielding, le spécialiste du Moyen Age français de Cambridge. « Oh ! mais quel délicieux sens de l'humour. L'esprit d'un vif, mais d'un vif ! » Puis Sparke de l'Ecole des langues orientales et enfin Steed-Asprey qui avait fondé précisément ce club pour échapper à des raseurs comme Roddy Martindale.

« J'ai connu son pauvre frère, vous savez. Moitié moins intelligent et deux fois plus costaud, le cher homme. La cervelle était entièrement de l'autre côté. »

Et dans les brumes de l'alcool, Smiley avait écouté ces absurdités, en disant « oui », « non », « quel dommage » et « non, on ne l'a jamais retrouvé » et une fois à sa grande honte « allons donc, vous me flattez » jusqu'au moment tristement inéluctable où Martindale en était arrivé à des événements plus récents, au changement de pouvoir et aux circonstances dans lesquelles on avait mis Smiley à la retraite.

Comme on pouvait s'y attendre, il commença par les derniers jours de Control : « Votre vieux patron, George, béni soit-il, le seul qui ait gardé le secret sur son nom. Pas pour vous, bien sûr : il n'a jamais eu de secret pour vous, George, n'est-ce pas ? Unis comme deux doigts de la main, Smiley et Control, à ce qu'on dit, et jusqu'à la fin.

— C'est très flatteur pour moi.

— Pas de coquetterie, George, je suis un vieux de la vieille, vous oubliez. Control et vous étiez comme ça. » Les mains potelées esquissèrent brièvement un geste d'union. « C'est pour ça qu'on vous a flanqué dehors, ne me racontez pas d'histoire, c'est pour ça que Bill Haydon a pris votre place. C'est pour ça qu'il est l'échanson de Percy Alleline et pas vous.

— Si vous le dites, Roddy.

— Parfaitement. Et j'en dis plus que cela. Beaucoup plus. »

Comme Martindale se penchait vers lui, Smiley perçut le parfum d'une des plus délicates créations de Trumper's.

« Je dis autre chose : Control n'est jamais mort. On l'a vu. » D'un frémissement de la main il imposa silence aux protestations de Smiley. « Laissez-moi finir. Willy Andrewartha est tombé droit sur lui dans la salle d'attente de l'aéroport de Johannesburg. Pas un fantôme. En chair et en os. Willy était au bar à prendre une eau minérale pour se rafraîchir, vous n'avez pas vu Willy récemment : c'est une outre. Il se retourne et voilà qu'il aperçoit Control auprès de lui, fagoté comme un Boer. Dès l'instant où il a vu Willy il a filé. Qu'est-ce que vous dites de ça ? Alors nous savons maintenant à quoi nous en tenir. Control n'est jamais mort. Il a été vidé par Percy Alleline et sa petite formation, alors il est allé se terrer en Afrique du Sud, le cher homme. Ma foi, on ne peut pas lui en vouloir, vous ne trouvez pas ? On ne peut pas reprocher à un homme de vouloir un peu de paix au soir de sa vie. Moi, je ne le lui reproche pas. »

La monstruosité de ces propos, qui parvenaient jusqu'à Smiley à travers un mur de plus en plus épais d'épuisement spirituel, le laissa momentanément sans voix.

« C'est ridicule ! C'est l'histoire la plus idiote que j'aie jamais entendue ! Control est mort. Il est mort d'une crise cardiaque après une longue maladie. Et d'ailleurs il avait horreur de l'Afrique du Sud. Il avait horreur de tout, à l'exception du Surrey, du Cirque et du terrain de cricket des Lords. Vraiment, Roddy, vous ne devriez pas raconter d'histoires comme ça. » Il aurait pu ajouter : je l'ai enterré moi-même dans un abominable columbarium de l'East End, le jour du réveillon de Noël l'an dernier, tout seul. Le pasteur avait une extinction de voix

« Willy Andrewartha a toujours été un fieffé menteur, observa Martindale, nullement démonté. Je lui ai personnellement dit la même chose : ça ne tient pas debout, Willy, vous devriez avoir honte. » Et comme si, ni en pensée ni en parole, il n'avait jamais souscrit à cette théorie stupide, il enchaîna : « C'est le scandale de Tchécoslovaquie qui a achevé Control, je suppose. Ce pauvre type qui s'est fait tirer dans le dos et dont on a parlé dans les journaux, celui qui était toujours si copain avec Bill Haydon, à ce qu'il paraît. *Ellis* on devait l'appeler, et on l'appelle encore comme ça, n'est-ce pas, bien que nous connaissions son vrai nom aussi bien que le nôtre. »

Martindale attendit habilement que Smiley termi-
nât l'histoire, mais Smiley n'en avait nullement l'intention, alors Martindale fit une troisième tentative :
« Je ne sais pas, mais je n'arrive jamais à croire
vraiment que ce soit Percy Alleline le Patron, pas
vous ? Est-ce que c'est l'âge, George, ou bien simplement mon cynisme naturel ? Dites-moi donc, vous
qui êtes si bon juge des gens. J'ai l'impression que le
pouvoir n'est plus du côté de ceux avec qui nous avons
grandi. Est-ce un indice ? Il y en a si peu à mes yeux
qui s'en tirent aujourd'hui et ce pauvre Percy manque
tellement de subtilité, je trouve. Cette lourde camaraderie, comment peut-on le prendre au sérieux ? On
n'a qu'à penser à lui au temps jadis quand il traînait
au bar du Travellers' Club, tirant sur sa grosse
pipe et offrant des verres aux grands pontes : on
aime quand même un peu de finesse dans la perfidie,
vous ne pensez pas ? Ou bien est-ce qu'on s'en fiche
dès l'instant que ça marche ? Quel est son truc,
George, quelle est sa recette secrète ? » Il parlait
d'un ton vibrant, penché en avant, le regard avide
et excité. Seule la nourriture pouvait lui inspirer des
émotions aussi fortes. « Vivre aux crochets de l'intelligence de ses subordonnés, ma foi c'est peut-être
comme ça qu'on est un chef aujourd'hui.

— Franchement, Roddy, je ne peux pas vous éclairer, dit Smiley mollement. Je n'ai jamais connu Percy
en position de force, vous comprenez. Seulement
comme un... » Le mot ne venait pas.

« Comme un arriviste, souffla Martindale, les yeux
brillants. Guettant nuit et jour la pourpre de Control.
Maintenant il l'a revêtue, et la canaille l'adore. Alors,
George, qui est son éminence grise ? Qui lui vaut
cette réputation ? Il fait des merveilles, on entend

ça de tous les côtés. Des petites salles de lecture à l'Amirauté, des petits comités qui fleurissent avec de drôles de noms, le tapis rouge pour Percy dans tous les couloirs de Whitehall[1], de jeunes membres du Cabinet recevant des félicitations spéciales de très haut, des gens dont on n'a jamais entendu parler à qui l'on décerne des décorations prestigieuses pour rien. J'ai déjà vu tout ça avant, vous savez.

— Roddy, je ne peux rien pour vous, insista Smiley en esquissant le geste de se lever. Tout cela n'est pas de ma compétence, je vous assure. » Mais Martindale le retenait physiquement, l'immobilisant à la table d'une main moite tout en parlant avec une précipitation plus grande encore.

« Alors qui est le petit génie ? Pas Percy, ça c'est sûr. Et ne me racontez pas non plus que les Américains ont recommencé à nous faire confiance. » L'étreinte de sa main se resserra. « Le beau Bill Haydon, notre moderne Lawrence d'Arabie, le cher ange; voilà, c'est Bill, votre vieux rival. » La langue de Martindale pointa de nouveau, fit une brève reconnaissance et disparut, laissant pour toute trace un pâle sourire. « On m'a dit qu'à une époque Bill et vous partagiez tout, absolument tout, poursuivit-il. Pourtant il n'a jamais été orthodoxe, n'est-ce pas ? Les génies ne le sont jamais.

— Vous ne désirez plus rien, Mr. Smiley ? demanda le serveur.

— Alors, c'est Bland : le grand héros blanc en solde, l'étoile des collèges pour nouveaux riches. » Il ne voulait toujours pas le lâcher. « Et si ce ne sont

1. Rue de Londres voisine du palais de Westminster et où se trouvent la plupart des ministères; on dit « Whitehall » comme on dit « la Maison-Blanche » ou « l'Elysée » (N.D.T.).

pas ces deux-là qui font marcher la machine, c'est quelqu'un qui est à la retraite, n'est-ce pas ? Je veux dire quelqu'un qui fait semblant d'être à la retraite, n'est-ce pas ? Et si Control est mort, qui reste-t-il ? A part vous ? »

Ils enfilaient leur manteau. Les portiers étaient rentrés chez eux, ils avaient dû aller les chercher eux-mêmes dans le vestiaire désert.

« Roy Bland n'est pas un nouveau riche, dit Smiley d'une voix forte. Il était au collège Saint-Antony à Oxford, si vous voulez le savoir. »

Dieu me pardonne, c'était le mieux que je pouvais faire, songea Smiley.

« Ne dites pas de bêtises, mon bon », répliqua Martindale. Smiley l'avait ennuyé : il avait l'air maussade et déçu; le contour inférieur de ses joues pendait en plis consternés. « Bien sûr que Saint-Antony c'est pour nouveaux riches, ça ne change rien qu'il y ait quelques établissements convenables dans la même rue, même si c'était votre protégé. Il doit être celui de Bill Haydon maintenant — ne laissez donc pas de pourboire, vous êtes mon invité — Bill est un père pour tous, il l'a toujours été. Il les attire comme des abeilles. Que voulez-vous, c'est un garçon brillant, pas comme certains d'entre nous. De l'étoffe de vedette comme je dis, c'est rare. Il paraît que les femmes se pâment littéralement devant lui.

— Bonsoir, Roddy.

— Mes affections à Ann, n'oubliez pas.

— Je n'y manquerai pas.

— Surtout pas. »

Voilà maintenant qu'il pleuvait à verse, Smiley était trempé jusqu'à l'os et Dieu pour le punir avait fait disparaître tous les taxis de la surface de Londres.

« Du pur manque de volonté, se dit-il, tout en déclinant courtoisement les propositions d'une dame postée sur le pas de la porte. On appelle ça de la politesse alors qu'en fait ce n'est que de la faiblesse. Cette pauvre cervelle de Martindale. Ce crétin pompeux, ce charlatan efféminé et inefficace... » Il fit un grand pas pour éviter un obstacle invisible. « De la faiblesse, reprit-il, et une incapacité à mener une existence autonome, sans dépendre des institutions » — le contenu d'une flaque se déversa bien proprement à l'intérieur de sa chaussure — « et des liens affectifs qui ont depuis longtemps survécu à leur raison initiale. A savoir ma femme, le Cirque, vivre à Londres. Taxi ! »

Smiley se précipita mais c'était déjà trop tard. Deux jeunes filles, riant sous un seul parapluie, s'y engouffrèrent par la portière donnant sur la chaussée. Relevant vainement le col de son manteau noir il poursuivit sa marche solitaire. « Le grand héros blanc en solde », marmonna-t-il d'un ton furieux. « Quelques établissements convenables dans la rue. Espèce de commère insolente et grandiloquente... »

Là-dessus, bien sûr, il se rappela bien trop tard qu'il avait laissé le Grimmelshausen à son club.

« Oh! merde », s'écria-t-il à pleine voix et en s'arrêtant pour mieux marquer son exaspération. « Merde de merde. »

Il allait vendre son hôtel particulier de Londres : il l'avait décidé. Là-bas, sous l'auvent, pelotonné devant le distributeur de cigarettes, attendant que l'averse se calme, il avait pris cette grave décision. La valeur des immeubles à Londres avait monté dans des proportions extravagantes, il l'avait entendu dire de tout côté. Parfait. Il le vendrait et avec une partie de cette somme il achèterait une maison dans les Costwolds. Burford ? Trop de circulation. Steeple Aston, voilà un endroit agréable. Il s'installerait là, campant un personnage légèrement excentrique, tenant des propos quelque peu décousus, renfermé au demeurant, mais possédant une ou deux charmantes habitudes comme de marmonner tout seul en arpentant les trottoirs. Un peu démodé peut-être, mais qui ne l'était pas de nos jours ? Démodé, mais loyal à son époque. A un certain moment, après tout, un homme choisit : va-t-il aller de l'avant, va-t-il reculer ? Il n'y avait rien de déshonorant à ne pas se laisser emporter par le moindre petit vent de modernisme. Mieux valait représenter quelque chose, se retrancher, être le chêne de sa génération. Et si Ann voulait revenir, eh bien, il lui montrerait la porte.

Ou bien peut-être pas, mon Dieu, cela dépendrait de son envie de revenir.

Consolé par ces visions, Smiley arriva à King's Road, où il fit halte au bord du trottoir comme s'il attendait pour traverser. Des deux côtés, des boutiques gaiement décorées. Devant lui, sa Bywater Street, un cul-de-sac long d'exactement soixante-trois de ses pas. Lorsqu'il avait emménagé là, ces petites maisons Régence avaient un charme modeste, un peu délabré, avec de jeunes couples qui s'en tiraient avec un salaire de quinze livres par semaine et un sous-locataire pas déclaré au sous-sol. Maintenant des stores métalliques protégeaient les fenêtres du bas et pour chaque maison trois voitures encombraient la chaussée. Par habitude Smiley les inspectait au passage, contrôlant lesquelles étaient familières et lesquelles ne l'étaient pas; et parmi celles qu'il ne connaissait pas, lesquelles avaient des antennes et des rétroviseurs supplémentaires, lesquelles étaient les fourgonnettes que préfèrent généralement ceux qui font une planque. Il faisait cela en partie comme exercice de mémoire, un petit jeu de Kim à lui pour préserver son esprit de l'atrophie de la retraite, tout comme d'autres jours il apprenait par cœur les noms des magasins sur le trajet que suivait le bus pour aller jusqu'au British Museum; tout comme il savait combien de marches il y avait entre chaque étage de sa maison et dans quel sens s'ouvrait chacune des douze portes.

Mais Smiley avait une autre raison, qui était la peur, la secrète peur qui suit chaque professionnel jusqu'au tombeau. La peur, pour tout dire, qu'un jour, d'un passé si complexe que lui-même n'arrivait pas à se souvenir de tous les ennemis qu'il s'était faits, l'un d'eux le retrouve et lui demande des comptes.

Au bas de la rue, une voisine promenait son chien; en le voyant, elle leva la tête pour faire une phrase mais il l'ignora, sachant que ce serait à propos d'Ann. Il traversa. Sa maison était dans l'obscurité, les rideaux comme il les avait laissés. Il gravit les six marches qui menaient à la porte d'entrée. Depuis le départ d'Ann, sa femme de ménage était partie aussi :

seule Ann avait une clef. Il y avait deux systèmes de fermeture, une serrure Banham à pène dormant et un verrou à barre de sûreté Chubb, plus deux éclisses de bois de sa fabrication, des éclisses de chêne grosses comme un ongle, coincées dans le linteau au-dessus, et au-dessus de la Banham. C'était une survivance de l'époque où il travaillait sur le tas. Récemment, sans bien savoir pourquoi, il avait recommencé à utiliser ce procédé : il ne voulait peut-être pas se trouver surpris par elle. Du bout des doigts, il les retrouva chacune à son tour. Cette précaution prise, il déverrouilla la porte, poussa le battant et sentit le courrier de midi qui glissait sur le tapis.

Quelles factures étaient arrivées ? se demanda-t-il. *La Vie Littéraire Allemande ? La Revue de Philologie ?* La philologie, décida-t-il; il était déjà en retard pour payer. Il alluma la lumière du vestibule et se pencha pour examiner son courrier. Un « suivant notre compte » de son tailleur pour un costume qu'il n'avait pas commandé mais qu'il soupçonnait être l'un de ceux qu'arborait présentement l'amant d'Ann; la note d'un garage de Henley pour l'essence qu'elle avait prise (au nom du Ciel, que faisaient-ils à Henley, fauchés, le 9 octobre ?); une lettre de la banque concernant un chèque sur guichet tiré par Lady Ann Smiley à une agence de la Midland Bank d'Immingham.

Et que diable font-ils à Immingham ? demanda-t-il en regardant la feuille. Qui a jamais eu une aventure à Immingham, bonté divine ? Et d'ailleurs où donc était Immingham ?

Il se posait toujours la question lorsque son regard tomba sur un parapluie inconnu dans l'entrée, en soie, avec un manche en cuir piqué sellier et une bague en or sans initiale. L'idée lui traversa l'esprit avec une rapidité qui ne se mesure pas en temps que, puisque le parapluie était sec, il avait dû arriver là avant six heures et quart quand la pluie avait commencé, car il n'y avait pas de trace d'humidité au-dessous non plus. Qu'en outre c'était un parapluie élégant et la frette en était à peine rayée bien qu'il ne fût pas neuf. Et que donc le parapluie appartenait à quelqu'un d'agile, voire jeune comme le dernier soupirant d'Ann. Mais que, puisque son propriétaire connaissait le coup des éclisses de bois et savait comment les remettre en place une fois dans la maison, et qu'il avait eu l'intelligence de reposer le courrier contre la porte après l'avoir fait tomber et sans doute l'avoir lu, alors fort probablement il connaissait Smiley aussi; et que ce n'était pas un amant mais un professionnel comme lui, qui avait à un moment été un de ses proches collaborateurs et qui connaissait son écriture, comme on dit dans l'argot du métier.

La porte du salon était entrebâillée. Il la poussa doucement.

« Peter ? » dit-il.

Par l'ouverture il aperçut à la lumière des réverbères deux chaussures de daim qui dépassaient nonchalamment d'une extrémité du canapé.

« Si j'étais vous, George, mon vieux, je garderais ce manteau, dit une voix affable. Nous avons un long chemin à faire. »

Cinq minutes plus tard, vêtu d'un ample manteau de voyage marron, un cadeau d'Ann et le seul qu'il avait qui fût sec, George Smiley, l'air maussade, était assis à la place du passager dans la voiture de sport extrêmement ouverte aux courants d'air de Peter Guillam que celui-ci avait garée dans un square voisin. Leur destination était Ascot, un endroit célèbre pour ses femmes et pour ses chevaux. Et moins connu peut-être comme la résidence de Mr. Oliver Lacon, du cabinet du Premier Ministre, qui appartenait à titre de conseiller à divers comités mixtes et qui faisait fonction de chien de garde pour les affaires de renseignement. Ou bien, comme l'avait dit Guillam plus irrévérencieusement, le surveillant général de Whitehall.

Pendant ce temps au collège Thursgood, dans son lit où il ne trouvait pas le sommeil, Bill Roach songeait aux stupéfiantes découvertes qu'il avait faites au cours de la surveillance quotidienne qu'il exerçait dans l'intérêt de Jim. Hier Jim avait stupéfait Latzy. Aujourd'hui, il avait dérobé le courrier de Miss Aaronson. Miss Aaronson enseignait le violoncelle et l'histoire sainte, et Roach recherchait sa tendresse. Latzy, l'aide-jardinier, était une Personne Déplacée, disait l'intendante, et les Personnes Déplacées ne parlaient pas anglais, ou très peu. PD signifiait Personne Différente, disait l'intendante. Mais hier Jim avait parlé à Latzy, et il s'était adressé à lui en Personne Déplacée, ou en tout cas dans le dialecte que parlent les Personnes Déplacées et du coup Latzy avait pris trente centimètres de plus.

L'affaire du courrier de Miss Aaronson était plus complexe. Ce matin, après le service à la chapelle, il y avait deux enveloppes sur le buffet dans la salle des professeurs quand Roach était allé chercher ses cahiers de classe, une adressée à Jim et une à Miss Aaronson. Celle de Jim était tapée à la machine. Celle de Miss Aaronson manuscrite et d'une écriture qui n'était pas sans ressembler à celle de Jim. La salle

44

des professeurs, lorsque Roach fit ces observations, était déserte. Il prit ses cahiers et s'en repartait tranquillement quand Jim entra par l'autre porte, tout rouge et soufflant après sa marche matinale.

« En route, Jumbo, la cloche a sonné... dit-il en se penchant sur le buffet.

— Oui, monsieur.

— Drôle de temps, hein, Jumbo ?

— Oui, monsieur.

— Allons, en route. »

Sur le pas de la porte, Roach se retourna. Jim s'était redressé pour déployer le *Daily Telegraph* du jour. Il n'y avait plus rien sur le buffet : les deux enveloppes avaient disparu.

Jim avait-il écrit à Miss Aaronson et avait-il changé d'avis ? Pour la demander en mariage peut-être ? Une autre idée lui vint. Récemment, Jim avait fait l'acquisition d'une vieille machine à écrire, une Remington délabrée qu'il avait remise en état lui-même. Etait-ce sur cette machine qu'il avait tapé sa lettre ? Etait-il esseulé au point de s'écrire des lettres et de voler celles des autres aussi ? Roach s'endormit.

4

GUILLAM conduisait nonchalamment mais vite. Les parfums de l'automne emplissaient la voiture, la pleine lune éclairait le paysage, des lambeaux de brouillard flottaient sur les champs et le froid était irrésistible. Smiley se demandait quel âge avait Guillam et il estima que ce devait être quarante mais avec cet éclairage il aurait pu être un étudiant en train de faire de l'aviron sur la Tamise; il maniait le levier de changement de vitesse d'un long mouvement fluide comme s'il le remuait dans l'eau. En tout cas, songea-t-il avec irritation, c'était une voiture pour quelqu'un de bien plus jeune que lui. Ils avaient traversé en trombe Runnymade et attaquaient la côte d'Egham Hill. Ils roulaient depuis vingt minutes et Smiley avait posé une douzaine de questions sans recevoir de réponse valable, et une crainte lancinante s'éveillait maintenant en lui à laquelle il refusait de donner un nom.

« Je suis surpris qu'on ne vous ait pas flanqué à la porte avec nous tous, dit-il d'un ton peu amène, tout en resserrant autour de lui les pans de son manteau. Vous aviez tout ce qu'il fallait pour ça : capable dans votre travail, loyal, discret.

— On m'a chargé des chasseurs de scalps.

— Oh ! Seigneur », dit Smiley en frissonnant et, remontant le col de son manteau autour de son double menton, il s'abandonna à ce souvenir, ce qui lui évitait d'en évoquer d'autres plus troublants : Brixton et le sinistre bâtiment de l'école qui servait de quartier général aux chasseurs de scalps. Le nom officiel des chasseurs de scalps, c'était la Section Voyages. Ils avaient été formés par Control sur le conseil de Bill Haydon à l'époque héroïque de la guerre froide, quand le meurtre, l'enlèvement et le chantage pur et simple étaient monnaie courante, et leur premier chef avait été désigné par Haydon. C'était une petite unité, environ une douzaine d'hommes, et ils étaient là pour se charger des actions rapides qui étaient trop salissantes ou trop risquées pour les permanents à l'étranger. Le bon travail de renseignement, avait toujours affirmé Control, était progressif et reposait sur une certaine douceur. Les chasseurs de scalps étaient l'exception à la règle qu'il avait édictée. Il n'y avait dans leur façon d'agir rien de progressif ni de doux, ils reflétaient le caractère de Haydon plutôt que de Control. Et ils travaillaient en solo, raison pour laquelle ils étaient parqués loin des regards, derrière un mur de pierre avec sur la crête du verre cassé et des barbelés.

« Je vous ai demandé si *latéralisme* était un mot qui signifiait quelque chose pour vous.

— Certainement pas.

— C'est la doctrine à la mode. Autrefois l'organisation était verticale. Maintenant elle est horizontale.

— Comment ça ?

— De votre temps, le Cirque comprenait des régions : l'Afrique, les pays satellites, la Russie, la

Chine, l'Asie du Sud-Est, etc., chaque région était sous l'autorisation de son faiseur de gris-gris, et Control siégeant dans les cieux tirait les ficelles. Vous vous rappelez ?

— Ça évoque de lointains souvenirs.

— Eh bien, aujourd'hui c'est la même personne qui coiffe tout ce qui est opérationnel. Ça s'appelle la Station de Londres. Plus question de régions, c'est le latéralisme qui est à la mode. Bill Haydon est chef de la Station de Londres, son adjoint, c'est Roy Bland et Toby Esterhase trottine entre eux comme un caniche. Ils constituent un service à l'intérieur d'un service. Ils partagent leurs secrets et ne se commettent pas avec le vulgaire. Ça accroît la sécurité.

— Ça m'a l'air d'une excellente idée », dit Smiley, évitant délibérément de relever l'insinuation.

Cependant qu'une fois de plus les souvenirs se mettaient à bouillonner dans sa tête, une extraordinaire impression l'envahit : il avait le sentiment de vivre deux fois cette journée, d'abord avec Martindale au club et de nouveau maintenant avec Guillam en rêve. Ils traversèrent une plantation de jeunes pins. Le clair de lune se répandait entre eux en larges bandes.

« Est-ce qu'on parle de... » Smiley recommença : « A-t-on des nouvelles d'Ellis ? » Il avait posé la question d'un ton plus hésitant.

« En quarantaine, répondit brièvement Guillam.

— Oh ! je m'en doute. Bien sûr. Je ne veux pas être indiscret. Simplement, est-ce qu'il peut se déplacer ? Je sais qu'il s'est remis; peut-il marcher ? Les histoires de dos, ça peut être très embêtant, paraît-il.

— On dit qu'il s'en tire très bien. Comment va Ann, je ne vous ai pas demandé.

48

— Bien. Très bien. »

Il faisait nuit noire dans la voiture. Ils avaient quitté la route et roulaient sur du gravier. De noires murailles de feuillage se dressaient de chaque côté, des lumières apparurent; puis un grand perron et la silhouette d'une grande maison surmontée d'un pignon s'éleva au-dessus des arbres. La pluie avait cessé, mais lorsqu'il sortit dans l'air frais Smiley entendit tout autour de lui le bruissement des feuilles mouillées.

Oui, songea-t-il, il pleuvait la dernière fois que je suis venu ici; quand le nom de Jim Ellis était à la une des journaux.

Ils s'étaient lavé les mains et dans le vestiaire haut de plafond comme une cathédrale, ils avaient examiné le matériel d'escalade de Lacon entassé comme de pieuses reliques sur la commode Sheraton. Ils étaient maintenant assis en demi-cercle en face d'un fauteuil vide. C'était la maison la plus laide à des kilomètres à la ronde, et Lacon l'avait achetée pour une bouchée de pain. « Un palais de Camelot dans le Berkshire », c'était ainsi qu'il l'avait un jour qualifiée pour l'expliquer à Smiley, « bâti par un milliardaire abstinent ». Le salon était une vaste pièce avec des fenêtres à vitraux de six mètres de haut et une galerie en pin au-dessus de l'entrée. Smiley fit l'inventaire des objets familiers. Un piano droit jonché de partitions musicales, de vieux portraits de gens d'Eglise en robe, une pile d'invitations imprimées. Il chercha des yeux l'aviron de l'université de Cambridge et le découvrit accroché au-dessus de la cheminée. Le même feu brûlait, trop maigre pour cet âtre énorme. Tout cela donnait une impression de gêne plutôt que de richesse.

« Ça vous plaît d'être à la retraite, George ? demanda Lacon comme s'il parlait dans le cornet acoustique d'une tante sourde. La chaleur du contact humain ne vous manque pas ? Je crois que ça me manquerait. Le travail, les vieux copains. »

C'était une sorte d'échalas, aux airs de collégien sans grâce : un croisement d'évêque et d'agent secret, disait Haydon, l'humoriste du Cirque. Son père était un dignitaire de l'Eglise écossaise et sa mère avait de vagues origines nobles. De temps en temps les journaux dominicaux un peu snobs publiaient des articles sur lui, parlant de son nouveau style parce qu'il était jeune. Il avait la peau du visage griffée par un rasage hâtif.

« Oh ! je crois que je m'en tire vraiment très bien, merci », dit poliment Smiley. Et, histoire d'entretenir la conversation, il ajouta : « Oui, oui, certainement. Et vous ? Tout va bien pour vous ?

— Pas de grands changements, non. Tout va sans histoire. Charlotte a obtenu sa bourse pour Rocdean, ce qui n'est pas mal.

— Oh ! très bien.

— Et votre femme, toujours en forme ? »

Son vocabulaire aussi rappelait celui d'un collégien.

« En pleine forme, je vous remercie », dit Smiley, essayant vaillamment de répondre sur le même ton.

Ils avaient les yeux tournés vers la porte à deux battants. De loin on entendait des pas qui sonnaient sur un sol carrelé. Deux personnes, se dit Smiley, tous deux des hommes. La porte s'ouvrit et une haute silhouette se découpa sur le seuil. Pendant un fugitif instant Smiley aperçut un second homme derrière lui, brun, petit et attentif, mais seul le premier pénétra dans la pièce avant que des mains invisibles eussent refermé la porte derrière lui.

« Enfermez-nous, voulez-vous, cria Lacon et ils entendirent la clef tourner dans la serrure. Vous connaissez Smiley, n'est-ce pas ?

— Oui, je crois en effet, dit l'homme en émergeant de la pénombre pour amorcer la longue marche qui le mènerait jusqu'à eux. Je crois qu'il m'a autrefois confié un boulot, n'est-ce pas, Mr. Smiley ? »

Sa voix avait une douceur un peu méridionale mais on ne pouvait pas se méprendre sur son accent colonial. « Tarr, monsieur, Ricki Tarr, de Penang. »

Un reflet du feu éclaira un côté du sourire un peu figé, tout en plongeant un œil dans l'ombre. « Le fils de l'avocat, vous vous souvenez ? Allons, Mr. Smiley, c'est vous qui avez changé mes premiers langes. »

Là-dessus, dans un élan absurde, ils se retrouvèrent tous les quatre debout, et Guillam et Lacon regardaient comme des parrains pendant que Tarr serrait la main de Smiley, puis la serrait encore, puis recommençait encore une fois pour les photographes.

« Comment allez-vous, Mr. Smiley ? Ça fait vraiment plaisir de vous voir, monsieur. »

Lâchant enfin la main de Smiley il pivota dans la direction du fauteuil qui lui était réservé, pendant que Smiley songeait : oui, avec Ricki Tarr ça aurait pu arriver. Avec Tarr, n'importe quoi aurait pu arriver. Mon Dieu, se dit-il ; il y a deux heures je me disais que j'allais me réfugier dans le passé. Il se sentit soudain la gorge sèche et se dit que ce devait être la peur.

Ça fait dix ans ? Douze ? Ça n'était pas son soir pour avoir la notion du temps. Parmi les tâches de Smiley, à cette époque-là, il y avait l'approbation des recrues : on ne prenait personne sans son accord, on n'entraînait personne sans sa signature sur le programme. La guerre froide battait son plein, les chasseurs de scalps étaient très demandés, les permanents du Cirque à l'étranger avaient reçu de Haydon l'ordre de se mettre en quête de matériel valable, Steve Mackelvore, de Djakarta, tomba sur Tarr. Mackelvore était un vieux professionnel du renseignement qui utilisait comme couverture la profession d'agent maritime, et il avait trouvé Tarr, agressivement ivre, qui traînait du côté des docks à la recherche d'une fille nommée Rose qui l'avait plaqué.

D'après l'histoire que raconta Tarr, il était acoquiné avec une bande de Belges qui faisaient le trafic d'armes entre les îles et la côte. Il avait horreur des Belges, il en avait assez du trafic d'armes et il était furieux parce qu'on lui avait volé Rose. Mackelvore estima qu'il réagirait à la discipline et qu'il était assez jeune pour qu'on l'entraînât au genre d'opérations musclées que les chasseurs de scalps entreprenaient de derrière les murs de leur sinistre école de Brixton. Après les enquêtes habituelles, Tarr fut acheminé sur Singapour pour examen plus approfondi, puis à la Nursery de Sarratt pour un troisième examen. Ce fut à ce stade que Smiley intervint comme animateur dans une succession d'entretiens, parfois hostiles. La Nursery de Sarratt était le centre d'entraînement mais il y avait place là-bas pour d'autres activités.

Le père de Tarr était un avocat australien habitant

Penang, semblait-il. Sa mère était une petite comédienne de Bradford qui était arrivée en Extrême-Orient avant la guerre avec une troupe théâtrale britannique. Le père, Smiley s'en souvenait, avait des tendances missionnaires et prêchait dans les salles paroissiales locales. La mère avait un petit casier judiciaire en Angleterre, mais le père de Tarr ou bien l'ignorait ou bien s'en moquait. Quand la guerre éclata, le couple se réfugia à Singapour pour mettre leur petit garçon à l'abri. Quelques mois plus tard Singapour tomba et Ricki Tarr commença son éducation à la prison de Changi sous la surveillance des Japonais. A Changi, le père prêchait la charité de Dieu à qui voulait l'entendre, et si les Japs ne l'avaient pas persécuté, ses compagnons de prison l'auraient fait à leur place. Avec la Libération, tous trois rentrèrent à Penang. Ricki essaya de faire son droit, mais il lui arrivait plus souvent de l'enfreindre et son père lâcha sur lui quelques prédicateurs vigoureux pour purifier son âme à coups de poing. Tarr s'enfuit à Bornéo. A dix-huit ans, il était devenu un trafiquant d'armes à part entière, qui brûlait la chandelle par les deux bouts du côté des îles de l'Indonésie, et c'était ainsi que Mackelvore était tombé sur lui.

Au moment où il terminait son stage à la Nursery, la crise de Malaisie avait éclaté. On reversa Tarr dans le trafic d'armes. Les premières personnes pratiquement qu'il rencontra furent ses vieux amis belges. Ils étaient trop occupés à fournir des fusils aux communistes pour se préoccuper de savoir où il était allé et ils étaient à court de personnel. Tarr convoya quelques cargaisons pour eux afin de griller leurs contacts, puis un soir il les enivra, abattit quatre d'entre eux, y compris Rose, et mit le feu à leur bateau. Il traîna en Malaisie et fit encore deux ou trois coups avant d'être rappelé à Brixton afin d'y subir un nouvel entraînement pour les opérations spéciales au Kenya ou, pour employer un vocabulaire moins sophistiqué, pour aller chasser le Mau-Mau moyennant prime.

Après le Kenya, Smiley l'avait à peu près perdu de vue, mais un ou deux incidents lui restaient en mémoire car ils auraient pu tourner au scandale et il avait fallu informer Control. En 64, Tarr fut envoyé au Brésil pour offrir d'urgence un pot-de-vin à un ministre de l'Armement dont on savait qu'il avait des ennuis. Tarr se montra trop brutal; le ministre s'affola et avertit la presse. Tarr avait comme couverture un passeport hollandais, ni vu ni connu, sauf les services secrets néerlandais, qui prirent fort mal la chose. En Espagne, un an plus tard, agissant sur un tuyau fourni par Bill Haydon, Tarr fit chanter — ou grilla comme disaient les chasseurs de scalps — un diplomate polonais qui avait perdu son cœur pour une danseuse. La première fois, le rendement fut excellent; Tarr y gagna des félicitations et une prime. Mais quand il revint pour se resservir, le Polonais rédigea une confession pour son ambassadeur et se jeta, avec ou sans encouragement, par une fenêtre.

A Brixton, on estimait généralement qu'il était enclin aux accidents. Dans le petit groupe assis en demi-cercle devant le maigre feu, Guillam, s'il fallait en croire l'expression de son visage juvénile et vieillissant, estimait qu'il était bien pire que cela.

« Allons, je pense que je ferais mieux de vendre ma salade », fit Tarr d'un ton jovial tout en se calant dans le fauteuil.

5

« ÇA s'est passé il y a six mois, commença Tarr.

— En avril, intervint Guillam. Tâchons de rester précis, voulez-vous ?

— Donc en avril, reprit Tarr sans se démonter. Les choses étaient assez calmes à Brixton, nous devions être une demi-douzaine en attente... Pete Sembrini, il arrivait de Rome, Cy Vanhofer venait de faire un coup à Budapest... » Il eut un sourire malicieux... « C'était le régime du ping-pong et du billard à la salle d'attente de Brixton. Pas vrai, Mr. Guillam ?

— C'était la morte saison.

— Quand voilà que tout d'un coup, poursuivit Tarr, arriva une demande urgente du permanent de Hong Kong.

« Ils avaient en ville une petite délégation commerciale soviétique, rien d'important, qui ramassait du matériel électrique pour Moscou. Un des délégués était tout le temps fourré dans les boîtes de nuit. Un nommé Boris, Mr. Guillam a les détails. Pas de dossier sur lui. On l'avait en filoche depuis cinq jours, la délégation devait rester encore douze jours. Politiquement, c'était trop délicat pour que les gars sur place s'en chargent, mais ils estimaient qu'en l'abordant de front ça pourrait marcher. Ça n'avait pas l'air d'une affaire bien extraordinaire, mais après tout ? Peut-être qu'on devrait simplement l'acheter pour l'avoir en stock, pas vrai, Mr. Guillam ? »

« En stock » signifiait pour vendre ou échanger avec un autre service de renseignement : un commerce de transfuges à la petite semaine dont s'occupaient les chasseurs de scalps.

Sans s'occuper de Tarr, Guillam précisa : « L'Asie du Sud-Est était la paroisse de Tarr. Il était là à traîner ses guêtres, alors je lui ai ordonné d'aller faire une inspection sur place et de me câbler un rapport. »

Chaque fois que quelqu'un d'autre prenait la parole, Tarr sombrait dans un rêve. Ses yeux se fixaient sur la personne qui parlait, une brume voilait son regard et avant qu'il reprît son récit, il y avait un temps d'arrêt comme s'il revenait à lui.

« Alors j'ai fait ce que m'ordonnait Mr. Guillam, dit-il. C'est toujours comme ça, n'est-ce pas, Mr. Guillam ? Je suis un brave bougre en fait, même si je suis impulsif. »

Il s'envola le lendemain soir, le samedi 31 mars, avec un passeport australien le décrivant comme vendeur de voitures et deux passeports de secours suisses vierges dissimulés dans la doublure de sa valise. C'étaient des documents de dépannage à remplir si les circonstances l'exigeaient : un pour Boris, un pour lui. Il prit un rendez-vous en voiture avec le permanent de Hong Kong pas loin de son hôtel, le Golden Gate à Kowloon.

Là-dessus Guillam se pencha vers Smiley en murmurant :

« Tufty Thesinger, un clown. Ex-commandant aux fusiliers d'Afrique. Un type nommé par Alleline. »

Thesinger fournit un rapport sur les agissements de Boris fondé sur une semaine de surveillance :

« Boris était un type vraiment bizarre, dit Tarr. Je n'arrivais pas à le comprendre. Il se pintait toutes les nuits sans interruption. Il n'avait pas dormi de toute une semaine et les gars de Thesinger chargés de le surveiller étaient sur les boulets. Toute la journée il traînait à la remorque de la délégation, à visiter des usines, à intervenir dans les discussions et à se montrer le jeune et brillant fonctionnaire soviétique.

— Quel âge ? » demanda Smiley.

Guillam intervint : « Sa demande de visa le déclarait né à Minsk en 46.

— Le soir, il rentrait au Pavillon Alexandra, une vieille baraque au fond de North Point, où la délégation était installée. Il dînait avec la bande, puis vers neuf heures il sortait discrètement par la porte de service, prenait un taxi et filait en direction des boîtes de nuit du côté de Kowloon. Son bistrot favori, c'était le Cat's Cradle sur Queen's Road, où il payait des tournées aux hommes d'affaires indigènes en jouant les Personnalités. Il pouvait rester là jusque vers minuit. Du Cradle, il regagnait Aberdeen Harbor pour aller dans un établissement qui s'appelait Chez Angelika, où les consommations étaient moins chères. Tout seul. Chez Angelika, c'est un café avec un boui-boui en sous-sol, fréquenté par les matelots et les touristes, et Boris semblait aimer cet endroit. Il prenait trois ou quatre verres et gardait les additions. Il buvait surtout du cognac et de temps en temps de la vodka pour varier son régime. Il avait eu une histoire avec une Eurasienne et les gars de Thesinger l'avaient retrouvée et l'avaient payée pour lui faire raconter son histoire. Elle dit qu'il était très esseulé et qu'il restait assis sur le lit en se plaignant que sa femme ne comprenait pas son génie. Passionnant, ajouta-t-il d'un ton sarcastique tandis que Lacon s'affairait bruyamment sur le petit feu en le tisonnant, un charbon contre l'autre, jusqu'à faire jaillir les flammes. Ce soir-là je suis passé au Cradle pour voir de quoi il avait l'air. On avait envoyé les gars de Thesinger se coucher avec un verre de lait. Ils ne voulaient pas savoir. »

Parfois, tandis que Tarr parlait, son corps devenait extraordinairement immobile, comme s'il entendait sa propre voix en play-back.

« Il est arrivé dix minutes après moi et pas tout seul, il avait avec lui un grand Suédois blond suivi d'une petite Chinoise. Comme il faisait sombre, je me suis installé à une table à côté. Ils ont commandé du scotch, Boris a payé et j'étais assis à moins de deux mètres à regarder le petit orchestre miteux et à écouter leur conversation. La petite Chinoise la bouclait et c'était le Suédois qui entretenait la conversation. Ils parlaient anglais. Le Suédois a demandé à Boris où il était descendu et Boris a dit à l'Excelsior, ce qui était un mensonge éhonté parce qu'il était au Pavillon Alexandra avec les autres paroissiens. D'accord, l'Alexandra est tout au bas de la liste : l'Excelsior, ça sonne mieux. Vers minuit on se sépare. Boris dit qu'il doit rentrer, qu'il a beaucoup de travail demain. C'était le second mensonge parce qu'il ne rentrait pas plus que — comment s'appelait-il, Jekyll et Hyde, c'est ça ! — le toubib qui se déguisait pour aller faire la nouba. Alors Boris était qui ? »

Pendant un moment personne ne vint à son secours.

« Hyde », dit Lacon en s'adressant à ses mains rougies. Se rasseyant, il les croisa sur ses genoux.

« Hyde, répéta Tarr. Merci, Mr. Lacon. J'ai toujours pensé que vous aviez des lettres. Donc ils règlent l'addition et je repars vers Wanchai pour être làbas avant lui lorsqu'il rappliquera chez Angelika. A ce moment-là je suis à peu près sûr qu'il y a quelque chose de louche chez mon client. »

Sur ses longs doigts desséchés. Tarr énuméra soigneusement ses raisons : premièrement, il n'avait jamais vu de délégation soviétique qui ne comprenne pas au moins deux gorilles dont le boulot consistait à empêcher les gars de faire la bringue. Alors, comment Boris parvenait-il à se tirer soir après soir ? Deuxièmement, il n'aimait pas la façon dont Boris exhibait ses devises étrangères. Pour un fonctionnaire soviétique, c'était contre nature, insista-t-il : « Il n'en a tout simplement pas. Et s'il en a, il achète des perles pour sa squaw. Et troisièmement, je n'aimais pas la façon dont il mentait. Ça coulait un rien trop facilement pour un type honnête. »

Alors Tarr attendit chez Angelika, et voilà qu'une demi-heure plus tard son Mr. Hyde arriva tout seul : « Il s'assied et commande un verre. C'est tout ce qu'il fait. Il s'assied et il picole comme un type qui fait tapisserie ! »

Une fois de plus ce fut à Smiley de bénéficier du charme de Tarr ouvert à plein régime : « Alors qu'est-ce que tout cela signifie, Mr. Smiley ? Vous voyez ce que je veux dire ? C'est les petits détails que je remarque, confia-t-il, s'adressant toujours à Smiley. Prenez seulement la façon dont il s'était installé. Croyez-moi, monsieur, si nous avions été dans cet endroit nous-mêmes, nous n'aurions pas pu trouver une meilleure place que Boris. Il était tout près des sorties et de l'escalier, il avait une excellente vue sur la porte principale et sur ce qui se passait, c'était un droitier et il était couvert par un mur à sa gauche. Boris était un professionnel, Mr. Smiley, pas de doute là-dessus. Il attendait un contact, peut-être qu'il faisait la boîte aux lettres, ou bien il traînait ses guêtres en attendant d'être abordé par une pauvre cloche comme moi. Parce que, attention : c'est une chose de griller un délégué d'une mission commerciale de trente-sixième ordre. Mais c'est tout à fait autre chose de s'attaquer à un gaillard formé au Centre, pas vrai, Mr. Guillam ?

— Depuis la réorganisation, expliqua Guillam, les chasseurs de scalps n'ont pas autorité pour draguer les agents doubles. Ils doivent être immédiatement signalés à la Station de Londres. Les gars ont à ce sujet une note précise signée de Bill Haydon en personne. Au moindre signe de l'opposition, on abandonne. » Il ajouta, peut-être à l'attention particulière de Smiley : « Avec le latéralisme, notre autonomie est sévèrement limitée.

— Et je me suis déjà trouvé mêlé à des histoires de double-double jeu, déclara Tarr d'un ton de vertu offensée. Croyez-moi, Mr. Smiley, c'est un vrai panier de crabes.

— J'en suis certain », dit Smiley en rajustant ses lunettes d'un geste un peu guindé.

Tarr câbla à Guillam « Chou blanc », prit une place d'avion pour Londres et s'en alla faire des courses. Toutefois, comme son vol ne partait que le jeudi il se dit qu'avant de quitter Hong Kong, histoire de payer son voyage, il pourrait aussi bien cambrioler la chambre de Boris.

« L'Alexandra est une vieille baraque qui tombe vraiment en ruine, Mr. Smiley, juste à côté de Marble Road, avec tout un tas de balcons en bois. Quant aux serrures, eh bien, monsieur, elles baissent les bras en vous voyant arriver. »

En très peu de temps, donc, Tarr se trouvait dans la chambre de Boris, le dos à la porte, attendant que ses yeux s'habituent à l'obscurité. Il était toujours planté là quand du lit une femme s'adressa à lui en russe d'une voix ensommeillée.

« C'était la femme de Boris, expliqua Tarr. Elle pleurait. Tenez, je vais l'appeler Irina, d'accord ? Mr. Guillam a les détails. »

Smiley soulevait déjà des objections : l'épouse, c'était impossible, dit-il. Le Centre ne les laisserait jamais sortir tous les deux en même temps de Russie, ils en gardaient un et envoyaient l'autre...

« Mariage de droit coutumier, dit sèchement Guillam. Pas officiel mais permanent.

— C'est plutôt le contraire qui se fait aujourd'hui », dit Tarr avec un petit ricanement qui ne s'adressait à personne, surtout pas à Smiley, et Guillam lui lança de nouveau un regard mauvais.

6

Dès le début de cette réunion, Smiley avait adopté un air impénétrable de bouddha, dont ni le récit de Tarr ni les rares interventions de Lacon et de Guillam ne parvinrent à le tirer. Il était assis, renversé en arrière, ses courtes jambes fléchies, la tête en avant et ses mains potelées croisées sur sa vaste panse. Ses lourdes paupières étaient fermées derrière les verres épais de ses lunettes. Il ne bougeait que pour polir ceux-ci avec la doublure de soie de sa cravate et lorsqu'il le faisait, ses yeux avaient un regard humide, désarmé, qui était un peu embarrassant pour ceux qui le surprenaient. Mais son intervention et le grognement inintelligible et très professoral qui suivit l'explication de Guillam eurent l'effet d'un signal sur les autres assistants, et ce fut aussitôt un bruit de fauteuils déplacés et de gorges qu'on éclaircissait. Ce fut Lacon qui attaqua le premier :

« George, qu'est-ce que vous buvez ? Je peux vous servir un scotch ou quoi d'autre ? » Il proposait un verre avec sollicitude, comme de l'aspirine pour une migraine. « J'ai oublié tout à l'heure, expliqua-t-il. Allons, George, un petit remontant. C'est l'hiver après tout. Une goutte de quelque chose ?

— Ça va très bien, merci », dit Smiley.

Il aurait aimé un peu de café, mais sans savoir pourquoi il ne se sentait pas le courage d'en demander. Et puis il se souvint qu'il était épouvantable.

« Guillam ? » poursuivit Lacon. Non; Guillam lui aussi trouvait impossible d'accepter de l'alcool de Lacon.

Ce dernier ne proposa rien à Tarr, qui continua son récit.

Il accepta sans se démonter la présence d'Irina, expliqua-t-il. Il avait préparé son histoire avant d'entrer dans l'immeuble et il s'en tint exactement au rôle qu'il s'était fixé. Il ne brandit pas un pistolet, il ne lui plaqua pas la main sur la bouche, aucune de ces conneries, comme il disait, mais il déclara qu'il était venu parler à Boris d'une question personnelle, qu'il était désolé, mais qu'il avait bien l'intention de rester assis là jusqu'au retour de Boris. En bon Australien, comme il convenait à un vendeur de voitures scandalisé qui arrivait des Antipodes, il expliqua que sans vouloir se mêler des affaires de personne, il voulait bien être pendu s'il allait se laisser piquer dans la même nuit sa petite amie et son argent par un va-de-la-gueule de Russe qui n'avait même pas de quoi payer ses plaisirs. Il réussit à avoir l'air furibond mais tout en se gardant d'élever la voix, et puis il attendit de voir sa réaction.

Et voilà, dit Tarr, comment tout avait commencé.

Il était onze heures et demie lorsqu'il pénétra dans la chambre de Boris. Il en partit à une heure et demie avec la promesse d'un rendez-vous le lendemain soir. La situation alors était complètement renversée : « Nous ne faisions rien d'inconvenant, n'allez pas croire. On s'est simplement quittés bons amis, vous comprenez, Mr. Smiley ? »

Pendant un moment, cet aimable sourire eut l'air de s'arroger le droit de connaître les secrets les plus précieux de Smiley.

« Je comprends », assura Smiley d'un ton neutre.

La présence d'Irina à Hong Kong n'avait rien d'extraordinaire et Thesinger n'avait aucune raison d'en être informé, expliqua Tarr. Irina était elle-même un membre à part entière de la délégation. C'était une acheteuse en textiles qualifiée : « A vrai dire, elle s'y connaissait même beaucoup mieux que son jules, si je puis dire. C'était une gosse toute simple, un peu bas-bleu pour mon goût, mais elle était jeune et elle avait un drôlement joli sourire quand elle ne pleurait plus. » Tarr rougit bizarrement. « Elle était d'une compagnie agréable, insista-t-il, comme s'il devait discuter pour imposer son point de vue. Quand Mr. Thomas d'Adélaïde est entré dans sa vie, elle était au bout de son rouleau à force de se demander quoi faire de ce démon de Boris. Elle a cru que j'étais l'ange Gabriel. A qui pourrait-elle parler de son mari sans attirer d'ennuis à ce dernier ? Elle n'avait pas de copains dans la délégation, elle n'avait personne à qui se fier, même là-bas à Moscou, disait-elle. Quand on n'avait pas connu ça, on ne pouvait pas savoir ce que c'était que d'essayer d'entretenir des relations à moitié mortes tout en bougeant tout le temps. » Smiley de nouveau était plongé dans une transe profonde. « Un hôtel après l'autre, une ville après l'autre, avec même pas le droit de parler naturellement aux indigènes ni d'obtenir un sourire d'un étranger, voilà comment elle décrivait sa vie. Elle admettait que ça n'était vraiment pas drôle, Mr. Smiley, et à l'appui de ses dires, il y avait tout un flot de lamentations et une bouteille de vodka vide auprès du lit. Pourquoi ne pouvait-elle pas être comme les gens normaux ? répétait-elle sans arrêt. Pourquoi ne pouvait-elle pas profiter du soleil du Bon Dieu comme tout le monde ? Elle aimait bien voyager, elle aimait les gosses étrangers, pourquoi ne pouvait-elle pas avoir un enfant à elle ? Un enfant né libre, pas en captivité. Elle répétait ça tout le temps : né en captivité, né libre. « Je suis quelqu'un de gai, Thomas, je suis une « fille normale, sociable. J'aime bien les gens : pour-« quoi faut-il que je les trompe quand je les aime « bien ? » Et puis elle ajouta que le malheur, c'était qu'il y avait longtemps elle avait été choisie pour un travail qui la glaçait comme une vieille femme et qui la coupait de Dieu. C'est pour ça qu'elle avait bu et c'est pour ça qu'elle pleurait. A ce moment-là elle avait à peu près oublié son mari, elle se cherchait plutôt des excuses pour prendre un peu de bon temps. » De nouveau il hésita. « Je le flairais, Mr. Smiley. Il y avait de l'or chez cette fille. Je sentais ça depuis le début. Savoir c'est pouvoir, à ce qu'on dit, monsieur, et Irina avait le pouvoir, comme elle avait de la qualité. Peut-être qu'elle fonçait à tombeau ouvert, mais quand même elle pouvait se donner totalement. Je sais reconnaître la générosité chez une femme quand je tombe dessus, Mr. Smiley. J'ai le nez pour ça. Et cette dame était bien décidée à être généreuse. Seigneur, comment est-ce qu'on décrit une intuition ? Il y a des gens qui repèrent l'eau sous la terre... »

Il semblait s'attendre à quelque manifestation de sympathie, alors Smiley dit « Je comprends », en tirant sur le lobe de son oreille.

L'observant d'un air étrangement soumis, Tarr resta encore un moment silencieux. « Le lendemain matin, à la première heure, j'ai annulé mon billet d'avion et changé d'hôtel », conclut-il enfin.

Smiley brusquement ouvrit tout grands les yeux. « Qu'est-ce que vous avez dit à Londres ?

— Rien.

— Pourquoi ?

— Parce que c'est un crétin, dit Guillam.

— Peut-être que je croyais que Mr. Guillam allait me dire « Rentrez, Tarr », répondit-il en lançant à Guillam un coup d'œil complice que celui-ci ne lui rendit pas. Vous comprenez, il y a longtemps, quand j'étais encore un bleu, j'ai fait la bêtise de me laisser piéger par une nana.

— Il s'est ridiculisé avec une Polonaise, dit Guillam. Il avait senti sa générosité aussi.

— Je savais qu'Irina n'était pas un piège, mais comment est-ce que je pouvais compter que Mr. Guillam le croirait ? Rien à faire.

— Vous avez prévenu Thesinger ?

— Fichtre, non.

— Quelle raison avez-vous donnée à Londres pour retarder votre vol ?

— Je devais prendre l'avion jeudi. Je calculais que personne à Londres ne remarquerait mon absence avant mardi. Surtout que j'avais fait chou blanc avec Boris.

— Il n'a donné aucune raison et les surveillants l'ont porté en absence illégale le lundi, dit Guillam. Il a enfreint toutes les règles. Vers le milieu de cette semaine-là, même Bill Haydon battait ses tambours de guerre. Et il fallait bien que j'écoute », ajouta-t-il d'un ton pincé.

En tout cas, Tarr et Irina se retrouvèrent le lendemain soir. Et le surlendemain. Leur première rencontre eut lieu dans un café et ça n'était pas très réussi. Ils faisaient très attention à ne pas être vus parce que Irina était terrorisée, non pas tant à cause de son mari que des gardes de la sécurité attachés à la délégation, aux gorilles comme Tarr les appelait. Elle refusa de prendre un verre et elle tremblait. Le second soir, Tarr attendait toujours de voir sa générosité se manifester. Ils prirent le tram jusqu'à Victoria Peak, entassés entre des matrones américaines en chaussettes blanches et visière qui s'en allaient jouer au tennis. Le troisième soir il loua une voiture et l'emmena dans les Nouveaux Territoires jusqu'au moment où elle se mit à trembler à l'idée d'être si près de la frontière chinoise, alors ils redescendirent précipitamment vers le port. Néanmoins cette excursion la ravit et elle parlait souvent de la beauté bien ordonnée du paysage, avec les étangs à poissons et les rizières. Tarr était content du voyage aussi parce que cela leur prouva à tous les deux qu'on ne les surveillait pas. Mais Irina ne se déboutonnait toujours pas, pour employer sa formule.

« Maintenant je vais vous dire quelque chose de fichtrement bizarre sur ce stade de la partie. Au début, je jouais Thomas l'Australien à fond. Je lui faisais tout un baratin à propos d'un élevage de moutons dans les environs d'Adélaïde et je lui parlais d'une belle maison dans la rue principale avec une grande baie vitrée et « Thomas » en lettres lumineuses. Elle ne me croyait pas. Elle hochait la tête d'un air distrait en attendant que j'aie terminé mon numéro, puis elle disait « Oui, Thomas », « Non, Thomas » et changeait de sujet. »

Le quatrième soir il l'emmena en voiture dans les collines dominant la rive nord et là, Irina avoua à Tarr qu'elle était tombée amoureuse de lui, qu'elle était employée par le Centre de Moscou, tout comme son mari, et qu'elle savait que Tarr était du métier également; elle le voyait bien à son air perpétuellement en alerte et à sa façon d'écouter avec les yeux.

« Elle avait décidé que j'étais un colonel anglais des services de renseignement, reprit Tarr le plus sérieusement du monde. Elle sanglotait, une minute après elle éclatait de rire et à mon avis elle était aux trois quarts mûre pour le cabanon. Les Anglais étaient son peuple préféré. Des gentlemen, qu'elle répétait. Je lui avais apporté une bouteille de vodka et en quinze secondes elle en avait sifflé la moitié. Hourra pour les gentlemen anglais. Boris était l'agent opérationnel et Irina était là en soutien. C'était un numéro de duettistes, et un jour elle parlerait à Percy Alleline et lui confierait à lui tout seul un grand secret. Boris était là pour draguer quelques hommes d'affaires de Hong Kong et en outre il servait de boîte aux lettres au permanent soviétique local. Irina transmettait le courrier, réduisait les textes en micropoints et lui servait d'opérateur radio en émettant par giclées rapides pour dérouter les écoutes. Voilà comment les choses se présentaient sur le papier, vous comprenez ? Les deux boîtes de nuit servaient de lieux de rendez-vous et de positions de repli pour son contact local. Mais tout ce que Boris voulait vraiment faire, c'était boire, courir les danseuses et avoir des dépressions. Ou alors s'en aller marcher pendant cinq heures de suite parce qu'il ne pouvait pas supporter d'être dans la même chambre que sa femme. Irina se contentait d'attendre en pleurant et en se beurrant, et elle s'imaginait en tête-à-tête avec Percy en train de lui raconter tout ce qu'elle savait. Je la gardais là à parler sur la colline, assise dans la voiture. Je ne faisais pas un geste parce que je ne voulais pas rompre le charme. Nous avons regardé le crépuscule tomber sur la rade et une lune superbe monter à l'horizon, et puis les paysans qui passaient avec leur longue perche et leur lampe à pétrole. Il ne manquait plus que Humphrey Bogart en smoking. J'y allais doucement sur la vodka et je la laissais bavarder. Je ne remuais pas un muscle. Parole, Mr. Smiley. Je vous assure », déclara-t-il d'un ton désarmé d'un homme qui meurt d'envie d'être cru, mais Smiley avait fermé les yeux et était sourd à toute supplication.

« Elle s'est complètement laissée aller, expliqua Tarr comme si c'était un accident, quelque chose en quoi il n'avait aucune part. Elle m'a raconté toute sa vie, depuis sa naissance jusqu'au colonel Thomas : c'est moi. Papa, maman, les premières amours, le re-crutement, l'entraînement, son demi-mariage loupé, le grand jeu. Comment Boris et elle avaient fait équipe à l'entraînement et étaient restés ensemble depuis : un de ces grands liens qui ne se brisent ja-mais. Elle me révéla son vrai nom, son pseudo et le nom de couverture avec lesquels elle voyageait et émettait, et puis elle prit son sac à main et commença à me montrer son matériel de prestidigitation : le stylo creux et le plan d'émission plié à l'intérieur; un appareil de photo caché, tout le bazar. « Attendez « que Percy voie ça », que je lui dis, histoire d'entrer dans son jeu. C'était de la série, attention, pas du sur mesure, mais quand même du matériel de première qualité. Pour terminer elle se met à tout me raconter sur l'organisation soviétique à Hong Kong : les traîne-patins, les planques, les boîtes aux lettres, tout le tremblement. Je devenais dingue à essayer de tout me rappeler.

— Mais vous y êtes arrivé », dit sèchement Guillam.

Oui, reconnut Tarr; il se souvenait à peu près de tout. Il savait qu'elle ne lui avait pas dit toute la vérité, mais il savait que la vérité c'était dur à sortir pour une fille qui était dans le métier depuis sa puberté et il estimait que pour un début, ça n'était pas trop mal.

« Je la plaignais un peu, dit-il dans un nouvel élan de prétendue confession. J'avais l'impression qu'on était sur la même longueur d'onde, sans blague.

— Mais bien sûr », fit Lacon, intervenant tout d'un coup. Il était très pâle, mais était-ce la colère ou l'effet de la lumière du petit matin qui s'affirmait derrière les volets, impossible de le dire.

7

« J'ÉTAIS maintenant dans une drôle de situation. Je l'ai vue le lendemain et le jour d'après et je me disais que si elle n'était pas déjà un peu schizo, elle n'allait pas tarder à le devenir. A un moment, elle imaginait Percy lui donnant un boulot de première au Cirque, à travailler pour le colonel Thomas, et elle se lançait dans toute une discussion avec moi pour savoir si elle devrait avoir le grade de lieutenant ou de commandant. Et puis, une minute plus tard, elle disait qu'elle ne voulait plus jamais espionner pour personne, qu'elle allait faire pousser des fleurs et s'envoyer en l'air avec Thomas. Là-dessus elle me faisait le coup du couvent : des religieuses baptistes allaient lui purifier l'âme. A se flinguer. Qui a jamais entendu parler de religieuses baptistes, que je lui demande ? Ça ne fait rien, qu'elle répond, les Baptistes, c'est ce qu'il y a de plus chouette, sa mère était une paysanne et elle savait. C'était le second grand secret qu'elle voulait bien me confier. « Alors quel est le premier ? » que je lui demande. Rien à faire. Tout ce qu'elle dit c'est : on est en danger de mort, c'est plus grave que je ne m'imagine : pas d'espoir pour aucun de nous deux à moins qu'elle n'ait cette petite conversation avec frère Percy. « Quel danger, bon Dieu ? Qu'est-ce que « tu sais que je ne sais pas ? » Elle était vaniteuse comme un paon, mais quand j'insistais elle la bouclait et j'avais la frousse de la voir rentrer dare-dare à la maison pour raconter toute l'histoire à Boris. Et puis je commençais à être à court de temps. On était déjà mercredi et la délégation devait reprendre l'avion pour Moscou vendredi. Elle connaissait bien le métier, mais comment est-ce que je pouvais me fier à quelqu'un de givré comme elle ? Vous savez comment sont les femmes quand elles sont amoureuses, Mr. Smiley. C'est à peine si elles arrivent... »

Guillam l'avait déjà interrompu. « On ne vous demande pas de faire un cours, compris ? » ordonnat-il, et Tarr resta un moment à bouder.

« Tout ce que je savais, c'était qu'Irina voulait passer à l'Ouest — parler à Percy comme elle disait. Il lui restait trois jours et plus tôt elle sauterait le pas mieux ça vaudrait pour tout le monde. Si j'attendais encore un peu elle allait finir par changer d'avis. Alors j'ai fait le plongeon et je suis allé trouver Thesinger, très tôt, alors qu'il ouvrait la boutique.

— Le mercredi 11, murmura Smiley. A Londres, aux premières heures de la matinée.

— Thesinger a dû croire que j'étais un fantôme. « Il faut que je communique avec Londres, message « personnel pour le chef de la Station de Londres », je lui dis. Il a discuté comme un beau diable mais il m'a laissé faire. Je me suis installé à son bureau et j'ai codé le message moi-même sur un bloc sans double pendant que Thesinger me surveillait comme un chien qui va mordre. Il a fallu rajouter des trucs au début et à la fin pour que ça ait l'air d'un code commercial parce que Thesinger a l'exportation comme couverture. Ça m'a pris une demi-heure de plus. J'étais nerveux, vraiment nerveux. Ensuite j'ai brûlé toute cette saleté de bloc et j'ai tapé le message sur le télex. A ce moment-là, il n'y avait personne au monde que moi qui savait ce que signifiaient les chiffres sur cette feuille de papier, pas même Thesinger, personne que moi. Je demandais le traitement de transfuge pour Irina avec procédure d'urgence. Je réclamais tous les avantages dont elle n'avait même jamais parlé : du fric, la nationalité, une nouvelle identité, pas de publicité et un endroit où crécher. Après tout, j'étais son représentant, pour ainsi dire, n'est-ce pas, Mr. Smiley ? »

Smiley lui jeta un coup d'œil comme s'il était surpris qu'on lui adressât la parole. « Oui, dit-il fort aimablement, oui, je pense que c'est dans une certaine mesure ce que vous étiez.

— Si je le connais, murmura Guillam, il n'avait pas dû s'en tenir là. »

Comprenant l'allusion ou en devinant le sens, Tarr fut soudain furieux.

« C'est un abominable mensonge ! cria-t-il, rougissant violemment. C'est un... » Après avoir foudroyé Guillam du regard, il revint à son histoire.

« Je donnais un aperçu de sa carrière jusqu'à cette date, les renseignements auxquels elle avait accès, y compris ce qu'elle avait fait au Centre. Je réclamais des interrogateurs et un avion militaire. Elle croyait que je demandais une entrevue personnelle avec Percy Alleline en terrain neutre, mais j'estimais que nous franchirions ce pont-là le moment venu. Je suggérais qu'on envoie deux lampistes d'Esterhase pour s'occuper d'elle et peut-être aussi un toubib du service.

— Pourquoi des lampistes ? demanda sèchement Smiley. Ils n'ont pas le droit de s'occuper des transfuges. »

Les lampistes, c'étaient les hommes de Toby Esterhase, basés non pas à Brixton mais à Acton. Leur travail consistait à fournir les services de soutien pour les opérations : le guet, les écoutes, le transport et les planques.

« Ah ! mais c'est que Toby a fait son chemin depuis votre temps, Mr. Smiley, expliqua Tarr. Il paraît que même ses as de la filoche se trimbalent en Cadillac. Ils retirent littéralement le pain de la bouche des chasseurs de scalps s'ils en ont l'occasion, pas vrai, Mr. Guillam ?

— Ce sont eux qui fournissent les traîne-patins pour la Station de Londres, dit brièvement Guillam. Ça fait partie du latéralisme, ajouta-t-il.

— J'estimais qu'il faudrait bien six mois de debriefing aux interrogateurs pour lui tirer tout ce qu'elle savait et je ne sais pas pourquoi elle était folle de l'Ecosse. En fait, elle désirait vivement passer làbas le reste de sa vie. Avec Thomas. A élever nos bébés dans la bruyère. J'ajoutai le groupe correspondant à la Station de Londres, je précisai urgent et pour un officier seulement.

— C'est la nouvelle formule pour limiter au maximum le nombre de gens à lire un message, intervint Guillam. C'est censé éviter le traitement en salle de décodage.

— Mais pas à la Station de Londres ? fit Smiley.

— C'est leur affaire.

— Vous avez su que c'était Bill Haydon qui avait obtenu ce poste, j'imagine ? dit Lacon en se retournant brusquement vers Smiley. Chef de la Station de

74

Londres ? Il est effectivement leur chef d'opérations, tout comme l'était Percy du temps de Control. Ils ont changé tous les noms, voilà tout. Vous savez comment sont vos vieux amis pour ce qui est des noms. Vous devriez lui expliquer, Guillam, le mettre à jour.

— Oh ! je crois que je vois le tableau, je vous remercie », dit poliment Smiley. A Tarr, d'un air faussement rêveur, il demanda : « Elle parlait d'un grand secret, avez-vous dit ?

— Oui, monsieur.

— Avez-vous fait la moindre allusion à cela dans votre câble à Londres ? »

Il avait touché une corde sensible, pas de doute là-dessus, car Tarr tressaillit et lança un coup d'œil hésitant à Lacon, puis à Guillam.

Devinant ce qu'il voulait dire, Lacon aussitôt s'empressa d'écarter toute responsabilité : « Smiley ne sait rien de plus que ce que vous lui avez dit jusqu'à maintenant dans cette pièce, dit-il. Exact, Guillam ? » Guillam acquiesça, sans quitter des yeux Smiley.

« J'ai dit à Londres la même chose que ce qu'elle m'avait dit, reconnut Tarr d'un ton grincheux, comme quelqu'un qu'on a privé d'une bonne histoire.

— Comment avez-vous formulé cela exactement ? demanda Smiley. Je me demande si vous vous en souvenez.

« Prétend avoir autres informations cruciales pour « intérêts du Cirque, mais pas encore révélées. » En tout cas ça n'était pas loin.

— Merci. Merci beaucoup. »

Ils attendirent que Tarr reprît.

« Je demandais aussi au chef de la Station de Londres d'informer Mr. Guillam, ici présent, que j'étais retombé sur mes pattes et que je ne faisais pas l'école buissonnière pour le plaisir.

— C'est ce qui s'est passé ? demanda Smiley.

— Personne ne m'a rien dit, dit sèchement Guillam.

— J'ai traîné toute la journée à attendre une réponse, mais le soir elle n'était toujours pas arrivée. Irina avait un jour de travail normal. J'avais insisté là-dessus, vous comprenez. Elle voulait raconter qu'elle avait un peu de fièvre pour rester au lit, mais je n'avais pas voulu en entendre parler. La délégation avait des usines à visiter à Kowloon et je lui dis de suivre le mouvement et de prendre un air intelligent. Je lui fis jurer de ne pas picoler. Je ne voulais pas qu'à la dernière minute ça se termine en numéro d'amateur. Je voulais que tout soit normal jusqu'au moment où elle se taillerait. J'attendis jusqu'au soir puis je câblai en urgence une demande de réponse. »

Le regard voilé de Smiley se fixa sur le visage pâle devant lui. « On vous avait accusé réception, bien sûr ? demanda-t-il.

— « Message reçu. » C'est tout. J'ai passé toute la nuit à poireauter. A l'aube je n'avais toujours pas de réponse. Je me suis dit : peut-être que l'avion de la RAF est déjà en route. Londres prend son temps, que je me disais, pour tout bien mijoter avant de me ramener. Vous comprenez, quand on est aussi loin d'eux, on est bien obligé de croire qu'ils font convenablement leur boulot. Malgré tout ce qu'on peut penser d'eux, il faut bien croire ça. Et d'ailleurs, ça leur arrive de temps en temps, pas vrai, Mr. Guillam ? »

Personne ne vint à son secours.

« Je me faisais du mouron pour Irina, vous comprenez ? J'étais pratiquement certain que si elle devait attendre un jour de plus, elle allait craquer. La réponse a fini par arriver. Ce n'était absolument pas une réponse. C'était du lanternage : « Dites-nous dans « quelles sections elle a travaillé, noms de précédents « contacts et relations au Centre de Moscou, nom de « son patron actuel, date de recrutement par le Cen- « tre. » Seigneur, je ne sais plus quoi d'autre. J'expédiai une réponse rapidement parce que j'avais rendez-vous à trois heures avec elle près de l'église...

— Quelle église ? demanda de nouveau Smiley.

— L'église baptiste. » A la stupéfaction générale, Tarr rougit une nouvelle fois. « Elle aimait bien aller là-bas. Pas pour les services, juste pour respirer la religion. Je traînai du côté de l'entrée en cherchant à avoir l'air naturel, mais elle ne se montra pas. C'était la première fois qu'elle ne venait pas à un rendez-vous. Notre rendez-vous de repêchage était trois heures plus tard en haut de la colline, et puis une échelle descendante d'une minute cinquante de nouveau à l'église jusqu'à ce qu'on se retrouve. Si elle avait des ennuis elle devait laisser son costume de bain sur le rebord de sa fenêtre. C'était une passionnée de natation, elle se baignait tous les jours. Je fonçai à l'Alexandra : pas de costume de bain. J'avais deux heures et demie à tuer. Je ne pouvais rien faire d'autre qu'attendre. »

Smiley dit : « Quelle était la priorité du télégramme que vous avait adressé la Station de Londres ?

— Immédiat.

— Mais le vôtre était urgent ?

— Les deux miens étaient urgents.

— Le télégramme de Londres était signé ? »

Guillam intervint : « Ils ne le sont plus. De l'extérieur on traite avec la Station de Londres en tant qu'unité.

— Etait-ce : « A décoder vous-même ? »

— Non », fit Guillam.

On attendit que Tarr poursuivît.

« Je restai à traîner dans le bureau de Thesinger, mais je n'étais pas très populaire là-bas, il n'aime pas les chasseurs de scalps et il a tout un réseau qui fonctionne sur le continent chinois et il avait l'air de croire que j'allais tout lui griller. Je me suis donc installé dans un café et puis l'idée m'est venue que je pourrais aussi bien aller jusqu'à l'aéroport. Une idée comme ça : comme on dit : « Tiens, si j'allais voir un film. » Je pris le ferry, puis un taxi et je dis au chauffeur de rouler à tombeau ouvert. Je ne discutai même pas le prix de la course. Une vraie panique. Je bousculai tout le monde devant le bureau d'informations et demandai les heures de départ de tous les avions à destination de la Russie, directs ou avec transit. Je faillis devenir fou à parcourir les listes de vol, à engueuler les employés chinois, mais il n'y avait pas eu un avion depuis la veille et pas un avant six heures ce soir. Mais j'avais cette espèce d'intuition. Il fallait savoir. Et les charters, et les vols qui ne figurent pas sur les horaires, les avions-cargos, le transit occasionnel ? Est-ce que rien, mais vraiment rien, n'était parti pour Moscou depuis hier matin ? Là-dessus voilà que cette petite me donne la réponse, une des hôtesses chinoises. Je lui plais bien, vous comprenez. Elle veut me rendre service. Un avion soviétique non prévu avait décollé deux heures plus tôt, avec seulement quatre passagers à bord. Le centre d'attraction, c'était la femme infirme. Une dame. Dans le coma. Il avait fallu la porter jusqu'à l'avion sur une civière et elle avait le visage enveloppé de bandages. Deux infirmiers l'accompagnaient et un médecin, c'était tout.

J'appelai l'Alexandra dans un dernier espoir. Ni Irina ni son prétendu mari n'avait demandé la note de leur chambre, mais on ne répondait pas. Cet hôtel à la gomme ne savait même pas qu'ils étaient partis. »

Peut-être la musique jouait-elle depuis longtemps et Smiley ne s'en apercevait-il que maintenant. Il l'entendit en fragments imparfaits venant de différentes parties de la maison : une gamme sur une flûte, une chanson enfantine sur un disque, un morceau de violon joué avec plus d'assurance. Les nombreuses filles de Lacon s'éveillaient.

8

« Peut-être qu'elle était en effet malade, dit Smiley d'un ton flegmatique, s'adressant plus à Guillam qu'à personne d'autre. Peut-être était-elle bien dans le coma. Peut-être étaient-ce de vrais infirmiers qui l'ont emmenée. D'après ses propos, elle n'était pas dans un état nerveux très brillant. » Il ajouta, avec un bref coup d'œil à Tarr : « Après tout, il ne s'était écoulé que vingt-quatre heures entre votre premier télégramme et le départ d'Irina. On peut difficilement rendre Londres responsable de cette coïncidence.

— On peut tout juste, dit Guillam en regardant le parquet. C'est extrêmement rapide, mais ça peut marcher, si quelqu'un à Londres... — ils attendaient tous... — si quelqu'un à Londres avait du personnel très rapide. Et à Moscou aussi, bien sûr.

— Eh bien, c'est exactement ce que je me suis dit, monsieur, dit fièrement Tarr, reprenant le point de vue de Smiley sans tenir compte le moins du monde de celui de Guillam. Ce sont mes propres paroles, Mr. Smiley. Détends-toi, Ricki, que je me suis dit, si tu ne fais pas attention tu vas bientôt tirer sur des ombres.

— Ou alors les Russes ont compris, insista Smiley.

Les gardes de sécurité ont découvert votre liaison et l'ont éloignée. Ce serait d'ailleurs un miracle s'ils ne s'en étaient pas aperçus, étant donné la façon dont vous vous conduisiez tous les deux.

— Ou alors elle a tout dit à son mari, suggéra Tarr. Je suis aussi psychologue qu'un autre, monsieur. Je sais ce qui peut se passer entre un mari et une femme quand ils sont brouillés. Elle veut l'agacer, l'asticoter, obtenir une réaction, c'est ce que j'ai pensé. « Tu « veux que je te dise ce que je faisais pendant que « tu étais sorti boire et faire la fête ? »... quelque chose comme ça. Boris s'énerve et prévient les gorilles, ils assomment la nana et la ramènent à Moscou. J'ai étudié toutes ces possibilités, Mr. Smiley, croyez-moi. Je les ai vraiment examinées, parole. Tout comme le fait n'importe quel homme quand il est plaqué par une femme.

— Si nous nous en tenions à l'histoire, non ? murmura Guillam furieux.

— Ma foi », dit Tarr, il reconnaissait que pendant vingt-quatre heures il avait un peu perdu la boule : « On peut pas dire que ça m'arrive souvent, pas vrai, Mr. Guillam ?

— Suffisamment.

— Je me sentais tout démonté. Frustré, on pourrait presque dire. »

Sa conviction qu'une prise considérable lui avait été brutalement arrachée le conduisit à un état de fureur qui s'exprima par une grande virée dans toutes les boîtes qu'il avait l'habitude de fréquenter. Il se rendit au Cat's Cradle, puis chez Angelika, et à l'aube il avait fait la tournée d'une demi-douzaine d'autres établissements, sans parler de quelques filles qu'il avait rencontrées au passage. A un moment il traversa la ville pour aller faire des histoires à l'Alexandra. Il espérait pouvoir dire deux mots à ces gorilles de la sécurité. Lorsqu'il fut dégrisé, il se mit à penser à Irina, au temps qu'ils avaient passé ensemble et il décida avant de reprendre l'avion pour Londres d'aller inspecter leur boîte aux lettres morte pour voir si par hasard elle ne lui avait pas écrit avant de partir.

D'abord ça lui faisait quelque chose à faire. « Et puis je crois que je ne pouvais pas supporter l'idée qu'il y avait une lettre d'elle qui traînait dans un trou d'un mur pendant qu'elle se faisait cuisiner là-bas », ajouta-t-il, en vrai petit chevalier.

Ils avaient deux endroits où ils déposaient du courrier l'un pour l'autre. Le premier n'était pas loin de l'hôtel, sur un chantier de construction.

« Vous n'avez jamais vu ces échafaudages en bambous qu'ils utilisent ? Fantastique. J'en ai vu qui étaient hauts de vingt étages avec des coolies qui grouillaient dessus en trimbalant des dalles de béton précontraint. » Il y avait un bout de canalisation abandonné, expliqua-t-il, juste ce qu'il fallait, à hauteur d'épaule. Il semblait très probable, si Irina était pressée, que ce serait la canalisation qu'elle utiliserait comme boîte aux lettres mais quand Tarr s'y rendit, elle était vide. La seconde boîte était au fond de l'église, « dessous, là où on range les brochures », selon son expression. « Ça faisait partie d'un vieux placard, vous comprenez. Si vous vous agenouillez sur le banc du fond et que vous tâtonniez il y a une planche qui a du jeu. Derrière la planche, il y a un petit réduit plein de saloperies et de crottes de rats. Je vous assure, ça faisait vraiment une merveilleuse boîte, la meilleure que j'ai jamais trouvée. » Il y eut une brève pause, illuminée par la vision de Ricki Tarr et de sa maîtresse du Centre de Moscou, agenouillés côte à côte sur le banc du fond d'une église baptiste de Hong Kong.

Dans cette boîte aux lettres morte, reprit Tarr, il trouva non pas une lettre mais tout un journal. L'écriture était fine et couvrait les deux faces de la page si bien que très souvent l'encre noire traversait. C'était une écriture pressée, sans ratures. Il comprit au premier coup d'œil que c'était un journal qu'elle tenait durant ses périodes de lucidité.

« Attention, ça n'est pas l'original; c'est seulement la copie que j'en ai faite. »

Plongeant une longue main à l'intérieur de sa chemise, il en avait retiré un sac de cuir attaché à une large lanière. Il tira de là une liasse de papiers un peu sales.

« Elle a dû déposer le journal juste avant de se faire assommer, dit-il. Peut-être qu'elle faisait en même temps une dernière prière. J'ai fait la traduction moi-même, annonça-t-il avec désinvolture.

— Je ne savais pas que vous parliez russe, dit Smiley, dont personne n'écouta la remarque, sauf Tarr qui afficha aussitôt un large sourire.

— Ah! c'est qu'il faut des titres dans cette profession, Mr. Smiley, expliqua-t-il tout en séparant les pages. Je n'étais peut-être pas très fort en droit, mais une langue de plus, ça peut être un facteur décisif. Vous savez ce que dit le poète, je pense ? » Il leva les yeux de ses œuvres et son sourire s'épanouit. « Posséder une autre langue est posséder une autre âme. C'est un grand roi qui a écrit ça, Charles V. Mon père n'a jamais oublié une citation, ça on peut le dire, mais ce qu'il y a de drôle c'est qu'il ne parlait rien d'autre que l'anglais. Si vous permettez je vais vous lire le journal tout haut.

— Il ne sait pas un mot de russe, précisa Guillam. Ils parlaient anglais tout le temps. Irina avait fait trois ans d'anglais. »

Guillam avait choisi de regarder le plafond, Lacon ses mains. Seul Smiley observait Tarr, qui riait doucement de sa petite plaisanterie.

« Parés ? demanda-t-il. Alors très bien, je commence. « Ecoute, Thomas, c'est à toi que je parle. » Elle m'appelait par mon nom de famille, expliqua-t-il. Je lui avais dit que je m'appelais Tony mais pour elle c'était toujours Thomas, vous comprenez ? « Ce jour-
« nal est le cadeau que je te laisse au cas où ils
« m'emmèneraient avant que j'aie le temps de parler
« à Alleline. Je préférerais te donner ma vie, Thomas,
« et naturellement mon corps, mais je crois plus pro-
« bable que ce terrible secret sera tout ce que j'ai
« pour te rendre heureux. Fais-en bon usage ! » Tarr leva les yeux. « C'est daté du lundi. Elle a écrit ce journal pendant les quatre jours qu'elle a eus. » Il avait pris un ton neutre, presque ennuyé. « Au Centre de
« Moscou on potine plus que ne le souhaiteraient nos
« supérieurs. Les gens sans importance notamment
« aiment bien se donner des grands airs en faisant
« semblant d'être dans le coup. Pendant deux ans,
« avant d'être attachée au ministère du Commerce,
« j'ai travaillé comme surveillante au service de clas-
« sement de notre quartier général place Djerjinsky.
« Le travail était si assommant, Thomas, l'atmo-
« sphère n'était pas agréable et j'étais célibataire.
« On nous encourageait à nous méfier les uns des
« autres; c'est une telle tension de ne jamais ouvrir
« son cœur, pas une fois. Sous mes ordres il y avait

« un employé nommé Ivlov. Bien qu'Ivlov ne fût pas
« socialement ni hiérarchiquement mon égal, cette
« atmosphère oppressante amena nos caractères à se
« rencontrer. Pardonne-moi, parfois, seul le corps
« peut parler pour nous, tu aurais dû apparaître plus
« tôt dans ma vie, Thomas ! Plusieurs fois Ivlov et
« moi étions de service ensemble dans l'équipe de
« nuit et nous finîmes par nous mettre d'accord pour
« braver les règlements et nous retrouver en dehors
« du bureau. Il était blond, Thomas, comme toi, et
« j'avais envie de lui. Nous nous donnions rendez-
« vous dans un café d'un quartier pauvre de Moscou.
« En Russie on nous enseigne qu'il n'y a pas de quar-
« tier pauvre à Moscou, mais c'est un mensonge.
« Ivlov me dit que son vrai nom était Brod, mais
« qu'il n'était pas juif. Il m'apporta du café que lui
« avait envoyé clandestinement un camarade de Téhé-
« ran, il était très gentil, il me donna aussi des bas.
« Ivlov m'expliqua qu'il m'admirait beaucoup et qu'il
« avait travaillé autrefois dans un département chargé
« d'enregistrer les renseignements concernant tous
« les agents étrangers employés par le Centre. J'écla-
« tai de rire en lui disant qu'un tel service n'exis-
« tait pas, que c'était une idée de rêveur d'imaginer
« que tant de secrets pouvaient se trouver en un seul
« endroit. Bah ! je pense que nous étions tous les deux
« des rêveurs. »

Tarr de nouveau s'interrompit :

« Nous passons au jour suivant, annonça-t-il. Elle
commence par un tas de bonjour Thomas, de prières
et un peu de mots d'amour. Une femme ne peut pas
écrire dans le vide, dit-elle, alors elle écrit à Thomas.
Son jules est sorti de bonne heure, elle a une heure
pour elle toute seule. Ça va ? »

Smiley grommela.

« — Mon second rendez-vous avec Ivlov eut lieu
« dans la chambre d'une cousine de sa femme, qui
« est professeur à l'université d'Etat de Moscou. Per-
« sonne d'autre n'était présent. Au cours de cette
« entrevue, extrêmement secrète, fut perpétré ce que
« dans un rapport nous appellerions un acte répré-
« hensible. Je crois, Thomas, qu'il t'est arrivé à toi-
« même une ou deux fois de commettre un tel acte !
« Lors de ce rendez-vous également Ivlov me raconta
« l'histoire suivante pour resserrer davantage encore
« nos liens d'amitié. Thomas, il faut que tu fasses
« attention. As-tu entendu parler de Karla ? C'est un
« vieux renard, le plus rusé du Centre, le plus secret,
« même son nom n'est pas un nom que les Russes
« comprennent. Ivlov était extrêmement effrayé à
« l'idée de me raconter cette histoire, qui selon lui
« concernait une grande conspiration, peut-être la plus
« grande que nous ayons. Voici le récit d'Ivlov. Tu
« ne dois en parler qu'aux gens *les plus sûrs*, Thomas,
« en raison de son caractère extrêmement confiden-
« tiel. Tu ne dois en parler à personne au Cirque, car
« on ne peut faire confiance à personne tant que
« l'énigme n'est pas résolue. Ivlov me dit que ce
« n'était pas vrai qu'il avait travaillé autrefois sur les
« dossiers des agents. Il n'avait inventé cette histoire
« que pour me montrer à quel point il connaissait
« les affaires du Centre et pour me faire comprendre
« que je n'étais pas amoureuse de n'importe qui. La
« vérité, c'était qu'il avait travaillé pour Karla comme
« assistant dans un des grands complots de Karla et
« qu'il avait en fait été en poste en Angleterre,
« pour participer à cette conspiration, sous le cou-
« vert d'être chauffeur et employé adjoint au chiffre

« à l'ambassade. Pour cette tâche on lui avait donné
« le pseudo de Lapin. Ainsi Brod devint Ivlov et
« Ivlov devint Lapin : le pauvre Ivlov en était extrê-
« mement fier. Je n'osais pas lui dire ce que Lapin
« signifie en français. Quand on pense que la richesse
« d'un homme se compte au nombre de ses noms !
« La tâche d'Ivlov était de se mettre au service d'une
« taupe. Une taupe est un agent de profonde pénétra-
« tion ainsi appelé parce qu'il s'enfonce profondé-
« ment dans la texture de l'impérialisme occidental,
« en l'occurrence, c'était un Anglais. Les taupes sont
« très précieuses pour le Centre en raison du grand
« nombre d'années qu'il faut pour les installer, sou-
« vent quinze ou vingt ans. La plupart des taupes
« anglaises avaient été recrutées par Karla avant la
« guerre et étaient issues de la haute bourgeoisie,
« c'étaient même parfois des aristocrates et des nobles
« dégoûtés de leurs origines et qui étaient devenus
« secrètement des fanatiques, beaucoup plus que
« leurs camarades de la classe laborieuse anglaise
« qui sont paresseux. Plusieurs avaient demandé à
« s'inscrire au Parti quand Karla les arrêta à temps
« et les orienta vers des missions spéciales. Certains
« se battirent en Espagne contre les fascistes de
« Franco, et les dénicheurs de talent de Karla les
« trouvèrent là et les adressèrent à Karla. D'autres
« furent recrutés pendant la guerre durant l'alliance
« de convenance entre la Russie soviétique et la
« Grande-Bretagne. D'autres par la suite, déçus de
« voir que la guerre n'avait pas apporté le socialisme
« à l'Occident... » Là ça se tarit un peu, annonça Tarr
sans lever les yeux de son manuscrit. J'ai écrit : « Ça
« se tarit. » Je pense que son jules est revenu plus
tôt qu'elle ne s'y attendait. Il y a plein de pâtés sur

le papier. Et Dieu sait où elle a fourré ce journal. Peut-être sous le matelas. »

Si cela voulait être une plaisanterie, ce fut un échec.

« — La taupe pour le compte de qui Lapin opérait
« à Londres était connue sous le nom de code de Gerald.
« Il avait été recruté par Karla et était traité de façon
« extrêmement confidentielle. Les contacts avec les
« taupes ne se font que par l'intermédiaire de cama-
« rades possédant des qualités tout à fait exception-
« nelles, expliqua Ivlov. Ainsi, alors qu'en apparence
« Ivlov-Lapin était à l'ambassade un moins que rien,
« soumis à de nombreuses humiliations en raison de
« son insignifiance apparente, comme rester planté
« avec des femmes derrière le bar lors des réceptions,
« en fait c'était un grand homme, l'adjoint secret du
« colonel Gregor Viktorov, dont le pseudo à l'ambas-
« sade était Polyakov. »

Ce fut là que Smiley fit sa seule intervention, demandant l'orthographe. Comme un acteur dérangé
au milieu d'une tirade, Tarr répondit brutalement :
« P-O-L-Y-A-K-O-V, vous avez noté ?

— Je vous remercie », dit Smiley avec une courtoisie inébranlable, mais d'un ton qui laissait entendre
sans équivoque qu'à ses yeux le nom n'avait pour lui
aucune signification. Tarr reprit son récit.

« — Viktorov est lui-même un vieux profession-
« nel d'une grande astuce, dit Ivlov. Il a comme cou-
« verture le poste d'attaché culturel et c'est ainsi
« qu'il correspond avec Karla. En tant qu'attaché
« culturel Polyakov, il organise dans les universités
« et les associations britanniques des conférences
« sur les problèmes culturels de l'Union soviétique,
« mais son travail nocturne en tant que colonel Gre-

« gor Viktorov consiste à donner ses consignes à
« la taupe Gerald suivant les instructions envoyées
« du Centre par Karla et à recueillir ses rapports.
« Pour cela, le colonel Viktorov-Polyakov utilise des
« traîne-patins et le pauvre Ivlov a été quelque temps
« l'un d'eux. Néanmoins c'est Karla à Moscou qui
« contrôle vraiment la taupe Gerald. »

« Maintenant ça change vraiment, poursuivit Tarr.
Elle écrit le soir et ou bien elle est beurrée ou alors
elle a une frousse du diable parce qu'elle écrit tout
de travers. Il est question de pas dans le couloir et
des regards noirs que lui lancent les gorilles. Ça n'est
pas transcrit, vous voyez, Mr. Smiley ? » Sur un petit
hochement de tête de ce dernier, il reprit : « Les mesu-
« res prises pour assurer la sécurité de la taupe
« étaient remarquables. Les rapports écrits adressés
« de Londres à Karla au Centre de Moscou, même
« après codage, étaient coupés en deux et envoyés
« par des courriers séparés, d'autres à l'encre sympa-
« thique sous la correspondance normale de l'ambas-
« sade. Ivlov me raconta que la taupe Gerald produi-
« sait parfois plus de matériel confidentiel que Vikto-
« rov-Polyakov ne pouvait commodément en manipu-
« ler. Une grande partie était sur de la pellicule non
« développée, et il y avait souvent trente bobines par
« semaine. Quiconque ouvrait le boîtier comme il ne
« fallait pas voilait aussitôt le film. D'autre matériel
« était transmis verbalement par la taupe, lors de
« rencontres extrêmement confidentielles, et enre-
« gistré sur des bandes spéciales qui ne pouvaient
« être reproduites que sur des appareils compliqués.
« Cette bande était également effacée si on l'exposait
« à la lumière ou si on la faisait passer sur un appa-
« reil ordinaire. Les rendez-vous étaient du genre

« urgent, toujours dans des conditions différentes,
« toujours brusquement, et c'est tout ce que je sais
« sinon que cela se passait au moment où l'agression
« fasciste au Vietnam était à son paroxysme; en
« Angleterre les réactionnaires extrémistes avaient
« repris le pouvoir. Je sais aussi que d'après Ivlov-
« Lapin la taupe Gerald était un haut fonctionnaire
« du Cirque. Thomas, je te dis cela parce que je
« t'aime, j'ai décidé d'admirer tous les Anglais, et toi
« surtout. Je ne veux pas penser qu'un gentleman
« anglais peut se conduire comme un traître, bien
« que naturellement j'estime qu'il avait raison de se
« rallier à la cause des travailleurs. Je crains aussi
« pour la sécurité de tous ceux qui étaient employés
« par le Cirque dans une opération de ce genre. Tho-
« mas, je t'aime, prends garde à ces révélations, elles
« pourraient te nuire à toi aussi. Ivlov était un homme
« comme toi, même si on l'appelait Lapin... » Tarr
marqua un temps, il hésitait. « Il y a un passage à
la fin qui...

— Lisez-le », murmura Guillam.

Penchant légèrement de côté la liasse de papiers,
Tarr lut du même ton monocorde :

« — Thomas, je te raconte cela aussi parce que
« j'ai peur. Ce matin quand je me suis réveillée il
« était assis au bord du lit, et il me regardait comme
« un fou. Quand je suis descendue pour prendre mon
« café, les gardes Trepov et Novikov m'observaient
« comme des bêtes de proie, sans faire attention à
« ce qu'ils mangeaient. Je suis sûre qu'ils étaient là
« depuis des heures, il y avait aussi avec eux Avilov,
« un garçon qui travaille avec le permanent de Hong
« Kong. As-tu été indiscret, Thomas ? En as-tu dit
« plus que tu ne me l'as laissé croire ? Tu comprends

« maintenant pourquoi seul Alleline ferait l'affaire.
« Tu n'as pas besoin de te faire de reproches, je devine
« ce que tu leur as dit. Dans mon cœur je suis libre.
« Tu n'as vu que ce qu'il y a de mauvais en moi, la
« boisson, la peur, les mensonges que nous vivons.
« Mais au fond de moi brûle une lumière nouvelle et
« bénie. Je croyais que le monde du renseignement
« était un endroit à part et que j'étais bannie à jamais
« sur une île de demi-vivants. Mais, Thomas, ce n'est
« pas un monde à part. Dieu m'a montré qu'Il se
« trouve là, en plein milieu du monde réel, tout
« autour de nous, et que nous n'avons qu'à ouvrir
« la porte et qu'à sortir pour être libres. Thomas,
« il faudra toujours rechercher la lumière que j'ai
« trouvée. Ça s'appelle l'amour. Maintenant je vais
« porter cela à notre endroit secret et l'y laisser
« pendant qu'il est encore temps. Mon Dieu, j'espère
« que oui. Que Dieu me donne asile dans Son église.
« Souviens-toi : je t'ai aimé là-bas aussi. » Il était
extrêmement pâle et ses mains, lorsqu'il ouvrit sa
chemise pour remettre le journal dans sa bourse,
étaient tremblantes et moites. « Il y a encore un dernier passage, dit-il. Voici : « Thomas, pourquoi te
« rappelles-tu si peu de prières de ton enfance ? Ton
« père était un homme de valeur, un brave homme. »
Comme je vous l'ai dit, expliqua-t-il, elle était
folle. »

Lacon avait ouvert les rideaux et la pleine lumière
du jour entrait maintenant à flots dans la pièce. Les
fenêtres donnaient sur un petit enclos où Jackie Lacon,
une petite fille potelée avec des nattes, faisait prudemment aller son poney au petit galop.

9

AVANT de laisser Tarr partir, Smiley lui posa un certain nombre de questions. Ce n'était pas Tarr qu'il fixait, mais son regard de myope se perdait dans le lointain, son visage un peu bouffi tout déprimé par le récit de cette tragédie.

« Où est l'original de ce journal ?

— Je l'ai remis dans la boîte aux lettres, comprenez-moi, Mr. Smiley : le temps que je trouve le journal, Irina était à Moscou depuis vingt-quatre heures. Je me disais qu'il ne lui resterait pas beaucoup de forces quand on en arriverait à l'interrogatoire. Selon toute probabilité on l'avait cuisinée dans l'avion, puis une seconde séance après l'arrivée, et l'interrogatoire en règle dès que les grosses légumes avaient terminé leur petit déjeuner. C'est comme ça qu'ils s'y prennent avec les gens peureux : d'abord le travail au corps, et puis les questions après, pas vrai ? Alors ça risquait de n'être que l'affaire d'un jour ou deux avant que le Centre expédie un ringard pour venir jeter un coup d'œil au fond de l'église, d'accord ? » Là-dessus il reprit d'un ton pincé : « Et puis il fallait que je pense à ma sécurité.

— Ce qui veut dire que les gens du Centre de Moscou s'intéresseraient moins à lui s'ils pensaient qu'il n'avait pas lu le journal, dit Guillam.

— Vous l'avez photographié ?

— Je ne me trimbale pas avec un appareil. J'ai acheté un calepin à trois sous et j'ai recopié le journal. L'original, je l'ai remis à sa place. Tout ça m'a pris quatre heures. » Il jeta un coup d'œil à Guillam, puis détourna la tête. Dans la lumière du jour naissant, on distinguait soudain sur le visage de Tarr une peur profonde. « Quand je suis rentré à l'hôtel, ma chambre était un vrai chantier : on avait même arraché le papier des murs. Le directeur m'a dit de foutre le camp. Il ne voulait rien savoir de tout ça.

— Tarr a un pistolet, expliqua Guillam. Il refuse de s'en séparer.

— Vous parlez que je refuse. »

Smiley le gratifia d'un grognement de compassion un peu dyspeptique :

« Ces rendez-vous que vous aviez avec Irina : les boîtes aux lettres mortes, les signaux de sécurité et les rendez-vous de repêchage. Qui avait proposé tout ça : vous ou elle ?

— Elle.

— Quels étaient les signaux de sécurité ?

— Des détails de toilette. Si je portais mon col ouvert, elle savait que j'avais inspecté les lieux et que la voie était libre. Si je le portais fermé, annuler le rendez-vous jusqu'à la solution de secours.

— Et Irina ?

— Son sac à main. Main gauche, main droite. J'arrivais le premier et j'attendais de quelque part où elle pouvait me voir. Ça lui donnait le choix : continuer ou se tailler.

— Tout ça s'est passé il y a six mois. Qu'est-ce que vous avez fait depuis ?

— Je me suis reposé, répondit Tarr brutalement.

— Il s'est affolé, expliqua Guillam, et il s'est planqué parmi les indigènes. Il a filé à Kuala Lumpur et il s'est terré dans un des villages des collines. C'est sa version à lui. Il a une fille qui s'appelle Danny.

— Danny, c'est ma gosse.

— Il s'est installé avec Danny et sa mère, dit Guillam, coupant, comme c'était son habitude, la parole à Tarr. Il a des épouses éparpillées à travers le globe mais pour l'instant c'est elle qui á l'air d'être en tête du peloton.

— Pourquoi avez-vous choisi justement ce moment pour venir nous trouver ? »

Tarr ne dit rien.

« Vous ne voulez pas passer Noël avec Danny ?

— Bien sûr que si.

— Alors qu'est-ce qui s'est passé ? Quelque chose vous a effrayé ?

— Il y a eu des rumeurs, dit Tarr d'un ton maussade.

— Quel genre de rumeurs ?

— Un Français a rappliqué à Kuala Lumpur en racontant à tout le monde que je lui devais de l'argent. Il voulait trouver un huissier pour me poursuivre. Je ne dois d'argent à personne. »

Smiley se retourna vers Guillam. « Au Cirque il est toujours enregistré comme déserteur ?

— Présumé.

— Qu'ont-ils fait jusqu'à maintenant ?

— Ça ne me concerne pas. J'ai entendu dire que la Station de Londres avait tenu quelques conseils de guerre à son propos il y a un moment, mais on ne

94

m'a pas invité et je ne sais pas ce qui en est sorti. A mon avis, rien, comme d'habitude.

— Quel passeport a-t-il utilisé ? »

Tarr avait sa réponse toute prête : « J'ai jeté Thomas le jour où je suis arrivé en Malaisie. Je me suis dit que Thomas ne devait pas être précisément en odeur de sainteté à Moscou et que je ferais mieux de le supprimer tout de suite. A Kuala Lumpur je me suis fait faire un passeport du Commonwealth et un britannique au nom de Poole. » Il le tendit à Smiley. « Il n'est pas mal pour ce qu'il m'a coûté.

— Pourquoi n'avez-vous pas utilisé un de vos passeports suisses de secours ? »

Nouveau silence méfiant.

« Ou bien les avez-vous perdus quand on a fouillé votre chambre d'hôtel ?

— Il les a cachés, expliqua Guillam, dès qu'il est arrivé à Hong Kong. C'est généralement ce qui se fait.

— Alors pourquoi ne les avez-vous pas utilisés ?

— Ils étaient numérotés, Mr. Smiley. Ils étaient peut-être en blanc mais ils étaient numérotés. Franchement je me sentais un peu mal à l'aise. Si Londres avait le numéro, peut-être que Moscou l'avait aussi, si vous voyez ce que je veux dire.

— Alors qu'avez-vous fait de vos passeports suisses ? répéta Smiley d'un ton affable.

— Il dit qu'il les a jetés, dit Guillam. Il les a plus probablement vendus. Ou bien échangés contre celui-là.

— Comment ça ? Comment ça : jetés ? Vous les avez brûlez ?

— C'est ça, je les ai brûlés, dit Tarr d'un ton un peu nerveux, moitié menaçant, moitié craintif.

— Alors quand vous dites que ce Français vous cherchait...

— Il cherchait Poole.

— Mais qui d'autre a jamais entendu parler de Poole sauf l'homme qui vous a fait ce passeport ? » demanda Smiley en feuilletant les pages. Tarr ne répondit rien. « Racontez-moi comment vous êtes rentré en Angleterre, proposa Smiley.

— La route normale à partir de Dublin. Pas de problèmes. » Tarr mentait mal quand on le pressait. C'était peut-être la faute de ses parents. Il parlait avec trop de volubilité quand il n'avait pas de réponse prête, avec trop d'agressivité quand il en avait une sous la main.

« Comment êtes-vous arrivé à Dublin ? demanda Smiley, vérifiant les visas sur la page du milieu.

— Un jeu d'enfant. » Il avait retrouvé son assurance. « Un jeu d'enfant tout du long. J'ai une mignonne qui est hôtesse de l'air sur la South African. Un de mes copains m'a pris sur un avion-cargo pour Le Cap, au Cap ma pépée s'est occupée de moi puis m'a trouvé une place gratis pour Dublin avec un des pilotes. Pour les gens qui sont en Extrême-Orient, je n'ai jamais quitté la péninsule.

— Je fais ce que je peux pour vérifier, dit Guillam en s'adressant au plafond.

— Eh bien, tâchez de faire gaffe, mon vieux, lança Tarr à Guillam. Parce que je n'ai pas envie de me retrouver avec des gens qui ne me plaisent pas sur le dos.

— Pourquoi vous êtes-vous adressé à Mr. Guillam ? » demanda Smiley toujours plongé dans le passeport de Poole. Le passeport avait un air usé et convenablement fatigué, il n'était ni trop plein ni trop

96

vide. « A part le fait que vous aviez peur, bien sûr.

— Mr. Guillam est mon patron, dit vertueusement Tarr.

— L'idée ne vous a pas traversé qu'il pourrait très bien vous remettre directement à Alleline ? Après tout, pour les patrons du Cirque, vous êtes en quelque sorte un homme dont la tête est mise à prix, n'est-ce pas ?

— Bien sûr. Mais je ne pense pas que Mr. Guillam aime mieux le nouvel arrangement que vous, Mr. Smiley.

— Et puis il adore l'Angleterre, expliqua Guillam d'un ton sarcastique.

— Bien sûr. J'avais le mal du pays.

— Vous n'avez jamais songé à vous adresser à personne d'autre qu'à lui ? Pourquoi pas à un des permanents à l'étranger, par exemple, où vous étiez moins en danger ? C'est toujours Mackelvore qui dirige le bureau de Paris ? » Guillam acquiesça. « Eh bien, alors, vous auriez pu vous adresser à Mr. Mackelvore. C'est lui qui vous a recruté, vous pouvez lui faire confiance : c'est un vieux du Cirque. Vous auriez pu rester tranquillement à Paris au lieu de venir risquer votre peau ici. Oh ! bonté divine. Lacon, vite ! »

Smiley s'était levé, une main appuyée sur sa bouche tandis qu'il regardait par la fenêtre. Dans l'enclos, Jackie Lacon gisait à plat ventre en hurlant pendant qu'un poney sans cavalier caracolait entre les arbres. Ils regardaient toujours quand Mrs. Lacon, une jolie femme aux cheveux longs et en gros bas d'hiver bondit par-dessus la barrière et vint ramasser l'enfant.

« Elles font souvent des chutes, remarqua Lacon, très agacé. A cet âge-là, elles ne se font pas de mal. » Et d'un ton à peine plus aimable : « Vous savez,

George, vous n'êtes pas responsable de tout le monde. »

Lentement ils regagnèrent leur place.

« Et si vous aviez choisi Paris, reprit Smiley, quelle route auriez-vous prise ?

— La même jusqu'en Irlande, et puis Dublin-Orly, j'imagine. Qu'est-ce que vous voulez que je fasse ? Que je marche sur l'eau ? »

Là-dessus Lacon rougit violemment et Guillam bondit sur ses pieds avec une exclamation de colère. Mais Smiley semblait impassible. Reprenant le passeport, il en inspecta lentement les premières pages.

« Et comment êtes-vous entré en contact avec Mr. Guillam ? »

Ce fut Guillam qui répondit pour lui, en parlant vite : « Il savait où je fais graisser ma voiture. Il a laissé un mot dessus en disant qu'il voulait l'acheter et l'a signé de son pseudo, Trench. Il proposait un lieu de rendez-vous et insistait discrètement pour que nous puissions parler tranquillement avant que je m'adresse ailleurs. J'ai amené Fawn comme baby-sitter... »

Smiley l'interrompit : « C'était Fawn qui était à la porte à l'instant ?

— Il surveillait mes arrières pendant que nous bavardions. Je l'ai gardé avec nous depuis. Dès que Tarr m'a raconté son histoire, j'ai appelé Lacon d'une cabine en lui demandant un rendez-vous. George, pourquoi ne parlons-nous pas de cela entre nous ?

— Vous avez appelé Lacon ici ou à Londres ?

— Ici », dit Lacon.

Il y eut un silence pendant que Guillam expliquait : « Je me rappelais par hasard le nom d'une fille du bureau de Lacon. J'ai mentionné son nom en disant qu'elle m'avait demandé d'appeler Lacon d'urgence pour une affaire personnelle. Ça n'était pas parfait mais c'était ce que j'ai pu trouver de mieux sur le moment. » Il ajouta, pour meubler le silence : « Enfin, bon sang, il n'y avait aucune raison d'imaginer que le téléphone était sur table d'écoute.

— Il y avait toutes les raisons. »

Smiley avait refermé le passeport et en examinait la reliure à la lueur d'une lampe un peu fatiguée auprès de lui. « Ça n'est pas mal, n'est-ce pas ? observa-t-il d'un ton léger. Vraiment du bon travail. Je dirai que c'est un produit de professionnel. Je ne trouve pas une bavure.

— Ne vous en faites pas, Mr. Smiley, répliqua Tarr en le reprenant, il n'a pas été fait en Russie. » Lorsqu'il atteignit la porte, il avait retrouvé son sourire. « Vous savez ? dit-il en s'adressant à tous les trois. Si Irina a raison, vous allez avoir besoin d'un Cirque tout neuf. Alors, si nous nous tenons tous les coudes, je pense que nous pourrions bien nous retrouver au rez-de-chaussée. » Il tambourina sur la porte. « Viens, mon chou, c'est moi, Ricki.

— Je vous remercie ! Ça va pour l'instant ! Ouvrez, je vous prie », cria Lacon, et un moment plus tard la clef tourna dans la serrure, la silhouette sombre de Fawn le baby-sitter apparut aux regards et le bruit des quatre pas s'éloigna sous les hautes voûtes de la maison, accompagné par les sanglots lointains de Jackie Lacon.

10

DE l'autre côté de la maison par rapport à l'enclos aux poneys, un court de tennis sur herbe était dissimulé parmi les arbres. Ce n'était pas un bon court de tennis; on y passait rarement la tondeuse. Au printemps l'herbe était détrempée après la période d'hiver et aucun soleil n'y pénétrait pour la sécher, en été les balles y disparaissaient dans le feuillage et ce matin-là, on enfonçait jusqu'à la cheville dans les feuilles gelées venues s'amasser là de tous les coins du jardin. Mais autour de la bordure, suivant approximativement le treillage rectangulaire, un sentier musardait entre des hêtres et c'était là que Smiley et Lacon musardaient aussi. Smiley était allé chercher son manteau de voyage mais Lacon ne portait que son costume usé jusqu'à la corde. Pour cette raison sans doute il avait adopté un pas vif, encore que mal coordonné, qui à chaque enjambée l'amenait bien en avant de Smiley, si bien qu'il devait sans cesse s'arrêter, les épaules et les coudes légèrement soulevés, en attendant que son compagnon plus petit l'eût rattrapé. Puis il repartait aussitôt et gagnait du terrain. Ils firent deux tours ainsi avant que Lacon rompît le silence.

« Quand vous êtes venu me trouver il y a un an avec ce genre de suggestion, je crois malheureusement que je vous ai jeté dehors. J'imagine que je devrais vous faire des excuses. J'ai été négligent. » Il y eut un silence approprié pendant qu'il méditait sur ce manquement au devoir. « Je vous ai donné pour consigne d'abandonner vos recherches.

— Vous m'avez dit qu'elles étaient inconstitutionnelles, dit Smiley d'un ton mélancolique, comme s'il évoquait la même triste erreur.

— C'est le mot que j'ai employé ? Bonté divine, que c'est pompeux ! »

De la maison parvenait le bruit des pleurs incessants de Jackie.

« Vous n'en avez jamais eu, n'est-ce pas ? fit aussitôt Lacon, levant la tête en entendant ces pleurs.

— Je vous demande pardon ?

— Des enfants. Ann et vous.

— Non.

— Des neveux, des nièces ?

— Un neveu.

— De votre côté ?

— Du sien. »

Peut-être que je ne suis jamais reparti, songea-t-il, regardant autour de lui les roses en broussaille, les balançoires cassées et les tas de sable détrempés, la maison rouge et sans attraits d'une couleur si criarde dans la lumière du matin. Nous sommes peut-être encore là depuis la dernière fois.

Lacon prodiguait de nouvelles excuses :

« Oserais-je dire que je ne me fiais absolument pas à vos motivations ? L'idée m'a même traversé, voyez-vous, que c'était Control qui vous avait poussé. Pour avoir un moyen de se cramponner au pouvoir et d'écarter Alleline »... Il reprit sa marche à longues enjambées, ses bras battant l'air.

« Oh! non, je vous assure que Control n'en savait rien, dit Smiley.

— Je m'en rends compte maintenant. Je ne l'avais pas compris sur le moment. C'est un peu difficile de savoir quand se fier aux gens et quand ne pas le faire. On vit quand même avec des échelles de valeurs un peu différentes, vous ne trouvez pas ? Je veux dire qu'on y est obligé. J'accepte cela. Je ne porte pas de jugement. Après tout nos objectifs sont identiques, même si nos méthodes diffèrent » — il bondit par-dessus une ornière — « j'ai entendu quelqu'un dire un jour que la moralité était une méthode. Vous êtes d'accord ? Je pense que non. Vous diriez sans doute que la moralité était inhérente à l'objectif. Seulement c'est difficile de savoir quels objectifs on a vraiment, voilà l'ennui, surtout si on est anglais. On ne peut pas s'attendre que vous autres déterminiez notre politique pour nous, n'est-ce pas ? Nous ne pouvons que vous demander de la servir. Exact ? Ça n'est pas commode. »

Plutôt que de courir après lui, Smiley s'assit sur le siège rouillé d'une balançoire et se pelotonna dans son manteau, jusqu'au moment où Lacon finit par revenir sur ses pas et par s'installer auprès de lui, si bien que pendant un moment ils se balancèrent doucement tous les deux au rythme des ressorts qui gémissaient.

« Pourquoi diable a-t-elle choisi Tarr ? murmura Lacon en agitant ses longs doigts. De tous les gens au monde à choisir comme confesseur, je n'arrive pas à en imaginer un aussi lamentablement inapte.

— Je crains qu'il ne vous faille poser cette question

à une femme, pas à nous, dit Smiley, qui se demandait de nouveau où se trouvait Immingham.

— Oh! bien sûr, acquiesça Lacon avec un grand geste. Tout cela est un mystère total. Je vois le Ministre à onze heures, confia-t-il en baissant la voix, il faut que je le mette au courant. Vous savez, votre cousin parlementaire, ajouta-t-il, imposant une plaisanterie personnelle.

— Le cousin d'Ann, en fait, corrigea Smiley, du même ton absent. Très éloigné, je tiens à le préciser, mais un cousin tout de même.

— Et Bill Haydon est également le cousin d'Ann ? Notre distingué chef de la Station de Londres. » Ils avaient déjà joué à ce jeu auparavant.

« Par une branche différente, oui, Bill est également son cousin. » Il ajouta bien inutilement : « Elle vient d'une vieille famille avec une forte tradition politique. Avec le temps, elle s'est pas mal étendue.

— La tradition ? (Lacon adorait mettre le doigt sur une ambiguïté.)

— La famille. »

Au-delà des arbres, songeait Smiley, des voitures passent. Au-delà des arbres, il y a tout un monde, mais Lacon a ce château rouge et un sens de la morale chrétienne qui ne lui promet aucune récompense, sauf un titre, le respect de ses pairs, une pension confortable et un ou deux généreux postes d'administrateur dans la City.

« En tout cas, je le vois à onze heures. » Lacon avait sauté sur ses pieds et ils recommençaient à marcher. Smiley surprit le nom d' « Ellis » qui flottait jusqu'à lui dans l'air du matin qui sentait la feuille morte. Pendant un moment, comme tout à l'heure dans la voiture avec Guillam, une étrange nervosité s'empara de lui.

« Après tout, disait Lacon, nous avions tous deux une position parfaitement honorable. Vous aviez l'impression qu'Ellis avait été trahi et vous vouliez déclencher une chasse aux sorcières. Mon Ministre et moi avions le sentiment qu'il y avait eu incompétence de la part de Control et nous voulions un nouveau patron — opinion dont le moins qu'on puisse dire est que le Foreign Office la partageait — et il nous fallait un bon coup de balai.

— Oh! j'ai très bien compris *votre* dilemme, dit Smiley, s'adressant plus à lui-même qu'à Lacon.

— J'en suis ravi. Et n'oubliez pas, George : vous étiez l'homme de Control. Control vous préférait à Haydon et quand il a perdu la main vers la fin, et qu'il a déclenché toute cette extraordinaire expédition, c'est vous qui avez trinqué pour lui. Personne que vous, George. Ce n'est pas tous les jours que le chef d'un service secret se lance dans une guerre personnelle contre les Tchèques. » De toute évidence, ce souvenir était encore cuisant. « Dans d'autres circonstances, j'imagine que Haydon aurait pu perdre la partie, mais vous étiez dans un vilain pétrin et...

— Et Percy Alleline était l'homme du Ministre, dit Smiley, d'une voix assez douce pour que Lacon ralentît et prêtât l'oreille.

— Ce n'était pas comme si vous aviez un suspect, vous savez! Vous n'avez désigné personne! Une enquête sans direction peut être extraordinairement destructive!

— Alors qu'il n'est ferveur que de novices.

— Percy Alleline? Dans l'ensemble, il s'en est très bien tiré. Il a apporté des renseignements au lieu d'un scandale, il s'en est tenu à la lettre de ses instructions et s'est acquis la confiance de ses clients. Et, à ma connaissance, il n'a pas encore envahi le territoire tchèque.

— Avec Bill Haydon pour tenir le terrain, qui ne s'en tirerait pas bien ?

— Control, pour commencer », dit Lacon avec énergie.

Ils s'étaient arrêtés devant une piscine vide et étaient plantés là à en contempler le grand bain. De ses profondeurs encrassées, Smiley crut réentendre les phrases insinuantes de Roddy Martindale : « Les petites salles de lecture de l'Amirauté, des petits comités qui fleurissent avec de drôles de noms... »

« Est-ce que la source spéciale de Percy fonctionne toujours ? demanda Smiley. Le matériel Sorcier ou Dieu sait comment on l'appelle aujourd'hui ?

— Je ne savais pas que vous étiez sur la liste, dit Lacon, pas du tout ravi. Puisque vous posez la question, oui. La source Merlin est notre principal fournisseur et ses produits s'appellent toujours Sorcier. Voilà des années que le Cirque n'a pas découvert un aussi bon matériel. En fait, aussi loin que je m'en souvienne.

— Et c'est toujours soumis à toute cette procédure spéciale ?

— Certainement, et maintenant qu'il y a eu cet incident je ne doute pas que nous allons prendre des précautions rigoureuses.

— Je ne ferais pas ça si j'étais vous, Gerald pourrait se dire qu'il y a anguille sous roche.

— C'est bien la question, n'est-ce pas ? » fit aussitôt remarquer Lacon. Sa force était improbable, se dit Smiley. Un instant il était comme un boxeur maigre et penché, un roseau, dont les gants étaient trop gros pour ses poignets; l'instant suivant il avait touché, vous avait catapulté contre les cordes et vous examinait avec une compassion toute chrétienne. « Nous ne pouvons pas bouger. Nous ne pouvons pas enquêter parce que tous les instruments d'investigation sont dans les mains du Cirque, et peut-être dans celles de la taupe Gerald. Nous ne pourrons pas surveiller, écouter, ni ouvrir le courrier. Pour faire quoi que ce soit de tout cela il faudrait le secours des lampistes d'Esterhase, et Esterhase, comme tout le monde, doit être tenu pour suspect. Nous ne pouvons pas interroger, nous ne pouvons pas prendre de mesures pour limiter l'habilitation de telle personne aux secrets les plus délicats. Prendre l'une de ces mesures, ce serait courir le risque d'alarmer la taupe. C'est la plus vieille de toutes les questions, George. Qui peut espionner les espions ? Qui peut dépister le renard sans courir avec lui ? » Il fit une triste tentative pour montrer un peu d'humour : « Ce serait plutôt la taupe », conclut-il en un aparté plein d'assurance.

Dans un sursaut d'énergie, Smiley s'était éloigné et marchait à grands pas devant Lacon sur le sentier qui menait à l'enclos.

« Alors, adressez-vous à la concurrence, lança-t-il. Allez trouver les gens de la Sécurité. Ce sont eux les experts, ils vous feront le boulot.

— Le Ministre ne veut pas en entendre parler. Vous savez pertinemment ce que lui et Alleline pensent de la concurrence. Et avec raison, si je puis me permettre. Une bande d'anciens administrateurs des colonies mettant le nez dans les papiers du Cirque : autant faire venir l'Armée pour enquêter sur la Marine !

— Ça n'est pas du tout une comparaison », protesta Smiley.

Mais Lacon, en bon fonctionnaire, avait sa seconde métaphore toute prête :

— Très bien, le Ministre préférerait vivre avec un toit qui prend l'eau que de voir son château démoli par des étrangers. Ça vous satisfait ? Il a une position parfaitement défendable, George. Nous avons bel et bien des agents sur le terrain et je ne donnerais pas grand-chose de leurs chances une fois que ces messieurs de la Sécurité seraient intervenus. »

Ce fut à Smiley cette fois de ralentir.

« Combien ?

— Six cents, à quelques unités près.

— Et derrière le Rideau de Fer ?

— Nous en avons cent vingt au budget. » Avec les chiffres, avec les faits de toutes sortes, Lacon n'hésitait jamais. C'était l'or sur lequel il travaillait, qu'il arrachait à la terre grise de la bureaucratie. « Pour autant que je puisse l'estimer d'après nos rapports financiers, presque tous sont actuellement en activité. » Il fit un long bond en avant. « Alors, je peux lui dire que vous allez vous en charger, n'est-ce pas? lança-t-il d'un ton très nonchalant, comme si la question était une simple formalité. Vous allez vous charger de cette tâche, de nettoyer les écuries ? Revenir en arrière, aller de l'avant, faire tout ce qu'il faut ? Après tout, c'est votre génération. Votre héritage. »

Smiley avait ouvert la barrière de l'enclos et l'avait refermée derrière lui. Ils se dévisageaient par-dessus la clôture branlante. Lacon, légèrement rose, affichait un sourire docile.

« Pourquoi est-ce que je dis Ellis ? demanda-t-il

sur le ton de la conversation. Alors que le nom de ce pauvre type est Prideaux ?

— Ellis était son pseudo.

— Bien sûr. Il y a eu tant de scandales en ce temps-là qu'on oublie les détails. » Un hiatus. Un balancement de l'avant-bras droit. Un bond en avant. « Et il était l'ami de Haydon, pas le vôtre ? demanda Lacon.

— Ils étaient à Oxford ensemble avant la guerre.

— Et compagnons d'écurie au Cirque pendant et après. La fameuse association Haydon-Prideaux. Mon prédécesseur en parlait interminablement. » Il répéta : « Mais vous n'avez jamais été proche de lui ?

— De Prideaux ? Non.

— Je veux dire : ça n'est pas un cousin ?

— Oh ! Seigneur », murmura Smiley.

Lacon soudain parut de nouveau embarrassé, mais l'obstination le fit continuer à fixer Smiley. « Et il n'y a pas de raison affective ou autre qui, à votre avis, pourrait vous interdire d'accepter cette mission ? Il faut parler, George », insista-t-il, comme si l'entendre parler était la dernière chose qu'il souhaitait. Il attendit une fraction de seconde, puis lança : « Bien que pour ma part je n'en voie aucune. Il y a toujours une part de nous qui appartient au domaine public, n'est-ce pas ? Le Contrat Social tranche dans les deux sens, vous avez toujours su cela, j'en suis sûr. Et Prideaux aussi.

— Qu'est-ce que ça veut dire ?

— Enfin, bon sang, il s'est fait tirer dessus, George. Une balle dans le dos, on considère que c'est un sacrifice, n'est-ce pas, même dans votre monde ? »

Smiley était arrêté tout au bout de l'enclos, sous les arbres dégouttants de pluie, et tout en reprenant son souffle il essayait de comprendre les émotions qui l'agitaient. Comme une vieille maladie, sa colère l'avait pris par surprise. Depuis sa mise à la retraite, il en niait l'existence, évitant soigneusement tout ce qui pourrait la déclencher : journaux, anciens collègues, ragots comme ceux que colportait Martindale. Après toute une existence passée à vivre sur son intelligence et sa remarquable mémoire, il s'était consacré tout entier à l'art d'oublier. Il s'était forcé à s'adonner à des recherches érudites qui lui avaient apporté suffisamment de distractions lorsqu'il était au Cirque, mais qui, maintenant qu'il était désœuvré, n'étaient rien, absolument rien. Pour un peu, il l'aurait crié : rien !

« Brûle le tout, avait suggéré Ann, en parlant de ses livres. Mets le feu à la maison. Mais ne te laisse pas pourrir. » Si par pourriture elle entendait conformisme, elle avait raison de voir là son but. Il avait essayé, vraiment essayé, en s'approchant de ce que les publicités d'assurances se plaisaient à appeler le soir de sa vie, il avait essayé d'être tout ce que devrait être un rentier modèle; mais personne, et surtout pas Ann, ne le remerciait de cet effort. Chaque matin quand il sortait de son lit, chaque soir quand il y retournait, généralement seul, il s'était rappelé qu'il n'était pas et n'avait jamais été indispensable. Il s'était dressé à reconnaître qu'au cours de ces derniers mois catastrophiques de la carrière de Control, quand les désastres se suivaient à une cadence quasi grisante, il avait eu le tort de ne pas voir les choses dans leur juste proportion. Et si le vieux professionnel en lui se rebellait de temps en temps en disant : *tu sais que* le service allait mal, *tu sais* que Jim Prideaux a été trahi — et quel témoignage plus éloquent qu'une balle, que dis-je, que deux balles dans le dos ? — ma foi, avait-il répondu, et s'il l'avait fait ? Et s'il avait raison ? « C'est de la pure vanité de croire qu'un espion bedonnant et quinquagénaire est la seule personne capable d'empêcher le monde d'aller à vau-l'eau », se disait-il. Et d'autres fois : « Je n'ai encore jamais entendu parler de personne qui ait quitté le Cirque sans y avoir laissé une affaire inachevée. »

Seule Ann, bien qu'elle ne pût pas lire ses travaux, refusait d'accepter ses conclusions. Elle était très passionnée en fait, comme seules les femmes peuvent l'être quand il s'agit d'affaires, le poussant vraiment à revenir, à reprendre les choses là où il les avait laissées, à ne jamais se laisser infléchir par des arguments faciles. Non pas, bien sûr, qu'elle sût quoi que ce fût, mais quelle femme s'est jamais laissé arrêter par manque d'informations ? Elle sentait. Et elle le méprisait de ne pas agir conformément à ce qu'elle éprouvait, elle.

Et maintenant, au moment même où il était près de croire à son propre dogme, exploit que ne facilitait pas l'engouement d'Ann pour un acteur sans travail, ne voilà-t-il pas que les fantômes de son passé — Lacon, Control, Karla, Alleline, Esterhase, Bland et enfin Bill Haydon lui-même — débarquaient dans sa cellule pour lui annoncer joyeusement, tout en le ramenant dans ce même jardin, que tout ce qu'il avait appelé vanité était vérité ?

Haydon, se répéta-t-il, incapable d'endiguer plus longtemps les vagues de sa mémoire. Même le nom lui donnait une secousse. « On m'a dit qu'à une époque Bill et vous partagiez tout, absolument tout », avait dit Martindale. Il contempla ses petites mains potelées, en les regardant trembler. Trop vieux ? Impuissant ? Effrayé par la poursuite ? Ou effrayé de ce qu'il pourrait découvrir à son terme ? « Il y a toujours une douzaine de raisons pour ne rien faire », se plaisait à dire Ann — c'était à vrai dire son excuse favorite pour nombre de ses écarts de conduite — « Il n'y a qu'une seule raison de faire *quelque chose*. Et c'est parce qu'on en a envie. » Ou parce qu'il le faut ? Ann le niait furieusement : la contrainte, disait-elle, n'est qu'un autre mot pour faire ce dont on a envie; ou pour ne pas faire ce qu'on craint.

Les cadets dans une famille pleurent plus longtemps que leurs frères et sœurs. Juchée sur les épaules de sa mère, calmant ses douleurs et son orgueil blessé, Jackie Lacon regarda les invités s'en aller. D'abord deux hommes qu'elle n'avait pas encore vus, l'un grand, l'autre petit et brun. Ils partirent dans une petite camionnette verte. Personne ne leur fit de signes d'adieux, remarqua-t-elle, ni même ne leur dit au revoir. Ensuite ce fut son père qui partit dans sa voiture; et enfin un bel homme blond et un petit gros dans un énorme manteau ressemblant à une couverture de cheval se dirigèrent vers une voiture de sport garée sous les hêtres. Un moment elle crut vraiment que le petit gros devait avoir quelque chose qui n'allait pas, tant il suivait lentement et péniblement. Puis, voyant le bel homme lui ouvrir la portière, il parut s'éveiller et se précipita en sautillant maladroitement. Sans qu'elle pût se l'expliquer, ce geste la bouleversa de nouveau. Une vague de chagrin déferla sur elle et sa mère ne parvint pas à la consoler.

11

PETER GUILLAM était un garçon chevaleresque dont la fidélité était déterminée par l'attachement. Et cela faisait longtemps que son attachement allait au Cirque. Son père, un homme d'affaires français, avait espionné pendant la guerre pour un réseau du Cirque, pendant que sa mère, une Anglaise, faisait des choses mystérieuses avec des codes. Il y a seulement huit ans, sous l'identité de couverture d'agent maritime, Guillam lui-même dirigeait encore ses propres agents en Afrique du Nord française, ce que l'on considérait comme une mission extrêmement périlleuse. Il fut grillé, ses agents furent pendus, il entra dans le long moyen âge du professionnel mis sur une voie de garage. Il fit le nègre à Londres, parfois pour Smiley, dirigea quelques opérations sur le front intérieur, comprenant un réseau de petites amies qui n'étaient pas, comme on dit, inter-conscientes et quand ce fut la clique d'Alleline qui s'installa, on l'envoya au vert à Brixton, sans doute, se dit-il, parce qu'il avait les relations qu'il ne fallait pas, et entre autres Smiley. Jusqu'à vendredi dernier, c'était résolument ainsi qu'il aurait raconté l'histoire de sa vie. Quant à ses relations avec Smiley, il aurait insisté principalement sur la façon dont elles s'étaient terminées.

Guillam en ce temps-là vivait surtout dans les docks de Londres, où il constituait des réseaux de marins de petit acabit à partir de tout ce que lui et quelques dénicheurs de talents parvenaient de temps en temps à trouver de matelots polonais, russes et chinois. Entre-temps il avait un petit bureau au premier étage du Cirque et consolait une jolie secrétaire prénommée Mary, et il était tout à fait heureux sauf que personne ayant quelque autorité ne voulait répondre à ses notes.

Quand il utilisait le téléphone, ou bien il n'y avait personne, ou bien ça n'était pas libre. Il avait vaguement entendu dire qu'il y avait des histoires, mais il y avait toujours des histoires. C'était de notoriété publique, par exemple, que Alleline et Control étaient en désaccord, mais il n'en était guère autrement depuis des années. Il savait aussi, comme tout le monde, qu'une grosse opération avait échoué en Tchécoslovaquie, que tout à la fois le Foreign Office et le ministère de la Défense en avaient fait tout un plat, et que Jim Prideaux, chef des chasseurs de scalps, le plus vieux spécialiste des affaires tchèques et qui avait toute sa vie été l'homme de Bill Haydon, s'était fait tirer dessus et coller au trou. Ce qui expliquait, supposait-il, le grand silence et les visages sinistres. Ce qui expliquait aussi la fureur maniaque de Bill Haydon, dont les échos se répandirent comme un frisson nerveux dans tout l'immeuble : comme la colère de Dieu, dit Mary, qui aimait la passion sur une grande échelle. Il entendit plus tard parler de l'opération Témoin. L'opération Témoin, lui raconta Haydon beaucoup plus tard, était le pire gâchis jamais déclenché par un vieil homme pour sa gloire mourante, et Jim Prideaux en avait payé le prix. Cela avait eu des retombées dans les journaux, il y avait eu des interpellations au Parlement et même des rumeurs, jamais confirmées officiellement, d'après lesquelles les troupes britanniques en Allemagne avaient été mises en état d'alerte.

Finalement, en allant flâner dans les bureaux des autres, il commença à comprendre ce que tous les autres avaient compris quelques semaines plus tôt. Le Cirque n'était pas simplement silencieux, il était figé. Rien n'arrivait, rien ne sortait; en tout cas, pas au niveau où évoluait Guillam. Dans l'immeuble, les gens qui étaient aux commandes étaient terrés et quand vint le jour de la paie, il n'y avait pas d'enveloppes marron dans les casiers, car, selon Mary, les surveillants n'avaient pas reçu comme chaque mois d'habitude l'ordre de les préparer. De temps en temps quelqu'un disait qu'on avait vu Alleline quitter son club l'air furieux. Ou bien Control monter dans sa voiture, l'air radieux. Ou bien que Bill Haydon avait donné sa démission sous prétexte qu'on était passé par-dessus lui ou qu'on l'avait court-circuité, mais Bill passait son temps à donner sa démission. Cette fois, selon la rumeur, les raisons étaient toutefois quelque peu différentes : Haydon était furieux que le Cirque refusât de payer le prix demandé par les Tchèques pour rapatrier Jim; on disait que cela coûterait trop cher en agents ou en prestige. Et que Bill avait piqué une de ses crises de chauvinisme en déclarant que rien n'était trop cher pour ramener au pays un Anglais loyal : qu'on leur donne tout, mais qu'on fasse revenir Jim.

Et puis un soir Smiley passa la tête par la porte de

Guillam en lui proposant un verre. Mary ne vit tout d'abord pas qui c'était et se contenta de dire « Bonjour », de ce ton traînant qu'elle croyait élégant. Lorsqu'ils sortirent du Cirque côte à côte, Smiley souhaita bonsoir aux cerbères avec une sécheresse inhabituelle, et dans le pub de Wardour Street, il annonça : « Je me suis fait virer » et ce fut tout.

Du pub ils allèrent dans un bar à côté de Charing Cross, une cave avec de la musique et personne dans la salle. « On vous a donné une raison ? demanda Guillam. Ou bien c'est simplement parce que vous n'avez plus votre ligne ? »

Ce fut le mot « raison » sur lequel Smiley s'arrêta. Il était alors poliment mais totalement ivre, mais, alors qu'ils marchaient d'un pas incertain sur le bord de la Tamise, le mot raison parvint jusqu'à lui :

« Vous voulez dire la raison en tant que logique, ou bien la raison en tant que mobile ? demanda-t-il, d'un ton qui était moins le sien que celui de Bill Haydon, dont le style de polémique de l'Union d'Oxford d'avant-guerre semblait en ce temps-là dans toutes les oreilles. Ou bien la raison en tant que mode de vie ? » Ils s'assirent sur un banc. « Ils n'ont pas besoin de me donner de raison à *moi*. Je peux les écrire moi-même, les raisons. Et ça n'est pas la même chose, insista-t-il tandis que Guillam le guidait soigneusement jusqu'à un taxi, en donnant au chauffeur l'argent et l'adresse, ce n'est pas la même chose que cette tolérance à la gomme qui vient de ce qu'on se fiche de tout.

— Amen », dit Guillam, en se rendant parfaitement compte tandis qu'il regardait le taxi s'éloigner que, d'après les règles du Cirque, leur amitié, telle qu'elle existait, venait à cette minute de se terminer.

Le lendemain, Guillam apprit que d'autres têtes étaient tombées, que Percy Alleline allait faire office de veilleur de nuit avec le titre de chef intérimaire et que Bill Haydon, à la stupéfaction générale, mais fort probablement grâce à sa colère persistante contre Control, viendrait juste après lui dans la hiérarchie, ou, comme le disaient les sages, juste avant.

A Noël, Control était mort : « C'est toi qu'ils auront ensuite », dit Mary qui considérait ces événements comme un nouvel assaut du Palais d'Hiver, et elle pleura quand Guillam partit pour la Sibérie de Brixton, prendre la place, par une ironie du sort, de Jim Prideaux.

Grimpant les quatre marches du perron du Cirque en ce lundi pluvieux, l'humeur toute joyeuse à l'idée du délit qu'il allait commettre, Guillam passa ces événements en revue et décida qu'aujourd'hui était le commencement du chemin du retour.

Il avait passé la nuit précédente dans son vaste appartement d'Eaton Place en compagnie de Camilla, une étudiante en musique dotée d'un corps allongé et d'un beau visage triste. Bien qu'elle n'eût pas plus de vingt ans, ses cheveux noirs étaient striés de gris, comme à la suite d'un choc dont elle ne parlait jamais. A la suite, peut-être, du même mystérieux traumatisme, elle ne mangeait pas de viande, ne portait pas de cuir et ne buvait rien d'alcoolique; c'était seulement dans l'amour, semblait-il à Guillam, qu'elle se libérait de ces mystérieuses contraintes.

Il avait passé la matinée seul dans sa chambre extrêmement miteuse de Brixton, à photographier des documents du Cirque, après s'être procuré au préalable un appareil de photo miniaturisé à la réserve opérationnelle, ce qu'il faisait très fréquemment pour garder la main. Le magasinier avait demandé « lumière du jour ou électrique ? » et ils avaient eu une amicale discussion sur le grain de la pellicule. Il avait dit à sa secrétaire qu'il ne voulait pas être dérangé, avait fermé sa porte et s'était mis au travail suivant les instructions précises de Smiley. Les fenêtres étaient placées très haut. Même assis, il ne voyait que le ciel et le bout de la nouvelle école en haut de la route.

Il commença par des ouvrages de références pris dans son coffre-fort personnel. Smiley lui avait donné des priorités. D'abord l'annuaire du personnel, distribué uniquement aux officiers supérieurs, et qui donnait le domicile, le numéro de téléphone personnel, le nom et le pseudo de tout le personnel du Cirque basé en Angleterre. Ensuite le manuel de procédure, comprenant l'organigramme du Cirque après sa réorganisation par Alleline. Au Centre se trouvait la Station de Londres de Bill Haydon, comme une araignée géante dans sa toile. « Après le fiasco de Prideaux », avait, paraît-il, lancé Bill, « nous n'aurons plus de ces foutues armées privées, plus de main gauche ne sachant pas ce que fait la main droite. » Alleline, remarqua-t-il, y figurait deux fois : une fois comme Chef, une fois comme « Directeur des Sources Spéciales ». Selon la rumeur, c'étaient ces sources qui maintenaient le Cirque en activité. Rien d'autre, selon Guillam, ne pouvait expliquer l'inertie du Cirque au niveau des opérations et l'estime dont il jouissait à Whitehall. A ces documents, sur l'insistance de Smiley, il ajouta la charte révisée des chasseurs de scalps, sous la forme d'une lettre d'Alleline commençant par

« Cher Guillam », et énumérant en détail la réduction de ses pouvoirs. Dans plusieurs cas, le bénéficiaire en était Toby Esterhase, chef des lampistes d'Acton, la seule station auxiliaire qui s'était en fait développée sous le règne du latéralisme.

Il se dirigea ensuite vers son bureau et photographia, également suivant les instructions de Smiley, toute une série de circulaires de routine qui pourraient être utiles comme documentation de base. Elles comprenaient des jérémiades des services administratifs sur l'état de délabrement des planques dans le secteur de Londres (« Veuillez avoir l'amabilité de les traiter comme si vous en étiez propriétaire ») et une autre lettre sur le même ton à propos de l'emploi abusif des numéros de téléphone du Cirque ne figurant pas dans l'annuaire pour les conversations privées. Enfin une lettre personnelle très désagréable du Service des Documents le prévenant « pour la toute dernière fois » que son permis de conduire établi sous son pseudo était périmé, et que s'il ne prenait pas la peine de le renouveler « son nom serait transmis aux surveillants pour que ceux-ci prennent toute mesure disciplinaire appropriée ».

Il rangea l'appareil de photo et retourna à son coffre. Sur l'étagère du bas, s'entassait une pile de rapports de lampistes émis sous la signature de Toby Esterhase et marqués du nom de code « Hachette ». Ceux-ci fournissaient les noms et les couvertures de deux ou trois cents officiers de renseignement soviétiques identifiés, opérant à Londres sous une couverture légitime ou semi-légitime : Mission commerciale, Agence Tass, Aéroflot, Radio-Moscou, services consulaires et diplomatiques. Le cas échéant, ils fournissaient aussi les dates de l'enquête effectuée par le lampiste et les noms des embranchements, qui est le terme de métier pour désigner les contacts abandonnés au cours de la surveillance et pas nécessairement dépistés. Les rapports comprenaient un gros volume annuel et des suppléments mensuels. Il consulta d'abord le volume principal, puis les suppléments. A onze heures vingt il referma son coffre, appela la Station de Londres sur la ligne directe et demanda Lauder Strickland du Service financier.

« Lauder, c'est Peter de Brixton, comment vont les affaires ?

— Oui, Peter, que pouvons-nous faire pour vous ? »

Un ton rapide et neutre. Qui voulait dire : Nous, de la Station de Londres, avons des amis plus importants.

Il s'agissait, expliqua Guillam, de changer de l'argent un peu douteux pour financer un coup contre un courrier diplomatique français qui semblait être à vendre. De sa voix la plus humble il demanda si Lauder pouvait par hasard trouver le temps de le voir pour en discuter. Le projet était-il approuvé par la Station de Londres ? interrogea Lauder. Non, mais Guillam avait déjà envoyé les papiers à Bill par la navette. Lauder Strickland se fit un peu moins hautain; Guillam insista : « Il y a un ou deux points délicats, Lauder, je crois que nous avons besoin d'un cerveau comme le vôtre. »

Lauder répondit qu'il pouvait lui consacrer une demi-heure.

En se rendant dans le West End il déposa ses rouleaux de pellicule dans les modestes locaux d'un pharmacien nommé Lark, sur Charing Cross Road. Lark, si c'était son nom, était un homme très gras avec des poings énormes. Le magasin était vide.

« Les rouleaux de Mr. Lampton à développer », annonça Guillam. Lark emporta le paquet dans l'arrière-boutique et, quand il revint, dit « Entendu » d'une voix rocailleuse, puis exhala d'un seul coup une grande quantité d'air, comme s'il fumait, ce qui n'était pas le cas. Il accompagna Guillam jusqu'à la porte et la referma derrière lui avec fracas. Où diable George les trouve-t-il ? se demanda-t-il. Il avait acheté des pastilles pour la gorge. Smiley l'avait prévenu, chacun de ses gestes devait avoir une explication; partez du principe que le Cirque vous fait surveiller vingt-quatre heures par jour. Qu'est-ce qu'il y a de nouveau là-dedans ? songea Guillam; Toby Esterhase ferait surveiller sa propre mère si cela lui rapportait une tape dans le dos de la part d'Alleline.

De Charing Cross il alla à pied jusque Chez Victor pour déjeuner avec son adjoint, Cy Vanhofer, et une crapule qui se faisait appeler Lorimer et qui prétendait partager sa maîtresse avec l'ambassadeur d'Allemagne de l'Est à Stockholm. Lorimer affirmait que la fille était prête à se mettre à table mais qu'elle avait besoin de la citoyenneté britannique et de pas mal d'argent à la première livraison. Elle était prête à n'importe quoi, disait-il : piquer son courrier, installer des micros chez lui, « ou bien mettre du verre pilé dans sa baignoire », ce qui était censé être une plaisanterie. Guillam avait l'impression que Lorimer mentait et il était enclin à se demander si Vanhofer n'en faisait pas autant, mais il avait la sagesse de se rendre compte qu'il n'était pas en état de décider de quel côté chacun penchait. Il aimait bien Chez Victor mais il ne garda aucun souvenir du repas qu'il y fit et, lorsqu'il entra dans le hall du Cirque, il comprit que la raison en était l'excitation.

120

« Bonjour, Bryant.

— Content de vous voir, monsieur. Asseyez-vous, monsieur, je vous en prie, juste un moment, monsieur », dit Bryant sans reprendre son souffle, et Guillam s'installa sur la banquette en bois en pensant au dentiste et à Camilla. Celle-ci était une acquisition récente et un peu folle : cela faisait quelque temps qu'il n'avait pas vu les événements aller aussi vite pour lui. Ils s'étaient rencontrés à une soirée, où elle parlait de la vérité, toute seule dans un coin à boire un jus de carotte. Guillam, prenant ses risques, répondit qu'il ne s'y connaissait pas trop en morale, alors pourquoi n'allaient-ils pas tout simplement coucher ensemble ? Elle réfléchit un instant, avec gravité, puis elle alla chercher son manteau. Elle traînait chez lui depuis lors, à faire griller des cacahuètes en jouant de la flûte.

Le hall du Cirque avait l'air plus crasseux que jamais. Trois vieux ascenseurs, une barrière en bois, une affiche pour du thé Mazawattee, la petite guérite à porte vitrée de Bryant, avec un calendrier offrant des scènes de chasse et une série de téléphones poussiéreux.

« Mr. Strickland vous attend, monsieur », annonça Bryant en émergeant de son abri, et d'un geste lent il tamponna une feuille rose avec l'heure de la journée : quatorze heures quarante-cinq, P. Bryant, garde de sécurité. La grille de l'ascenseur central crépita comme un fagot de branches sèches.

« Il serait temps de faire graisser cette chose, vous ne croyez pas ? lança Guillam en attendant que le mécanisme se déclenche.

— On demande sans arrêt, dit Bryant, se lançant sur son sujet de doléance favori, ils ne font jamais rien. On peut demander à en perdre le souffle. Comment va la famille, monsieur ?

— Bien, dit Guillam qui n'en avait aucune.

— Tant mieux », dit Bryant. Baissant les yeux, Guillam vit le crâne chenu du cerbère disparaître entre ses pieds. Mary l'appelait toujours Fraise à la crème, se rappela-t-il; visage rouge, cheveux blancs et mousseux.

Dans l'ascenseur il examina son laissez-passer. « Autorisation de se rendre au bureau de LS », lisait-on sur la première ligne. « Objet de la visite : Section financière. Prière de remettre ce document en partant. » Et un espace blanc au-dessous de la mention « Signature du destinataire ».

« Bienvenue, Peter. Vous êtes un tout petit peu en retard je crois, mais ça n'a pas d'importance. »

Lauder attendait à la barrière, son insignifiante petite personne sanglée dans son col blanc et secrètement tout excitée de recevoir une visite. Du temps de Control, cet étage-là était un vrai boulevard grouillant de gens affairés. Aujourd'hui une barrière en fermait l'entrée et un cerbère à face de rat inspecta son laissez-passer.

« Bonté divine, depuis combien de temps avez-vous ce monstre ? » demanda Guillam en ralentissant devant un percolateur flambant neuf. Deux filles qui remplissaient des cafetières se retournèrent et dirent « Bonjour, Lauder », en regardant Guillam. La plus grande des deux lui rappela Camilla. Les mêmes yeux où brûlait une lente flamme, condamnant l'insuffisance masculine.

« Ah ! mais vous n'avez pas idée du nombre d'heures de travail que ça économise, s'écria aussitôt Lauder. C'est fantastique. Absolument fantastique », sur quoi, dans son enthousiasme, il faillit renverser Bill Haydon.

Celui-ci sortait de son bureau, une poivrière hexagonale qui donnait sur New Compton Street et Charing Cross Road. Il allait dans la même direction qu'eux, mais à environ un kilomètre à l'heure, ce qui pour Bill, à l'intérieur, était la pleine vitesse. Dehors, c'était différent; Guillam avait vu cela aussi, lors des séances d'entraînement à Sarratt, et une fois lors d'un parachutage de nuit en Grèce. A l'extérieur il était vif et alerte; son visage intense, qui dans ce couloir humide était noyé d'ombres et renfermé, semblait à l'air libre façonné par les endroits bizarres où il avait servi. Ils étaient sans fin : il n'y avait, aux yeux admiratifs de Guillam, aucun théâtre d'opérations qui ne portât pas quelque part l'empreinte de Haydon. En maintes occasions, dans sa propre carrière, il avait retrouvé les traces mystérieuses du passage de Bill dans ces lieux exotiques. Il y avait un an ou deux, alors qu'il travaillait encore aux renseignements de la Marine, et qu'un de ses objectifs consistait à rassembler une équipe de guetteurs pour surveiller de la côte les ports chinois de Wenchow et de Hanoi, Guillam découvrit à sa stupéfaction qu'il y avait bel et bien des agents chinois qu'on avait laissés dans ces villes mêmes, recrutés par Bill Haydon au cours de quelque exploit oublié accompli pendant la guerre, munis de radios bien planquées et de tout un équipement, et que l'on pouvait contacter. Une autre fois, fouillant dans les états de service pendant la guerre des hommes de main du Cirque, plus par nostalgie de cette époque que par optimisme professionnel du moment, Guillam était tombé deux fois sur le nom de code de Haydon dans deux rapports : en 41,

il faisait sortir des bateaux de pêche français de l'estu-
aire du Helford; la même année, avec Jim Prideaux
comme correspondant, il installait des lignes de courriers à travers l'Europe du Sud, des Balkans à
Madrid. Pour Guillam, Haydon appartenait à cette
génération qu'on ne reverrait pas du Cirque mourant,
à laquelle ses parents et George Smiley appartenaient
aussi — un groupe exclusif et qui avait même du sang
bleu, dans le cas de Haydon — qui avaient vécu
douze existences désœuvrées alors que lui vivait la
sienne dans la hâte, et qui, trente ans plus tard,
donnaient encore au Cirque son parfum envolé
d'aventure.

En les voyant tous deux, Haydon se figea sur place.
Cela faisait un mois que Guillam ne lui avait pas
parlé; sans doute était-il absent pour quelque mission qu'il ne daignait pas expliquer. Maintenant, se
détachant dans la lumière sur la porte ouverte de
son bureau, il semblait étrangement brun et grand.
Il portait quelque chose, Guillam ne pouvait pas distinguer ce que c'était, un magazine, un dossier ou
un rapport; son bureau, coupé en deux par l'ombre
de sa silhouette, était un capharnaüm d'étudiant, mona-
cal et chaotique. Des rapports, des doubles et des
dossiers s'entassaient partout; au mur un tableau
de service en drap vert encombré de cartes postales
et de coupures de presse; à côté, de travers et sans
encadrement, un des vieux tableaux de Bill, une toile
abstraite aux formes arrondies dans les couleurs
dures et plates du désert.

« Bonjour, Bill », dit Guillam.

Laissant sa porte ouverte — infraction aux règlements — Haydon s'avança devant eux, toujours sans
un mot. Il était vêtu avec son extravagance habituelle.

124

Les pièces de basane de sa veste étaient cousues en losange et non pas en carré, ce qui, vu de dos, lui donnait des airs d'arlequin. Ses lunettes étaient enfoncées dans la mèche grise qui lui pendait mollement sur le front comme des lunettes de soudeur. Ils le suivirent quelque temps d'un pas hésitant, jusqu'au moment où sans prévenir il se retourna brusquement, d'un seul mouvement comme une statue qui pivote lentement sur son socle, et fixa son regard sur Guillam. Puis il sourit, si bien que ses sourcils en croissant se redressèrent comme ceux d'un clown et que son visage crispé prit une expression avenante et absurdement jeune.

« Qu'est-ce que vous fichez ici, espèce de paria ? » demanda-t-il d'un ton jovial.

Prenant la question au sérieux, Lauder commença à se lancer dans des explications à propos du Français et de cet argent douteux.

« Faites bien attention d'enfermer les petites cuillers, dit Bill en parlant comme si l'autre n'existait pas. Ces maudits chasseurs de scalps vous voleraient l'or de vos dents. Bouclez les filles aussi, ajouta-t-il après un temps, ses yeux toujours fixés sur Guillam, si elles vous laissent faire. Depuis quand les chasseurs de scalps lessivent-ils leur argent ? C'est notre boulot.

— C'est Lauder qui se charge de la lessive. Nous nous contentons de le dépenser.

— Il me faut une demande écrite, dit Haydon à Strickland, d'un ton soudain très sec. Je ne prends plus de risques maintenant.

— Ils vous ont déjà été adressés, dit Guillam. Ils sont sans doute sur votre bureau maintenant. »

Un ultime signe de tête les fit repartir, si bien que

Guillam sentit le regard des yeux bleu pâle de Haydon qui lui vrillaient le dos pendant tout le chemin jusqu'au tournant suivant.

« Un type fantastique, déclara Lauder, comme si Guillam ne l'avait jamais rencontré. La Station de Londres ne saurait être en de meilleures mains. Des dons incroyables. Des états de service incroyables. Un type brillant. »

Tandis que toi, songea cruellement Guillam, tu es brillant par association. Par ton association avec Bill, avec le percolateur, avec les banques. Ses méditations furent interrompues par les accents caustiques et faubouriens de Roy Bland, qui sortait par une porte devant eux.

« Hé, Lauder, attendez une minute : vous avez vu ce foutu Bill quelque part ? On le demande d'urgence. »

Ce qui fut aussitôt suivi du fidèle écho de la voix d'Europe centrale de Toby Esterhase, venant de la même direction : « Immédiatement, Lauder, en fait, nous allons le faire appeler. »

Ils avaient pénétré dans le dernier couloir étroit. Lauder avait fait peut-être trois pas et composait déjà sa réponse à cette question lorsque Guillam arriva devant la porte ouverte et regarda dans la pièce. Bland était affalé comme une masse derrière son bureau. Il avait ôté sa veste et tenait un papier à la main. Des demi-cercles de sueur entouraient ses aisselles. Le petit Toby Esterhase était penché sur lui comme un garçon de café, un ambassadeur en miniature avec des cheveux argent, une mâchoire forte et sans douceur, et il avait une main tendue vers le papier comme pour recommander une spécialité. Ils étaient de toute évidence en train de lire le même

126

document quand Bland avait aperçu Lauder Strickland qui passait.

« J'ai vu en effet Bill Haydon, dit Lauder, qui avait l'art de reformuler les questions pour leur donner un air plus convenable. J'imagine que Bill se rend chez vous, en ce moment il est à quelques pas derrière dans le couloir, nous avons échangé quelques mots sur deux ou trois affaires. »

Le regard de Bland se tourna lentement vers Guillam et s'arrêta là; il avait une façon de vous toiser d'un œil glacé qui rappelait désagréablement le style de Haydon. « Bonjour, Pete », dit-il. Là-dessus le petit Toby se redressa et tourna les yeux aussi vers Guillam; des yeux bruns et paisibles comme ceux d'un pointer.

« Salut, dit Guillam, qu'est-ce qui se passe ? »

Leur accueil n'était pas seulement glacial, il était purement et simplement hostile. Guillam avait vécu trois mois côte à côte avec Toby Esterhase au cours d'une opération très délicate en Suisse et pas une fois Toby n'avait souri, aussi son regard fixe ne le surprit-il pas. Mais Roy Bland était une des découvertes de Smiley, un garçon impulsif et chaleureux pour ce monde du renseignement, un grand gaillard rouquin, un intellectuel aux allures de primates pour qui une bonne soirée consistait à discuter de Wittengstein dans les pubs du côté de Kentish Town. Il avait passé dix ans comme tâcheron du Parti, à faire le circuit universitaire d'Europe de l'Est, et maintenant comme Guillam il était au rancart, ce qui créait une sorte de lien. Son style habituel était un grand sourire, une claque sur l'épaule et une bouffée de bière de la veille; mais pas aujourd'hui.

« Il ne se passe rien, Peter, mon vieux, dit Roy,

affichant avec quelque retard un sourire épanoui. Simplement surpris de vous voir, voilà tout. Nous avons l'habitude d'avoir cet étage-là pour nous.

— Voilà Bill », annonça Lauder, enchanté de voir son pronostic si promptement confirmé. Dans un rai de lumière, au moment où il passait, Guillam remarqua l'étrange couleur des joues de Haydon. Comme une rougeur, qui teintait le haut des pommettes, mais foncée, et faite de petites veines éclatées. Cela lui donnait, se dit Guillam dans l'état de nervosité avancée où il était, un air un peu de Dorian Gray.

Son entrevue avec Lauder Strickland dura une heure vingt minutes, Guillam parvint à faire traîner la conversation longtemps; et pendant tout ce temps il repensait à Bland et à Esterhase en se demandant ce qu'ils pouvaient bien avoir contre lui.

« Allons, je pense que je ferais mieux d'aller régler tout ça avec la Dolphin, dit-il enfin. Nous savons tous comment elle est quand il s'agit de banque suisse. » Les surveillants étaient à deux portes du service financier. « Je vais laisser ça ici », ajouta-t-il en lançant le laissez-passer sur le bureau de Lauder.

Le bureau de Diana Dolphin sentait le déodorant; son sac à main en mailles métalliques était posé sur le coffre-fort auprès d'un exemplaire du *Financial Times*. C'était une de ces éternelles fiancées du Cirque que personne n'épouse jamais. Oui, dit-il d'un ton las, les documents opérationnels étaient déjà soumis à la Station de Londres. Oui, il comprenait : l'utilisation inconsidérée d'argent douteux était quelque chose qui ne se faisait pas.

« Alors nous allons examiner la question et nous

vous tiendrons au courant », annonça-t-elle, ce qui signifiait qu'elle allait demander à Phil Porteous qui était dans le bureau d'à côté.

« Je vais prévenir Lauder dans ce cas », dit Guillam, et il sortit.

En piste, se dit-il.

Aux toilettes il attendit trente secondes devant le lavabo, en surveillant la porte dans la glace et en tendant l'oreille. Un étrange silence était descendu sur tout l'étage. Allons, se dit-il, tu vieillis, secoue-toi. Il traversa le couloir d'un pas vif, entra hardiment dans le bureau de service, referma la porte bruyamment et regarda autour de lui. Il estima qu'il avait dix minutes et il pensait qu'une porte qu'on claque faisait moins de bruit dans ce silence qu'une porte fermée subrepticement. En piste.

Il avait apporté l'appareil de photo mais l'éclairage était épouvantable. La fenêtre grillagée donnait sur une cour pleine de tuyaux noircis. Il n'aurait pu risquer d'utiliser une ampoule plus forte, même s'il en avait eu une sur lui. Alors il se servit de sa mémoire. Peu de chose avait changé, semblait-il, depuis le grand chambardement. Dans la journée, c'était là qu'allaient se reposer les filles qui avaient des vapeurs et, à en juger par les relents de parfum bon marché, c'était toujours le cas. Le long d'un mur était disposé le divan de skaï qui la nuit se transformait en un lit exécrable; à côté, l'armoire à pharmacie, avec la croix rouge qui s'écaillait, et un récepteur de télévision détraqué. Le placard métallique était toujours au même endroit, entre le standard et les téléphones cadenassés et il se précipita droit dessus. C'était une vieille armoire et il aurait pu l'ouvrir avec un ouvre-boîtes. Il avait apporté ses passes et quelques outils

129

en alliage léger. Puis il se rappela que la combinaison était outrefois 31-22-11 et il l'essaya, trois dans le sens inverse des aiguilles d'une montre, deux dans le sens des aiguilles, un à l'envers jusqu'au déclic. Le cadran était si fatigué qu'il connaissait le chemin. Lorsqu'il ouvrit la porte, la poussière déferla du fond en un nuage, qui se mit à flotter dans la pièce puis s'éleva lentement vers la fenêtre sombre. Au même moment il entendit ce qui lui parut être une seule note jouée sur une flûte. Cela venait d'une voiture, fort probablement, qui freinait dans la rue; ou bien c'était la roulette d'un chariot qui couinait sur le linoléum; mais sur le moment c'était l'une de ces longues notes mélancoliques qui composaient les exercices de Camilla. Elle jouait exactement quand elle en avait envie. A minuit, au petit matin, n'importe quand. Elle se fichait éperdument des voisins; dans l'ensemble elle n'avait pas l'air de se laisser facilement démonter. Il se souvenait d'elle le premier soir : « Quel est ton côté du lit ? Où faut-il que je mette mes affaires ? » Il se vantait d'une certaine délicatesse pour ces choses-là, mais Camilla n'en avait rien à faire, la technique était déjà un compromis, un compromis avec la réalité, elle dirait une fuite devant la réalité.

Les journaux de bord étaient sur l'étagère du haut, en volumes reliés avec les dates collées sur le dos. On aurait dit des livres de comptes familiaux. Il prit le volume d'avril et examina la liste des noms sur l'intérieur de la couverture, se demandant si personne ne pouvait le voir de l'autre côté de la cour, et si oui, qu'en penserait-on ? Il se mit à parcourir les colonnes, cherchant la nuit du 10 au 11 où un échange de messages était censé avoir eu lieu entre la Station de Londres et Tarr. Smiley l'avait fait remarquer, avec le décalage d'heures il était huit heures plus tôt à Hong Kong : le câble de Tarr et la première réponse de Londres se situaient tous deux en dehors des heures normales de bureau.

Du couloir parvint une brusque rumeur de voix et pendant une seconde il s'imagina même pouvoir reconnaître l'accent presque de terroir d'Alleline qui lançait une raillerie sans humour, mais son imagination en ce moment ne cessait de lui jouer des tours. Il avait une version toute prête pour expliquer sa présence et une partie de lui-même y croyait déjà. S'il était pris, il y croirait totalement, et si les interrogateurs de Sarratt le cuisinaient, il avait une solution de repêchage, il en avait toujours. Malgré tout il était terrifié. Les voix s'éloignèrent et avec elles le fantôme de Percy Alleline. La sueur lui ruisselait sur les côtes. Une fille passa dans le couloir en fredonnant un thème de *Hair*. Si Bill t'entend, il te tuera, songea-t-il, s'il y a une chose qui met Bill hors de lui c'est qu'on fredonne. « Qu'est-ce que vous faites ici, espèce de paria ? »

Puis, ce qui l'amusa un instant, il entendit bel et bien la voix furieuse de Bill, tonnant de Dieu sait où : « Cessez ces gémissements. Quel est donc l'imbécile ? »

Remue-toi. Dès l'instant où tu t'arrêtes tu ne repars jamais : il y a une forme particulière de trac qui peut te dessécher et te faire décamper, qui te brûle les doigts quand tu touches au but et qui te noue l'estomac. Remue-toi. Il remit en place le volume d'avril et en prit quatre autres au hasard, Février, Juin, Septembre et Octobre. Il les feuilleta rapidement, cherchant des comparaisons, les remit sur l'étagère et s'accroupit. Il priait le Ciel que la poussière retombe. Pourquoi personne ne se plaignait donc ? C'est toujours la même chose quand un tas de gens utilisent un endroit : personne n'est responsable, tout le monde s'en fiche. Il cherchait la liste de présence des gardes de nuit. Il la trouva sur l'étagère du bas, coincée entre les sacs de thé et le lait condensé : des liasses dans des chemises du genre enveloppe. Les cerbères les remplissaient et vous les apportaient à deux reprises durant vos douze heures de service : à minuit et de nouveau à six heures du matin. On se portait garant de leur exactitude — Dieu sait comment, puisque le personnel de nuit était réparti dans tout l'immeuble — on signait, on gardait le troisième exemplaire qu'on fourrait dans l'armoire, personne ne savait pourquoi. C'était la procédure utilisée avant le Grand Déluge et cela semblait être encore la même aujourd'hui.

De la poussière et des sacs de thé sur une étagère, songea-t-il. Depuis combien de temps personne a-t-il fait du thé ?

Il se concentra de nouveau sur la période 10-11 avril. Sa chemise lui collait aux côtes. Qu'est-ce qui m'est arrivé ? Bon sang, je baisse. Il tourna le cadran vers la droite, puis vers la gauche en avant de nouveau, deux fois, trois fois, puis referma l'armoire. Il attendit, prêta l'oreille, jeta un dernier regard soucieux à la poussière, puis s'engagea d'un pas décidé dans le couloir, pour regagner l'abri des toilettes. En chemin le brouhaha le frappa : les machines à coder, la sonnerie des téléphones, une voix de fille qui criait « Où est ce foutu relevé, je l'avais à la main », et de nouveau ce mystérieux son de flûte, mais qui ne rappelait plus celle de Camilla au petit matin. La prochaine fois je l'emmènerai pour faire le boulot, songea-t-il avec fureur; sans compromis, les yeux dans les yeux, comme la vie devrait être.

Aux toilettes, il trouva Spike Kaspar et Nick de Silsky debout devant les lavabos et qui échangeaient quelques propos à voix basse devant le miroir. Des traîne-patins des réseaux soviétiques de Haydon, ça faisait des années qu'ils étaient là, on les appelait simplement les Russes. En voyant Guillam, ils se turent aussitôt.

« Bonjour, vous deux. Seigneur, vous êtes vraiment inséparables. »

Ils étaient blonds et trapus et avaient l'air plus russes que nature. Il attendit qu'ils fussent partis, rinça la poussière qu'il avait sur les doigts, puis repartit d'un pas nonchalant vers le bureau de Lauder Strickland.

« Bonté divine, ce que Dolphin peut être bavarde, lança-t-il.

— Excellente recrue. Pratiquement indispensable ici. Extrêmement compétente, vous pouvez me croire », dit Lauder. Regardant attentivement sa montre avant de signer le laissez-passer, il raccompagna Guillam jusqu'aux ascenseurs. Toby Esterhase était à la barrière, en train de bavarder avec le jeune cerbère désagréable.

« Vous retournez à Brixton, Peter ? » Son ton était neutre, son expression comme d'habitude impénétrable.

« Pourquoi ?

— J'ai une voiture dehors en fait. J'ai pensé peut-être que je pourrais vous courir. Nous avons une affaire à régler là-bas. »

Vous courir : le petit Toby ne parlait aucune langue connue à la perfection, mais il les parlait toutes. En Suisse, Guillam avait entendu son français, et il le parlait avec un accent allemand; son allemand avait

133

un accent slave et son anglais était truffé d'erreurs, de solécismes et de fautes d'accent.

« Merci, Tobe, je crois que je vais simplement rentrer chez moi. Bonsoir.

— Rentrer chez vous ? Je pourrais vous courir, c'est tout.

— Merci, j'ai des courses à faire. Avec toute cette kyrielle de filleuls.

— Bien sûr », dit Toby comme s'il en avait, et sa petite mâchoire de granit se crispa de déception.

Qu'est-ce qu'il veut donc ? se demanda de nouveau Guillam. Le petit Toby et le grand Roy à la fois. Pourquoi me couvent-ils comme ça ? Est-ce qu'ils se doutent de quelque chose, ou bien est-ce qu'ils ont mal digéré ?

Dans la rue, il déambula le long de Charing Cross Road en regardant les vitrines des magasins cependant qu'une autre partie de son cerveau inspectait les deux trottoirs. Il faisait beaucoup plus froid, le vent se levait et on sentait comme une promesse sur le visage des gens qu'il croisait marchant d'un pas vif. Il se sentait tout joyeux. Jusqu'à maintenant il avait trop vécu dans le passé, décida-t-il. Il est temps de me remettre dans le bain. Chez Zwemmers il examina un album illustré intitulé *Les Instruments de Musique à Travers les Ages* et se souvint que Camilla avait une leçon tard avec le docteur Sand. Il remonta jusque chez Foyles, en jetant un coup d'œil au passage aux files d'attente devant les arrêts d'autobus. Considérez ça comme une mission à l'étranger, avait dit Smiley. Se rappelant le bureau de l'officier de service et le regard bizarre de Roy Bland, Guillam n'avait aucun mal à envisager les choses ainsi. Et puis il y avait Bill : Haydon partageait-il leurs soupçons ? Non. Bill était dans une catégorie à part, se dit Guillam, incapable de résister à un élan de loyauté envers Haydon. Bill ne voudrait rien partager qui ne fût tout d'abord à lui. Auprès de Bill, ces deux autres étaient des pygmées.

A Soho il héla un taxi et se fit conduire à Waterloo Station. Là, d'une cabine téléphonique empestant le tabac, il appela un numéro à Mitcham dans le Surrey, et parla à un certain inspecteur Mendel, qui avait appartenu au Service secret et que Guillam et Smiley avaient tous deux connu dans une autre vie. Quand Mendel fut au bout du fil, Guillam demanda Jenny et il entendit Mendel lui répondre sèchement qu'il n'y avait pas de Jenny à ce numéro. Il s'excusa et raccrocha. Il appela l'horloge parlante et feignit d'avoir une charmante conversation avec elle parce qu'il y avait dehors une vieille dame qui attendait qu'il eût terminé. Il devrait y être maintenant, se dit-il. Il raccrocha et composa un second numéro à Mitcham, cette fois une cabine téléphonique au bout de l'avenue où habitait Mendel.

« Ici, Will, dit Guillam.

— Ici c'est Arthur, dit Mendel avec entrain. Comment ça va, Will ? » C'était un chasseur aux façons fuyantes et au pas allongé, aux traits aigus et à l'œil vif, et Guillam l'imaginait très nettement en ce moment, penché sur son calepin de policier, son crayon à la main.

« Je veux vous donner les gros titres au cas où je passerais sous un autobus.

— Oui, Will, dit Mendel d'un ton consolant. On n'est jamais trop prudent. »

Il transmit son message lentement, utilisant la couverture universitaire sur laquelle ils s'étaient mis d'accord comme ultime protection au cas où par hasard on intercepterait leur conversation : examens, étudiants, exposés volés. Chaque fois qu'il s'interrompait il n'entendait qu'un léger grattement. Il imaginait Mendel en train d'écrire lentement et lisiblement et ne disant pas un mot avant d'avoir tout noté.

« Au fait, dit enfin Mendel, quand il eut tout vérifié, je suis allé prendre ces photos à la pharmacie. Très réussies. Pas une de loupée.

— Merci. J'en suis ravi. » Mais Mendel avait déjà raccroché.

On peut dire une chose à propos des taupes, songea Guillam : c'est un long tunnel bien sombre tout du long. En ouvrant la porte pour céder la place à la vieille dame, son regard s'arrêta sur le combiné qu'il venait de reposer et il remarqua à quel point la sueur avait ruisselé dessus. Il songea à son message à Mendel, repensa à Roy Bland et à Toby Esterhase le dévisageant sur le pas de la porte, il se demanda avec inquiétude où était Smiley et s'il faisait attention. Il regagna Eaton Place, ayant grandement besoin de Camilla, et un peu effrayé de ses raisons. Etait-ce vraiment l'âge qui tout d'un coup se dressait contre lui ? Au fond, pour la première fois de sa vie, il avait péché contre ses propres conceptions de la noblesse. Il avait une impression de souillure, même d'écœurement de soi.

12

IL y a des hommes âgés qui retournent à Oxford pour y trouver leur jeunesse qui leur fait signe derrière chaque pierre. Smiley n'était pas de ceux-là. Dix ans auparavant, il aurait peut-être senti un petit quelque chose. Plus maintenant. Passant devant la Bibliothèque, il songea vaguement : j'ai travaillé là. Voyant la maison de son vieux directeur d'études sur Parks Road, il se rappela qu'avant la guerre, dans son jardin tout en longueur, Jebedee lui avait pour la première fois conseillé d'aller bavarder « avec une ou deux personnes que je connais à Londres ». Et en entendant l'horloge de Tom Tower sonner six heures, il se prit à penser à Bill Haydon et à Jim Prideaux, qui avaient dû arriver là l'année où Smiley avait quitté l'université et qui s'étaient trouvés réunis par la guerre; et il se demanda vaguement quel air ils devaient avoir tous les deux, Bill le peintre, le polémiste et le mondain, Jim l'athlète, pendu à ses lèvres. A leurs plus beaux jours au Cirque, se rappela-t-il, ces différences s'étaient presque estompées : Jim était devenu agile aux jeux de l'esprit et Bill sur le terrain ne se défendait pas mal. Seulement au bout du compte, la vieille polarité s'était affirmée : le cheval de labour avait regagné son écurie, le penseur son bureau.

Des gouttes de pluie tombaient mais il ne les voyait pas. Il avait pris le train et il marchait depuis la gare, en ne cessant de faire des détours : Blackwell's, son ancien collège, n'importe où, puis vers le nord. Le crépuscule était tombé de bonne heure à cause des arbres.

Atteignant un cul-de-sac, il s'attarda encore, une fois de plus inspectant les lieux. Une femme en châle le dépassa à bicyclette, glissant parmi les flaques de lumière des lampadaires là où leurs rayons perçaient les lambeaux de brume. Mettant pied à terre, elle ouvrit une grille et disparut. Sur le trottoir d'en face une silhouette emmitouflée promenait un chien, homme ou femme, il n'aurait su le dire. A part cela, la rue était déserte, tout comme la cabine téléphonique. Puis brusquement deux hommes le croisèrent, parlant bruyamment de Dieu et de la guerre. C'était le plus jeune qui parlait presque tout le temps. Entendant le plus âgé acquiescer, Smiley se dit que ce devait être le professeur.

Il suivait une haute palissade d'où dépassaient des arbustes. La grille du numéro 15 pivotait sans effort sur ses gonds, une entrée à deux battants mais dont on n'utilisait qu'un seul. Lorsqu'il la poussa, le loquet était cassé. La maison était très en retrait, la plupart des fenêtres étaient éclairées. Derrière l'une d'elles, tout en haut, un jeune homme était penché sur un bureau. A une autre, deux filles semblaient discuter, à une troisième, une femme très pâle jouait de l'alto mais il n'en entendait pas le son. Il y avait de la lumière aussi aux fenêtres du rez-de-chaussée mais les rideaux étaient tirés. Le perron était carrelé, la porte d'entrée avait des panneaux avec des vitraux et sur le montant était fixé un vieil avis : Après onze heures du soir, n'utiliser que là porte de service. Au-dessus des sonnettes, d'autres écriteaux « Prince trois coups », « Lumby deux coups », « Buzz : absente toute la soirée. A bientôt, Janet. ». Le bouton d'en bas indiquait : « Sachs », et il le pressa. Des chiens aboyèrent aussitôt et une femme se mit à crier. « Flush, espèce d'idiot, ça n'est qu'un de ces abrutis. Flush, tais-toi imbécile. Flush ! »

La porte s'entrebâilla, retenue par une chaîne; un corps apparut dans l'ouverture. Pendant que Smiley au même instant faisait tous ses efforts pour voir qui d'autre se trouvait à l'intérieur, deux yeux sagaces, humides comme ceux d'un bébé, le toisaient, remarquaient sa serviette et ses chaussures éclaboussées de boue, remontaient rapidement pour regarder par-dessus son épaule dans l'allée, puis revenaient l'inspecter. Un charmant sourire finit par s'épanouir sur ce visage sans couleur et Miss Connie Sachs, ex-reine de la Documentation au Cirque, manifesta une joie sincère.

« George Smiley, s'écria-t-elle avec un petit rire timide tout en l'entraînant dans la maison. Mon pauvre chéri, je croyais que c'était quelqu'un qui venait me vendre un aspirateur, et voilà que c'est George ! »

Elle referma la porte derrière lui, très vite.

C'était une grande femme, plus grande que Smiley d'une tête. Une crinière de cheveux blancs encadrait son large visage. Elle portait une veste marron, genre blazer, et un pantalon avec un élastique à la taille, et elle avait le ventre qui pendait comme celui d'un vieil homme. Un feu de coke rougeoyait dans l'âtre. Des chats étaient allongés devant et un épagneul gris pelé, trop gras pour bouger, était vautré sur le divan. Sur une table roulante étaient disposées les boîtes de conserve et les bouteilles qui constituaient ses réserves de vivres et de boisson. De la même prise multiple elle puisait le courant pour son poste de radio, son réchaud électrique et son fer à friser. Un garçon avec les cheveux jusqu'aux épaules était allongé par terre en train de préparer des toasts. En voyant Smiley il reposa son trident de cuivre.

« Oh ! Jingle, mon chou, est-ce qu'on ne pourrait pas remettre ça à demain ? implora Connie. Ça n'est pas souvent que mon plus vieil amoureux vient me voir. » Smiley avait oublié sa voix. Elle en jouait constamment, en la modulant aux niveaux les plus bizarres. « Je te donnerai toute une heure gratis, mon chéri, en leçon particulière, d'accord ? Un de mes demeurés, expliqua-t-elle à Smiley, bien avant que le garçon fût hors de portée d'oreille. Je continue à donner des leçons, je ne sais pas pourquoi. George », murmura-t-elle, en le regardant avec fierté à travers la pièce tirer de sa serviette une bouteille de sherry et emplir deux verres. « Ça alors, de tous... De tous les trésors que j'aie jamais connus... Il est venu à pied, expliqua-t-elle à l'épagneul. Regarde ses chaussures. Tu as fait tout le chemin à pied depuis Londres, n'est-ce pas, George ? Oh ! mon Dieu, mon Dieu. »

Elle avait du mal à boire. Ses doigts arthritiques étaient tordus vers le bas comme s'ils avaient tous été brisés dans le même accident, et son bras était raide. « Tu es venu tout seul, George ? demanda-t-elle en pêchant une cigarette dans la poche de son blazer. Nous ne sommes pas accompagnés, n'est-ce pas ? »

Il lui alluma sa cigarette et elle la prit comme une

petite sarbacane, les doigts sur le dessus, puis elle l'inspecta de ses petits yeux malins et roses. « Alors, méchant garçon, qu'est-ce qu'on veut de Connie ?

— Sa mémoire.

— Quelle partie ?

— Nous allons évoquer quelques vieux souvenirs.

— Tu entends ça, Flush ? cria-t-elle à l'épagneul. Ils commencent par me flanquer dehors avec un vieil os et puis ils viennent me supplier. Quels souvenirs, George ?

— Je vous ai apporté une lettre de Lacon. Il sera à son club à sept heures. Si vous n'êtes pas tranquille, il faut que vous l'appeliez de la cabine téléphonique en bas de la rue. Je préférerais que vous ne le fassiez pas, mais si vous le devez il vous prodiguera les paroles rassurantes nécessaires. »

Elle la lâcha et ses mains retombèrent le long de son grand corps, et pendant un moment elle erra dans la pièce; elle connaissait les endroits où se reposer et les prises auxquelles s'assurer, tout en marmonnant : « Oh ! au diable George Smiley et tous ceux qui voguent à son bord. » A la fenêtre, peut-être par habitude, elle écarta le bord du rideau, mais il ne semblait rien y avoir là pour distraire son attention.

« Oh ! George, bon sang, murmura-t-elle. Comment as-tu pu laisser un Lacon mettre son nez là-dedans ? Autant laisser intervenir la concurrence, pendant que vous y êtes. »

Sur la table s'étalait un exemplaire du *Times* du jour, ouvert à la page des mots croisés. Chaque carré était empli par une lettre péniblement tracée à l'encre. Il n'y avait pas de blanc.

« Je suis allée au foot aujourd'hui, chantonna-t-elle de l'obscurité au pied de l'escalier tout en se réconfortant au passage près de la table roulante. C'est ce petit chéri de Will qui m'a emmenée. Mon demeuré favori, n'est-ce pas que c'était gentil de sa part ? » Sa voix de petite fille prit un ton boudeur. « Connie a eu froid, George. Elle s'est gelée, Connie, gelé les pieds et tout. »

Il sentit qu'elle pleurait, alors il alla la chercher dans l'ombre et la ramena jusqu'au canapé. Son verre était vide et il l'emplit à moitié. Côte à côte sur le divan ils burent tandis que les larmes de Connie ruisselaient sur son blazer et jusque sur les mains de Smiley.

« Oh ! George, répétait-elle. Tu sais ce qu'elle m'a dit quand ils m'ont fichue à la porte ? Cette vieille vache du Personnel ? » Elle s'était emparée d'une des pointes du col de Smiley et le tortillait entre son index et son pouce tout en reprenant quelque gaieté. « Tu sais ce qu'elle m'a dit, cette vache ? » Elle prit sa voix de sergent-major : « Vous perdez votre sens des proportions, Connie. Il est temps que vous vous retrouviez dans le monde réel. » « Je déteste le monde réel, George. J'aime bien le Cirque et tous mes charmants garçons. » Elle lui prit les mains, en s'efforçant d'entrelacer ses doigts dans ceux de Smiley.

« Polyakov, fit-il doucement, en prononçant suivant les instructions de Tarr, Alexis Alexandrovitch Polyakov, attaché culturel à l'ambassade soviétique de Londres. Il a refait surface, tout comme vous l'aviez prédit. » Une voiture s'arrêtait dans la rue, on n'entendit que le chuintement des roues, on avait déjà coupé le moteur. Puis des bruits de pas, très légers.

« C'est Janet qui amène en douce son petit ami, chuchota Connie, ses yeux bordés de rose fixés sur lui cependant qu'elle partageait sa distraction. Elle croit que je ne suis pas au courant. Tu entends ça ? Des coins métalliques aux talons. Attends. » Les pas s'arrêtèrent, il y eut un léger piétinement. « Elle lui donne la clef. Il s'imagine qu'il fait moins de bruit qu'elle. Pas du tout. » La serrure tourna avec un claquement bruyant. « Oh ! les hommes, souffla Connie avec un sourire désespéré. Oh ! George. Pourquoi a-t-il fallu que tu ailles repêcher Alex ? » Et un instant elle pleura sur Alex Polyakov.

Ses frères étaient professeurs, Smiley s'en souvenait; son père enseignait quelque chose. Control l'avait rencontrée à une partie de bridge et inventé un poste pour elle.

Elle commença son récit comme un conte de fées : « Il était une fois un transfuge du nom de Stanley, vers 1963 », et elle y mit la même fausse logique, faite en partie d'inspiration, en partie d'opportunisme intellectuel, fruit d'un esprit merveilleux qui n'a jamais grandi. Son pâle visage informe s'éclaira comme celui d'une grand-mère évoquant des souvenirs enchantés. Sa mémoire était aussi vaste que son corps et elle y attachait sûrement plus de prix, car pour en écouter les échos elle avait tout mis de côté : son verre, sa cigarette, même pour un moment la main passive de Smiley. Elle n'était plus vautrée sur le divan, mais dans une pose plus triste, sa grosse tête penchée d'un côté tandis qu'elle tirait rêveusement sur l'une de ses mèches blanches. Il avait cru qu'elle allait commencer tout de suite par Polyakov, mais elle commença par Stanley; il avait oublié sa passion des arbres généalogiques. Stanley, dit-elle; le pseudo d'un transfuge de cinquième ordre du Centre de Moscou. Mars 63. Les chasseurs de scalps l'avaient acheté d'occasion aux Hollandais et expédié à Sarratt, et sans doute si ce n'avait pas été la morte saison et s'il ne s'était pas trouvé que les interrogateurs avaient du temps de libre, ma foi, qui sait si rien de tout cela aurait jamais été découvert ? En tout cas, frère Stanley avait un peu d'or sur lui, une toute petite pépite, et ils l'avaient trouvée. Les Hollandais étaient passés à côté mais pas les interrogateurs et une copie de leur rapport parvint jusqu'à Connie : « Ce qui était déjà en soi tout un autre miracle », mugit Connie d'un ton vexé, « étant donné que tout le monde, et *surtout Sarratt*, avait pour principe *absolu* de ne pas faire figurer la Documentation sur les listes de distribution... »

Smiley attendit patiemment de voir apparaître la pépite annoncée, car Connie était d'un âge où la seule chose qu'un homme pouvait lui consacrer, c'était son temps.

Stanley donc était passé à l'Ouest alors qu'il était à La Haye pour un contrat, expliqua-t-elle. C'était par profession une sorte d'assassin et on l'avait envoyé en Hollande pour liquider un émigré russe qui portait sur les nerfs du Centre. Au lieu de cela, il décida de se livrer. « C'était une fille qui l'avait embobiné, dit Connie avec le plus grand mépris. Les Hollandais lui avaient filé une nana dans les pattes, mon chou, et il était tombé dans le piège les yeux fermés. »

Pour le préparer à la mission, le Centre l'avait expédié dans un des camps d'entraînement des environs de Moscou pour rafraîchir un peu ses connaissances en magie noire : sabotage et meurtre silencieux. Les Hollandais, lorsqu'ils l'eurent entre les mains, furent choqués par ce détail et concentrèrent tous leurs interrogatoires là-dessus. Ils publièrent sa photo dans les journaux et lui firent dessiner des croquis de balles au cyanure et de tout le reste du triste arsenal que le Centre adorait tant. Mais à la Nursery, les interrogateurs connaissaient tout ça par cœur, alors ils se concentrèrent sur le camp lui-même, c'était une nouvelle installation, pas très connue. Une sorte de Sarratt pour milliardaires, expliqua-t-elle. Ils dressèrent un plan de l'endroit, qui couvrait plusieurs centaines d'hectares de forêts et de lacs, et ils y situèrent tous les bâtiments dont Stanley pouvait se souvenir : blanchisseries, réfectoires, baraques de lecture, champs de tir, tout le bazar. Stanley était allé plusieurs fois là-bas et se rappelait beaucoup de choses. Ils pensaient qu'ils avaient à peu près fini quand Stanley devint tout d'un coup très silencieux. Il prit un crayon, et dans le coin nord-ouest, il dessina cinq autres baraquements, entourés d'une double clôture pour les chiens de garde, le cher ange. Ces constructions étaient neuves, dit Stanley, ç'avait été bâti dans les quelques derniers mois. On y avait accès par une route privée; Stanley avait vu les baraquements du haut d'une colline alors qu'il était sorti avec son instructeur, Milos. D'après Milos (qui était l'*ami* de Stanley, dit Connie avec de lourds sous-entendus) ces bâtiments abritaient une école spéciale récemment fondée par Karla pour entraîner des militaires à des missions spéciales.

« Tu te rends compte, s'écria Connie. Depuis des *années*; nous avions entendu raconter que Karla essayait de se constituer une armée privée au sein du Centre de Moscou mais que, le pauvre trésor, il n'avait pas le pouvoir. Nous savions qu'il avait des agents éparpillés aux quatre coins du monde et naturellement il était inquiet à l'idée qu'en vieillissant et en prenant du grade il n'arriverait plus à les diriger tout seul. Nous savions que comme tout le monde il était *terriblement* jaloux à leur sujet et qu'il ne pouvait pas supporter la perspective de les transmettre aux permanents des pays où ils se trouvaient. Naturellement qu'il ne voulait pas : tu sais comme il avait horreur des permanents : il estimait qu'ils avaient trop de personnel, que leurs bureaux n'étaient pas sûrs. Tout comme il avait en horreur la vieille garde. Ceux qui croyaient à la terre plate, comme il disait. A juste titre. Bref, maintenant qu'il avait le pouvoir il en profitait, comme n'importe quel homme véritable l'aurait fait. Mars 63 », répéta-t-elle au cas où Smiley n'aurait pas fait attention à la date.

Et puis rien, bien sûr. « Le petit jeu habituel : on reste assis sur ses fesses, on continue le train-train, on attend qu'il y ait du vent. » Elle resta comme ça trois ans, jusqu'au jour où le commandant Mikail Fedorovitch Komarov, attaché militaire adjoint à l'ambassade soviétique de Tokyo, fut pris en flagrant délit alors qu'il prenait livraison de six bobines de renseignements ultra-secrets que lui avait procurées un haut fonctionnaire du ministère de la Défense japonais. Komarov était le héros de son second conte de fées. Non pas un transfuge mais un soldat qui portait les épaulettes de l'artillerie.

« Et des décorations, mon chou ! Des décorations à gogo ! »

Komarov dut quitter Tokyo si précipitamment que son chien resta enfermé dans son appartement où on le découvrit par la suite mort de faim, ce qui était une chose que Connie ne pouvait absolument pas lui pardonner. Alors que l'agent japonais de Komarov fut bien sûr dûment interrogé et que par un heureux hasard le Cirque put acheter le rapport à la Toka.

« Mais, voyons, George, maintenant que j'y pense, c'est toi qui avais négocié ce marché ! »

Arborant une petite grimace de vanité professionnelle, Smiley reconnut que c'était bien possible.

La substance du rapport était simple. Le fonctionnaire du ministère de la Défense japonais était une taupe. Il avait été recruté avant la guerre, dans l'ombre de l'invasion de la Mandchourie par les Japonais, par un certain Martin Brandt, un journaliste allemand qui semblait avoir des liens avec le Komintern. Brandt, expliqua Connie, était un des noms de Karla dans les années 30. Komarov, pour sa part, n'avait jamais appartenu à l'antenne officielle de Tokyo à l'intérieur de l'ambassade, il avait toujours travaillé isolément avec un seul traîne-patins et une ligne directe pour Kala, dont il avait été le camarade pendant la guerre. Mieux encore : avant d'arriver à Tokyo il avait suivi un cours d'entraînement spécial dans une nouvelle école des environs de Moscou installée spécialement pour les élèves sélectionnés par Karla. « Conclusion, reprit Connie d'un ton triomphant, frère Komarov était notre premier et hélas ! pas très brillant élève de l'Ecole de Karla. Il a été fusillé, le pauvre trésor, ajouta-t-elle, en baissant dramatiquement la voix. Ils ne pendent jamais, n'est-ce pas : ils sont trop impatients, les petits monstres. »

Connie s'était alors estimée en mesure d'intervenir, dit-elle. Sachant quels indices rechercher, elle avait remonté dans le dossier de Karla. Elle avait passé trois semaines à Whitehall avec les Kremlinologues de l'Armée à passer au peigne fin les bulletins d'informations de l'Armée soviétique pour y rechercher des affectations déguisées jusqu'au jour où, au milieu d'une nuée de suspects, elle estima qu'elle avait

147

trois nouvelles recrues de Karla parfaitement identifiables. Tous étaient des militaires, tous connaissaient personnellement Karla, tous étaient de dix à quinze ans ses cadets. Elle donna leurs noms comme étant Bardin, Stokovsky et Viktorov, tous des colonels.

A l'énoncé de ce troisième nom, un voile descendit sur les traits de Smiley, ses yeux prirent une expression très lasse, comme s'il s'efforçait de lutter contre l'ennui.

« Alors qu'est-il advenu d'eux ? demanda-t-il.

— Bardin est devenu Sokolov, puis Russakov. Il a rejoint la délégation soviétique aux Nations Unies à New York. Pas de liens affichés avec l'antenne locale, pas de participation aux petites opérations de routine, pas de filoche, pas de recrutement de talents nouveaux, une bonne couverture, bien solide. Pour autant que je sache, il est toujours là-bas.

— Stokovsky ?

— Passé dans la clandestinité, il a ouvert une affaire de photos à Paris sous le nom de Brodescu, un Roumain français. Il a fondé une succursale à Bonn, qui, croit-on, contrôle une des sources de Karla en Allemagne de l'Ouest de l'autre côté de la frontière.

— Et le troisième ? Viktorov ?

— Disparu sans laisser de traces.

— Oh ! mon Dieu, dit Smiley, et son ennui parut s'accentuer.

— Il a suivi l'entraînement puis a disparu de la surface de la terre. Bien sûr il est peut-être mort. On a toujours tendance à oublier les causes naturelles.

— Oh ! que c'est vrai, reconnut Smiley, tout à fait vrai. »

Il avait cet art, après des années et des années de

vie secrète, d'écouter avec la façade de son esprit; de laisser les incidences primaires se dérouler directement devant lui pendant qu'une autre partie de son cerveau, tout à fait distincte, s'efforçait de les replacer dans leur perspective historique. Le lien cette fois se faisait de Tarr à Irina, d'Irina à son pauvre amant qui était si fier qu'on l'appelle Lapin, et de servir sous les ordres d'un certain colonel Gregor Viktorov, « dont le pseudo à l'ambassade est Polyakov ». Dans sa mémoire, c'était comme si tout cela faisait partie de ses souvenirs d'enfance. Il ne l'oublierait jamais.

« Il y avait des photographies, Connie ? demandat-il d'un ton maussade. Vous vous êtes quand même procuré des signalements ?

— De Bardin aux Nations Unies, naturellement. De Stokovsky, peut-être. Nous avions une vieille photo de presse datant de l'époque pendant laquelle il était dans l'armée, mais nous n'avons jamais pu vérifier avec certitude.

— Et de Viktorov qui a disparu sans laisser de traces ? » Ç'aurait pu être n'importe quel nom. « Pas de jolies photos de lui non plus ? demanda Smiley, se levant pour aller emplir son verre.

— Colonel Gregor Viktorov, répéta Connie avec un tendre sourire un peu absent. Il s'est battu comme un terrier à Stalingrad. Non, nous n'avons jamais eu de photo. Dommage. Il paraît que c'était de loin le meilleur. » Elle reprit d'un ton plus gai : « Mais, bien sûr, nous ne savons rien des autres. Cinq baraquements et un cours de deux ans : mon chou, ça fait fichtrement plus que trois élèves sortant de là au bout de toutes ces années ! »

Avec un petit soupir déçu, comme pour dire qu'il

n'y avait rien dans tout ce récit, et encore moins dans la personne du colonel Gregor Viktorov, susceptible de le faire progresser dans sa quête laborieuse, Smiley suggéra de passer au problème tout à fait différent de Polyakov, Alexis Alexandrovitch, de l'ambassade soviétique à Londres, plus connu de Connie sous le nom du cher Alex Polyakov, et de voir exactement où il se situait dans l'organisation de Karla et pourquoi il se faisait qu'on avait interdit à Connie de pousser plus loin ses recherches à son sujet.

13

ELLE était beaucoup plus animée maintenant. Polyakov n'était pas un héros de conte de fées, il était son Alex chéri, bien qu'elle ne lui eût jamais parlé, et qu'elle ne l'eût probablement jamais vu en chair et en os. Elle s'était installée dans un fauteuil plus près de la lampe, un fauteuil à bascule qui soulageait certaines douleurs : elle ne pouvait rester assise nulle part longtemps. Elle avait renversé la tête en arrière si bien que Smiley contemplait les blanches rondeurs de son cou et elle agitait d'un geste coquet une main un peu raide, en évoquant les imprudences qu'elle ne regrettait pas; cependant que pour l'esprit ordonné de Smiley ses hypothèses, dans le cadre de l'arithmétique acceptable du renseignement, semblaient encore plus extravagantes qu'auparavant.

« Oh! il était extraordinaire, dit-elle. Alex était là depuis sept longues années avant que nous ayons même un soupçon. Sept ans, mon chou, et pas ça! Tu te rends compte! »

Elle cita sa demande de visa originale faite sept ans auparavant : Polyakov Alexis Alexandrovitch, diplômé de l'université d'Etat de Léningrad, attaché culturel avec rang de second secrétaire, marié mais non accompagné de sa femme, né le 3 mars 1920 en Ukraine, fils d'un transporteur, pas de renseignement sur ses premières études. Elle continua avec un sourire dans sa voix tout en donnant le premier signalement de routine fourni par les lampistes : « Taille, 1,78 mètre, forte carrure, yeux verts, cheveux noirs, pas d'autres signes particuliers visibles. Un joyeux colosse, déclara-t-elle en riant. Il adorait la plaisanterie. Je suis sûre que c'était le genre de type à pincer les fesses bien qu'on ne l'ait jamais surpris à le faire. Je lui aurais bien offert quelques fesses de chez nous si Toby avait voulu coopérer, ce qu'il a toujours refusé. Non pas qu'Alex Alexandrovitch serait tombé dans ce panneau-là, sûrement pas. Alex était bien trop malin, dit-elle avec fierté. Une voix merveilleuse. Fondante comme la tienne. Souvent je passais les bandes deux fois, rien que pour l'entendre parler. Il est vraiment toujours dans le métier, George ? Je n'ose même pas demander, tu comprends. J'ai peur de les voir changer et de ne plus les reconnaître. » Il était toujours là, lui assura Smiley. Même couverture, même grade.

« Et il habite toujours cette horrible petite maison de banlieue de Highgate que les lampistes de Toby détestaient tant ? 40 Meadow Close, dernier étage. Oh ! c'était vraiment moche. J'adore vraiment un homme qui vit sa couverture et c'était le cas d'Alex. C'était le rapace culturel le plus affairé que l'ambassade ait jamais vu. Si on avait besoin de quelque chose vite, d'un conférencier, d'un musicien, de n'importe quoi, Alex n'avait pas son pareil pour vous simplifier la paperasserie.

— Comment y arrivait-il, Connie ?

— Pas comme tu l'imagines, George Smiley, répliqua-t-elle, le sang lui montant au visage. Oh! non. Alexis Alexandrovitch n'était rien d'autre que ce qu'il disait être, alors, mon bon, tu n'as qu'à demander à Toby Esterhase ou à Percy Alleline. Blanc comme neige, qu'il était. Pur et sans tache, Toby pourra te le dire!

— Hé, murmura Smiley, en lui emplissant son verre. Hé, doucement, Connie, calmez-vous.

— Foutaise, cria-t-elle, nullement calmée. De la foutaise pure et simple. »

Alexis Alexandrovitch Polyakov était un pur produit de l'entraînement de Karla, du six cylindres en ligne, et ils ne voulaient même pas m'écouter! « Vous voyez des espions sous le lit », disait Toby. « Les lampistes l'ont passé au peigne fin », disait Percy. « Nous n'avons pas les moyens de faire du luxe ici. » Du luxe, tu parles! « Pauvre George, répétait-elle. Pauvre George. Tu as essayé de m'aider mais qu'est-ce que tu pouvais faire? Tu étais déjà toi-même en train de descendre l'escalier. Oh! George, ne va pas chasser avec les Lacon. Je t'en prie. »

Doucement il la ramena à Polyakov, pourquoi était-elle si sûre qu'il était un homme de Karla, qu'il était passé par l'Ecole spéciale de Karla?

« C'était le 11 novembre, fit-elle entre deux sanglots. Nous avons photographié ses décorations, bien sûr. »

Retour à l'An I, l'An I de son histoire d'amour de huit ans avec Alex Polyakov. Ce qu'il y avait de curieux, dit-elle, c'était qu'elle l'avait repéré dès l'instant où il était arrivé.

« Je me suis dit : « Tiens, je vais m'amuser un peu « avec toi. »

Exactement pourquoi, elle croyait ne pas le savoir. C'était peut-être cet air d'indépendance, peut-être sa façon de marcher comme un piquet, comme s'il défilait : « Raide comme un passe-lacet. L'air militaire jusqu'au bout des ongles. » Ou c'était peut-être la façon dont il vivait : « Il avait choisi la seule maison de Londres dont ces lampistes ne pouvaient pas approcher à moins de cinquante mètres. » Ou peut-être c'était son travail : « Il y avait déjà trois attachés culturels, deux d'entre eux étaient des agents et la seule chose que le troisième faisait c'était de porter des fleurs au cimetière de Highgate pour le pauvre Karl Marx. »

Elle était un peu étourdie, alors il lui fit faire de nouveau quelques pas, supportant tout son poids quand elle trébuchait. Bref, dit-elle, Toby Esterhase accepta d'abord de mettre Alex sur la liste A et de le faire surveiller de temps en temps par ses lampistes d'Acton, douze jours sur trente, et chaque fois qu'ils le suivaient il était blanc comme neige.

« Mon chou, c'était à croire que je lui avais téléphoné pour lui dire : « Alex Alexandrovitch, surveil-« lez-vous parce que je lance sur vous les chiens du « petit Toby. Alors tenez-vous-en à votre couverture « et pas de gaffes. »

Il allait à des cérémonies officielles, à des conférences, se promenait dans le parc, il jouait un peu au tennis et à part distribuer des bonbons aux enfants il n'aurait pas pu être plus respectable. Connie insista pour qu'on continuât la surveillance, mais c'était une bataille perdue. La machine continuait à tourner et Polyakov fut transféré sur la liste B : à vérifier tous les six mois, dans la mesure où les ressources le permettaient. Les contrôles tous les six mois ne produisirent rien du tout et au bout de trois ans il fut classé Persil : après une enquête approfondie, il a été constaté que le sujet ne présentait aucun intérêt sur le plan du renseignement. Connie ne pouvait rien et elle commençait même à se faire à cette idée quand un beau jour de novembre ce charmant Teddy Hankie lui téléphona un peu essoufflé de la blanchisserie d'Acton pour dire qu'Alex Polyakov avait abandonné sa couverture et montré enfin ses vraies couleurs : elles flottaient joyeusement en haut du mât.

« Teddy était un vieux copain. Un ancien du Cirque et un véritable chou, même s'il a quatre-vingt-dix ans. Il avait terminé sa journée et rentrait chez lui quand la Volga de l'ambassadeur soviétique le dépassa, emmenant les attachés des trois armes qui s'en allaient déposer une couronne. Trois autres suivaient dans une seconde voiture. L'un d'eux était Polyakov et il portait plus de décorations qu'un arbre de Noël. Teddy fonça à Whitehall avec son appareil et les photographia depuis le trottoir d'en face. Mon cher, tout était pour nous : le temps était parfait, un tout petit peu de pluie et puis un merveilleux soleil de fin d'après-midi, il aurait pu photographier le sourire d'une mouche à trois cents mètres. Nous avons agrandi les photos, et les décorations étaient là : deux pour conduite exceptionnelle et quatre médailles de campagne. Alex Polyakov était un ancien combattant et il n'en avait jamais soufflé mot à personne en sept ans. Oh ! j'étais excitée ! Je n'avais même pas besoin de préparer mon plan de campagne. « Toby », dis-je — je lui téléphonai tout de suite — « écoutez-moi un moment, « espèce de petit nabot hongrois. C'est une de ces « occasions où la vanité a fini par l'emporter sur la « couverture. Je veux que vous me trouviez tout ce

« qu'il y a à savoir sur Alex Alexandrovitch, pas de
« si ni de mais, l'intuition de Connie était juste. »
— Et qu'est-ce qu'a dit Toby ? »

L'épagneul gris poussa un grand soupir, puis som-
bra de nouveau dans le sommeil.

« Toby ? fit Connie l'air soudain très esseulée.
Oh ! le petit Toby m'a répondu de sa voix de poisson mort que c'était Percy Alleline qui était maintenant directeur des opérations, n'est-ce pas ? C'était à
Percy, pas à lui, d'allouer les crédits. J'ai tout de
suite su que quelque chose n'allait pas mais j'ai cru
que ça venait de Toby. » Elle retomba dans le silence.
« Satané feu », murmura-t-elle d'un ton morose. « Il
suffit de tourner le dos pour qu'il s'éteigne. » Elle
avait perdu tout intérêt à l'affaire. « Tu connais le
reste. Le rapport a été transmis à Percy. « Et alors ?
« dit Percy : Polyakov était dans l'Armée russe. Il n'était
« pas le seul et tous les soldats russes n'étaient pas
« des agents de Karla. » Très drôle. Il m'a accusée
de déductions antiscientifiques. « C'est de qui cette
« expression-là ? que je lui dis. — Ça n'est même pas
« de la déduction, dit-il, c'est de l'induction. »

« Mon cher Percy, je ne sais pas où vous avez appris
« des mots comme ça, mais on croirait entendre une
« vieille bête de docteur. » Mon chou, qu'il était
furieux ! Pour me calmer. Toby lâche les chiens
sur Alex et rien ne se passe. « Passez sa maison au
« peigne fin », je lui ai dit. « Sa voiture, tout ! Simu-
« lez une agression, retournez-le-moi comme une
« crêpe, foutez-le sur table d'écoute ! Faites sem-
« blant qu'il y a erreur d'identité et fouillez-le. N'im-
« porte quoi, mais au nom du Ciel faites quelque
« chose, parce que je vous parie une livre contre un
« rouble qu'Alex Polyakov contrôle une taupe an-

« glaise ! » Alors Percy me convoque, très hautain :
« Vous allez laisser Polyakov tranquille. Vous allez le
« chasser de votre cerveau de bonne femme, vous
« comprenez ? Vous et votre foutu Polychose, vous
« commencez à me casser les pieds, alors laissez tom-
« ber. » Tout ça suivi d'une lettre extrêmement désagréable. « Nous avons discuté et vous êtes convenus
que », avec copie au berger. J'écrivis « oui, je répète
non » en bas et je la lui ai renvoyée. » Elle reprit sa
voix de sergent-major : « Vous perdez votre sens des
« proportions, Connie. Il serait temps que vous vous
« retrouviez dans le monde réel. »

Connie avait la gueule de bois. Elle s'était rassise
et elle était affalée sur son verre. Ses yeux s'étaient
fermés et sa tête ne cessait de pencher d'un côté.

« Oh ! mon Dieu, murmura-t-elle en se réveillant.
Oh ! Seigneur.

— Est-ce que Polyakov avait un traîne-patins ?
demanda Smiley.

— Pourquoi en aurait-il eu besoin d'un ? C'est un
vautour de la culture. Les vautours de la culture n'ont
pas besoin d'homme de main.

— Komarov en avait un à Tokyo. C'est vous qui
me l'avez dit.

— Komarov était un militaire, dit-elle d'un ton
morose.

— Polyakov aussi. Vous avez vu ses décorations. »

Il lui tenait la main, il attendait. Lapin, dit-elle, le
chauffeur de l'ambassade, ce petit connard. Au début
elle n'arrivait pas à le situer. Elle le soupçonnait
d'être un certain Ivlov alias Brod, mais elle ne pouvait pas le prouver et de toute façon personne ne voulait l'aider. Il passait le plus clair de ses journées à
traîner dans Londres en lorgnant les filles sans oser

leur adresser la parole. Mais peu à peu elle commença à voir le rapport. Polyakov donnait une réception, Lapin aidait à servir. Polyakov était convoqué au milieu de la nuit et une demi-heure plus tard Lapin rappliquait, sans doute pour déboutonner un télégramme. Et quand Polyakov prenait l'avion pour Moscou, Lapin allait bel et bien s'installer à l'ambassade et dormait là jusqu'à son retour : « Il servait de doublure, dit Connie d'un ton ferme. Ça se sentait à une lieue.

— Alors vous avez signalé ça aussi ?

— Bien sûr que je l'ai fait.

— Qu'est-ce qui s'est passé ?

— Connie a été virée et Lapin est tranquillement rentré chez lui », fit Connie en riant. Elle bâilla. « Ah ! là, là, c'était le bon temps. Est-ce que c'est moi qui ai déclenché le chambardement, George ? »

Le feu était tout à fait mort. De quelque part au-dessus d'eux parvint un bruit sourd, c'était peut-être Janet et son amoureux. Peu à peu, Connie se mit à fredonner, puis à se balancer au rythme de sa propre musique.

Il resta, essayant de la ragaillardir. Il lui resservit à boire et elle finit par s'égayer.

« Viens, dit-elle. Je vais te montrer mes décorations à moi. »

Elle les avait dans un porte-documents tout éraflé que Smiley dut tirer de sous le lit. D'abord une vraie médaille dans un écrin, avec une citation dactylographiée l'appelant par son pseudo, Constance Salinger, et la citant sur la liste du premier ministre.

« Parce que Connie était une brave fille, expliqua-t-elle, sa joue contre celle de Smiley. Et elle adorait tous ces beaux garçons. »

Puis des photographies d'anciens membres du Cirque : Connie en uniforme de Wren pendant la guerre, posant entre Jebedee et le vieux Bill Magnus, une photo prise quelque part en Angleterre; Connie avec Bill Haydon d'un côté et Jim Prideaux de l'autre, les hommes en tenue de cricket, et tous les trois ayant l'air très-bien-je-vous-remercie comme disait Connie, lors d'un cours d'été à Sarratt, les terrains d'exercice s'étendant derrière eux, bien tondus et inondés de soleil avec les cibles, qui étincelaient. Puis une grosse loupe avec des signatures gravées sur la lentille : Roy, Percy, Toby et des tas d'autres « A Connie avec tendresse et surtout pas adieu ! »

Enfin la contribution personnelle de Bill : une caricature de Connie allongée sur toute l'étendue des jardins de Kensington Palace, pendant qu'elle scrutait l'ambassade soviétique à la longue-vue : « Avec ma tendresse et d'affectueux souvenirs, chère, chère Connie. »

« On se souvient encore de lui ici, tu sais. L'enfant prodige. Il y a deux de ses peintures dans la salle commune de Christ Chruch. Giles Langley m'a arrêtée dans la grand-rue encore l'autre jour : Est-ce que j'ai jamais des nouvelles de Haydon ? Je ne sais plus ce que j'ai répondu : Oui. Non. Est-ce que la sœur de Giles s'occupe toujours des planques, tu ne sais pas ? » Smiley ne savait pas. « Son flair nous manque, dit Giles, on n'en fait plus de comme lui. » Giles doit faire au moins quarante et un à l'ombre. Il raconte qu'il enseignait l'histoire moderne à Bill avant l'époque où l'expression Empire britannique était devenue une grossièreté. Il a demandé des nouvelles de Jim aussi. « Son alter ego en quelque sorte, hem hem, hem hem. » « Tu n'as jamais aimé Bill, n'est-ce pas ? reprit

Connie d'un ton vague, tout en rangeant son capharnaüm dans des sacs en plastique et des bouts de tissu. Je n'ai jamais su si tu étais jaloux de lui ou s'il était jaloux de toi. Trop play-boy, j'imagine. Tu t'es toujours méfié de la beauté. Enfin, chez les hommes !

— Ma chère Connie, ne soyez pas ridicule, riposta Smiley, qui pour une fois n'était pas sur ses gardes. Bill et moi étions d'excellents amis. Qu'est-ce qui peut au monde vous faire dire ça ?

— Rien. » Elle avait déjà presque oublié. « J'ai entendu dire un jour qu'il avait eu une histoire avec Ann, voilà tout. Est-ce qu'ils ne sont pas un peu cousins ? J'ai toujours pensé que vous auriez si bien été tous les deux, Bill et toi, si ça avait pu marcher. Tu aurais pu faire renaître l'esprit d'autrefois. Au lieu de ce petit connard d'Ecossais. Bill reconstruisant Camelot... » Elle retrouva son sourire de contes de fées... « Et George...

— Et George ramassant les morceaux, dit Smiley, et ils rirent tous les deux, mais Smiley d'un rire qui sonnait faux.

— Donne-moi un baiser, George. Viens embrasser Connie. »

Elle lui montra le jardin potager, le passage qu'utilisaient ses locataires, elle dit qu'il préférerait ça à la vue des affreux bungalows neufs que ces cochons de Harrison avaient plantés dans leur jardin. Une petite pluie tombait, les étoiles brillaient grandes et pâles dans la brume, on entendait sur la route le grondement des camions qui dans la nuit roulaient vers le nord. Lui serrant le bras, Connie prit peur tout d'un coup.

« C'est très bizarre, George. Tu entends ? Regarde-moi. Ne regarde pas de ce côté-là, ça n'est que du néon de Sodome. Embrasse-moi. Dans le monde entier il y a des gens horribles qui transforment notre époque en rien du tout, pourquoi est-ce que tu les aides ? Pourquoi ?

— Je ne les aide pas, Connie.

— Bien sûr que si. Regarde-moi. C'était une bonne époque, tu m'entends ? Une époque authentique. Les Anglais pouvaient être fiers en ce temps-là. Laisse-les être fiers aujourd'hui.

— Ça ne dépend pas tout à fait de moi, Connie. »

Elle attirait le visage de Smiley vers le sien alors il l'embrassa en plein sur la bouche.

« Pauvre trésor. » Elle avait le souffle rauque, parce qu'elle était en proie sans doute pas à une seule émotion mais à tout un assortiment, qui s'agitait en elle comme des mélanges d'alcools. « Pauvres trésors. Dressés pour l'Empire, dressés pour gouverner les vagues. Fini tout ça. Emporté. En allé. Tu es le dernier, George, il n'y a plus que toi et Bill. Et un petit peu de ce salaud de Percy. » Il savait que ça se terminerait comme ça; mais pas tout à fait aussi lamentablement. Il avait entendu d'elle la même histoire à chaque Noël, aux petits cocktails qu'on donnait dans différents coins du Cirque. « Tu ne connais pas Millponds, non ? demandait-elle.

— Qu'est-ce que c'est que Millponds ?

— La propriété de mon frère. Une superbe maison, un parc merveilleux, près de Newbury. Un jour on a construit une route. Crack. Bang. Une autoroute. Ils ont foutu tout le parc en l'air. J'ai grandi là-bas, tu comprends. On n'a pas vendu Sarratt, hein ? J'avais peur qu'ils le fassent.

— Sûrement pas. »

Il avait hâte d'être libéré d'elle mais elle lui serrait

le bras encore plus fort, il sentait son cœur battre contre le sien.

« Si ça tourne mal, ne reviens pas. Promis ? Je suis un vieux léopard et je suis trop vieille pour changer mes taches. Je veux me souvenir de vous tous comme vous étiez. De charmants, d'adorables garçons. »

Ça l'ennuyait de la laisser là dans le noir, à osciller sous les arbres, alors il la raccompagna une partie du chemin jusqu'à la maison, sans qu'un seul mot s'échangeât entre eux. Comme il descendait la rue, il l'entendit qui fredonnait de nouveau, si fort que c'était comme un cri. Mais ce n'était rien auprès de la tempête qui venait de se lever en lui, tous ces tourbillons d'alertes, de colères et de dégoût devant la perspective de cette marche aveugle dans la nuit avec Dieu sait quels cadavres au bout de la route.

Il prit un omnibus jusqu'à Slough où Mendel l'attendait avec une voiture de location. Tandis qu'ils roulaient lentement vers l'auréole orange de la ville, il écouta le résultat des recherches de Peter Guillam. Le registre des officiers de service ne contenait aucune trace de la nuit du 10 au 11 avril, expliqua Mendel. Les pages avaient été coupées au rasoir. Les rapports des cerbères pour la même nuit manquaient aussi, comme les rapports des transmissions.

« Peter pense que ç'a été fait récemment. Il y a une note griffonnée sur la page suivante disant « pour « tout renseignement s'adresser au chef de la Station « de Londres ». C'est de l'écriture d'Esterhase et daté de vendredi.

— Vendredi dernier ? fit Smiley se retournant si vite que sa ceinture de sécurité émit un crissement de protestation. C'est le jour où Tarr est arrivé en Angleterre.

— D'après Peter c'est tout », répondit Mendel, impassible.

Et enfin, à propos de Lapin alias Ivlov et de l'attaché culturel Alexis Alexandrovitch Polyakov, tous deux de l'ambassade soviétique à Londres, les rapports du lampiste de Toby Esterhase ne signalaient absolument rien de suspect. Tous deux avaient été soumis à une enquête approfondie, tous deux étaient classés Persil : la catégorie la plus inoffensive. Lapin avait été rappelé à Moscou un an auparavant.

Dans un porte-documents, Mendel avait également apporté des photographies prises par Guillam, à la suite de son expédition à Brixton, développées et agrandies. Non loin de Paddington Station, Smiley descendit et Mendel lui tendit le porte-documents par la portière.

« Vous êtes sûr que vous ne voulez pas que je vienne avec vous ? demanda Mendel.

— Merci. Ça n'est qu'à cent mètres.

— Heureusement pour vous qu'il y a vingt-quatre heures dans chaque jour.

— Oui, c'est vrai.

— Il y a des gens qui dorment.

— Bonsoir. »

Mendel ne lâchait toujours pas le porte-documents. « J'ai peut-être trouvé l'école en question, dit-il. Ça s'appelle le Collège Thursgood, près de Taunton. Il a fait d'abord un remplacement d'un demi-trimestre dans le Berkshire, puis on dirait qu'il est venu s'installer dans le Somerset en avril. Il s'est acheté une caravane à ce qu'on m'a dit. Vous voulez que je vérifie ?

— Comment ferez-vous ?

— Je frapperai à sa porte. Pour lui vendre un aspirateur, pour faire sa connaissance.

— Pardonnez-moi, dit Smiley, l'air soudain soucieux. Je crois bien que je sursaute devant des ombres. Pardonnez-moi, c'était grossier de ma part.

— Le jeune Guillam sursaute devant des ombres aussi, dit Mendel d'un ton ferme. Il dit que partout on le regarde drôlement. Il dit qu'il se prépare quelque chose et qu'ils sont tous dans le coup. Je lui ai conseillé d'aller prendre un bon verre.

— Oui, dit Smiley d'un ton songeur. Oui, c'est la chose à faire. Jim est un professionnel, expliqua-t-il. Un homme de la vieille école. Quoi qu'on lui ait fait, il est bien. »

Camilla était rentrée tard. Guillam croyait que sa leçon de flûte avec Sand se terminait à neuf heures et pourtant il était onze heures lorsqu'elle rentra, aussi se montra-t-il sec avec elle, il ne put pas s'en empêcher. Elle était allongée maintenant dans le lit avec ses cheveux gris-noir répandus sur l'oreiller à le contempler planté là derrière la vitre en train de regarder la place.

« Tu as dîné ? dit-il.

— Le docteur Sand m'a offert quelque chose. » Sand était son professeur de musique, un Persan.

« Quoi donc ? »

Sand était iranien, lui avait-elle dit.

Pas de réponse. Des rêves peut-être ? Un steak de soja ? L'amour ? Au lit elle ne remuait jamais sauf pour le serrer contre elle. Quand elle dormait, c'était à peine si elle respirait, parfois il s'éveillait pour la regarder.

« Tu aimes bien Sand ? demanda-t-il.

— Quelquefois.

— C'est ton amant ?

— Quelquefois.

— Peut-être que tu devrais t'installer avec lui plutôt qu'avec moi.

— Ça n'est pas ça, dit Camilla, tu ne comprends pas. »

Non. Il ne comprenait pas. D'abord il y avait eu un couple d'amoureux qui se bécotaient dans la Rover, puis une tante esseulée coiffée d'un feutre et qui promenait son terrier à poil dur, puis deux filles occupèrent pendant une heure la cabine téléphonique devant sa porte. Il n'y avait sans doute pas de quoi en faire un plat, sauf que les événements se suivaient comme une relève de la garde. Maintenant une camionnette mais personne n'en sortait. D'autres amoureux, ou bien une équipe de nuit de lampistes ? La camionnette était là depuis dix minutes quand la Rover s'en alla.

Camilla dormait. Il était allongé et veillait auprès d'elle, à attendre demain où, à la demande de Smiley, il comptait dérober le dossier sur l'affaire Prideaux, connu aussi sous le nom de scandale Ellis ou — plus localement — opération Témoin.

14

Ç'AVAIT été, jusqu'à ce moment, le second jour le plus heureux de la courte existence de Bill Roach. Le premier se situait peu avant la dissolution de la famille lorsque son père avait découvert un nid de guêpes dans le toit et recruté Bill pour l'aider à les enfumer. Son père n'avait rien d'un homme de la campagne, il n'était même pas bricoleur, mais lorsque Bill eut regardé à « guêpe » dans son encyclopédie ils allèrent ensemble chez le droguiste pour acheter du soufre, qu'ils firent brûler sur un plateau sous la gouttière et ils asphyxièrent les guêpes.

Alors qu'aujourd'hui avait vu l'ouverture officielle du rallye du Club Automobile de Jim Prideaux. Jusqu'alors ils s'étaient contentés de démonter l'Alvis, de la remettre en état et de la remonter, mais aujourd'hui, comme récompense, avec l'aide de Latzi, la Personne Déplacée, ils avaient disposé un slalom de balles de paille sur le côté empierré de l'allée, puis chacun son tour avait pris le volant et, avec Jim comme chronométreur, ils avaient pétaradé et zigzagué entre les portes au milieu des acclamations de leurs supporters. « La meilleure voiture que l'Angleterre ait jamais produite », voilà comment Jim avait présenté sa voiture. « La production a cessé, grâce au socialisme. » Elle était repeinte maintenant, avec un Union Jack de course sur le capot, et c'était à n'en pas douter la plus belle automobile et la plus rapide du monde. Au premier tour, Roach s'était retrouvé troisième sur quatorze, et dans le second il avait atteint les châtaigniers sans caler une seule fois, et il repartait vers la ligne d'arrivée dans un temps record. Il n'avait jamais imaginé que rien pût lui donner tant de plaisir. Il adorait la voiture, il adorait Jim et il adorait même l'école, et pour la première fois de sa vie il adorait essayer de gagner. Il entendait Jim crier « Doucement, Jumbo », et il apercevait Latzi qui sautait en agitant le drapeau à carreaux improvisé, mais lorsqu'il passa en trombe devant le poteau il comprit déjà que ce n'était plus lui que Jim observait mais qu'il regardait d'un air soucieux le circuit en direction des hêtres.

« Combien de temps, monsieur ? demanda-t-il hors d'haleine, et il y eut un petit silence.

— Chronométreur ! lança Spikely en risquant sa chance. Le temps, je vous prie, Rhino.

— C'était très bon, Jumbo », dit Latzi, lui aussi regardant Jim.

Pour une fois l'impertinence de Spikely, pas plus que les prières de Roach, n'éveilla d'écho. Jim regardait à travers le pré, tourné vers le chemin qui marquait la limite orientale de la propriété. Auprès de lui se tenait un élève du nom de Colechaw, surnommé Cole Slaw [1], il redoublait sa troisième et il était connu pour faire de la lèche aux professeurs. Le terrain à

1. *Cole Slaw* : salade de chou cru finement haché.

cet endroit était très plat avant de s'élever vers les collines; souvent, après quelques jours de pluie, il était inondé. Pour cette raison il n'y avait pas de haies bordant le chemin mais une clôture faite de poteaux et de fil de fer; et pas d'arbres non plus, rien que la clôture, la plaine et parfois les Quantocks derrière, qui aujourd'hui avaient disparu dans la blancheur générale. La plaine aurait donc pu être un marécage menant à un lac, ou simplement à l'infinité toute blanche. Sur ce fond délavé, s'avançait une silhouette solitaire, un piéton vêtu avec une discrète élégance, un homme au visage mince, coiffé d'un feutre et d'un imperméable gris, tenant à la main une canne dont il se servait rarement. L'observant à son tour, Roach conclut que l'homme aurait voulu marcher plus vite mais que c'était délibérément qu'il s'imposait un pas lent.

« Tu as tes carreaux, Jumbo ? demanda Jim, en suivant des yeux cette même silhouette qui allait passer à la hauteur du poteau suivant.

— Oui, monsieur.

— Qui est-ce, alors ? On dirait Solomon Grundy.

— Je ne sais pas, monsieur.

— Tu ne l'as jamais vu ?

— Non, monsieur.

— Il n'est pas du collège, pas du village. Alors qui est-ce ? Un mendiant ? Un voleur ? Pourquoi ne regarde-t-il pas dans cette direction, Jumbo ? Qu'est-ce qu'il nous reproche ? Ça ne t'intéresserait pas si tu voyais une bande de garçons qui poussent une voiture à fond autour d'un champ ? Il n'aime pas les voitures ? Il n'aime pas les garçons ? »

Roach cherchait encore une réponse à toutes ces questions quand Jim adressa la parole à Latzy dans son jargon de Personne Déplacée, en utilisant un ton uni et murmuré qui amena aussitôt Roach à penser qu'il y avait une complicité entre eux, un lien particulier. Cette impression fut renforcée par la réponse de Latzy, de toute évidence négative, et qui avait la même tranquillité sympathique.

« Vous savez, monsieur, je crois qu'il a quelque chose à voir avec l'église, monsieur, dit Cole Slaw. Je l'ai vu parler à Wells Fargo, monsieur, après le service. »

Le pasteur s'appelait Spargo et il était très âgé. D'après la légende de Thursgood, c'était en fait le grand Wells Fargo à la retraite. En entendant ce renseignement, Jim médita un moment, et Roach furieux, se dit que Cole Slaw était en train d'inventer cette histoire.

« Tu as entendu de quoi ils parlaient, Cole Slaw ?

— Non, monsieur. Ils regardaient les listes de paroissiens, monsieur. Mais je pourrais demander à Wells Fargo, monsieur.

— Nos listes ? Les listes de Thursgood ?

— Oui, monsieur, les listes de l'école. Celles de Thursgood. Avec tous les noms, monsieur, et les places où nous nous asseyons. »

Et où les professeurs s'assoient aussi, songea Roach écœuré.

« Si quelqu'un le revoit, qu'on me prévienne. Ou tout autre personnage de mauvaise mine, compris ? » Jim s'adressait à eux tous, maintenant, en ayant l'air de prendre la chose à la légère. « On ne va pas laisser n'importe qui traîner autour du collège. Le dernier endroit où j'étais, on en avait toute une bande. Ils ont tout raflé. L'argenterie, le fric, les montres des élèves, les radios, Dieu sait ce qu'ils n'ont pas piqué. La prochaine fois ils piqueront l'Alvis. La meilleure voiture que l'Angleterre ait jamais fabriquée et on n'en produit plus. Couleur des cheveux, Jumbo ?

— Noirs, monsieur.

— Taille, Cole Slaw ?

— Un mètre quatre-vingts, monsieur.

— Tout le monde paraît un mètre quatre-vingts à Cole Slaw, monsieur, dit un petit malin, car Cole Slaw était un nain, nourri, disait-on, au gin quand il était bébé.

— Age, Spikely, petit salopard ?

— Quatre-vingt-onze ans, monsieur. »

Tout le monde éclata de rire, Roach eut droit à un nouvel essai et s'en tira fort mal, et la même nuit il connut toutes les tortures de la jalousie en pensant que tout le club automobile, sans parler de Latzy, avait été promu en bloc au grade d'élite de guetteur. C'était une piètre consolation que de s'assurer que leur vigilance n'égalerait jamais la sienne; que la consigne donnée par Jim serait oubliée dès le lendemain; que désormais Roach devait intensifier ses efforts pour faire face à ce qui, de toute évidence, était une menace grandissante.

L'étranger au visage mince disparut, mais le lendemain Jim rendit une de ses rares visites au cimetière; Roach le vit parler à Wells Fargo, devant une tombe ouverte. Après cela, Bill Roach observa que le visage de Jim était constamment sombre, et il y avait parfois chez lui une sorte de vivacité qui frisait la colère lorsqu'il se promenait tous les soirs au crépuscule, ou qu'il était assis sur les petits monticules à côté de sa caravane, indifférent au froid ou à l'humidité, à fumer son petit cigare et à siroter sa vodka tandis que le soir tombait sur lui.

DEUXIÈME PARTIE

15

L'HÔTEL Islay à Sussex Gardens, où le lendemain de sa visite à Ascot, George Smiley, sous le nom de Barraclough, avait installé son quartier général opérationnel, était un endroit très calme, étant donné sa situation, et qui convenait parfaitement à ses besoins. Il était à cent mètres au sud de Paddington Station, il faisait partie d'une terrasse de résidences assez anciennes, séparées de la grande avenue par une rangée de platanes et un parc de stationnement. Le flot de la circulation grondait devant toute la nuit. Mais à l'intérieur, bien que ce fût un carrousel de papiers peints qui juraient entre eux et d'abat-jour en cuivre, c'était un endroit d'un calme extraordinaire. Non seulement il ne se passait rien dans l'hôtel, mais il ne se passait rien dans le monde non plus, et cette impression était renforcée par Mrs. Pope Graham, la propriétaire, une veuve de commandant avec une voix terriblement traînante qui donnait une sensation de profonde fatigue à Mr. Barraclough ou à quiconque recherchait son hospitalité. L'inspecteur Mendel, dont elle était l'informatrice depuis des années, assurait qu'elle s'appelait tout simplement Graham. Le « Pope » n'avait été ajouté que par goût de la grandeur ou par déférence envers Rome.

« Votre père n'était pas dans les Tuniques Vertes, mon cher monsieur ? » demanda-t-elle dans un bâillement en lisant le nom de Barraclough sur le registre. Smiley lui paya cinquante livres d'avance pour un séjour de deux semaines et elle lui donna la chambre huit parce qu'il voulait travailler. Il demanda un bureau et elle lui confia une table à jeu branlante que lui apporta Norman, le garçon d'étage. « Elle est géorgienne, soupira-t-elle en en surveillant la livraison. Alors vous la soignerez bien pour moi, n'est-ce pas ? Je ne devrais vraiment pas vous la prêter : c'était celle du commandant. »

Aux cinquante livres, Mendel personnellement en avait ajouté vingt autres de sa poche, de sa caisse noire, comme il disait, et qu'il récupéra par la suite de Smiley. « Vous n'avez rien flairé d'extraordinaire, n'est-ce pas ? dit-il à la propriétaire.

— Absolument pas, répondit Mrs. Pope Graham, en enfouissant d'un air modeste les billets parmi les profondeurs de ses vêtements.

— Il me faudra le moindre détail, la prévint Mendel, assis dans l'appartement qu'elle occupait au rez-de-chaussée devant une bouteille de la marque qu'elle aimait. Heures d'arrivée et de départ, contacts, mode de vie et surtout » — il leva le doigt pour souligner sa phrase — « surtout, et c'est plus important que vous ne pouvez vous en douter, je veux que vous notiez les personnes suspectes qui s'intéressent à lui ou qui posent des questions à votre personnel sous un prétexte quelconque. » Il la gratifia de son regard l'Etat-compte-sur-vous. « Même s'ils racontent qu'ils sont tout à la fois la Surveillance Nocturne et Sherlock Holmes.

— Il n'y a que moi et Norman, dit Mrs. Pope Graham, désignant un garçon frissonnant dans un manteau noir auquel Mrs. Pope Graham avait cousu un col de velours vert. Et ils n'iront pas loin avec Norman, n'est-ce pas, mon chou, vous êtes trop sensible.

— Même chose pour le courrier qu'il reçoit, dit l'inspecteur. Il me faudra les cachets de la poste et les heures d'expédition quand elles seront visibles, mais pas question de les ouvrir ni de les retenir. Même chose pour ses affaires personnelles. » Il laissa le silence tomber tout en contemplant le grand coffre-fort qui trônait au milieu du mobilier. « De temps en temps il demandera à mettre là des affaires. Il s'agira principalement de papiers, parfois de livres. Il n'y a qu'une personne, à part lui, autorisée à regarder ces affaires... » il eut soudain un sourire de pirate... « moi. C'est compris ? Personne d'autre ne doit même savoir que vous les avez. Et ne les tripotez pas, sinon il le saura parce qu'il est malin. Il faudrait que ce soit un expert qui les examine. Je n'en dis pas plus », conclut Mendel. Comme il le fit remarquer par la suite à Smiley, peu après son retour du Somerset, si ça ne leur coûtait que vingt livres, Norman et sa protectrice étaient le service de baby-sitters le meilleur marché de la profession.

Il était bien excusable de s'en vanter, car on ne pouvait guère s'attendre qu'il fût au courant du recrutement par Jim de tout le club automobile; ni qu'il connût les moyens par lesquels Jim parvint par la suite à retrouver la trace des prudentes investigations de Mendel. Pas plus que Mendel, ni personne d'autre, n'aurait pu se douter de l'état de vigilance survoltée auquel la colère, la tension de l'attente et peut-être un brin de folie semblaient l'avoir amené.

La chambre huit était au dernier étage. Au-delà de la terrasse se trouvait une petite rue avec une librairie minable et une agence de voyages à l'enseigne du Vaste-Monde. Sur la serviette de toilette était brodé « Hôtel du Cygne, Marlow ». Lacon arriva discrètement le même soir, portant une grosse serviette en cuir où se trouvait la première livraison de documents en provenance de son bureau. Pour discuter, ils s'assirent côte à côte sur le lit, pendant que Smiley faisait marcher un poste à transistors pour noyer le son de leurs voix. Lacon se pliait avec agacement à ce manège, il semblait un peu trop vieux pour ce genre de pique-nique. Le lendemain matin, en se rendant à son bureau, Lacon venait reprendre les documents et rapportait les livres que Smiley lui avait donnés pour bourrer sa serviette. Lacon dans ce rôle était exécrable. Il prenait des airs offusqués et ne se gênait pas pour déclarer qu'il avait horreur de l'irrégularité. Avec le temps froid, il semblait être atteint d'une rougeur permanente. Mais Smiley n'aurait pas pu lire les dossiers dans la journée parce qu'ils devaient être à la disposition des collaborateurs de Lacon et que leur absence aurait causé un esclandre. Il n'en n'avait pas envie non plus. Il savait mieux que quiconque qu'il était désespérément à court de temps. Durant les trois jours suivants, cette procédure varia très peu. Chaque fin d'après-midi, en allant prendre le train à Paddington, Lacon déposait ses documents et chaque soir Mrs. Pope Graham signalait furtivement à Mendel que le grand type maigre à l'air désagréable était encore venu, celui qui regardait Norman de haut. Chaque matin, après trois heures de sommeil et un écœurant petit déjeuner à base de saucisses mal cuites et de tomates trop cuites — il n'y avait pas d'autre menu — Smiley attendait l'arrivée de Lacon, puis se glissait avec reconnaissance dans la froidure de l'hiver pour reprendre sa place parmi ses semblables.

C'étaient des nuits extraordinaires que Smiley passait tout seul là-haut au dernier étage. En y pensant par la suite, bien que les journées entre elles fussent tout aussi chargées et en apparence encore plus remplies d'événements, il se les rappelait comme un seul voyage, presque comme une seule nuit. Alors, *vous allez vous en charger ?* avait murmuré sans vergogne Lacon dans le jardin. Vous irez de l'avant, vous reviendrez sur vos pas ? A mesure que Smiley remontait pas à pas au cœur de son propre passé, il n'y avait plus de différence entre les deux : en avant ou en arrière, c'était le même voyage avec la même destination qui l'attendait. Il n'y avait rien dans cette chambre, aucun objet parmi tout cet assemblage hétéroclite de pauvre bric-à-brac d'hôtel, qui le séparât des chambres de ses souvenirs. Il se retrouvait au dernier étage du Cirque dans son bureau tout simple avec des gravures d'Oxford, tout comme il l'avait quitté un an auparavant. Derrière sa porte, c'était l'antichambre basse de plafond où les dames aux cheveux gris de Control, les mémés, tapaient à gestes doux et répondaient au téléphone; alors qu'ici, dans l'hôtel, un génie encore inconnu au bout du couloir tapait patiemment nuit et jour sur une vieille machine. Tout au bout de l'antichambre — dans l'univers de Mrs. Pope Graham, il y avait là-bas une salle de bain, avec une pancarte prévenant de ne pas l'utiliser — se dressait la porte tout unie qui donnait accès au sanctuaire de Control : une sorte d'allée avec de vieilles armoires d'acier et de vieux livres rouges, des relents de poussière fade et de thé au jasmin. Derrière le bureau, Control, qui n'était plus alors qu'une carcasse, avec sa mèche grise qui lui pendait sur le front et son sourire aussi cordial que celui d'un squelette.

Cette transposition était si totale dans l'esprit de Smiley que quand son téléphone sonna — pour avoir un poste, il versait un supplément, payable en espèces — il dut se donner le temps de se rappeler où il était. D'autres bruits avaient un effet tout aussi déconcertant, comme le bruissement des pigeons sur la terrasse, le crissement de l'antenne de télévision dans le vent, et quand il pleuvait le ruisseau qui gargouillait soudain dans la gorge de la gouttière. Car ces sons-là appartenaient aussi au passé, et à Cambridge Circus, on ne les entendait que du cinquième étage, et c'était sans nul doute pour cette raison même que son oreille les sélectionnait : ils constituaient l'accompagnement sonore de son passé. Un jour, de bon matin, entendant un bruit de pas dans le couloir devant sa chambre, Smiley alla jusqu'à s'approcher de la porte, s'attendant à ouvrir à l'employé du chiffre qui était de service de nuit au Cirque. Il était à ce moment-là plongé dans les photographies de Guillam, et s'efforçait, à partir de bien trop peu de renseignements, de découvrir quelle était vraisemblablement la procédure utilisée par le Cirque au temps du latéralisme pour traiter un télégramme arrivant de Hong Kong. Mais au lieu de l'employé du chiffre il tomba sur Norman, pieds nus et en pyjama. Des confettis étaient répandus sur la moquette et deux paires de chaussures étaient posées devant la porte d'en face, une paire d'homme et une paire de femme, et pourtant personne à l'Islay, et surtout pas Norman, n'irait jamais les nettoyer.

« Cessez de fouiner et allez vous coucher », dit Smiley. Et comme Norman se contentait de le regarder : « Oh ! voulez-vous foutre le camp... » dit-il et il faillit ajouter mais s'arrêta à temps : « Espèce de petit salaud. »

« Opération Sorcier », annonçait le titre sur le premier volume que Lacon lui apporta ce dimanche-là. « Politique et distribution du Produit Spécial. » Le reste de la couverture était dissimulé par des étiquettes contenant des avis et des instructions, et une entre autres qui conseillait bizarrement à quiconque trouverait ce document par accident de « retourner le dossier SANS L'AVOIR LU » à l'archiviste en chef au bureau du Cabinet. Sur le second on lisait « Opération Sorcier, prévisions supplémentaires pour le Trésor, conditions d'hébergement spécial à Londres, arrangements financiers particuliers, indemnités, etc. »

« Source Merlin », lisait-on sur le troisième, attaché au premier par un ruban rouge. « Evaluation Clients, rendement, exploitation plus poussée, voir aussi Annexe secrète. » Mais l'Annexe secrète n'était pas là, et quand Smiley la demanda, cela jeta un certain froid.

« Le Ministre la garde dans le coffre de son bureau, riposta Lacon.

— Vous connaissez la combinaison ?

— Certainement pas, riposta-t-il, furieux maintenant.

— Quel en est le titre ?

— Cela ne peut en rien vous intéresser. Tout d'abord

je ne vois absolument pas pourquoi vous perdriez votre temps à courir après ces documents. Ils sont extrêmement secrets et nous avons fait tout ce qui est humainement possible pour limiter au minimum le nombre de personnes à en avoir communication.

— Même une annexe secrète doit avoir un titre, observa doucement Smiley.

— Celle-ci n'en a pas.

— Donne-t-elle l'identité de Merlin ?

— Ne soyez pas ridicule. Le Ministre ne voudrait pas le savoir, et Alleline ne voudrait pas le lui dire.

— Qu'entend-on par exploitation plus poussée ?

— Je refuse de me laisser interroger, George. Vous ne faites plus partie de la famille, vous savez. Normalement, j'aurais dû vous faire spécialement habiliter.

— Pour l'Opération Sorcier ?

— Oui.

— Avons-nous une liste des gens qui ont reçu cette habilitation ? »

C'était dans le dossier concernant la distribution, répondit Lacon, et il faillit bien lui claquer la porte au nez. « Le Ministre..., reprit-il, il n'aime pas les explications tortueuses. Il dit toujours qu'il ne croit qu'à ce qui peut s'écrire sur une carte postale. Il a hâte qu'on lui donne quelque chose à quoi il puisse s'accrocher. »

Smiley dit : « Vous n'oublierez pas Prideaux, n'est-ce pas ? Tout ce que vous avez sur lui; même des miettes valent mieux que rien. »

Là-dessus Smiley laissa Lacon le foudroyer du regard un moment, puis faire sa seconde sortie : « Vous perdez la tête, George. Vous vous rendez bien compte que Prideaux, selon toute probabilité, n'avait même

180

jamais entendu parler de l'Opération Sorcier avant de se faire tirer dessus ? Je ne vois vraiment pas pourquoi vous ne pouvez pas vous en tenir au problème principal au lieu d'aller chercher... », mais tout en parlant il était déjà sorti de la chambre.

Smiley revint au dernier dossier : « Opération Sorcier, correspondance avec le Département. » Département était un des nombreux euphémismes utilisés par Whitehall pour désigner le Cirque. Ce volume se présentait sous la forme de notes officielles échangées entre le Ministre d'un côté, et de l'autre — aussitôt reconnaissables à son écriture laborieuse de collégien — Percy Alleline, à cette époque encore relégué aux derniers barreaux de l'échelle des êtres de Control.

Un monument bien ennuyeux, songea Smiley, examinant ces dossiers fréquemment manipulés, pour commémorer une guerre aussi longue et aussi cruelle.

16

C'ÉTAIT cette guerre longue et cruelle dont Smiley revivait maintenant les principales batailles tout en se lançant dans sa lecture. Les dossiers n'en contenaient que les comptes rendus les plus succincts; sa mémoire en abritait bien davantage. Les protagonistes en étaient Alleline et Control, les origines se perdaient dans la brume. Bill Haydon, qui avait suivi ces événements avec fièvre mais aussi avec tristesse, affirmait que les deux hommes avaient appris à se détester à Cambridge, durant le bref passage qu'y avait fait Control comme professeur et Alleline comme étudiant. A en croire Bill, Alleline était l'élève de Control, et un mauvais élève, et Control se gaussait de lui, ce qui lui ressemblait bien.

L'histoire était assez grotesque pour que Control pût en tirer le maximum : « Il paraît que Percy et moi sommes frères de sang. Nous faisons ensemble des virées en barque, vous vous rendez compte ! » Il ne dit jamais si c'était vrai.

A ce genre de demi-légende, Smiley pouvait ajouter quelques faits réels puisés dans ce qu'il savait de la jeunesse des deux hommes. Alors que Control était fils de personne, Percy Alleline était un Ecossais des Basses Terres et fils de pasteur; son père était un prédicateur presbytérien, et si Percy n'avait pas sa foi, il avait assurément hérité de lui son don de persuasion obstinée. Il manqua la guerre d'un an ou deux et entra au Cirque en sortant d'une firme de la City. A Cambridge il avait fait un peu de politique (il se situait quelque part à droite de Gengis Khan, disait Haydon qui, Dieu sait, n'était pas lui-même un libéral trop tiède) et un peu d'athlétisme. Il avait été recruté par un personnage sans importance du nom de Maston qui avait réussi pendant une brève période à se bâtir une niche dans le contre-espionnage. Maston voyait pour Alleline un grand avenir et, après s'être furieusement battu pour le faire accepter, il tomba en disgrâce. Ne sachant que faire d'Alleline, le service du Personnel du Cirque l'expédia en Amérique du Sud où il passa deux années pleines sous la couverture du service consulaire sans retourner en Angleterre.

Même Control reconnut par la suite que Percy avait fait là-bas de l'excellent travail, se rappelait Smiley. Les Argentins qui aimaient son jeu au tennis et son style de cavalier, le prirent pour un gentleman — c'était Control qui parlait — et supposèrent qu'il était stupide, ce que Percy n'avait jamais été vraiment. Lorsqu'il passa la main à son successeur, il avait installé un réseau d'agents sur les deux côtes et commençait en même temps à déployer ses ailes vers le nord. Après un congé en Angleterre et deux semaines de recyclage, il fut affecté en Inde où ses agents semblaient le considérer comme la réincarnation du Raj britannique. Il leur prêchait la loyauté, ne les payait pratiquement pas et quand cela l'arrangeait les livrait purement et simplement. De l'Inde il alla au Caire. Ce poste aurait dû être difficile pour Alleline, sinon impossible; car le Moyen-Orient jusqu'alors avait été le terrain de chasse favori de Haydon. Les réseaux du Caire voyaient littéralement Bill sous le jour que lui avait décrit Martindale ce soir fatal où ils avaient dîné ensemble : comme un moderne Lawrence d'Arabie. Ils étaient tous disposés à rendre la vie infernale à son successeur. Pourtant, Percy, on ne sait comment, se tailla une place, et s'il avait seulement réussi à éviter les Américains, il aurait pu laisser le souvenir d'un homme plus fort que Haydon. Au lieu de cela, il y eut un scandale et une violente discussion entre Percy et Control.

Les circonstances en étaient encore obscures : l'incident se produisit bien avant l'accession de Smiley au poste de grand chambellan de Control. Sans l'autorisation de Londres, semblait-il, Alleline s'était laissé entraîner dans un stupide complot inspiré par les Américains pour remplacer un potentat local par quelqu'un qui leur était tout dévoué. Alleline avait toujours eu une vénération fatale pour les Américains. D'Argentine, il avait observé avec admiration la façon dont ils mettaient en déroute les politiciens de gauche dans tout l'hémisphère occidental; en Inde, il s'était ravi de leur habileté à diviser les forces de centralisation, alors que Control, comme presque tous les membres du Cirque, méprisait les Américains, leurs pompes et leurs œuvres, qu'il s'efforçait fréquemment de saper.

Le complot échoua, les compagnies pétrolières britanniques se montrèrent furieuses et Alleline, comme on dit, se retrouva sur ses fesses. Plus tard, Alleline affirma que c'était Control qui l'avait poussé, puis qui lui avait retiré le tapis de sous les pieds, et même

184

qu'il l'avait délibérément grillé en alertant Moscou. Quoi qu'il en fût, Alleline regagna Londres pour trouver un ordre de mission l'envoyant à la Nursery, où il devait prendre en main l'entraînement des jeunes stagiaires. C'était un poste normalement réservé aux agents en fin de course qui avaient encore un ou deux ans à faire avant de toucher leur pension. Il restait en ce temps-là si peu de postes à Londres, expliqua Bill Haydon, alors chef du personnel, pour un homme ayant l'ancienneté et les talents de Percy.

« Alors, vous ferez bien de m'en inventer un », dit Percy. Il avait raison. Comme Bill l'avoua franchement à Smiley un peu plus tard, il avait compté sans le pouvoir des supporters d'Alleline.

« Mais qui sont ces gens ? demandait toujours Smiley, comment peut-on vous imposer un homme quand vous ne voulez pas de lui ?

— Des joueurs de golf », répliqua Control. Des joueurs de golf et des conservateurs, car Alleline en ce temps-là flirtait avec l'opposition et était reçu à bras ouverts, par rien moins que Miles Sercombe, le cousin hélas ! toujours réélu, d'Ann, le Ministre de Lacon. Control pourtant avait peu de pouvoirs pour résister. Le Cirque était dans une mauvaise passe et on parlait vaguement de dissoudre complètement l'unité existante pour recommencer ailleurs sur de nouvelles bases. Les échecs dans ce monde vont traditionnellement par série, mais celle-ci avait été exceptionnellement longue. Le produit se faisait rare ; et de plus en plus il se révélait être de source suspecte. Dans les domaines qui comptaient, la main de Control manquait de fermeté.

Cette incapacité temporaire ne gâcha pas toutefois la joie de Control lorsqu'il rédigea les instructions personnelles de Percy Alleline comme Directeur des Opérations. Il appela ça le bonnet d'âne de Percy.

Smiley ne pouvait rien faire. Bill Haydon était alors à Washington, essayant de renégocier un traité pour les renseignements avec ceux qu'il appelait les puritains fascistes de l'agence américaine. Mais Smiley était monté au cinquième étage, et l'une de ses tâches était d'écarter les solliciteurs qui venaient harceler Control. Ce fut donc à Smiley qu'Alleline vint demander : « Pourquoi ? » Il venait le voir dans son bureau quand Control n'était pas là, l'invitait dans le lugubre appartement qu'il occupait après avoir au préalable envoyé sa maîtresse au cinéma, pour l'interroger avec son accent écossais qui se faisait plaintif. « Pourquoi ? » Il fit même les frais d'une bouteille de whisky de malt dont il versait à Smiley de généreuses rasades tandis que lui-même s'en tenait à une marque meilleur marché.

« Qu'est-ce que je lui ai fait, George, qui soit si épouvantable ? Nous avons eu un ou deux accrochages, qu'est-ce que ça a d'extraordinaire, voulez-vous me le dire ? Pourquoi s'en prend-il à moi ? Tout ce que je demande c'est une place à la grande table. Dieu sait que mes états de service m'y donnent droit ! »

Par la grande table, il entendait le cinquième étage.

Les instructions que Control avait rédigées, et qui au premier abord avaient un air fort impressionnant, donnaient à Alleline le droit d'examiner toutes les opérations avant qu'elles fussent lancées. Les petits caractères précisaient que ce droit était soumis au consentement des sections opérationnelles, et Control s'était assuré que ce consentement ne viendrait jamais. Les instructions l'invitaient à « coordonner les ressources et aplanir les jalousies régionales », ce à quoi

Alleline était parvenu depuis lors avec l'établissement de la Station de Londres. Mais les services d'intendance, tels que les lampistes, les faussaires, les gens des écoutes et les décrypteurs, refusèrent de lui ouvrir leurs livres et il n'avait pas le pouvoir de les forcer. Aussi Alleline dépérissait-il, ses paniers de courrier vides dès l'heure du déjeuner.

« Je suis un médiocre, c'est ça ? Nous devons tous être des génies d'aujourd'hui, rien que des *prime donne* et pas de cœur ? et âgés par-dessus le marché. » Car Alleline, bien que ce fût facile de l'oublier à son propos, était encore bien jeune pour être à la grande table, avec huit ou dix ans à rendre à Haydon et à Smiley, et encore plus à Control.

Control ne se laissa pas émouvoir : « Percy Alleline vendrait sa mère pour un titre de noblesse et tout notre service pour un siège à la Chambre des lords. » Et plus tard, à mesure que le mal commençait à faire son œuvre en lui : « Je refuse de léguer l'œuvre de ma vie à un cheval de manège. Je suis trop vaniteux pour me laisser flatter, trop vieux pour être ambitieux et je suis vilain comme un crabe. Percy est tout le contraire et il y a assez d'hommes d'esprit à Whitehall pour préférer son espèce à la mienne. »

Et c'était sans doute ainsi qu'indirectement Control avait attiré sur sa propre tête l'Opération Sorcier.

« George, venez donc, lança un jour Control dans le téléphone intérieur. Frère Percy essaie de me faire une entourloupette. Venez donc, sinon ça va être sanglant. »

C'était une époque, Smiley s'en souvenait, où les guerriers malheureux rentraient tout juste d'expéditions en terre étrangère. Roy Bland venait d'arriver de Belgrade, où avec l'aide de Toby Esterhase il s'était efforcé d'empêcher le démantèlement d'un réseau agonisant; Paul Skoderno, à cette époque chef de la section Allemagne, venait d'enterrer son principal agent soviétique à Berlin-Est, et quant à Bill, après un autre voyage sans résultat, il était rentré au bercail où il ne cessait pas de pester contre l'arrogance du Pentagone, l'idiotie du Pentagone, la duplicité du Pentagone; et d'affirmer que « l'heure était venue de faire un marché plutôt avec ces maudits Russes ».

Et à l'hôtel Islay, il était minuit passé, et un visiteur tardif sonnait à la porte. Ce qui va lui coûter une pièce de cinquante pence à Norman, songea Smiley, qui se faisait encore mal à la décimalisation de la monnaie britannique. Avec un soupir, il attira vers lui le premier des dossiers Sorcier, et s'étant rapidement humecté le pouce et l'index de la main droite, il se mit au travail, confrontant les souvenirs officiels aux siens.

« Suite à notre conversation », écrivait Alleline, deux mois seulement après cette entrevue, dans une lettre personnelle quelque peu hystérique adressée au distingué cousin d'Ann, le Ministre, et qui figurait dans le dossier de Lacon. « Les rapports Sorcier proviennent d'une source extrêmement délicate. A mon avis aucune méthode utilisée à Whitehall pour la distribution ne répond aux exigences de cette opération. Le système de la valise diplomatique que nous avons utilisé pour Gadfly a échoué quand les clefs ont été perdues par des clients de Whitehall, ou bien quand, dans un cas lamentable, un sous-secrétaire surmené a confié sa clef à son assistant. J'ai déjà parlé à Lilley, des Renseignements de la Marine, qui est prêt à mettre à notre disposition une salle de lecture spéciale dans le grand bâtiment de l'Amirauté où le matériel peut être consulté par les clients sous la surveillance d'un cerbère gradé de ce service. La salle de lecture sera désignée, en guise de couverture, sous le nom de salle de conférences du Groupe de travail de l'Adriatique où salle du GTA en abrégé. Les clients avec droit de lecture n'auront pas de laissez-passer, puisque cette formule aussi ouvre la porte à des abus. Au lieu de cela, ils s'identifieront en personne à mon cerbère » — Smiley nota le possessif — « qui sera muni d'une liste avec des photos des clients ».

Lacon, pas encore convaincu, s'adressa au Trésor, par le truchement de son odieux maître, le Ministre, au nom duquel ses requêtes étaient invariablement faites : « En admettant même que cela soit nécessaire, la salle de lecture devra être considérablement aménagée.

1) Autoriserez-vous ces dépenses ?

2) Si oui, les dépenses me sembleraient devoir être supportées par l'Amirauté. Le Département remboursera discrètement.

3) Il y a aussi le problème des cerbères supplémentaires, ce qui représente un surcroît de dépenses... »

Et puis il y a la question de la plus grande gloire d'Alleline, observa Smiley tout en tournant lentement les pages. Cela brillait déjà partout comme un phare : Percy vise la grande table et Control pourrait aussi bien être déjà mort.

De la cage de l'escalier parvint le bruit d'un chant assez beau. Un pensionnaire gallois, extrêmement ivre, souhaitait bonne nuit à tout le monde.

L'Opération Sorcier, Smiley s'en souvenait — de nouveau il faisait appel à sa mémoire, les dossiers ne connaissaient rien d'aussi simplement humain — n'était aucunement la première tentative de Percy

189

Alleline, dans son nouveau poste, pour lancer une opération à lui; mais comme ses instructions l'obligeaient à obtenir l'approbation de Control, ses devancières étaient mortes dans l'œuf. Pendant quelque temps, par exemple, il s'était concentré sur les percements de tunnel. Les Américains avaient creusé des tunnels acoustiques à Berlin et à Belgrade, les Français avaient réussi quelque chose d'analogue contre les Américains. Très bien, sous la bannière de Percy, le Cirque allait se lancer là-dedans. Control observa en spectateur bienveillant; on créa une commission inter-services (connue sous le nom de Commission Alleline), une équipe de spécialistes fournie par le service technique fit un relevé des fondations de l'ambassade soviétique à Athènes, où Alleline comptait sur le soutien sans réserve du dernier régime militaire que, comme ses prédécesseurs, il admirait grandement. Puis, très doucement, Control renversa toutes les briques entassées par Percy et attendit qu'il revînt à la charge avec quelque chose de neuf. Et, après diverses autres tentatives, c'était exactement ce que faisait Percy en ce matin gris, lorsque Control convoqua Smiley au festin.

Control était assis à son bureau, Alleline était debout près de la fenêtre, entre eux se trouvait un dossier jaune vif fermé.

« Asseyez-vous et jetez un coup d'œil à cette chose insensée. »

Smiley s'assit dans le fauteuil et Alleline resta près de la fenêtre, ses grands coudes posés sur l'appui, à regarder par-dessus les toits la colonne de Nelson et plus loin les flèches de Whitehall.

A l'intérieur du dossier, il y avait une photographie de ce qui prétendait être un dépêche navale soviétique à haut niveau longue de quinze pages.

« Qui a fait la traduction ? demanda Smiley, en pensant que ça avait l'air assez bon pour être le travail de Roy Bland.

— Dieu, répondit Control. C'est Dieu qui l'a faite, n'est-ce pas, Percy ? Ne lui demandez rien, George, il ne vous dira pas. »

C'était le moment pour Control de paraître exceptionnellement jeune, Smiley se souvenait comme il avait perdu du poids, comme il avait les joues roses et que ceux qui ne le connaissaient pas bien avaient tendance à le féliciter de sa bonne mine. Seul Smiley peut-être avait remarqué les petites gouttes de sueur qui même en cette saison perlaient généralement à la racine de ses cheveux.

Pour être précis, le document était une critique, prétendument préparée pour le Haut Commandement soviétique, de récentes manœuvres navales soviétiques en Méditerranée et en mer Noire. Dans le dossier de Lacon, il était enregistré simplement sous la mention de Rapport N° 1, sous la rubrique *Naval*. Depuis des mois l'Amirauté réclamait à cor et à cri au Cirque n'importe quoi concernant ces manœuvres. Cela avait donc un impressionnant caractère d'actualité qui aussitôt, aux yeux de Smiley, le rendit suspect. Il était détaillé, mais il traitait de questions que Smiley ne comprenait pas, même de loin : puissance de frappe de la côte à la mer, activation par radio des procédures d'alerte ennemie, les plus hautes mathématiques de l'équilibre de la terreur. Si le document était authentique, c'était de l'or, mais il n'y avait aucune raison au monde de supposer qu'il le fût. Chaque semaine le Cirque examinait des douzaines de prétendus documents soviétiques qui arrivaient spontanément. La plupart étaient de la pure camelote. Quelques-uns étaient des faux délibérés fournis par des alliés dans un but précis, quelques-uns étaient de la broutille russe. Très rarement l'un ou l'autre se révélait valable, mais généralement après avoir été rejeté.

« Ce sont les initiales de qui ? demanda Smiley, à propos d'annotations en russe au crayon dans la marge. Quelqu'un le sait-il ? »

Control désigna de la tête Alleline. « Demandez à l'autorité, pas à moi.

— Zharov, dit Alleline. Amiral commandant la Flotte de la mer Noire.

— Ça n'est pas daté, protesta Smiley.

— C'est un brouillon, répliqua Alleline avec complaisance, son accent écossais plus épais que jamais. Zharov l'a signé jeudi. La dépêche terminée avec ses corrections a été mise en circulation lundi et datée en conséquence. »

Aujourd'hui on était mardi.

« D'où ça vient-il ? demanda Smiley, encore déconcerté.

— Percy ne se sent pas en mesure de nous le dire, fit Control.

— Qu'est-ce que disent les évaluateurs de chez nous ?

— Ils ne l'ont pas vue, dit Alleline, et qui plus est ils n'en auront pas l'occasion. »

Control observa d'un ton glacial : « Mon frère en Christ, Lilley, des renseignements de la Marine, a toutefois émis une opinion préliminaire, n'est-ce pas, Percy ? Percy lui a montré la dépêche hier soir — tout en buvant un rose, n'est-ce pas, Percy ? au Traveller's.

— A l'Amirauté.

192

— Frère Lilley, étant comme Percy d'origine écossaise, est d'ordinaire peu prodigue de ses éloges. Cependant, quand il m'a téléphoné il y a une demi-heure, il était positivement adulateur. Il m'a même félicité. Il considère les documents comme authentiques et sollicite notre autorisation — je devrais sans doute dire celle de Percy — pour faire part de ses conclusions à ses collègues les lords de l'Amirauté.

— Absolument impossible, déclara Alleline. Il ne doit le communiquer à personne, au moins pendant encore deux semaines.

— Ce matériel est si brûlant, expliqua Control, qu'on doit le laisser refroidir avant de le distribuer.

— Mais d'où provient-il ? insista Smiley.

— Oh ! Percy a inventé un nom, ne vous inquiétez pas. Il a toujours été très fort pour trouver des noms, n'est-ce pas, Percy ?

— Mais quelle est l'habilitation ? Qui est l'officier traitant ?

— Vous allez adorer ça », lui promit Control en aparté. Il était dans un état de fureur extraordinaire. Au cours de leur longue association, Smiley ne se souvenait pas l'avoir jamais vu aussi furieux. Ses mains frêles et tachetées tremblaient et ses yeux normalement sans vie étincelaient de rage.

« La Source Merlin, dit Alleline, faisant précéder cette déclaration d'un petit bruit de succion, à peine perceptible, mais très écossais, est une source extrêmement haut placée avec habilitation aux niveaux les plus élevés des milieux politiques soviétiques. » Et, passant au pluriel de majesté : « Nous avons baptisé son produit Sorcier. » Il avait utilisé la même formulation, observa Smiley, dans une lettre personnelle ultra-secrète à une de ses fans au Trésor,

193

réclamant pour lui-même la plus grande discrétion et des paiements *ad hoc* pour ses agents.

« La prochaine fois, il racontera qu'il l'a gagné à un concours de prévisions de football, annonça Control, qui malgré sa seconde jeunesse gardait une certaine inexactitude de vieillard quand il s'agissait de langage populaire. Maintenant, demandez-lui de vous expliquer pourquoi il ne veut pas vous le dire. »

Alleline ne se laissait pas ébranler. Lui aussi était tout rouge, mais c'était le triomphe, pas la maladie. Il prit une profonde inspiration avant de se lancer dans un long discours, qu'il débita entièrement à l'intention de Smiley, d'une voix sans timbre, un peu comme un sergent de police écossais pourrait déposer devant un tribunal.

« L'identité de la Source Merlin est un secret que je n'ai pas le droit de divulguer. Il est le fruit de longs efforts accomplis par certains membres de ce service. Des gens qui ont des obligations envers moi, comme j'en ai envers eux. Des gens qui ne sont pas contents non plus du taux d'échecs ici. Il y a eu trop d'opérations grillées. Trop de pertes, de gaspillage, de scandales. Je l'ai dit bien des fois, mais j'aurais aussi bien pu parler au vent pour l'effet que ça lui a fait.

— C'est de moi qu'il parle, commenta Control. C'est moi qui suis *il* dans ce discours, vous me suivez, George ?

— Les principes élémentaires de notre métier et de la sécurité ont complètement disparu dans nos services. La compartimentation à tous les niveaux, où est-elle, George ? Il y a trop de nuisances régionales stimulées d'en haut.

— Autre allusion à ma personne, intervint Control.

194

— Diviser pour régner, c'est le principe qu'on applique aujourd'hui. Des personnalités qui devraient aider à combattre le communisme se déchirent entre elles. Nous sommes en train de perdre nos meilleurs partenaires.

— Il veut dire les Américains, expliqua Control.

— Nous perdons notre entrain, le respect de nous-mêmes. Nous en avons assez. » Il reprit le rapport et le fourra sous son bras. « En fait, nous en avons par-dessus la tête.

— Et comme tous ceux qui en ont assez, dit Control, tandis que Alleline quittait bruyamment le bureau, il en veut davantage. »

Pendant quelque temps ce furent les dossiers de Lacon, au lieu de la mémoire de Smiley, qui prirent une fois de plus le relais. C'était caractéristique de l'atmosphère de ces derniers mois que, ayant été mis au courant de l'affaire dès le début, Smiley n'eût reçu par la suite aucune nouvelle de la façon dont elle s'était développée. Control détestait l'échec, comme il détestait la maladie, et par-dessus tout ses propres échecs. Il savait que reconnaître l'échec, c'était s'en accommoder; qu'un service qui ne luttait pas ne survivait pas. Il avait horreur des agents en chemise de soie, qui se taillaient de gros morceaux du budget au détriment des réseaux chichement payés en qui il mettait sa confiance. Il aimait la réussite, mais il avait horreur des miracles s'ils faisaient perdre de vue le reste de ses efforts. Il abhorrait la faiblesse comme il abhorrait le sentiment et la religion, et il exécrait Percy Alleline qui avait un peu de tout cela. Sa façon de traiter cette affaire fut littéralement de fermer sa porte : de se retirer dans la sinistre solitude de son dernier étage, de ne recevoir aucun visi-

teur et d'avoir tous ses appels téléphoniques filtrés par
les mémés. Ces mêmes bonnes dames lui fournissaient
son thé au jasmin et les innombrables dossiers qu'il
réclamait et renvoyait par piles. Smiley les voyait
s'entasser devant la porte lorsqu'il passait en vaquant
à ses occupations à lui, qui consistaient à essayer
de maintenir à flot le reste du Cirque. Nombre de
ces dossiers étaient vieux, datant d'avant l'époque où
Control menait la meute. Certains étaient personnels,
c'étaient les biographies de membres anciens et
actuels du service.

Control ne disait jamais ce qu'il faisait. Si Smiley
interrogeait les mémés, ou si Bill Haydon, le favori,
entrait au hasard ou posait la même question, elles se
contentaient de secouer la tête ou de lever silencieu-
sement les yeux vers le paradis : « Un cas terminal,
disaient ces doux regards, nous ménageons un grand
homme à la fin de sa carrière. » Mais, tout en feuilletant patiemment dossier après dossier, et tandis que
dans un coin de son esprit aux mille compartiments
il se récitait la lettre d'Irina à Ricki Tarr, Smiley
savait, et cette certitude lui apportait un réel réconfort,
qu'après tout il n'était pas le premier à entreprendre
cette exploration : que le fantôme de Control l'accom-
pagnait dans toute cette quête; et qu'il aurait même
pu faire tout le parcours si l'Opération Témoin, à la
onzième heure, ne l'avait pas arrêté net.

De nouveau le petit déjeuner et un Gallois fort calmé
et qui n'éprouvait aucune attirance pour les saucisses
mal cuites aux tomates.

« Vous voulez que je vous rapporte ces dossiers ?
demanda Lacon, ou bien vous en avez fini avec eux ?

Ils ne peuvent pas vous éclairer beaucoup puisqu'ils ne contiennent même pas les rapports.

— Ce soir, s'il vous plaît, si cela ne vous gêne pas.

— Vous vous rendez compte, j'imagine, que vous avez une mine épouvantable. »

Il ne s'en rendait pas compte, mais à Bywater Street, quand il revint là-bas, le joli miroir doré d'Ann lui renvoya l'image de ses yeux bordés de rouge et de ses joues rebondies griffées par la fatigue. Il dormit un peu, puis reprit ses mystérieuses occupations. Quand le soir vint, Lacon en fait l'attendait. Smiley se remit aussitôt à sa lecture.

Six semaines durant, selon les dossiers, le rapport naval resta sans successeur. D'autres sections du ministère de la Défense firent écho à l'enthousiasme de l'Amirauté à propos de la dépêche originale, le Foreign Office fit observer que « ce document jette une lumière extraordinaire sur les conceptions agressives soviétiques », Dieu sait ce que cela voulait dire; Alleline insista dans ses exigences pour traiter le produit de façon toujours aussi particulière, mais il était un général sans armée. Lacon faisait des allusions glaciales à « la suite quelque peu différée » et conseilla à son Ministre de « désamorcer la situation avec l'Amirauté ». De Control, d'après le dossier, rien. Peut-être se terrait-il en priant que tout cela s'apaise. Dans l'accalmie, un kremlinoloque du Trésor fit remarquer avec aigreur que Whitehall avait souvent connu cela ces dernières années : un premier rapport encourageant, puis le silence ou, pire, le scandale.

Il se trompait. La septième semaine, Alleline annonça la publication de trois nouveaux rapports Sorcier, tous du même jour. Tous se présentaient sous la forme de correspondance entre services secrets soviétiques, bien que les sujets traités fussent très variés.

Sorcier numéro deux, d'après le résumé de Lacon, évoquait des tensions à l'intérieur du Comecon et parlait de l'effet corrupteur sur ses membres les plus faibles de marchés passés avec l'Ouest. Dans le vocabulaire du Cirque, c'était un rapport classique du secteur de Roy Bland, couvrant l'objectif même auquel le réseau Colère basé en Hongrie s'attaquait en vain depuis des années. « Excellent tour d'horizon », écrivit un client du Foreign Office, « et renforcé par du bon matériel additionnel. »

Sorcier numéro trois discutait le révisionnisme en Hongrie et les purges renouvelées de Kadar dans les milieux politiques et universitaires : la meilleure façon de mettre un terme aux propos inconsidérés en Hongrie, déclarait l'auteur du document, empruntant une formule lancée par Khrouchtchev voilà bien longtemps, serait de fusiller quelques autres intellectuels. Une fois de plus on était dans le secteur de Roy Bland. « Un avertissement salutaire, écrivait le même commentateur du Foreign Office, à tous ceux qui se plaisent à croire que l'Union soviétique adoucit sa position vis-à-vis des satellites. »

Ces deux rapports constituaient essentiellement de la documentation de base, mais Sorcier numéro quatre avait soixante pages et les clients le considéraient comme unique. C'était une évaluation extrêmement technique faite par les Affaires étrangères soviétiques des avantages et des inconvénients de négocier avec un président des Etats-Unis affaibli. La conclusion, tout compte fait, était qu'en lançant au Président un os pour son propre électorat, l'Union soviétique pouvait s'acquérir des concessions précieuses dans les discussions à venir sur les ogives à têtes nucléaires multiples. Mais il mettait sérieusement en question l'intérêt de permettre aux Etats-Unis de se sentir trop perdants, puisque cela risquait d'amener le Pentagone à riposter ou à lancer une attaque préventive. Le rapport émanait du cœur même du secteur de Bill Haydon. Mais comme Haydon lui-même l'écrivit dans une note touchante adressée à Alleline — promptement recopiée à l'insu de Haydon pour le Ministre et enregistrée dans le dossier du Cabinet — en vingt-cinq ans d'efforts sur les questions nucléaires soviétiques, il n'avait jamais mis la main sur rien de cette qualité.

« Et pas plus, concluait-il à moins que je ne me trompe fort, nos frères d'armes américains. Je sais qu'il est encore tôt, mais l'idée me vient que quiconque apporterait ce matériel à Washington pourrait obtenir en retour d'excellentes conditions. En fait, si Merlin maintient ce niveau de qualité, je me risquerai à prédire que nous pourrions acheter tout ce qui est disponible à l'éventaire de l'agence américaine. »

Percy Alleline eut sa salle de lecture; et George Smiley se préparait un café sur le réchaud délabré auprès du lavabo. Au beau milieu, le compteur s'arrêta faute de pièce, et pris de colère, Smiley appela Norman et lui commanda pour cinq livres de shillings.

17

AVEC un intérêt croissant, Smiley poursuivit son voyage à travers les maigres dossiers de Lacon, depuis cette première rencontre des protagonistes jusqu'au présent. A l'époque, une telle atmosphère de méfiance régnait au Cirque que même entre Smiley et Control la source Merlin devint un sujet tabou. Alleline apportait les rapports Sorcier et attendait dans l'antichambre cependant que les mémés les portaient à Control, qui les signait aussitôt afin de bien montrer qu'il ne les avait pas lus. Alleline reprenait le dossier, passait la tête par la porte entrebâillée du bureau de Smiley, marmonnait un bref salut et redescendait lourdement l'escalier. Bland gardait ses distances, et même les visites en coup de vent de Bill Haydon, qui faisaient traditionnellement partie de la vie là-haut, de ces moments où l'on discutait boutique et que Control autrefois se plaisait à encourager parmi ses adjoints directs, se firent plus rares et plus brèves, avant de cesser entièrement.

« Control est en train de devenir dingue, dit Haydon à Smiley avec mépris. Et si je ne me trompe il est en train de mourir aussi. La question est de savoir qui l'emportera la première, de la folie ou de la maladie. »

Les réunions habituelles du jeudi cessèrent également et Smiley se trouva constamment harcelé par Control, soit afin d'aller à l'étranger pour quelque mission vague, soit pour aller inspecter les stations auxiliaires d'Angleterre — Sarratt, Brixton, Acton et le reste — à titre d'envoyé personnel. Il avait de plus en plus l'impression que Control cherchait à l'éloigner. Quand ils discutaient, il sentait entre eux la pénible tension de la méfiance, si bien que même Smiley en vint à se demander sérieusement si Bill n'avait pas raison et si Control n'était pas devenu inapte à exercer ses fonctions.

Les dossiers du Cabinet montraient clairement que les trois mois suivants virent un épanouissement régulier de l'Opération Sorcier, sans aucune aide de Control. Les rapports arrivaient au rythme de deux ou même trois par mois et le niveau, à en croire les clients, continuait d'être excellent, mais le nom de Control était rarement mentionné et jamais il n'était invité à donner ses commentaires. Parfois les évaluateurs chicanaient sur un point. Le plus souvent ils déploraient qu'aucune corroboration ne fût possible puisque Merlin les entraînait dans des domaines inexplorés : ne pourrions-nous pas demander aux Américains de vérifier ? Nous ne le pouvons pas, répondait le Ministre. Pas encore, disait Alleline, qui dans une note confidentielle que personne n'avait vue, ajoutait : « Quand le moment sera venu nous ferons plus que troquer notre matériel contre le leur. Ce qui nous intéresse, ce n'est pas de travailler au coup par coup. Notre tâche consiste à asseoir de façon incontestable la réputation de Merlin. Une fois cela fait, Haydon peut s'en aller discuter... »

On n'émettait plus aucun doute. Parmi les rares élus qui avaient accès au bureau du Groupe de Travail de l'Adriatique, Merlin était déjà gagnant. Son matériel était exact, souvent d'autres sources le confirmaient rétrospectivement. Un comité Sorcier fut constitué sous la présidence du Ministre. Alleline était vice-président. Merlin était devenu une industrie et Control n'y participait même pas. C'est pourquoi, en désespoir de cause, il avait envoyé Smiley avec son écuelle de mendiant : « Ils sont trois et Alleline, avait-il dit. Cuisinez-les, George. Tentez-les, asticotez-les, donnez-leur ce qu'ils aiment. »

Sur ces réunions aussi, les dossiers étaient bienheureusement muets, car elles appartenaient aux plus sombres dédales de la mémoire de Smiley. Il savait déjà à l'époque qu'il n'y avait rien dans le garde-manger de Control qui satisferait leur faim.

On était en avril. Smiley rentrait du Portugal, où il était allé enterrer un scandale, pour trouver Control vivant en état de siège. Des dossiers jonchaient le sol; de nouvelles serrures avaient été posées aux fenêtres. Il avait posé le cache-théière sur son téléphone et du plafond pendait un déflecteur acoustique contre les écoutes électroniques, un appareil ressemblant à un ventilateur et qui tournait à un rythme variant constamment. Pendant les trois semaines où Smiley avait été absent, Control était devenu un vieillard.

« Dites-leur qu'ils sont en train de payer leur place avec de la fausse monnaie, murmura-t-il, levant à peine les yeux de ses dossiers. Dites-leur n'importe quoi. J'ai besoin de temps. »

« Ils sont trois et Alleline », se répétait maintenant Smiley, assis à la table de jeu du commandant où il étudiait la liste établie par Lacon de ceux qui avaient été habilités à l'Opération Sorcier. Aujour-d'hui il y a soixante-huit visiteurs autorisés à pénétrer dans la salle de lecture du Groupe de Travail de l'Adriatique. Chacun, comme les membres du Parti communiste, avait un numéro correspondant à la date de son habilitation. La liste avait été retapée depuis la mort de Control; Smiley n'y figurait plus. Mais les quatre mêmes pères fondateurs étaient toujours en tête de liste : Alleline, Bland, Ester-hase et Bill Haydon. Ils sont trois et Alleline, avait dit Control.

Soudain l'esprit de Smiley, qui pendant qu'il lisait restait ouvert à toute inférence, à toute association d'idées, si tortueuse fût-elle, fut envahi par une vision tout à fait étrangère : il se revit avec Ann se prome-nant sur les falaises de Cornouailles. C'était juste après la mort de Control; la pire époque dont Smiley pouvait se souvenir de leur longue et déconcertante union. Ils étaient tout en haut de la côte quelque part entre Lamorna et Porthcurno, ils étaient allés là hors saison, sous le prétexte de faire prendre l'air de la mer à Ann pour sa toux. Ils avaient suivi le sentier qui longeait le rivage, chacun perdu dans ses pensées : elle songeant sans doute à Haydon, lui à Control, à Jim Prideaux, et à l'Opération Témoin, et à tout le gâchis qu'il avait laissé derrière lui lorsqu'il avait pris sa retraite. Ils ne partageaient aucune har-monie. Ils avaient même perdu tout calme lorsqu'ils étaient ensemble; ils étaient un mystère l'un pour l'au-tre, la conversation la plus banale pouvait prendre un tour bizarre, incontrôlable. A Londres, Ann avait mené une vie assez folle, acceptant quiconque voulait la prendre. Il savait seulement qu'elle s'efforçait d'enfouir quelque chose qui lui faisait mal ou qui la préoccupait beaucoup; mais il ne connaissait aucun moyen de l'atteindre.

« Si c'était moi qui étais morte, demanda-t-elle brusquement, plutôt que Control, par exemple, quels seraient tes sentiments envers Bill ? »

Smiley méditait encore sur sa réponse lorsqu'elle lança : « Je pense parfois que je sauvegarde l'opinion que tu as de lui. Est-ce possible ? Que dans une certaine mesure je vous rapproche. Est-ce possible ?

— C'est possible. » Puis il ajouta : « Oui, je pense que dans une certaine mesure je dépends de lui aussi.

— Est-ce que Bill joue encore un rôle important au Cirque ?

— Plus qu'avant, sans doute.

— Et il continue à aller à Washington, à négocier et à trafiquer avec les Américains, à les retourner comme des crêpes ?

— Je pense que oui. C'est ce qu'on dit.

— Il est aussi important que tu l'étais ?

— Je suppose.

— Je suppose, répéta-t-elle. Je pense. C'est ce qu'on dit. Alors il est meilleur ? C'est un meilleur acteur que toi, il est meilleur en arithmétique ? Dis-moi ? Je t'en prie, dis-moi, il le faut. »

Elle était étrangement excitée. Ses yeux, que le vent faisait pleurer, fixaient sur lui un regard brillant et désespéré, elle lui tenait le bras à deux mains et, comme une enfant, insistait pour avoir une réponse.

« Tu m'as toujours dit qu'on ne doit pas comparer les hommes, répondit-il avec embarras. Tu as toujours dit que tu ne croyais pas à ce genre de comparaison.

— Dis-moi !

— Bon : eh bien, non, il n'est pas meilleur.

— Aussi bon ?

— Non.

— Et si je n'étais pas là, alors que penserais-tu de lui ? Si Bill n'était pas mon cousin, s'il ne m'était rien ? Dis-moi. Aurais-tu meilleure opinion de lui, ou moins bonne ?

— Moins bonne, je suppose.

— Alors, aie donc moins bonne opinion de lui *maintenant*. Je le sépare de la famille, de nos existences, de tout. A l'instant même. Je le jette à la mer. Là. Tu comprends ? »

Il ne comprenait que ceci : retourne au Cirque, termine ton travail. C'était une des douzaines de façons qu'elle avait de lui dire la même chose.

Encore troublé par cette intrusion dans ses souvenirs, Smiley se leva un peu agité et s'approcha de la fenêtre, là où il se postait généralement lorsqu'il était distrait. Une rangée de mouettes, une demi-douzaine, s'étaient perchées sur le parapet. Il avait dû les entendre crier et se souvenir de cette promenade à Lamorna.

« Je tousse quand il y a des choses que je n'arrive pas à dire », lui avait un jour expliqué Ann. Qu'était-ce donc qu'elle ne pouvait pas dire alors ? demanda-t-il d'un ton maussade aux pots de cheminée de l'autre côté de la rue. Connie pouvait le dire, Martindale pouvait le dire; alors pourquoi pas Ann ?

« Trois et Alleline », murmura tout haut Smiley, répétant les paroles mêmes de Control de là où il était vers la fenêtre. Les mouettes s'étaient envolées, tout d'un coup comme si elles avaient repéré un meilleur endroit. « Dites-leur qu'ils sont en train de payer leur place avec de la fausse monnaie. » Et si les banques acceptent cet argent ? Si les experts le déclarent authentique, et si Bill Haydon chante ses louanges ?

Et les dossiers du Cabinet sont pleins de compliments pour les braves et nouveaux chevaliers de Cambridge Circus, qui ont fini par conjurer le mauvais sort.

Il avait choisi Esterhase pour commencer, parce que Toby devait sa carrière à Smiley. Smiley l'avait recruté à Vienne, étudiant famélique vivant dans les ruines d'un musée dont son défunt oncle avait été conservateur. Il descendit en voiture jusqu'à Acton et l'affronta à la Blanchisserie derrière son bureau de noyer avec sa rangée de téléphones d'ivoire. Au mur, les trois rois mages agenouillés, une toile contestable du XVIIᵉ siècle italien. Par la fenêtre, on apercevait une cour fermée pleine de voitures, de camionnettes, et de motocyclettes, et des baraquements où les équipes de lampistes tuaient le temps entre leurs tours de garde. Smiley commença par demander à Toby des nouvelles de sa famille : il y avait un fils qui allait à Westminster et une fille qui était en première année de médecine. Puis il expliqua à Toby que les lampistes avaient deux mois de retard sur leurs programmes et comme Toby cherchait des échappatoires, il lui demanda carrément si ses hommes avaient récemment accompli des missions spéciales, soit en Angleterre, soit à l'étranger, dont pour d'excellentes raisons de sécurité Toby ne s'estimait pas en mesure de parler dans ses rapports.

« Pour qui est-ce que je ferais ça, George ? avait demandé Toby, l'œil éteint. Vous savez que d'après mes principes c'est tout à fait illégal. » Pourquoi dans la bouche de Toby une expression toute faite avait-elle une façon d'être ridicule ?

« Oh ! fit Smiley, lui fournissant l'excuse, je vous vois très bien le faire pour Percy Alleline, par exemple.

206

Après tout, si Percy vous *ordonnait* de faire quelque chose et de ne pas l'enregistrer, vous seriez dans une position très difficile.

— Mais quel genre de chose, George, je me demande ?

— Contrôler une boîte aux lettres à l'étranger, préparer une planque, surveiller quelqu'un dans le dos, installer des micros dans une ambassade. Après tout, Percy est directeur des opérations. Vous pourriez penser qu'il agissait sur des instructions du cinquième étage. Ça me paraît tout à fait plausible. »

Toby regarda attentivement Smiley. Il tenait une cigarette, mais s'il l'avait allumée, il n'en avait pas tiré une seule bouffée. C'était une cigarette roulée à la main, prise dans un étui en argent, mais une fois allumée, jamais il ne la portait à sa bouche. Il l'agitait, devant lui ou sur le côté; parfois on pensait qu'il allait la fumer, mais ça n'arrivait jamais. Pendant ce temps, Toby faisait son discours : une des déclarations personnelles de Toby, prétendument définitives sur sa position en ce point précis de son existence.

Toby aimait bien le service, déclara-t-il. Il préférerait y rester. C'était sa vie. Il était sentimental à ce propos. Il avait d'autres intérêts et à tout moment ils pouvaient l'accaparer à leur tour, mais c'était le service qu'il aimait plus que tout. Son seul problème, continua-t-il, c'était la promotion. Non pas qu'il la souhaitât par cupidité. Il dirait plutôt que ses raisons étaient d'ordre social.

« Vous savez, George, j'ai tant d'années d'ancienneté que je me sens vraiment très embarrassé quand ces jeunes types me demandent de prendre leurs ordres. Vous comprenez ce que je veux dire ? Même Acton : rien que le nom d'Acton pour eux est ridicule.

— Oh ! fit doucement Smiley. De quels jeunes types parlez-vous ? »

Mais Esterhase avait perdu tout intérêt à la conversation. Sa déclaration terminée, son visage retrouva l'absence d'expression qui lui était familière, ses yeux de poupée fixés sur un point à une certaine distance.

« Vous voulez dire Roy Bland ? demanda Smiley. Ou Percy ? Est-ce que Percy est jeune ? Qui ça, Toby ? »

Inutile, Toby était navré : « George, quand on devrait avoir eu une promotion depuis longtemps et qu'on travaille à s'en user les doigts jusqu'à l'os, n'importe qui a l'air jeune qui est au-dessus de vous sur l'échelle.

— Peut-être que Control pourrait vous faire grimper quelques échelons », suggéra Smiley, qui se voyait mal dans ce rôle.

La réponse d'Esterhase jeta un froid. « Oh ! en fait, vous savez, George, je ne suis pas trop sûr qu'il le puisse actuellement. Tenez, je donne quelque chose pour Ann... » Il ouvrit un tiroir... « Quand j'ai entendu que vous veniez, j'ai téléphoné à quelques amis, j'ai dit quelque chose de beau, quelque chose pour une femme sans défaut, vous savez, je ne l'oublie jamais depuis que nous nous sommes rencontrés une fois au cocktail de Bill Haydon. »

Smiley repartit donc avec le prix de consolation — un parfum coûteux apporté en contrebande, supposa-t-il, par un des lampistes de Toby qui rentrait — et il s'en alla avec son écuelle de mendiant trouver Bland, sachant ce faisant qu'il avançait d'un pas de plus vers Haydon.

Revenant à la table du commandant, Smiley fouilla parmi les dossiers de Lacon jusqu'à ce qu'il tombât

208

sur un mince volume intitulé *Opération Sorcier, financement direct*, qui enregistrait les premières dépenses engagées pour le fonctionnement de la Source Merlin. « Pour des raisons de sécurité il est proposé » écrivait Alleline dans une nouvelle note personnelle adressée au Ministre, celle-ci datée du 9 février près de deux ans plus tôt, « de maintenir le financement de Sorcier *absolument séparé* de toutes les autres avances de fonds faites au Cirque. A moins qu'on ne puisse trouver une couverture appropriée, je vous demande *des subventions directes provenant de fonds du Trésor* plutôt que des crédits additionnels au budget secret qui le moment venu *ne manqueront pas de se retrouver dans la comptabilité courante du Cirque.* Je vous en rendrai alors compte personnellement ».

« Approuvé », écrivit le Ministre une semaine plus tard, « à condition que... »

Il n'y avait pas de condition. Un coup d'œil à la première rangée de chiffres lui montra tout ce qu'il avait besoin de savoir : dès mai de cette année-là, lorsque leur rencontre avait eu lieu à Acton, Toby Esterhase personnellement n'avait pas fait moins de huit voyages sur le budget Sorcier, deux à Paris, deux à La Haye, un à Helsinki et trois à Berlin. Dans chaque cas, le motif du voyage était brièvement décrit comme « Recueillir le produit ». Entre mai et novembre, lorsque Control disparut de la scène, Toby en fit encore dix-neuf autres. L'un d'eux l'emmena jusqu'à Sofia, un autre à Istambul. Aucun ne l'obligea à rester absent plus de trois jours pleins. La plupart avaient lieu pendant les week-ends. Lors de plusieurs de ces déplacements, il était accompagné de Bland.

Pour dire les choses carrément, Toby Esterhase,

comme Smiley n'en avait jamais douté, avait menti comme un arracheur de dents. C'était agréable de constater que le dossier confirmait son impression.

Les sentiments de Smiley envers Roy Bland étaient à cette époque ambivalents. En y repensant maintenant, il conclut qu'ils l'étaient toujours. Un professeur d'université l'avait repéré, Smiley l'avait recruté, cette combinaison ressemblait étrangement à celle qui avait amené Smiley lui-même dans le filet du Cirque. Mais dans ce temps-là il n'y avait pas de monstre allemand pour aviver la flamme patriotique, et Smiley avait toujours été un peu embarrassé par les protestations d'anticommunisme. Comme Smiley, Bland n'avait pas eu de véritable enfance. Son père était docker, syndicaliste passionné et membre du Parti. Sa mère était morte quand Bland était enfant. Son père détestait l'éducation comme il détestait l'autorité, et quand Bland commença à s'instruire, son père se mit dans la tête qu'il avait perdu son fils au profit de la classe dirigeante et il commença à le rosser à mort. Bland lutta pour continuer jusqu'au lycée et pendant les vacances il travaillait, comme dirait Toby, à s'en user les doigts jusqu'à l'os, afin de payer les frais de scolarité. Quand Smiley le rencontra chez son maître d'études à Oxford, il avait l'air meurtri de quelqu'un qui vient d'arriver après un rude voyage.

Smiley le prit en main, et au bout de quelques mois esquissa une proposition que Bland accepta en grande partie, supposa Smiley, par animosité envers son père. Après cela, il cessa de dépendre de Smiley. Subsistant sur des subventions mal définies, Bland s'escrimait à la bibliothèque du Marx Memorial et écrivait des articles très gauchisants pour de minuscules magazines qui auraient depuis longtemps cessé d'exister si le Cirque ne les avait pas financés. Le soir, il discutait le coup à des réunions politiques enfumées dans des pubs et des parloirs d'écoles. Pendant les vacances, il se rendit à la Nursery, où un fanatique du nom de Thatch dirigeait une école de charme pour les agents de pénétration destinés à l'étranger, à raison d'un élève à la fois. Thatch initia Bland aux secrets du métier et poussa subtilement ses opinions progressistes pour les rapprocher de celles du camp marxiste auquel appartenait son père. Trois ans jour pour jour après son recrutement, en partie grâce à son pedigree de prolétaire, et à l'influence de son père à King Street, Bland fut nommé pour un an maître de conférences adjoint en sciences économiques à l'université de Poznan. Il était lancé.

De Pologne il posa avec succès sa candidature pour un poste à l'Académie des sciences de Budapest, et pendant les huit années suivantes, il vécut l'existence nomade d'un petit intellectuel de gauche en quête de lumière, que souvent on aimait bien mais à qui on ne faisait jamais confiance. Il séjourna à Prague, revint en Pologne, passa deux semestres d'enfer à Sofia, et six à Kiev, où il eut une dépression nerveuse, sa seconde en six mois. Une fois de plus la Nursery le prit en charge, cette fois pour le passer à l'essoreuse. On le déclara bon pour le service, ses réseaux furent confiés à d'autres agents sur place et Roy fut affecté au Cirque pour diriger, essentiellement de derrière un bureau, les réseaux qu'il avait recrutés sur place. Depuis quelque temps, semblait-il à Smiley, Roy était devenu surtout le collègue de Haydon. Si Smiley passait par hasard rendre visite à Roy, pour bavarder avec lui, il avait toutes les chances de trouver Bill vautré dans son fauteuil, entouré de papiers, de cartes et de fumée de cigarette; s'il passait voir Bill, il ne s'étonnait pas de tomber sur Bland, en bras de chemise, trempé de sueur, qui arpentait lourdement la moquette. Bill avait la Russie, Bland les satellites; mais déjà en ces premiers temps de l'Opération Sorcier, la distinction avait pratiquement disparu.

Ils se retrouvèrent dans un pub de St-John's Wood, on était encore en mai, à cinq heures et demie d'une triste journée et le jardin était vide. Roy amena un enfant, un garçon de cinq ou six ans, un petit Bland, blond, solide et au visage rose. Il n'expliqua pas la présence du jeune garçon, mais parfois tandis qu'ils bavardaient, il s'arrêtait pour le surveiller, assis sur un banc à l'écart, à grignoter des cacahuètes. Dépression nerveuse ou pas, Bland portait encore l'empreinte de la philosophie de Thatch pour les agents infiltrés dans le camp ennemi. Foi dans sa mission : confiance en soi, participation positive, le côté joueur de flûte de Hameln et toutes ces autres phrases inconfortables qui à la belle époque de la culture de la guerre froide avaient transformé la Nursery en quelque chose qui ressemblait fort à un centre de réarmement moral.

« Alors, demanda Bland d'un ton affable, qu'est-ce qui se passe ?

— Rien en fait, Roy. Control a l'impression que la situation actuelle est malsaine. Il n'aime pas vous voir mêlé à une cabale. Moi non plus.

— Parfait. Alors qu'est-ce que vous proposez ?

— Qu'est-ce que vous voulez ? »

Sur la table, encore trempée par la dernière averse, se trouvait un huilier abandonné depuis l'heure du déjeuner avec un assortiment de cure-dents en matière plastique dans le compartiment du milieu. En prenant un, Bland recracha le papier qui l'emballait sur l'herbe et entreprit de se curer les dents du fond.

« Ma foi, qu'est-ce que vous diriez d'un dessous de table de cinq briques, pris sur la caisse noire ?

— Avec une maison et une voiture ? fit Smiley tournant la chose en plaisanterie.

— Et le petit à Eton, ajouta Bland, avec un clin d'œil vers l'enfant tandis qu'il continuait à s'escrimer avec son cure-dent. J'ai payé, vous comprenez, George. Vous le savez. Je ne sais pas ce que j'ai acheté avec, mais j'ai payé fichtrement cher. Je veux qu'il m'en revienne un peu. Dix ans au secret pour le cinquième étage, c'est beaucoup d'argent à n'importe quel âge. Même au vôtre. Il doit y avoir une raison qui m'a attiré dans ce manège, mais je n'arrive pas très bien à me rappeler ce que c'était. Ça devait être le magnétisme de votre personnalité. »

Smiley n'avait pas fini son verre, aussi Bland alla-t-il s'en chercher un autre au bar, et une consommation pour le petit garçon.

« Vous êtes une sorte de salopard instruit, déclarat-il avec bonhomie tout en se rasseyant. Un artiste est un type qui peut avoir deux opinions fondamentalement opposées et fonctionner quand même : qui donc a trouvé ça ?

— Scott Fitzgerald, répondit Smiley, croyant un moment que Bland se proposait de dire quelque chose à propos de Bill Haydon.

— Eh bien, Fitzgerald savait de quoi il parlait », affirma Bland. Tout en buvant, il tournait légèrement ses yeux un peu protubérants vers la clôture, comme s'il cherchait quelqu'un. « Et je fonctionne tout à fait, George. En bon socialiste, je m'attaque à l'argent. En bon capitaliste, je colle à la révolution, parce que si on ne peut pas les battre, on peut toujours

les espionner. Ne me regardez pas comme ça, George.
C'est comme ça que ça s'appelle aujourd'hui : vous
me grattez la conscience et je conduirai votre Jag,
n'est-ce pas ? » Il levait déjà un bras en disant cela.
« Je vous rejoins dans un instant ! cria-t-il à travers
la pelouse. Commandez-m'en un autre ! »

Deux filles flânaient de l'autre côté de la clôture.

« C'est une plaisanterie de Bill ? demanda Smiley,
soudain furieux.

— Quoi donc ?

— C'est une plaisanterie de Bill sur l'Angleterre
matérialiste, cette société de cochons dans le trèfle ?

— Ça se pourrait, dit Bland en finissant son verre.
Elle ne vous plaît pas ?

— Pas trop, non. Je n'ai encore jamais connu Bill
comme un réformateur radical. Qu'est-ce qui lui a
pris tout d'un coup ?

— Ça n'est pas radical, répliqua Bland, qui se
vexait de toute minimisation de son socialisme ou de
celui de Haydon. C'est simplement regarder par la
fenêtre. C'est tout bonnement l'Angleterre d'aujour-
d'hui, mon vieux. Personne n'a envie de ça, non ?

— Alors, comment vous proposez-vous, demanda
Smiley, frémissant de s'entendre aussi pompeux, comment vous proposez-vous de détruire les instincts de
propriété et de concurrence de la société occidentale
sans détruire également... »

Bland avait terminé son verre; l'entretien était
terminé aussi. « Pourquoi vous en préoccuperiez-vous ?
Vous avez le poste de Bill. Que voulez-vous de plus ?
Tant que ça dure. »

Et Bill a ma femme, songea Smiley, tandis que
Bland se levait pour partir; et, le salaud, il vous l'a
dit.

Le petit garçon avait inventé un jeu. Il avait couché une table sur le côté et faisait rouler une bouteille d'un peu plus haut. Smiley s'en alla avant qu'elle se cassât.

Contrairement à Esterhase, Bland n'avait même pas pris la peine de mentir. Les dossiers de Lacon mentionnaient sans ambages sa participation à l'Opération Sorcier :

« La source Merlin, écrivait Alleline dans un rapport daté peu après le départ de Control, est à tous égards une opération de comité... Je ne peux en toute franchise dire lequel de mes trois assistants mérite le plus d'éloges. L'énergie de Bland a été une inspiration pour nous tous... » Il répondait à la suggestion du Ministre qui proposait que les responsables de l'Opération Sorcier devraient figurer sur la liste des décorations du Nouvel An. « Alors que l'ingéniosité opérationnelle de Haydon n'est parfois pas tout à fait à la hauteur de celle de Merlin », ajouta-t-il. On les décora tous les trois, la nomination d'Alleline comme chef fut confirmée, et il eut droit en même temps à son titre nobiliaire si convoité.

18

CE qui me laissait Bill, songea Smiley.

Au cours de la plupart des nuits de Londres, il y a un moment de répit total. Dix, vingt minutes, trente, une heure même s'écoulent et pas un ivrogne ne geint, pas un enfant ne pleure, pas un pneu de voiture ne crisse dans une collision. A Sussex Gardens, cela se passe vers trois heures. Cette nuit-là, cela arriva tôt, vers une heure, tandis que Smiley une fois de plus était planté près de sa fenêtre mansardée à inspecter comme un prisonnier le coin de sable de Mrs. Pope Graham, où une camionnette Bedford s'était garée peu auparavant. Le toit en était parsemé de slogans : Sydney en quatre-vingt-dix jours. Athènes sans escale, Mary Lou nous arrivons. Une lumière brillait à l'intérieur et il supposa que des enfants dormaient là dans la béatitude du célibat. Il aurait dû dire des gosses. Des rideaux masquaient les fenêtres.

Ce qui me laissait Bill, songea-t-il, fixant toujours les rideaux fermés de la camionnette et ses flamboyantes déclarations de globe-trotter; ce qui me laissait Bill, et notre charmante petite conversation à Bywater Street, rien que nous deux, de vieux amis, de vieux frères d'armes, « qui partageaient tout », comme l'avait dit si élégamment Martindale, mais Ann était sortie pour la soirée afin que les hommes fussent en tête-à-tête. Ce qui me laissait Bill, répétat-il, et il sentit le sang lui monter à la tête, les couleurs qu'il voyait s'aviver, et son sens de la retenue commencer à glisser dangereusement.

Qui était-il ? Smiley ne le voyait plus en perspective. Chaque fois qu'il pensait à lui, il le dessinait trop grand, et différent. Jusqu'à sa liaison avec Ann, il croyait bien connaître Bill : tout à la fois son esprit brillant et ses limites. Il appartenait à cette société d'avant-guerre dont on nous a dit qu'elle avait disparu pour de bon, et qui parvenait tout à la fois à avoir un comportement détestable et de nobles sentiments. Son père était juge d'appel, deux de ses ravissantes sœurs avaient épousé des aristocrates; à Oxford il fréquentait plutôt les gens de droite qui n'étaient pas à la mode que ceux de gauche qui l'étaient, mais jamais de façon forcée. Depuis son adolescence il était un explorateur enthousiaste et un peintre amateur au style hardi encore qu'un peu trop ambitieux : plusieurs de ses toiles étaient accrochées maintenant dans le ridicule palais de Miles Sercombe, à Carlton Gardens. Il avait des relations dans toutes les ambassades et consulats du Moyen-Orient et il les utilisait sans vergogne. Il s'attaquait sans effort aux langues exotiques, et quand 39 arriva, le Cirque mit la main sur lui, cela faisait des années qu'on l'avait à l'œil. Il fit une guerre éblouissante. Il était partout à la fois, héroïque et charmant; il était peu orthodoxe et parfois scandaleux. La comparaison avec Lawrence était inévitable.

Et c'était vrai, reconnut Smiley, que Bill en son temps avait bricolé de grands moments de l'Histoire;

il avait proposé toutes sortes de vastes desseins pour rendre à l'Angleterre son influence et sa grandeur : comme Rupert Brooke, il parlait rarement de la Grande-Bretagne. Mais Smiley, dans ses rares moments d'objectivité, ne pouvait se rappeler que peu de ses projets qui eussent jamais pris corps.

C'était, par contraste, l'autre aspect de la nature de Haydon qu'en tant que collègue il avait trouvé plus facile à respecter : le talent subtil de l'homme naturellement fait pour diriger des agents, son sens rare de l'équilibre quand il s'agissait de retourner des agents doubles et de monter de fausses opérations; son art de faire naître l'affection, voire l'amour même si cela allait à l'encontre d'autres fidélités.

A preuve, je vous remercie, ma femme.

Peut-être Bill est-il vraiment un personnage hors mesure, songea-t-il avec désespoir; cherchant toujours un sens des proportions. Se le représentant maintenant, et le comparant à Bland, à Esterhase, même à Alleline, Smiley avait vraiment l'impression qu'ils étaient tous, dans une mesure plus ou moins grande, des imitations imparfaites de cet original unique qu'était Haydon. Que leurs affectations étaient comme des pas vers le même idéal inaccessible de l'homme poli comme un galet, même si cette idée en soi était fausse ou décalée; même si Bill en était totalement indigne. Bland dans sa brutale impertinence, Esterhase dans son britannisme hautain, totalement artificiel, Alleline avec ses qualités superficielles de chef : sans Bill ils n'étaient qu'une cohorte désordonnée. Smiley savait aussi, ou croyait savoir — l'idée lui venait maintenant comme une petite révélation — que Bill par lui-même n'était pas grand-chose : que si ses admirateurs — Bland, Prideaux, Alleline, Esterhase, et tous les autres membres du club des supporters — pouvaient trouver en lui la plénitude, le vrai truc de Bill, c'était de les utiliser, de vivre à travers eux pour s'achever; un morceau ici, un morceau là pris à leur identité passive : déguisant ainsi le fait qu'il était moins, beaucoup moins que la somme de ses qualités apparentes; et noyant finalement cette dépendance sous une arrogance d'artiste, en les traitant comme les créatures de son esprit...

« Ça suffit », dit Smiley tout haut.

S'arrachant brusquement à ces réflexions, les écartant avec irritation comme une théorie de plus sur Bill, il rafraîchit son esprit surexcité en évoquant leur dernière rencontre.

.

« J'imagine que vous voulez me cuisiner à propos de ce satané Merlin », commença Bill. Il avait l'air las et nerveux; c'était le moment où il allait partir pour un de ces nombreux aller et retour à Washington. Autrefois il aurait amené une fille à peine sortable et l'aurait envoyée s'asseoir avec Ann au premier, pendant qu'ils discutaient de leurs affaires; s'attendant à voir Ann leur vanter son génie, songea Smiley avec cruauté. Elles étaient toutes du même genre : la moitié de son âge, style étudiante des Beaux-Arts dépenaillée, un peu collante, maussade; Ann disait toujours qu'il avait un fournisseur. Et un jour, pour choquer, il amena un abominable jeune homme du nom de Steggie, un aide-barman d'un pub de Chelsea, avec une chemise ouverte et une chaîne d'or sur la poitrine.

« Ma foi, on dit que c'est vous qui écrivez les rapports, expliqua Smiley.

— Je croyais que c'était le travail de Bland, fit Bill avec son sourire madré.

— Roy fait les traductions, dit Smiley. Vous faites le brouillon des rapports d'accompagnement, ils sont tapés sur votre machine. Les dactylos n'ont absolument pas d'habilitation pour ce matériel. »

Bill écoutait attentivement, les sourcils levés, comme si à tout moment il allait pouvoir interrompre en formulant une objection ou en abordant un sujet plus agréable, puis il s'extirpa des profondeurs du fauteuil et s'approcha d'un pas nonchalant de la bibliothèque, où il se planta, dominant Smiley de la hauteur de tout un rayon. Pêchant un volume de ses longs doigts, il l'inspecta en souriant.

« Percy Alleline ne fera pas l'affaire, annonça-t-il en tournant les pages, c'est ça la prémisse ?

— A peu près.

— Ce qui veut dire que Merlin ne fera pas l'affaire non plus. Merlin passerait s'il était ma source à moi, n'est-ce pas ? Qu'est-ce qui arriverait si ce sacré Bill ici présent s'en allait trouver Control pour lui dire qu'il a ferré un gros poisson et qu'il voudrait bien se charger tout seul de l'épuiser ? « C'est très malin de « votre part, mon petit Bill, dirait Control. Vous « faites exactement comme vous l'entendez, mon petit « Bill, bien sûr. Prenez un peu de ce thé dégueulasse. » Et en ce moment il serait en train de me décerner une médaille au lieu de vous envoyer espionner dans les couloirs. On avait pas mal de classe autrefois. Pourquoi devenons-nous si vulgaires ?

— Il pense que Percy est un arriviste, dit Smiley.

— C'est vrai. Moi aussi. J'ai envie d'être le Patron. Vous ne le saviez pas ? Il serait temps que je fasse quelque chose de moi, George. Moitié peintre, moitié espion, il serait temps que je sois complètement quelque chose. Depuis quand est-ce que l'ambition est un péché dans notre sale petit groupe ?

— Qui le contrôle, Bill ?

— Percy ? Mais Karla, voyons, qui voulez-vous que ce soit ? Un prolo avec des sources dans la haute, il doit vouloir faire de l'épate. Percy est vendu à Karla, c'est la seule explication. » Il avait développé, voilà longtemps, l'art de l'incompréhension délibérée. « Percy est notre taupe maison. »

« Je voulais dire, qui contrôle Merlin ? Qui *est* Merlin ? Qu'est-ce qui se passe ? »

Quittant la bibliothèque, Haydon fit la tournée de dessins de Smiley. « C'est un Callot, n'est-ce pas ? — il décrocha un petit cadre doré et l'approcha de la lumière —... il est très beau. » Il inclina ses lunettes pour s'en servir comme d'une loupe. Smiley était certain qu'il avait regardé ce dessin déjà une douzaine de fois. « Il est vraiment *très* beau. On ne serait pas jaloux de moi, par hasard ? C'est moi qui suis censé être responsable de l'objectif russe, vous savez. J'y ai consacré mes meilleures années, j'ai installé des réseaux, des dénicheurs de talents, tout le système des communications. Vous autres au cinquième étage, vous avez oublié ce que c'est que de diriger une opération où il vous faut trois jours pour poster une lettre et où vous n'avez même pas de réponse pour le mal que vous vous êtes donné. »

Smiley, docilement : Oui, j'ai oublié. Oui, je sympathise. Non, Ann n'est nulle part dans mes pensées. Après tout, nous sommes collègues et hommes du monde, nous sommes ici pour parler de Merlin et de Control.

« Et voilà que survient ce petit parvenu de Percy,

un malheureux petit camelot écossais, qui n'a pas une ombre de classe, qui nous apporte toute une charretée de gâteries russes. C'est foutrement agaçant, vous ne trouvez pas ?

— Très.

— L'ennui, c'est que mes réseaux ne sont pas très bons. C'est bien plus facile d'espionner Percy que... » Il s'interrompit, ennuyé déjà par sa propre théorie. Son attention s'était fixée sur une petite tête de Van Mieris au pastel. « Et j'aime beaucoup ça, dit-il.

— C'est Ann qui me l'a donné.

— En expiation ?

— Probablement.

— Ça devait être un gros péché. Vous l'avez depuis longtemps ? »

Même aujourd'hui, Smiley se souvenait avoir remarqué combien la rue était silencieuse. Etait-ce mardi ? Ou mercredi ? Et il se rappelait avoir pensé : « Non, Bill. Pour vous, je n'ai jusqu'à maintenant pas reçu le moindre prix de consolation. A dater de ce soir vous ne valez même pas une paire ‚de pantoufles. » Il l'avait pensé mais pas dit.

« Control n'est pas encore mort ? demanda Haydon.

— Il est simplement occupé.

— Qu'est-ce qu'il fait toute la journée ? On dirait un ermite qui a attrapé la chaude-pisse, il passe son temps à se gratter tout seul là-haut dans sa grotte. Et tous ces foutus dossiers qu'il lit, qu'est-ce qu'il cherche, bon sang, un pèlerinage sentimental dans son vilain passé, j'imagine. Il a l'air malade comme une bête. Je suppose que c'est la faute de Merlin aussi, n'est-ce pas ? »

De nouveau Smiley ne dit rien.

« Pourquoi ne prend-il pas ses repas à la cuisine ? Pourquoi ne se joint-il pas à nous au lieu de rester là-haut à fouir en quête de truffes ? Qu'est-ce qu'il cherche ?

— Je ne savais pas qu'il cherchait quelque chose, dit Smiley.

— Oh ! cessez de tourner autour du pot, bien sûr que si. J'ai une source là-haut, une des mémés, vous ne saviez pas ? Elle me confie des indiscrétions contre du chocolat. Control s'est escrimé sur les dossiers personnels des vieux héros du Cirque, reniflant toutes les saletés, qui était coco, qui était pédale. La moitié d'entre eux sont déjà sous terre. Il étudie tous nos échecs : vous vous rendez compte ? Et pourquoi ? Parce que nous avons une réussite sur les bras. Il est fou, George. Il ne tourne vraiment pas rond : croyez-moi, c'est de la paranoïa sénile. Ann ne vous a jamais parlé du méchant oncle Fry ? Il croyait que les domestiques mettaient des micros dans les rosiers pour découvrir où il avait caché son argent. Eloignez-vous de lui, George. C'est assommant, la mort. Coupez le cordon, descendez de quelques étages. Venez rejoindre les prolos. »

Ann n'était toujours pas rentrée, alors ils déambulèrent côte à côte dans King's Road, en quête d'un taxi, pendant que Bill énonçait ses dernières conceptions politiques et que Smiley disait oui, Bill, non, Bill, en se demandant comment il allait raconter cela à Control. Il avait oublié aujourd'hui de quelles conceptions il s'agissait alors. L'année précédente, Bill était un faucon résolu. Il voulait retirer les forces conventionnelles en Europe pour les remplacer sans tarder par des armes nucléaires. Il était à peu près le seul à Whitehall qui croyait encore à une force de dissuasion britannique indépendante. Cette année, si les souvenirs de Smiley étaient exacts, Bill était un pacifiste anglais agressif et réclamait la solution suédoise, mais sans les Suédois.

Aucun taxi ne passait, c'était une belle nuit et comme de vieux amis ils continuèrent à marcher côte à côte.

« Au fait, si jamais vous voulez vendre ce Mieris, prévenez-moi, voulez-vous ? Je vous en offrirai un prix très convenable. »

Croyant que Bill faisait encore une mauvaise plaisanterie, Smiley se tourna vers lui, enfin prêt à être en colère. Haydon ne s'en aperçut même pas. Il contemplait la rue, son long bras levé vers un taxi qui approchait.

« Oh ! Seigneur, regardez-moi ça, cria-t-il avec agacement. Plein de sales juifs qui vont chez Quag's. »

« Bill doit avoir les fesses comme un grill, marmonna Control le lendemain, levant à peine les yeux de sa lecture. Les années qu'il a passées assis sur la barrière. » Un moment, il dévisagea Smiley, l'œil vague, comme si à travers lui il contemplait quelque perspective différente, plus éthérée; puis il détourna les yeux et fit semblant de se remettre à lire. « Je suis bien content qu'il ne soit pas mon cousin », dit-il.

Le lundi suivant les mémés avaient d'étonnantes nouvelles pour Smiley. Control avait pris l'avion pour Belfast afin d'avoir des discussions avec l'Armée. Plus tard, en vérifiant les frais de voyage, Smiley mit le doigt sur le mensonge. Personne du Cirque n'avait pris l'avion pour Belfast ce mois-là, mais il y avait un aller et retour en première classe pour Vienne et on avait inscrit G. Smiley comme ayant autorisé ce voyage.

224

Haydon, qui cherchait aussi Control, était furieux :
« Qu'est-ce que ça veut dire maintenant ? On veut
entraîner l'Irlande dans le filet, créer une diversion
de structure, j'imagine, Seigneur, que ce type est
casse-pieds ! »

La lumière s'éteignit dans la camionnette, mais
Smiley continuait de fixer son toit barbouillé d'ins-
criptions. Comment vivent-ils ? se demanda-t-il. Comment se débrouillent-ils pour l'eau, pour l'argent ?
Il essaya d'envisager la logistique d'une existence de
troglodytes à Sussex Gardens : l'eau, les égouts, la lumière. Ann y arriverait très bien. Bill aussi.
    Des faits. Quels étaient les faits ?
    Les faits étaient que par un soir embaumé d'été
de l'époque pré-Sorcier, je rentrai inopinément de
Berlin pour trouver Bill Haydon allongé sur la moquette du salon et Ann jouant du Liszt sur le phonographe. Ann était assise à l'autre bout de la pièce
en peignoir, sans maquillage. Il n'y eut pas de scène,
tout le monde se comporta avec un pénible naturel.
A en croire Bill, il était passé en venant de l'aéroport, où il venait d'arriver de Washington; Ann était
au lit mais avait insisté pour se lever afin de le recevoir. Nous convînmes que c'était dommage de ne
pas avoir partagé une voiture depuis Heathrow. Bill
s'en alla, je demandai « Qu'est-ce qu'il voulait ? »
et Ann répondit : « Une épaule pour pleurer. » Bill
avait des histoires de filles, il avait besoin de déverser
son cœur.
    « Il y a Felicity à Washington qui veut un bébé et
Jan à Londres qui en attend un.
    — De Bill ?

— Dieu le sait. Je suis sûre que Bill ne sait pas. »

Le lendemain matin, sans même le souhaiter, Smiley établit que Bill était rentré à Londres depuis deux jours, et non pas un. A la suite de cet incident, Bill fit montre d'une déférence qui ne lui ressemblait pas envers Smiley, et Smiley lui rendit la pareille en prodiguant les gestes de courtoisie qui normalement sont le fait d'une amitié plus neuve. Plus tard, Smiley observa que le secret n'en était plus un, et il était encore mystifié par la rapidité avec laquelle cela s'était passé. Il supposa que Bill s'en était vanté à quelqu'un, peut-être à Bland. Si cette rumeur était fondée, Ann avait enfreint trois de ses principes. Bill était du Cirque et il était du clan — le mot qu'elle employait pour désigner la famille et ses ramifications. Dans les deux cas, c'était pelouse interdite. Troisièmement, elle l'avait reçu à Bywater Street, en violation flagrante des convenances territoriales.

Se plongeant une fois de plus dans sa vie esseulée, Smiley attendit une phrase d'Ann. Il alla s'installer dans la chambre d'amis et se trouva une foule d'engagements le soir afin de ne pas trop se rendre compte de ses allées et venues à elle.

L'idée peu à peu lui vint qu'elle était profondément malheureuse. Elle perdait du poids, elle perdait son sens du jeu, et s'il ne l'avait pas mieux connue, il aurait juré qu'elle avait une violente crise de remords, voire de honte. Lorsqu'il était gentil avec elle, elle l'écartait; elle ne manifesta aucun intérêt pour les courses de Noël et fut prise d'une toux qui la minait et dont il savait que c'était son signal de détresse. S'il n'y avait pas eu l'Opération Témoin, ils seraient partis plus tôt pour la Cornouailles. En fait, ils durent retarder le voyage jusqu'en janvier, et à cette époque

Control était mort, Smiley sans emploi, la balance avait penché d'un côté : et Ann, pour sa plus grande mortification, recouvrait la carte Haydon d'autant d'autres qu'elle pouvait en tirer dans les rues.

Alors que s'était-il passé ? Avait-elle rompu ? Etait-ce Haydon ? Pourquoi n'en parlait-elle jamais ? D'ailleurs, cela avait-il de l'importance, une histoire parmi tant d'autres ? Il renonça. Comme le chat de Cheshire, le visage de Bill Haydon semblait reculer à mesure qu'il s'en approchait. Mais il savait que d'une façon ou d'une autre Bill l'avait blessée profondément, ce qui était le péché des péchés.

19

REVENANT avec un soupir à sa table à jeu peu attrayante, Smiley reprit sa lecture du progrès de Merlin depuis sa mise à la retraite forcée du Cirque. Le nouveau régime de Percy Alleline, il le remarqua aussitôt, avait immédiatement produit divers changements favorables dans le style de vie de Merlin. On aurait dit qu'il mûrissait, qu'il se rangeait. Les expéditions d'un soir vers les capitales européennes cessèrent, le flux de renseignements devint plus régulier et moins saccadé. Certes il y avait des problèmes. Les demandes d'argent de Merlin — des requêtes, jamais de menaces — continuaient, et avec le déclin régulier de la livre, ces gros versements en monnaie étrangère causaient de grandes angoisses au Trésor. On fit même à un moment la suggestion, qui ne dépassa jamais ce stade, que « puisque nous sommes le pays qu'a choisi Merlin, il devrait être prêt à supporter sa part de nos vicissitudes financières ». Haydon et Bland, semble-t-il, explosèrent : « Je n'ai pas le courage, écrivit avec une rare franchise Alleline au Ministre, d'aborder de nouveau ce sujet avec mes collaborateurs. »

Il y eut également une querelle à propos d'un nouvel appareil de photo que le Service du Matériel réduisit à grands frais en éléments tubulaires pour le monter dans une lampe standard de fabrication soviétique. La lampe, après des hurlements, poussés cette fois par le Foreign Office, fut expédiée à Moscou par la valise diplomatique. Le problème était alors celui de la livraison. Il n'était pas question d'informer l'antenne locale de l'identité de Merlin, et elle ignorait le contenu de la lampe. La lampe était encombrante, elle ne tenait pas dans la malle de la voiture du permanent. Après diverses tentatives, on parvint tant bien que mal à la livrer, mais l'appareil ne fonctionna jamais et il en résulta une certaine inimitié entre le Cirque et son antenne de Moscou. Esterhase emporta un modèle moins ambitieux à Helsinki où il fut remis — selon la note d'Alleline au Ministre — à « un intermédiaire de confiance pour qui le passage de la frontière ne poserait pas de problème ».

Soudain, Smiley se redressa en sursautant.

« Suite à notre conversation », écrivait Alleline au Ministre dans une note datée du 25 février de cette année. « Vous avez donné votre accord pour soumettre au Trésor un devis supplémentaire pour une maison à Londres qui serait supportée sur le budget Sorcier. »

Il lut cette phrase une fois, puis la relut plus lentement. Le Trésor avait autorisé un crédit de soixante mille livres pour l'achat et de dix mille autres livres pour le mobilier et les installations. Pour réduire les frais, il voulait faire dresser l'acte par ses propres hommes de loi. Alleline refusa de révéler l'adresse. Pour la même raison il y eut une discussion sur la question de savoir qui devrait garder l'acte de vente. Cette fois le Trésor se montra ferme et ce fut son

service juridique qui rédigea les documents nécessaires pour récupérer la maison d'Alleline au cas où
celui-ci mourrait ou bien se trouverait en faillite. Mais
il continua à garder pour lui l'adresse, tout comme la
justification de cette remarquable et coûteuse addition à une opération qui était censée se dérouler à
l'étranger.

Smiley chercha avidement une explication. Les dossiers financiers, il en eut vite la confirmation, se gardaient bien d'en offrir aucune. Ils ne contenaient
qu'une seule allusion voilée à la maison de Londres,
et c'était lorsque les impôts furent doublés : le
Ministre à Alleline : « Je suppose que le côté Londres
est toujours nécessaire ? » Alleline au Ministre : « Emi-
nemment, je dirais plus que jamais. Je pourrais
ajouter que le cercle de connaissance ne s'est pas
élargi depuis notre conversation. » Quelle connaissance ?

Ce ne fut que lorsqu'il revint au dossier qui éva-
luait le produit Sorcier qu'il trouva la solution. La
maison avait été payée fin mars. Elle fut aussitôt
occupée. A compter de la même date exactement, Merlin commença à acquérir une personnalité, et elle
apparaissait ici dans les commentaires des clients.
Jusqu'alors, aux regards méfiants de Smiley, Merlin
n'était qu'une machine : sans défaut sur le plan professionnel, fantastique dans son habilitation, libre
des contraintes qui rendent la plupart des agents si
difficiles à manier. Et voilà que brusquement Merlin
se mettait en colère.

« Nous avons posé à Merlin votre question com-
plémentaire sur l'opinion qui prévaut au Kremlin à
propos de la vente de surplus de pétrole russe aux
Etats-Unis. Nous lui avons fait remarquer, sur votre

demande, que cela ne concordait pas avec son rapport du mois dernier d'après lequel le Kremlin flirte avec le gouvernement Tanaka pour un contrat visant à vendre du pétrole sibérien sur le marché japonais. Merlin n'a vu aucune contradiction entre les deux rapports et a refusé de prédire quel marché serait susceptible d'avoir en dernier ressort la préférence. »

Whitehall regretta sa témérité.

« Merlin n'ajoutera rien, je répète rien, à son rapport sur la répression du nationalisme géorgien et sur les émeutes de Tbilissi. N'étant pas géorgien lui-même, il partage l'opinion traditionnelle des Russes que tous les Géorgiens sont des voleurs et des vagabonds, et que leur vraie place est derrière les barreaux... »

Whitehall convint de ne pas insister.

Merlin était soudain plus proche. Etait-ce seulement l'acquisition d'une maison à Londres qui donnait à Smiley ce sens nouveau de la proximité physique de Merlin ? Quittant le silence lointain d'un hiver moscovite, Merlin semblait tout à coup être assis là, devant lui, dans cette chambre minable; de l'autre côté de la fenêtre, attendant sous la pluie, dans la rue, où de temps en temps, Smiley le savait, Mendel montait sa garde solitaire. Et voilà qu'il découvrait brusquement un Merlin qui parlait, qui ripostait et qui proposait spontanément ses opinions; un Merlin qui avait le temps de donner des rendez-vous. Des rendez-vous à Londres ? Nourri, diverti, interrogé dans une maison à soixante mille livres pendant qu'il faisait l'important et lançait des plaisanteries sur les Géorgiens ? Quel était ce cercle de connaissance qui s'était maintenant formé au sein même du cercle plus vaste des initiés aux secrets de l'Opération Sorcier ?

A ce moment, un personnage peu vraisemblable traversait la scène : un certain J.P.R., une nouvelle recrue dans le petit groupe sans cesse plus nombreux des évaluateurs de l'Opération Sorcier. Consultant l'annuaire du service, Smiley établit que son nom était Ribble et qu'il était un membre du service de la Recherche au Foreign Office. J. P. Ribble était déconcerté.

J.P.R. du Groupe de travail de l'Adriatique (GTA) : « Puis-je respectueusement attirer votre attention sur ce qui me semble être une divergence de dates ? Sorcier numéro 104 (discussions franco-soviétiques sur une production aéronautique commune) est daté du 21 avril. Selon votre note jointe, Merlin tenait ce renseignement directement du général Markov le lendemain du jour où les deux parties étaient convenues d'échanger secrètement des notes. Mais ce jour-là, 21 avril, selon notre ambassade à Paris, Markov se trouvait encore à Paris et Merlin, comme en témoigne votre rapport numéro 109, visitait lui-même un établissement de recherche sur les fusées dans la banlieue de Leningrad... »

Le rapport ne citait pas moins de quatre autres exemples de « divergences de dates » qui, réunis, suggéraient chez Merlin un degré de mobilité qui aurait fait honneur à son homonyme.

On ne se gêna pas pour dire à J.P. Ribble de s'occuper de ses affaires. Mais dans une note séparée au Ministre, Alleline fit un extraordinaire aveu qui jetait une lumière tout à fait nouvelle sur la nature de l'Opération Sorcier.

« Extrêmement secret et personnel. Suite à notre

entretien. Merlin, comme vous le savez depuis quelque temps, n'est pas une source mais plusieurs. Si nous avons fait de notre mieux, pour des raisons de sécurité, afin de dissimuler ce fait à vos lecteurs, le simple volume du matériel rend de plus en plus difficile de poursuivre cette fiction. Le moment ne serait-il pas venu d'expliquer les choses franchement, du moins sur une base limitée ? Par la même occasion, il ne serait pas mauvais pour le Trésor, d'apprendre que les dix mille francs suisses qui constituent le salaire mensuel de Merlin, ainsi qu'une somme analogue pour les dépenses et frais courants, ne représentent guère un chiffre excessif quand il s'agit de partager le manteau en tant de morceaux. »

Mais le rapport se terminait sur une note plus sèche : « Néanmoins, même si nous nous mettons d'accord pour ouvrir la porte jusque-là, je considère comme essentiel que la connaissance de l'existence de la maison de Londres, ainsi que les fins auxquelles elle est utilisée demeurent réduites à un absolu minimum. En fait, une fois la pluralité de Merlin rendue publique parmi nos lecteurs, le fonctionnement de l'opération à Londres devient de plus en plus difficile. »

Totalement mystifié, Smiley relut cette correspondance à plusieurs reprises. Puis, comme frappé par une pensée soudaine, il leva les yeux, son visage exprimant la plus totale confusion. Ses pensées étaient si loin, elles étaient si intenses et si complexes que le téléphone sonna plusieurs fois dans la chambre avant qu'il répondît à son appel. Décrochant le combiné, il jeta un coup d'œil à sa montre; six heures du soir, il avait à peine lu une heure.

« Mr. Barraclough ? Ici Lofthouse, des Finances, monsieur. »

Peter Guillam, utilisant la procédure d'urgence, demandait en utilisant les phrases convenues un rendez-vous en catastrophe et il semblait agité.

20

LES archives du Cirque n'étaient pas accessibles par l'entrée principale. Elles s'étendaient sur toute une garenne de pièces poussiéreuses et de demi-étages au fond de l'immeuble, plutôt comme une de ces librairies de bouquins d'occasion qui prolifèrent dans le quartier que comme la mémoire organisée d'un vaste service. On y accédait par un portail sombre de Charing Cross Road coincé entre un encadreur et un bistrot ouvert toute la journée qui était interdit au personnel. Une plaque sur la porte annonçait : « Ecole de Langues Ville et Campagne, entrée du Personnel » et une autre « C and L Distribution Ltd. ». Pour entrer on pressait l'un ou l'autre des boutons de sonnette et l'on attendait Alwyn, un fusilier marin efféminé qui ne parlait que de week-ends. Jusqu'au mercredi environ il parlait du week-end précédent, après quoi il parlait du week-end à venir. Ce matin-là, un mardi, il était dans un état d'agitation indignée.

« Dites donc, qu'est-ce que c'était que cette tempête hier soir ? demanda-t-il en poussant le registre à travers le comptoir pour le faire signer par Guillam. Autant vivre dans un phare. Tout samedi. Tout dimanche. J'ai dit à mon ami : « Quand je pense qu'on « est en plein Londres, écoute-moi ça. » Vous voulez que je vous garde ça ?

— Vous auriez dû être où j'étais, dit Guillam en remettant le sac de voyage en toile écrue entre les mains tendues d'Alwyn. En fait d'écouter, c'était à peine si on pouvait rester debout. »

N'en fais pas trop, songea-t-il en se parlant à lui-même.

« Quand même j'aime bien le pays, confia Alwyn, en rangeant le sac dans un des placards ouverts derrière le comptoir. Vous voulez un numéro ? Je suis censé vous en donner un, le Dauphin me tuerait si elle savait.

— Je vous fais confiance », dit Guillam. Grimpant les quatre marches, il poussa les portes battantes de la salle de lecture. On aurait dit une petite salle de conférences improvisée : une douzaine de bureaux tous tournés dans la même direction, une partie un peu surélevée où se tenait l'archiviste. Guillam prit un bureau près du fond. Il était encore tôt — dix heures dix à sa montre — et le seul autre lecteur était Ben Thruxton, de la Recherche, qui passait la plupart de son temps ici. Voilà longtemps, se faisant passer pour un dissident letton, Ben courait avec les révolutionnaires dans les rues de Moscou en criant mort aux oppresseurs. Aujourd'hui il était penché sur son bureau comme un vieux prêtre, le cheveu blanc, et parfaitement immobile.

En voyant Guillam debout devant son bureau, l'archiviste sourit. Très souvent, quand Brixton ne fonctionnait plus, Guillam venait passer un jour ici à fouiller dans les vieux dossiers pour chercher une affaire qu'on pourrait ranimer. L'archiviste s'appelait Sal, c'était une fille sportive et potelée qui dirigeait un club de jeunes à Chiswick et qui était ceinture noire de judo.

« On a cassé quelques cous intéressants ce week-end ? » fit-il en prenant un paquet de feuilles de demande vertes.

Sal tendit les notes qu'elle gardait pour lui dans son placard métallique.

« Un ou deux, et vous ?

— Je suis allé rendre visite à de vieilles tantes dans le Shropshire, je vous remercie.

— C'est bien d'avoir le sens de la famille », dit Sal.

Toujours debout devant le bureau de Sal il remplit les formulaires pour les deux rapports suivants sur sa liste. Il la regarda les tamponner, arracher les doubles et les glisser par une fente de son bureau.

« Couloir D, murmura-t-elle en lui rendant les originaux. Les 2-8 sont à mi-chemin sur votre droite, les 3-1 sont dans l'alcôve suivante. »

Poussant la porte du fond, il entra dans le grand vestibule. Au centre un vieil ascenseur qui ressemblait à une cage de mineurs montait les dossiers au cœur même du Cirque. Deux jeunes employés aux yeux rouges le chargeaient, un troisième manœuvrait le treuil. Guillam s'éloigna lentement le long des rayons en lisant les numéros fluorescents.

« Lacon jure qu'il ne possède aucun dossier sur Témoin, avait expliqué Smiley de son ton soucieux habituel. Il a quelques papiers de reclassement sur Prideaux, et rien d'autre. » Et du même ton lugubre : « Je crains donc que nous ne devions trouver un moyen de mettre la main sur ce qu'il peut y voir aux Archives du Cirque. »

« Mettre la main », dans le dictionnaire de Smiley, signifiait « voler ».

Une fille était juchée sur une échelle. Oscar Allitson, l'employé chargé de relier les dossiers, était en train d'empiler des rapports d'écoute dans un panier à linge, Astrid du service d'entretien, réparait un radiateur. Les rayonnages étaient en bois, profonds comme des couchettes et divisés en casiers par des panneaux de contre-plaqué. Il savait déjà que ce qui concernait l'opération Témoin se trouvait dans 4-4-8-2 E ce qui signifiait alcôve 4-4 où il se trouvait maintenant. E signifiait éteint et ne servait que pour les opérations terminées. Guillam compta le huitième casier à partir de la gauche. Témoin devrait se trouver dans le second en partant de la gauche, mais il n'y avait aucun moyen d'en être sûr car les dos n'étaient pas marqués. Sa reconnaissance terminée, il prit les deux dossiers qu'il avait demandés, laissant les formulaires verts sur les tablettes d'acier destinées à les recevoir.

« Il n'y aura pas grand-chose, j'en suis sûr », avait dit Smiley, comme si des dossiers plus minces étaient plus faciles. « Mais il devrait y avoir quelque chose, ne serait-ce que pour sauver les apparences. » C'était encore une chose chez lui que Guillam n'aimait pas : il parlait comme si on suivait son raisonnement, comme si tout le temps on était dans sa tête.

S'asseyant, il fit semblant de lire, mais passa son temps à penser à Camilla. Qu'est-ce qu'il devait faire d'elle ? De bonne heure ce matin, alors qu'elle était dans ses bras, elle lui avait raconté qu'elle avait jadis été mariée. Parfois elle parlait comme ça : comme si elle avait vécu une vingtaine d'existences. Ç'avait été une erreur, alors ils avaient renoncé.

238

« Qu'est-ce qui a mal tourné ?

— Rien. Nous n'étions pas faits l'un pour l'autre. »

Guillam ne la croyait pas.

« Vous avez divorcé ?

— Je pense que oui.

— Ne dis pas n'importe quoi, tu dois savoir si vous avez divorcé ou non ! »

C'étaient ses parents à lui qui s'en étaient occupé, dit-elle; il était étranger.

« Est-ce qu'il t'envoie de l'argent ?

— Pourquoi donc ? Il ne me doit rien. »

Puis de nouveau la flûte, dans la chambre d'ami, de longues notes plaintives pendant que Guillam préparait le café. Est-ce que c'est une truqueuse ou un ange ? Il aurait bien voulu pouvoir la classer. Elle avait une leçon avec Sand dans une heure.

Armé d'une feuille verte avec une référence 43, il rapporta les deux dossiers à leurs places et se posta dans l'alcôve voisine de celle de Témoin.

« Un coup pour rien », songea-t-il.

La fille était toujours sur son échelle. Allitson avait disparu mais le panier était toujours là. Le radiateur avait déjà épuisé Astrid et il était assis à côté à lire le *Sun*. Le formulaire vert portait le numéro 4-3-4-3 et il trouva le dossier tout de suite car il l'avait déjà repéré. Il avait une chemise rose comme Témoin. Comme Témoin il avait un air raisonnablement fatigué. Il déposa la feuille verte sur la tablette. Il revint en arrière dans le couloir, s'assura une fois de plus de la position d'Allitson et des filles, puis tendit la main vers le dossier Témoin et le remplaça très rapidement par le dossier qu'il tenait à la main.

« Je crois que l'essentiel, Peter, — c'était Smiley qui parlait — est de ne pas laisser de brèche. Alors ce que je suggère, c'est que vous demandiez un dossier comparable, je veux dire *physiquement* comparable, et que vous le fourriez à la place laissée libre par...

— Je vous comprends », fit Guillam.

Tenant le dossier Témoin nonchalamment dans sa main droite, le titre tourné vers lui, Guillam regagna la salle de lecture et se rassit à son bureau. Sal haussa les sourcils et murmura quelque chose. Guillam fit signe que tout allait bien, pensant que c'était ce qu'elle demandait, mais elle lui fit signe d'approcher. Il eut un instant de panique. Est-ce que je prends le dossier avec moi ou est-ce que je le laisse ? Qu'est-ce que je fais en général ? Il le laissa sur le bureau.

« Juliet va chercher du café, murmura Sal. Vous en voulez ? »

Guillam déposa un shilling sur le comptoir.

Il jeta un coup d'œil à la pendule, puis à sa montre. Seigneur, cesse de regarder ta montre ! Pense à Camilla, pense qu'elle commence sa leçon, pense à ces tantes avec qui tu n'as pas passé le week-end, pense à Alwyn qui ne regarde pas à l'intérieur de ton sac de voyage. Pense à n'importe quoi mais pas à l'heure. Dix-huit minutes à attendre. « Peter, si vous avez la moindre réserve, il ne faut absolument pas vous lancer là-dedans. Rien n'est aussi important que ça. » Parfait, et comment est-ce qu'on sent une réserve, quand on a l'estomac complètement noué et une chemise trempée de sueur comme si une pluie secrète vous avait arrosé ? Jamais, il l'aurait juré, jamais ça n'avait été aussi pénible.

Ouvrant le dossier Témoin, il essaya de le lire.

Il n'était pas si mince que ça, mais il n'était pas épais non plus. Il avait plutôt l'air d'un volume posé là pour sauver la face, comme avait dit Smiley : le premier sous-dossier contenait une description de ce qui n'était pas là. « Annexes 1 à 8 conservées par la Station de Londres, voir ELLIS Jim, HAJEK Vladimir, COLLINS Sam, HABOLT Max... » et patati et patata. « Pour ces dossiers, consulter directeur Station de Londres ou CC », ce qui voulait dire Chef du Cirque et ses mémés désignées. Ne regarde pas ta montre, regarde la pendule et fais le calcul, espèce d'idiot. Huit minutes. Ça fait drôle de piquer des dossiers sur son prédécesseur, quand on y réfléchit, et une secrétaire qui avait organisé une veillée à son intention sans même citer son nom. Le seul indice de son existence que Guillam avait jamais découvert, à part son nom de code dans les dossiers, c'était sa raquette de squash coincée derrière le coffre-fort de son bureau, avec J.P. tracé en pyrogravure sur le manche. Il l'avait montrée à Ellen, une vieille fille pas commode qui pouvait faire défaillir Cy Vanhofer comme un collégien, et elle avait éclaté en sanglots, l'avait enveloppée dans du papier et l'avait envoyée aux surveillants par la navette suivante avec une note personnelle pour le Dauphin, insistant pour qu'on la lui fît parvenir « si c'était humainement possible ». Comment est votre coup droit aujourd'hui Jim, avec deux balles tchèques dans la clavicule ?

Encore huit minutes.

« Maintenant si vous pouviez vous arranger, dit Smiley, je veux dire si ça n'était pas trop compliqué, pour conduire votre voiture pour une vidange à votre garage habituel. En téléphonant de chez vous pour prendre le rendez-vous, bien sûr, dans l'espoir que Toby écoute... »

Dans l'espoir. Bonté divine. Et toutes ses petites

conversations intimes qu'il avait avec Camilla ? Encore huit minutes.

Le reste du dossier semblait composé de télégrammes du Foreign Office, de coupures de presse tchèques, de rapports d'écoute de la radio de Prague, d'extraits d'une étude sur la réinsertion dans la vie civile et la réadaptation des agents grillés, de brouillons de demandes de fonds au Trésor et d'une autopsie par Alleline qui rendait Control responsable du fiasco. Plutôt vous que moi, George.

Dans son esprit, Guillam se mit à mesurer la distance qui séparait son bureau de la porte du fond derrière laquelle Alwyn somnolait à la réception. Il calcula que cela faisait cinq pas et décida de faire une étape tactique. A deux pas de la porte se trouvait un casier à cartes qui ressemblait un peu à un grand piano jaune. Il était empli de divers ouvrages de références : cartes à grande échelle, vieux exemplaires du *Who's who*, d'anciens Baedekers. Prenant un crayon entre ses dents, il prit le dossier Témoin, s'approcha du casier, choisit un annuaire du téléphone de Varsovie et se mit à écrire des noms sur une feuille de papier. Ma main ! C'était comme un cri muet : ma main tremble sur toute la page, regarde ces chiffres, on croirait que je suis ivre ! Pourquoi personne ne s'en est-il aperçu ? La nommée Juliet arriva avec un plateau et posa une tasse sur son bureau. Il lui envoya un baiser distrait. Il choisit un autre annuaire, chercha Poznan, et le posa auprès du premier. Quand Alwyn passa la tête par l'entrebâillement de la porte, il ne leva même pas les yeux.

« Téléphone, monsieur, murmura-t-il.

— Oh ! la barbe, dit Guillam plongé dans l'annuaire. Qui est-ce ?

— Un appel de l'extérieur, monsieur. Quelqu'un d'assez mal élevé. Le garage, je crois, à propos de votre voiture. Il a dit qu'il avait de mauvaises nouvelles pour vous », reprit Alwyn, ravi.

Guillam tenait le dossier Témoin à deux mains, le comparant apparemment avec l'annuaire. Il tournait le dos à Sal et il sentait ses genoux trembler contre le tissu de son pantalon. Il avait toujours le crayon dans la bouche. Alwyn le précéda en lui tenant la porte battante et il la franchit en lisant toujours le dossier : on dirait un enfant de chœur, songea-t-il. Il attendit que la foudre le frappe, que Sal crie au meurtre, que le vieux Ben le super-espion se réveille tout d'un coup, mais rien de tout cela ne se passa. Il se sentait beaucoup mieux : Alwyn est mon allié, j'ai confiance en lui, nous sommes unis contre le Dauphin, je peux y aller. Les portes battantes se refermèrent, il descendit les trois marches et retrouva Alwyn, qui lui tenait ouverte la porte de la cabine téléphonique. La partie inférieure était en bois, la partie supérieure vitrée. Prenant le combiné, il déposa le dossier à ses pieds et entendit Mendel lui annoncer qu'il fallait changer la boîte de vitesses, que cela pourrait aller chercher dans les cent livres. Ils avaient mis cela au point à l'intention des surveillants ou de quiconque lisait les transcriptions des conversations, et Guillam entretint vaillamment la conversation jusqu'à ce qu'Alwyn eût regagné sa place derrière son comptoir, aux aguets comme un aigle. Ça marche, se dit-il, ça marche après tout. Il s'entendit dire : « Eh bien, adressez-vous tout d'abord au concessionnaire et voyez combien il leur faudra pour faire venir cette foutue pièce. Vous avez leur numéro ? » Et d'un ton irrité : « Attendez. »

Il entrouvrit la porte en maintenant le microphone

contre le revers de sa veste car il tenait beaucoup à ce que cette partie de la conversation ne fût pas enregistrée. « Alwyn, passez-moi mon sac de voyage, voulez-vous ? »

Alwyn s'empressa de l'apporter, comme le soigneur pendant un match de rugby. « Ça va, Mr. Guillam ? Vous voulez que je vous l'ouvre, monsieur ?

— Posez-le simplement là, merci. »

Le sac était sur le plancher devant la cabine. Il se pencha, ouvrit la fermeture à glissière. Au milieu, parmi ses chemises et des journaux, se trouvaient trois faux dossiers, un marron, un vert, un rose. Il prit le rose ainsi que son carnet d'adresses et les remplaça par le dossier Témoin. Il referma la glissière, se redressa et lut à Mendel un numéro de téléphone, le bon en fait. Il raccrocha, tendit le sac à Alwyn et regagna la salle de lecture avec le faux dossier. Il s'attarda près du casier à cartes, consulta encore un ou deux annuaires, puis repartit d'un pas nonchalant vers les archives en tenant le faux dossier. Allitson continuait son numéro, d'abord tirant puis poussant le panier à linge.

« Peter, vous voulez nous donner un coup de main, je suis coincé.

— J'arrive. »

Reprenant le dossier 4-3 du casier Témoin, il remplaça par le faux, le remit à sa bonne place dans l'alcôve 4-3 et reprit la feuille verte sur la tablette. Dieu est au plus haut des cieux et tout marchait comme sur des roulettes. Il en aurait chanté tout haut. Dieu est au plus haut des cieux et je sais toujours voler.

Il remit la feuille à Sal, qui la signa et l'enfila sur un pique-fiches comme elle le faisait toujours.

Plus tard dans la journée elle vérifierait. Si le dossier était à sa place elle détruirait à la fois la feuille verte et le double qu'elle avait gardé, et même l'astucieuse Sal ne se souviendrait pas qu'il était passé par l'alcôve 4-4. Il allait revenir vers les archives pour donner un coup de main au vieux Allitson quand il se trouva nez à nez avec Toby Esterhase dont les yeux bruns le regardaient d'un air peu amical.

« Peter, dit Toby dans son anglais pas tout à fait parfait. Je suis si navré de vous déranger mais nous avons une petite crise et Percy Alleline aimerait tout à fait un mot urgent avec vous. Vous pouvez venir maintenant ? Ça serait très aimable. » Et sur le seuil, comme Alwyn les laissait passer : « Votre opinion il veut en fait, remarqua-t-il avec le zèle d'un subalterne, mais qui monte. Il voudrait vous consulter pour une opinion. »

Dans un moment de désespoir inspiré, Guillam se tourna vers Alwyn. « Il y a une navette à midi pour Brixton. Vous pourriez passer un coup de fil aux Transports pour leur demander de m'emporter ça là-bas, voulez-vous ?

— Entendu, monsieur, dit Alwyn. Entendu. Attention à la marche, monsieur. »

Et vous, priez pour moi, songea Guillam.

21

« Notre secrétaire aux Affaires étrangères du Cabinet Fantôme », c'était ainsi que l'appelait Haydon. Les chiens de garde l'appelaient Blanche-Neige à cause de ses cheveux. Toby Esterhase s'habillait comme un mannequin homme mais dès l'instant où il voûtait les épaules ou bien serrait ses petits poings, il était incontestablement un bagarreur. Le suivant dans le couloir du quatrième étage, remarquant de nouveau le distributeur de café et entendant au passage la voix de Lauder Strickland expliquant qu'il n'était pas visible, Guillam se dit : « Seigneur, nous revoilà à Berne avec la police au train. »

L'idée le traversa de lancer cela à Toby mais il décida que la comparaison était mal venue.

Chaque fois qu'il pensait à Toby, c'était cela qu'il se rappelait : la Suisse huit ans plus tôt quand Toby n'était qu'un petit filocheur avec la réputation grandissante de savoir tendre aussi l'oreille quand il le fallait. Guillam rongeait son frein en Afrique du Nord, alors le Cirque les expédia tous les deux à Berne pour une simple opération sans suite destinée à faire épingler une paire de trafiquants d'armes belges qui utilisaient les Suisses pour disséminer leur marchandise dans des directions déplaisantes. Ils louèrent une villa juste à côté de celle des Belges et le lendemain soir Toby ouvrit une boîte de raccordement et arrangea les choses de telle façon qu'ils pouvaient entendre les conversations des Belges en utilisant leur propre téléphone. Guillam était tout à la fois patron et traîne-patins et deux fois par jour il déposait les bandes magnétiques à l'antenne de Berne, en utilisant comme boîte aux lettres une voiture garée. Avec la même facilité Toby acheta le facteur local qui lui laissait examiner le courrier des Belges avant de le leur remettre, ainsi que la femme de ménage pour installer un micro dans le salon où ils tenaient la plupart de leurs discussions. Pour donner le change, ils allaient au Chiquito et Toby dansait avec les plus jeunes des filles. De temps en temps il en ramenait une à la maison mais le matin elle n'était plus jamais là et Toby avait les fenêtres ouvertes pour faire partir l'odeur.

Ils vécurent ainsi trois mois et Guillam ne le connaissait pas mieux que le premier jour. Il ne savait même pas quel était son pays d'origine. Toby était un snob et il connaissait les bons restaurants et les endroits où il fallait être vu. Il faisait lui-même sa lessive et le soir portait un filet sur ses cheveux de Blanche-Neige; et le jour où la police fit une descente à la villa et où Guillam dut sauter par-dessus le mur du jardin, il trouva Toby à l'hôtel Bellevue en train de mâchonner des pâtisseries en regardant le thé dansant. Il écouta ce que Guillam avait à lui dire, régla son addition, donna tout d'abord un pourboire au chef d'orchestre, puis à Franz le concierge, et le guida ensuite le long de toute une succession de couloirs et d'escaliers jusqu'au garage en sous-sol où il avait dissimulé la voiture destinée à assurer leur fuite avec les passe-

ports. Là aussi, scrupuleusement, il demanda sa note.
« Si jamais on veut filer de Suisse rapidement, songea
Guillam, on paie d'abord ses notes. » Les couloirs
étaient interminables, avec des miroirs aux murs et
des lustres énormes, si bien que Guillam ne suivait
pas le seul Esterhase mais toute une délégation.

C'était cette vision qui lui revenait maintenant,
bien que l'étroit escalier qui menait au bureau d'Alleline fût peint dans un vert boueux et que seul un
abat-jour en parchemin fatigué rappelât les lustres.

« Nous venons voir le chef », annonça Toby d'un
ton sinistre au jeune cerbère qui les laissa passer en
les gratifiant d'un petit signe de tête insolent. Dans
l'antichambre, derrière quatre machines à écrire
grises, étaient installées les quatre mémés grisson-
nantes avec leurs perles et leur twin-set. Elles firent
un petit salut à Guillam et ignorèrent Toby. Un panneau au-dessus de la porte d'Alleline disait « Occupé ». A côté, un coffre-armoire, tout neuf. Guillam
se demanda comment diable le plancher supportait
ce poids. Sur le dessus des bouteilles de sherry d'A-
frique du Sud, des verres, des assiettes. Il se souvint
qu'on était mardi : petite réunion à déjeuner de la
Station de Londres.

« Je ne prendrai aucun appel, dites-leur, cria Alleline comme Toby ouvrait la porte.

« Le chef ne prendra aucun appel, je vous en prie,
mesdames, dit soigneusement Toby, en tenant la porte
pour Guillam. Nous sommes en conférence. »

Une des mémés dit : « Nous avons entendu. »

C'était un conseil de guerre.

Alleline était assis au bout de la table dans son fauteuil sculpté de mégalomane, en train de lire un document de deux feuillets et il ne bougea pas quand Guillam entra. Il se contenta de grommeler : « Je suis à vous tout de suite. Installez-vous près de Paul. En bout de table », et il continua à lire, l'air très concentré.

Le fauteuil à la droite d'Alleline était vide et Guillam devina que c'était celui de Haydon à cause du coussin cale-reins qui y était attaché par un cordon. A la gauche d'Alleline était assis Roy Bland, qui lisait lui aussi, mais il leva les yeux quand Guillam passa et dit : « Salut, Peter », puis le suivit tout le long de la table de ses yeux pâles un peu protubérants. A côté du fauteuil vide de Bill était assise Mo Delaware, la seule femme de la Station de Londres, avec ses cheveux courts et son tailleur de tweed marron. A son côté, Phil Porteous, le surveillant général, un homme riche et servile qui avait une grande maison en banlieue. En voyant Guillam il interrompit sa lecture, referma avec ostentation son dossier, posa dessus ses mains soignées et afficha un sourire affecté.

« En bout de table, veut dire auprès de Paul Skordeno, dit Phil toujours avec son sourire.

— Merci. Je le vois. »

Après Porteous, il y avait les Russes de Bill, qu'il avait vus pour la dernière fois dans les toilettes du quatrième étage, Nick de Silsky et son petit ami Kaspar. Ils ne savaient pas sourire et, se dit Guillam, sans doute ne savaient-ils pas lire non plus puisqu'ils n'avaient pas de papier devant eux, ils étaient les seuls à ne pas en avoir. Ils étaient assis avec leurs quatre grosses pattes sur la table comme si quelqu'un brandissait un pistolet derrière eux, et ils se contentaient de l'observer de leurs quatre yeux marron.

Plus bas encore était assis Paul Skordeno, qu'on disait être le correspondant de Roy Bland pour les réseaux des pays satellites, mais selon d'autres il rendait aussi de petits services à Bill. Paul était un homme maigre et peu amène d'une quarantaine d'années avec un visage brun tout grêlé et de longs bras. Guillam s'était retrouvé en face de lui un jour dans un cours de commando à la Nursery et ils avaient failli se tuer.

Guillam éloigna un peu son fauteuil et s'assit, si bien que Toby prit le fauteuil suivant, comme s'il était l'autre moitié d'un garde du corps. Qu'est-ce qu'ils croient donc que je vais faire ? songea Guillam : m'enfuir en courant ? Tout le monde regardait Alleline bourrer sa pipe quand Bill Haydon fit une entrée remarquée. La porte s'ouvrit et tout d'abord personne n'apparut. Puis il y eut un bruit de pas traînants et Bill se montra, tenant une tasse de café à deux mains, la soucoupe par-dessus. Il avait un dossier à rayures sous le bras et ses lunettes sur le bout de son nez pour changer : il avait dû faire sa lecture ailleurs. Ils ont tous lu quelque chose sauf moi, se dit Guillam, et je ne sais pas ce que c'est. Il se demanda si c'était le même document qu'Esterhase et Roy lisaient la veille et décida sans la moindre preuve que c'était cela; que la veille il venait tout juste d'arriver; que Toby l'avait apporté à Roy et qu'il était venu les déranger dans leur première excitation; si c'était le mot qui convenait.

Alleline n'avait toujours pas levé les yeux. Du bout de la table, Guillam ne voyait que ses cheveux noirs et drus et une paire de larges épaules vêtues de tweed. Mo Delaware tirait sur une mèche qui lui pendait sur le front tout en lisant. Percy a deux femmes, se rappela Guillam, tandis que l'image de Camilla une fois de plus passait parmi ses pensées bouillonnantes, et toutes deux étaient alcooliques, ce qui devait bien signifier quelque chose. Il n'avait rencontré que l'édition de Londres. Percy était en train de former son club de supporters et donnait un cocktail dans son vaste appartement aux murs lambrissés de la Résidence Buckingham. Guillam arriva en retard et il se débarrassait de son manteau dans le vestibule lorsqu'une femme blonde et pâle s'approcha timidement de lui, les mains tendues. Il la prit pour la femme de chambre qui voulait prendre son manteau.

« Je suis Joy », dit-elle d'une voix théâtrale, comme elle aurait dit « Je suis Vertu » ou bien « Je suis Continence ». Ce n'était pas son manteau qu'elle voulait mais un baiser. Cédant à cette invite, Guillam huma les plaisirs combinés de « *Je reviens* » et d'une forte concentration de xérès bon marché.

« Alors, jeune Peter Guillam — c'était Alleline qui parlait — êtes-vous enfin prêt à m'entendre ou bien avez-vous d'autres visites à faire à props de ma maison ? » Il leva à demi la tête et Guillam remarqua deux minuscules triangles de poils sur chaque joue tannée. « Qu'est-ce que vous fichez en ce moment là-bas dans la cambrousse ? — il tourna une page — à part courir après les vierges locales, en admettant qu'il y en ait à Brixton, ce dont je doute grandement, si vous voulez bien me pardonner ma liberté de parole, Mo, et gaspiller l'argent du contribuable en déjeuners somptueux ? »

Ce persiflage incessant était le seul instrument de communication d'Alleline, il pouvait être amical ou hostile, réprobateur ou louangeur, mais au bout du compte cela revenait à frapper toujours au même endroit.

« Il y a deux contacts arabes qui ont l'air très prometteurs. Cy Vanhofer a un tuyau sur un diplomate allemand, c'est à peu près tout.

— Des Arabes, répéta Alleline, repoussant le dossier et tirant de sa poche une grosse pipe. Le premier imbécile venu peut griller un Arabe, n'est-ce pas, Bill ? Si vous en avez envie vous pouvez acheter tout un cabinet ministériel arabe pour une demi-couronne. » D'une autre poche Alleline sortit une blague à tabac qu'il lança sans effort sur la table. « Il paraît qu'on vous a vu acoquiné avec notre regretté frère Tarr. Comment se porte-t-il ? »

Une foule de choses traversèrent l'esprit de Guillam tandis qu'il s'entendait répondre. Que la surveillance de son appartement n'avait commencé que la veille au soir, il en était sûr. Que durant le week-end il ne faisait encore l'objet d'aucun soupçon, à moins que Fawn, le baby-sitter captif, n'eût retourné sa veste, ce qui aurait été difficile pour lui. Que Roy Bland ressemblait d'une façon extraordinaire au défunt Dylan Thomas, Roy lui avait toujours rappelé quelqu'un, et jusqu'à cet instant il n'avait jamais pu établir la ressemblance, et que Mo Delaware n'avait réussi à passer pour une femme qu'à cause de ses airs hommasses. Il se demanda si Dylan Thomas avait les extraordinaires yeux bleu pâle de Roy. Que Toby Esterhase prenait une cigarette dans son étui en or, et qu'Alleline en général n'autorisait pas les cigarettes mais seulement les pipes, ce qui voulait dire que Toby devait être rudement bien en cour auprès d'Alleline actuellement. Que Bill Haydon paraissait étrangement jeune et que les rumeurs qui couraient au Cirque à propos de sa vie amoureuse n'avaient après tout rien de si risible : en un mot, on disait qu'il marchait à la voile et à la vapeur. Que Paul Skordeno avait une paume brunie posée bien à plat sur la table avec le pouce légèrement soulevé d'une façon qui durcissait la surface de frappe du tranchant de la main. Il pensa aussi à son sac de voyage : Alwyn l'avait-il mis dans la navette ? Ou bien était-il parti déjeuner en le laissant aux Archives, prêt à être inspecté par un de ces jeunes et nouveaux cerbères avides de promotion ? Et il se demandait, et ce n'était pas la première fois, depuis combien de temps Toby rôdait du côté des Archives avant que lui-même l'eût remarqué.

Il choisit un ton facétieux : « C'est exact, chef. Tarr et moi prenons le thé chez Fortnum chaque après-midi. »

Alleline tirait sur sa pipe vide pour sentir comment elle était bourrée.

« Peter Guillam, dit-il lentement, avec son lourd accent écossais, vous ne vous en rendez peut-être pas compte, mais je suis d'un naturel extrêmement indulgent. En fait, je déborde littéralement de bonne volonté. Tout ce que je vous demande, c'est le sujet de votre conversation avec Tarr. Je ne demande pas sa tête, ni aucune partie de sa consternante anatomie, et personnellement je ne me laisserai pas aller à plus qu'à l'étrangler. Ou vous. » Il craqua une allumette et alluma sa pipe, en produisant une flamme monstrueuse. « J'irais même jusqu'à envisager de vous passer une chaîne d'or autour du cou et de vous faire quitter l'abominable Brixton pour vous ramener au palais.

— Dans ce cas, dit Guillam, j'ai hâte de le voir revenir.

— Il y a une grâce pour Tarr jusqu'à ce que je mette la main sur lui.

— Je le lui dirai, il sera ravi. »

Un grand nuage de fumée déferla sur la table.

« Vous me décevez beaucoup, jeune Peter. Prêter l'oreille à de grossières calomnies d'un caractère insidieux et propres à semer la dissension. Je vous paie en bon argent et voilà que vous me poignardez dans le dos. Je considère cela comme une bien piètre récompense pour vous garder en vie. Et ce, malgré l'insistance de mes conseillers, je puis vous le dire. »

Alleline avait un nouveau tic, un tic que Guillam avait souvent remarqué chez les hommes vaniteux d'un certain âge : il consistait à s'emparer d'un petit pli de chair sous le menton et à le pincer entre le pouce et l'index dans l'espoir de le réduire.

« Dites-nous-en plus sur la situation dans laquelle se trouve actuellement Tarr, dit Alleline. Parlez-nous de sa situation affective. Il a une fille, n'est-ce pas ? Une petite fille du nom de Danny. Est-ce qu'il parle d'elle ?

— Ça lui arrivait.

— Régalez-nous de quelques anecdotes sur elle.

— Je n'en connais aucune. Il avait beaucoup d'affection pour elle, c'est tout ce que je sais.

— Une affection obsessive ? » La colère soudain le fit élever la voix. « Pourquoi ce haussement d'épaules ? Pourquoi diable haussez-vous les épaules comme ça ? Je vous parle d'un transfuge qui appartient à la même section pourrie que vous, je vous accuse de faire l'école buissonnière avec lui derrière mon dos, de participer à de stupides jeux de salon dont vous ne savez pas quels sont les enjeux, et tout ce que vous vous contentez de faire c'est de hausser les épaules du bout de la table. Il y a une loi, Peter Guillam, qui interdit de fréquenter les agents ennemis, peut-être ne le saviez-vous pas ? J'ai bonne envie de vous expédier au falot !

— Mais je ne l'ai pas vu, dit Guillam, comme la colère venait aussi à son secours. Ça n'est pas moi qui joue à des jeux de salon, c'est vous. Alors, fichez-moi la paix. »

Au même moment il sentit une détente autour de la table, comme une infime descente dans l'ennui, un aveu général qu'Alleline avait tiré toutes ses munitions et que la cible était intacte. Skordeno jouait avec un morceau d'ivoire, un porte-bonheur qu'il avait toujours sur lui. Bland s'était remis à lire et Bill Haydon buvait son café et le trouvait épouvantable, car il fit une grimace à Mo Delaware et reposa sa tasse. Toby Esterhase, le menton dans sa main, avait haussé les sourcils et contemplait la cellophane rouge qui emplissait la grille de la cheminée victorienne. Seuls les Russes continuaient à ne pas le quitter des yeux, comme un couple de terriers qui refusent de croire que la chasse est finie.

« Alors il vous parlait de Danny, hein ? Et il vous disait qu'il l'aimait, dit Alleline qui s'était replongé dans le document devant lui. Qui est la mère de Danny ?

— Une Eurasienne. »

Haydon prit pour la première fois la parole. « Incontestablement eurasienne ou bien peut-elle passer pour quelque chose de moins exotique ?

— Tarr semble penser qu'elle a l'air tout à fait européenne. Et la petite aussi. »

Alleline lut tout haut : « Douze ans, cheveux blonds et longs, yeux bruns, menue. C'est Danny ?

— Je pense que ça pourrait être elle. Ça lui ressemble. »

Il y eut un long silence et même Haydon ne semblait pas enclin à le rompre.

« Alors si je vous disais, reprit Alleline en choisissant ses mots avec le plus grand soin, si je vous disais que Danny et sa mère devaient arriver il y a trois jours à l'aéroport de Londres par le vol direct en provenance de Singapour, j'imagine que vous partageriez notre perplexité.

— Oui, en effet.

— Vous garderiez également cela pour vous en sortant d'ici. Vous ne le confieriez qu'à vos douze meilleurs amis ? »

De très près lui parvint le ronronnement de Phil Porteous : « La source est extrêmement secrète, Peter. Cela peut vous paraître un renseignement ordinaire sur un vol, mais ça n'est pas cela du tout. C'est ultra, ultra-sensible.

— Ah ! alors dans ce cas, je vais essayer de garder un silence ultra-total », dit Guillam à Porteous et pendant que celui-ci rougissait, Bill Haydon eut un nouveau sourire de collégien.

Alleline revint à la charge. « Alors, que feriez-vous de ce renseignement ? Allons, Peter... » Il avait repris son ton railleur... « Allons, vous étiez son patron, son guide, son ami et son maître à penser, où est votre psychologie, bon sang ? Pourquoi Tarr vient-il en Angleterre ?

— Ce n'est pas du tout ce que vous avez dit. Vous avez dit que la petite amie de Tarr et sa fille Danny étaient attendues à Londres il y a trois jours. Peut-être qu'elle va rendre visite à des parents. Peut-être qu'elle a un nouveau petit ami. Comment voulez-vous que je sache ?

— Ne soyez pas obtus, mon vieux. L'idée ne vous

256

vient-elle pas que là où est la petite Danny, il est probable que Tarr lui-même n'est pas loin derrière ? S'il n'est pas déjà ici, ce que j'ai tendance à croire, les hommes ayant l'habitude d'arriver d'abord et de faire venir leurs impedimenta plus tard. Pardonnez-moi, Mo Delaware, ce lapsus. »

Pour la seconde fois Guillam se permit une petite bouffée de colère. « Jusqu'à maintenant l'idée ne m'en était pas venue, non. Jusqu'à maintenant Tarr était un transfuge. Décision des surveillants datant d'il y a quatre mois. Exact ou non, Phil ? Tarr était installé à Moscou et tout ce qu'il savait devait être considéré comme grillé. Exact, Phil ? On avait également considéré que c'était une raison suffisante pour éteindre les lumières à Brixton et confier une partie de notre travail à la Station de Londres et une autre aux lampistes de Toby. Qu'est-ce que Tarr est censé faire maintenant : changer encore de camp pour nous revenir ?

— Changer encore de camp serait une façon bien charitable de s'exprimer, je peux vous le dire, répliqua Alleline, en remettant le nez dans les papiers qui se trouvaient devant lui. Ecoutez-moi. Ecoutez bien et souvenez-vous. Car je ne doute pas que, comme le reste de mes collaborateurs, vous n'ayez la mémoire comme une passoire, vous autres *prime donne*, vous êtes tous les mêmes. Danny et sa mère voyagent avec de faux passeports britanniques au nom de Poole, comme le port. Ces passeports sont des faux russes. Un troisième a été remis à Tarr lui-même, le célèbre *Mr. Poole*. Tarr est déjà en Angleterre, mais nous ne savons pas où. Il est parti avant Danny et sa mère et il est venu par un itinéraire différent, sans doute clandestin, d'après nos enquêtes. Il a donné comme instructions à sa femme, sa maîtresse ou Dieu sait ce qu'elle est », — il dit cela comme si lui-même n'avait ni l'une ni l'autre — « pardonnez-moi encore, Mo, de le suivre au bout d'une semaine, ce qu'apparemment elles n'ont pas encore fait. Cette information ne nous est parvenue qu'hier, alors nous avons encore pas mal de recherches à faire. Tarr leur a donné pour consigne, à Danny et à sa mère, que si par hasard il ne parvenait pas à prendre contact avec elles, elles devraient s'abandonner à la merci d'un certain Peter Guillam. C'est vous, je crois.

— Si on les attendait il y a trois jours, que leur est-il arrivé ?

— Elles ont été retardées. Elles ont manqué leur avion. Changé leur plan, perdu leurs billets. Comment diable voulez-vous que je sache ?

— Ou alors le renseignement est faux, suggéra Guillam.

— Il ne l'est pas », répliqua Alleline.

Ressentiment, mystification : Guillam se cramponnait aux deux. « Très bien. Les Russes ont retourné Tarr. Ils ont envoyé sa famille ici — Dieu sait pourquoi, j'aurais cru qu'ils allaient les mettre au frais — et ils l'ont envoyé lui aussi. Pourquoi tout cela est-il si brûlant ? Quelle sorte de risque peut-il présenter quand nous ne croyons pas un mot de ce qu'il dit ? »

Cette fois, il remarqua avec joie que son auditoire observait Alleline; qui semblait à Guillam partagé entre l'envie de donner une réponse satisfaisante mais indiscrète et celle de se ridiculiser.

« Peu importe quel risque ! Il peut envaser des étangs. Empoisonner des puits, peut-être. Est-ce que je sais ? Nous tirer le tapis sous les pieds quand nous touchons au but. » Ses circulaires avaient ce style-là aussi, se dit Guillam. Les métaphores se disputaient chaque page. « Mais souvenez-vous seulement de ceci. Au premier signe de vie, avant le premier signe de vie, au premier chuchotement de lui, de la dame de son cœur ou de sa petite fille, jeune Peter Guillam, vous venez nous trouver, nous autres grandes personnes. N'importe lequel de ceux que vous voyez à cette table. Mais pas âme qui vive en dehors d'eux. Vous suivrez cet ordre à la lettre. Parce qu'il y a infiniment plus de rouages dans cette affaire que vous ne pouvez l'imaginer ni que vous n'avez le droit de savoir... »

Cela devint soudain une conversation en mouvement. Bland avait fourré ses mains dans ses poches et s'en allait pesamment s'appuyer contre la porte du fond. Alleline avait rallumé sa pipe et éteignait l'allumette d'un long mouvement du bras tandis qu'à travers la fumée il foudroyait Guillam du regard. « Qui courtisez-vous en ce moment, Peter, qui est l'heureux élu ? » Porteous faisait glisser sur la table une feuille de papier pour la faire signer par Guillam. « Pour vous, Peter s'il vous plaît. » Paul Skordeno chuchotait quelque chose à l'oreille de son voisin russe, et Esterhase était à la porte en train de donner aux mémés des instructions qui ne leur plaisaient pas. Seuls les yeux marron de Mo Delaware restaient fixés sur Guillam.

« Lisez-le d'abord, voulez-vous », lui conseilla Porteous d'un ton suave.

Guillam en était déjà à la moitié : « Je certifie que j'ai été ce jour avisé du contenu du rapport Sorcier numéro 308, Source Merlin, déclarait le premier paragraphe. Je prends l'engagement de ne divulguer aucune partie de ce rapport à d'autres membres du service, pas plus que je ne divulguerai l'existence de la Source Merlin. Je m'engage également à signaler aussitôt tout incident dont j'aurais connaissance et qui semblerait avoir trait à ce matériel. »

La porte était restée ouverte et tandis que Guillam signait, le second échelon de la Station de Londres entra, conduit par les mémés avec des plateaux de sandwiches. Diana Dauphin, Lauder Strickland qui avait l'air tendu au point d'éclater, les filles de la distribution et un vétéran au visage maussade, nommé Haggard, qui était le suzerain de Ben Thruxton. Guillam sortit à pas lents, en comptant les têtes parce qu'il savait que Smiley voudrait savoir qui était là. Sur le pas de la porte, à sa grande surprise, il se trouva rejoint par Haydon, qui semblait avoir décidé que le reste des festivités ne le concernait pas.

« J'ai horreur de cette ambiance de noces et banquets, observa Bill, avec un geste vague en direction des mémés. Percy devient chaque jour plus insupportable.

— Il en a l'air, acquiesça Guillam avec entrain.

— Comment va Smiley ? Vous le voyez beaucoup ? Vous étiez très copains, n'est-ce pas ? »

L'univers de Guillam, qui commençait tout juste à montrer des signes de quelque équilibre, bascula violemment. « Ma foi non, dit-il, il est interdit.

— Ne me dites pas que vous faites attention à ces stupidités », ricana Bill. Ils avaient atteint l'escalier. Haydon passa devant.

« Et vous ? lança Guillam. Vous l'avez beaucoup vu ?

— Et Ann s'est envolée de sa cage, dit Bill sans répondre à sa question. Elle a filé avec un matelot, un garçon de café ou Dieu sait quoi. » La porte de son bureau était grande ouverte, sa table encombrée de dossiers secrets. « Ça n'est pas vrai ?

— Je ne savais pas, dit Guillam. Pauvre vieux George.

— Café ?

— Je crois que je vais repartir, merci.

— Prendre le thé avec frère Tarr ?

— C'est cela. Chez Fortnum. A bientôt. »

Aux Archives, Alwyn était rentré de déjeuner. « Le sac est parti, monsieur, dit-il gaiement. Il devrait être arrivé à Brixton maintenant.

— Oh ! bon sang, dit Guillam, tirant sa dernière cartouche. Il y avait dedans quelque chose dont j'avais besoin. »

Une idée consternante venait de le frapper : elle semblait si simple et si horriblement évidente qu'il pouvait seulement se demander pourquoi elle lui était venue si tard. Sand était le mari de Camilla. Elle menait une double vie. De vastes perspectives de duplicité s'ouvraient devant lui. Ses amis, ses amours, même le Cirque, se rejoignaient et se refermaient en intrigues aux dédales infinis. Une réplique de Mendel lui revint à l'esprit, lancée deux soirs plus tôt, alors qu'ils buvaient une bière dans un sinistre pub de banlieue.

« Courage, Peter, mon garçon, lui avait dit Mendel. Jésus-Christ n'en avait que douze, vous savez, et l'un d'eux était un agent double. »

Tarr, songea-t-il. Ce salaud de Ricki Tarr.

22

LA chambre était longue et basse de plafond, une ancienne chambre de bonne aménagée dans le grenier. Guillam était planté sur le seuil, Tarr était assis sur le lit, immobile, la tête renversée en arrière contre le plafond en pente, les mains de chaque côté du corps, les doigts écartés. Il y avait au-dessus de lui une fenêtre mansardée et d'où il était, Guillam apercevait de longues étendues de noir paysage du Suffolk et une rangée d'arbres qui se découpaient contre le ciel. Le papier peint était brun avec de grandes fleurs rouges. L'unique ampoule pendait d'une poutre en chêne foncé, projetant sur leurs deux visages d'étranges motifs géométriques, et quand l'un d'eux bougeait, Tarr sur le lit ou Smiley sur la chaise de cuisine en bois, ils semblaient dans leurs mouvements emporter la lumière avec eux avant qu'elle revînt.

Laissé à lui-même, Guillam aurait été très brutal avec Tarr, il n'en doutait pas. Il avait les nerfs à fleur de peau et pendant le trajet il avait frôlé le cent cinquante avant que Smiley lui rappelât sèchement d'aller doucement. Laissé à lui-même, il aurait été tenté de flanquer une rossée à Tarr et au besoin il aurait amené Fawn pour lui donner un coup de main; tout en conduisant, il s'imaginait avec une grande précision ouvrir la porte de l'endroit où Tarr vivait et le frapper au visage à plusieurs reprises, avec toutes les affections de Camilla et de son ex-mari, le distingué docteur à la flûte. Et peut-être, dans la tension partagée du voyage, Smiley avait-il perçu par télépathie la même image, car le peu qu'il dit était clairement destiné à calmer Guillam. « Tarr ne nous a pas menti, Peter. Pas matériellement. Il a simplement fait ce que les agents font toujours : il a omis de nous raconter toute l'histoire. D'un autre côté, il a été assez habile. » Loin de partager le trouble de Guillam il semblait étrangement confiant; complaisant même jusqu'à se permettre un aphorisme sentencieux de Steed Asprey sur l'art du double jeu; disant à peu près qu'il ne fallait pas rechercher la perfection mais l'avantage, ce qui ramena les pensées de Guillam vers Camilla. « Karla nous a fait péné-trer dans le réseau intérieur », annonça-t-il, et Guil-lam fit une mauvaise plaisanterie sur le fait de chan-ger à Piccadilly. Après cela Smiley se contenta de lui indiquer la route et de surveiller le rétrovi-seur.

Ils s'étaient retrouvés au Crystal Palace, une petite fourgonnette avec Mendel au volant. Ils roulèrent jusqu'à Bransbury, où ils entrèrent droit dans un atelier de carrosserie au bout d'une ruelle pavée pleine d'enfants. Là ils furent reçus avec un ravisse-ment discret par un vieil Allemand et son fils qui avaient ôté les plaques de la fourgonnette presque avant qu'ils en fussent descendus et qui les condui-sirent jusqu'à une Vauxhall gonflée prête à prendre la route à l'autre bout de l'atelier. Mendel resta là avec le dossier Témoin que Guillam avait apporté de Brixton dans son sac de voyage; Smiley dit « Trouvez la A 12. » Il y avait très peu de circulation, mais juste avant Colchester, ils tombèrent sur un encombrement de camions et Guillam soudain perdit patience. Smiley dut lui donner l'ordre de s'arrêter. A un moment ils se trouvèrent derrière un vieil homme qui roulait à trente sur la file rapide. Alors qu'ils le doublaient par l'intérieur, il donna un brusque coup de volant vers eux, soit qu'il fût ivre ou qu'il fût malade ou tout simplement terrifié. Et à un moment, sans avertissement, ils entrèrent dans une nappe de brouillard, on aurait dit que cela leur tombait du ciel. Guillam la franchit sans ralentir, n'osant pas freiner par crainte du verglas. Après Colchester ils prirent de petites routes. Sur les panneaux indicateurs on lisait des noms comme Little Horkesley, Wormingford et Bures Green, puis les panneaux cessèrent et Guillam eut l'impression de ne plus être nulle part.

« A gauche ici et encore à gauche devant la maison. Allez aussi loin que vous pouvez mais ne vous garez pas devant la grille. »

Ils atteignirent ce qui semblait être un hameau mais il n'y avait pas de lumière, pas de gens et pas de lune. Lorsqu'ils descendirent le froid les saisit et Guillam sentit tout à la fois un terrain de cricket, la fumée de bois et Noël; il avait l'impression de ne jamais être allé dans un endroit aussi silencieux, aussi froid, aussi perdu. Un clocher se dressait devant eux, d'un côté il y avait une barrière blanche et en haut de la côte s'élevait ce qu'il estima être le presbytère, une vaste maison à un seul étage, avec une partie couverte d'un toit de chaume et dont il apercevait le bord du pignon qui se découpait contre le ciel. Fawn les attendait : il s'approcha de la voiture pendant qu'ils se garaient et monta sans bruit derrière.

« Ricki a été beaucoup mieux aujourd'hui, monsieur », rapporta-t-il. De toute évidence il avait fait de nombreux rapports à Smiley au cours de ces derniers jours. C'était un garçon calme qui parlait doucement avec un grand désir de plaire, mais à Brixton les autres semblaient avoir peur de lui, Guillam ne savait pas pourquoi. « Il n'est plus si nerveux, plus détendu je dirais, il a fait ses pronostics de football ce matin, il adore ça, Ricki, cet après-midi nous avons déraciné des sapins pour que Miss Ailsa puisse les emporter au marché. Ce soir nous avons fait une bonne partie de cartes et au lit de bonne heure.

— Est-il sorti seul ? demanda Smiley.

— Non, monsieur.

— A-t-il utilisé le téléphone ?

— Seigneur, non, monsieur, pas quand je suis là, et j'en suis sûr pas quand Miss Ailsa est là non plus. »

Leur respiration avait embué les vitres de la voiture, mais Smiley ne voulait pas laisser tourner le moteur, si bien qu'il n'y avait ni chauffage ni dégivreur.

« A-t-il parlé de sa fille Danny ?

— Pendant le week-end, beaucoup. Maintenant il s'est un peu calmé. Je crois qu'il essaie de ne plus y penser pour ne pas se mettre dans tous ses états.

— Il n'a pas parlé de les revoir, elle et sa mère ?

— Non, monsieur.

— Pas question d'arrangement pour les retrouver quand tout cela sera terminé ?

— Non, monsieur.

— Ni de les faire venir en Angleterre ?

— Non, monsieur.

— Ni de leur fournir des papiers ?

— Non, monsieur. »

Guillam lança d'un ton irrité : « Alors de quoi a-t-il parlé, bonté divine ?

— De la dame russe, monsieur. Irina. Il aime bien lire son journal. Il dit que quand Gerald sera pris, il va s'arranger pour que le Centre l'échange contre Irina. Alors nous lui trouverons un endroit agréable, monsieur, comme la maison de Miss Ailsa, mais en Ecosse où c'est plus agréable. Il dit qu'il ne m'oubliera pas non plus. Il me fera avoir une grosse situation au Cirque. Il m'a encouragé à apprendre une autre langue pour augmenter mes possibilités. »

Impossible de dire, en entendant la voix sans timbre derrière eux dans l'obscurité, ce que Fawn pensait de ce conseil.

— Où est-il maintenant ?

— Au lit, monsieur.

— Fermez les portes sans bruit. »

Ailsa Brimley les attendait dans la véranda : une femme aux cheveux gris d'une soixantaine d'années, au visage ferme et intelligent. Une ancienne du Cirque, expliqua Smiley, une des dames du Chiffre de Lord Lansbury pendant la guerre, maintenant à la retraite mais encore redoutable. Vêtue d'un tailleur marron, elle était tirée à quatre épingles. Elle serra la main de Guillam en disant « Comment allez-vous ? » verrouilla la porte et, lorsqu'il tourna de nouveau les yeux de son côté elle avait disparu. Smiley les précéda dans l'escalier. Fawn attendrait sur le palier au cas où on aurait besoin de lui.

« C'est Smiley, dit-il en frappant à la porte de Tarr. Je voudrais bavarder un peu avec vous. »

Tarr ouvrit très vite la porte. Il avait dû les entendre arriver, il devait attendre. Il l'ouvrit de la main gauche, tenant le pistolet dans sa main droite, et il regardait dans le couloir par-dessus l'épaule de Smiley.

« Ça n'est que Guillam, dit Smiley.

— C'est bien ce que je veux dire, fit Tarr. Les bébés, ça peut mordre. »

Ils entrèrent. Il portait un pantalon de marin et une sorte de pèlerine malaise bon marché. Des cartes jonchaient le sol et dans l'air flottait le parfum du curry qu'il s'était préparé lui-même sur un petit réchaud.

« Je suis navré de vous importuner, dit Smiley d'un ton de sincère commisération. Mais il faut que je vous redemande ce que vous avez fait de ces deux passeports de secours suisses que vous aviez emportés avec vous à Hong Kong.

— Pourquoi ? » dit enfin Tarr.

C'en était fini de sa désinvolture. Il avait un teint pâle de prisonnier, il avait perdu du poids et, assis sur le lit, avec le pistolet sur l'oreiller à côté de lui, ses yeux les inspectaient nerveusement tour à tour, se méfiant de tout.

Smiley reprit : « Ecoutez. Je ne demande qu'à croire votre histoire. Rien n'est changé. Une fois que nous saurons, nous respecterons votre vie privée. Mais il faut que nous sachions. C'est extrêmement important. Tout votre avenir en dépend. »

Et des tas d'autres choses, songea Guillam, aux aguets ; tout un problème de tortueuse arithmétique était suspendu à un fil, si Guillam connaissait un peu Smiley.

« Je vous l'ai dit, je les ai brûlés. Les numéros ne me plaisaient pas. J'étais sûr qu'ils étaient repérés. Autant me mettre une étiquette autour du cou :

« Tarr, Ricki Tarr, recherché », que d'utiliser ces passeports. »

Les questions de Smiley étaient terriblement lentes à venir. Même Guillam trouvait pénible de les attendre dans le profond silence de la nuit.

« Avec quoi les avez-vous brûlés ?

— Qu'est-ce que ça peut foutre ? »

Mais Smiley apparemment n'avait pas envie de justifier sa curiosité, il préférait laisser le silence faire son œuvre et il semblait certain que cela agirait. Guillam avait vu des interrogatoires entiers conduits de cette façon : un catéchisme savant emmailloté dans d'épaisses couches de routine, des pauses lassantes tandis qu'on note à la main chaque réponse et que le cerveau du suspect est harcelé de mille questions qu'il aurait voulu poser à celui qui l'interroge; et la maîtrise qu'il a de son récit s'affaiblissant de jour en jour.

« Quand vous avez acheté votre passeport britannique au nom de Poole, demanda Smiley, après un autre interminable silence, avez-vous acheté d'autres passeports à la même source ?

— Pourquoi l'aurais-je fait ? »

Mais Smiley n'avait pas envie de donner de raisons.

« Pourquoi l'aurais-je fait ? répéta Tarr. Je ne suis pas un collectionneur, bon sang, tout ce que je voulais c'était me tirer de là.

— Et protéger votre enfant, suggéra Smiley, avec un sourire compréhensif. Et protéger sa mère aussi, si vous le pouviez. Je suis sûr que vous y avez beaucoup pensé, reprit-il d'un ton flatteur. Après tout, vous ne pouviez guère les laisser derrière vous à la merci de ce Français curieux, n'est-ce pas ? »

268

En attendant, Smiley semblait examiner les cartes du Lexicon, en lisant les mots en long et en travers. Ils ne signifiaient rien : c'étaient des mots pris au hasard. L'un d'eux était mal orthographié, Guillam remarqua « épître » avec deux *p*. Qu'est-ce qu'il peut bien faire ici, se demanda Guillam, dans ce petit hôtel minable ? Quelle furtive petite trace son esprit suit-il, enfermé là avec les bouteilles de sauce et les voyageurs de commerce ?

« Bon, fit Tarr d'un ton morose, d'accord, je me suis procuré des passeports pour Danny et pour sa mère. Mrs. Poole, Miss Danny Poole. Qu'est-ce qu'on fait maintenant; on pleure d'extase ? »

De nouveau c'était le silence qui accusait.

« Voyons, pourquoi ne nous avez-vous pas dit cela avant ? demanda Smiley, du ton d'un père déçu. Nous ne sommes pas des monstres. Nous ne leur voulons aucun mal. Pourquoi ne nous avoir rien dit ? Nous aurions peut-être même pu vous aider », et il se remit à examiner les cartes. Tarr avait dû utiliser deux ou trois paquets, ils s'étalaient comme des rivières sur le tapis en fibre de coco. « Pourquoi ne nous avez-vous rien dit ? répéta-t-il. Ça n'est pas un crime de s'occuper des gens qu'on aime. »

S'ils vous laissent faire, songea Guillam qui pensait à Camilla.

Pour aider Tarr à répondre, Smiley prodiguait les suggestions : « Etait-ce parce que vous avez puisé dans vos frais d'opérations pour acheter ces passeports britanniques ? Est-ce pour cette raison que vous ne nous en avez pas parlé ? Bonté divine, personne ici ne s'inquiète de l'argent. Vous nous avez apporté un renseignement capital. Pourquoi irions-nous vous chercher des histoires pour deux mille malheureux dollars ? » Et le temps recommençait à s'écouler sans que personne l'utilisât.

« Ou bien, proposa Smiley, était-ce parce que vous aviez honte ? »

Guillam se crispa, oubliant ses problèmes.

« Vous aviez honte, et dans une certaine mesure c'était justifié, je suppose. Ça n'était pas très courageux, après tout, de laisser Danny et sa mère avec des passeports grillés, à la merci de ce soi-disant Français qui cherchait si activement Mr. Poole, vous ne trouvez pas ? Pendant que vous-même échappiez à toutes ces attentions. C'est une pensée horrible, déclara Smiley, comme si c'était Tarr et non pas lui qui avait formulé cette remarque. C'est horrible de songer jusqu'à quelles extrémités Karla serait prêt à aller afin d'obtenir votre silence. Ou vos services. »

La sueur qui ruisselait sur le visage de Tarr devint soudain insupportable. Il y en avait trop, on aurait dit des larmes. Les cartes n'intéressaient plus Smiley, son regard s'était posé sur un autre jeu. C'était un jouet fait de deux tiges d'acier comme les manches d'une paire de pinces. Le truc était de faire rouler dessus une bille d'acier. Plus on la faisait rouler loin, plus de points on marquait lorsqu'elle tombait dans un des trous ménagés dans la tige.

« L'autre raison pour laquelle vous auriez pu ne rien nous dire, j'imagine, c'est que vous les aviez brûlés. Je veux dire que vous aviez brûlé les passeports *britanniques*, pas les suisses. »

Doucement, George, songea Guillam, et sans bruit il se rapprocha d'un pas pour diminuer la distance qui les séparait. Doucement.

« Vous saviez que Poole était grillé, alors vous avez brûlé les passeports au nom de Poole que vous aviez achetés pour Danny et pour sa mère, mais vous avez gardé le vôtre parce qu'il n'y avait pas d'autre solution. Et puis vous avez pris des billets pour elles au nom de Poole afin de convaincre tout le monde que vous croyiez encore au passeport Poole. Par tout le monde, je crois que je veux dire les traîne-patins de Karla, n'est-ce pas ? Vous avez maquillé les passeports suisses, un pour Danny, un pour sa mère, en courant la chance qu'on ne remarque pas les numéros, et vous avez pris d'autres dispositions dont vous n'avez pas parlé. Des dispositions qui se sont réalisées plus tôt que celles que vous aviez prises pour les Poole. Comme de rester en Extrême-Orient, mais autre part, disons à Djarkarta : quelque part où vous avez des amis. »

Même d'où il était, Guillam ne fut pas assez rapide. Les mains de Tarr serraient la gorge de Smiley, la chaise bascula et Tarr tomba avec lui. Dans le tas, Guillam repéra le bras droit de Tarr et le prit dans une clef contre son dos, manquant presque le casser dans son élan. Fawn apparut de nulle part, prit le pistolet sur l'oreiller et revint vers Tarr comme pour lui donner un coup de main. Puis Smiley rajusta son costume et Tarr se retrouva assis sur le lit, se tamponnant le coin de la bouche avec un mouchoir.

Smiley reprit : « Je ne sais pas où elles sont. Pour autant que je sache, il ne leur est rien arrivé. Vous le croyez, n'est-ce pas ? »

Tarr le dévisageait, il attendait. Son regard était furieux, mais une sorte de calme était descendu sur Smiley et Guillam devina que c'était l'encouragement qu'il espérait.

« Vous devriez peut-être surveiller un peu plus votre femme et laisser la mienne tranquille », murmura Tarr, la main toujours sur sa bouche. Avec une exclamation, Guillam se précipita mais Smiley l'arrêta.

« Dès l'instant que vous n'essayez pas de communiquer avec elles, poursuivit Smiley, il est probablement préférable que je ne sache pas. A moins que vous ne vouliez que je fasse quelque chose pour elles. De l'argent, une protection ou un réconfort quelconque ? »

Tarr secoua la tête. Il avait du sang dans la bouche, beaucoup de sang et Guillam se rendit compte que Fawn avait dû le frapper mais il n'arrivait pas à comprendre quand.

« Ça ne va pas être long maintenant, dit Smiley, c'est l'affaire peut-être d'une semaine. Moins si je peux. Essayez de ne pas trop penser. »

Lorsqu'ils repartirent, Tarr souriait de nouveau, et Guillam se dit que la visite, ou bien l'insulte lancée à Smiley, ou bien le coup de poing dans la figure, lui avait fait du bien.

« Ces tickets de pronostics de football, fit doucement Smiley à Fawn tandis qu'ils remontaient dans la voiture. Vous ne les postez nulle part, n'est-ce pas ?

— Non, monsieur.

— Alors prions le Ciel qu'il ne gagne pas », observa Smiley dans un accès bien inhabituel de jovialité, et tout le monde se mit à rire.

La mémoire joue d'étranges tours à un cerveau épuisé, surchargé. Tandis que Guillam conduisait, une partie de son esprit conscient surveillant la route et une autre nourrissant pitoyablement des soupçons toujours plus noirs sur l'inconduite de Camilla, des images isolées d'autres longs jours passaient dans sa mémoire. Des jours de pure terreur au Maroc lorsque l'un après l'autre ses contacts avec ses agents lâchaient

272

et qu'à chaque pas qu'il entendait dans l'escalier il se précipitait à la fenêtre pour regarder la rue; des jours d'oisiveté à Brixton, lorsqu'il regardait passer ce triste monde en se demandant dans combien de temps il irait le rejoindre. Et tout d'un coup le rapport écrit était là devant lui, sur son bureau : recopié sur un papier pelure bleu parce qu'il avait été acheté, source inconnue et probablement sujette à caution, et chaque mot lui revenait à la mémoire en lettres d'un pied de haut.

Selon un prisonnier récemment libéré de la Lubianka, le Centre de Moscou a procédé à une exécution secrète dans le bloc disciplinaire en juillet. Les victimes étaient trois de ses fonctionnaires. L'un d'eux était une femme. Tous trois ont été abattus d'une balle dans la nuque.

« Il y avait le tampon « Intérieur », dit Guillam d'une voix sourde. Ils s'étaient garés sur le bas-côté devant un restaurant à la façade décorée de lampions. « Quelqu'un de la Station de Londres avait griffonné : *« Quelqu'un peut-il identifier les corps ? »*

A la lumière des ampoules colorées, Guillam vit le visage de Smiley se plisser dans une grimace de dégoût.

« Oui, reconnut-il enfin. Oui, eh bien, la femme était Irina, n'est-ce pas ? Et puis il y avait Ivlov et puis Boris, le mari d'Irina je suppose. » Il gardait un ton extrêmement détaché. « Il ne faut pas que Tarr sache, continua-t-il en se secouant comme pour chasser sa lassitude. Il est essentiel qu'il n'ait pas vent de cela. Dieu sait ce qu'il ferait, ou ce qu'il ne ferait pas, s'il savait qu'Irina était morte. » Pendant quelques instants aucun d'eux ne bougea; peut-être, pour différentes raisons, aucun d'eux n'en avait-il pour l'instant la force, ni le courage.

« Il faut que je téléphone, dit Smiley, mais sans faire mine de quitter la voiture.

— George ?

— J'ai un coup de téléphone à donner, murmura-t-il. Lacon.

— Alors, donnez-le. »

Tendant la main devant lui, Guillam ouvrit la portière. Smiley descendit, fit quelques mètres sur le macadam, puis parut changer d'avis et revint sur ses pas.

« Venez manger quelque chose, dit-il du même ton préoccupé. Je ne pense pas que même les gens de Toby nous suivraient ici. »

Ç'avait été autrefois un restaurant, mais maintenant c'était un bistrot de routiers avec des souvenirs de grandeur passée. Le menu était dans une reliure de cuir rouge maculée de graisse. Le garçon qui l'apporta était à moitié endormi.

« Il paraît que le coq au vin est toujours bien », dit Smiley dans un piètre effort pour faire de l'humour tout en revenant de la cabine téléphonique. Et d'une voix plus étouffée et qui ne portait pas, il ajouta : « Dites-moi, qu'est-ce que vous savez sur Karla ?

— A peu près autant que j'en sais sur Sorcier, sur la source Merlin et sur tout ce qu'il y avait d'autre dans le document que j'ai signé pour Porteous.

— Ah ! mais voilà qui se trouve être une excellente réponse, figurez-vous. Vous entendiez sans doute cela comme un reproche, mais en l'occurrence l'analogie était remarquable. » Le garçon réapparut, balançant une bouteille de bourgogne comme une massue. « Voudriez-vous, je vous prie, la laisser respirer un peu ? »

Le garçon dévisagea Smiley comme s'il était fou.

274

« Ouvrez-la et laissez-la sur la table », dit sèchement Guillam.

Ce n'était pas toute l'histoire que Smiley raconta.
Par la suite Guillam remarqua bien quelques lacunes.
Mais c'était suffisant pour arracher ses pensées aux
sombres détours dans lesquels elles erraient.

23

« C'EST à ceux qui contrôlent des agents de se transformer en légende, commença Smiley un peu comme
s'il s'adressait aux stagiaires de la Nursery. Ils le
font tout d'abord pour impressionner leurs agents.
Par la suite ils essaient sur leurs collègues et, si j'en
crois mon expérience personnelle, ils se couvrent le
plus souvent de ridicule en le faisant. Quelques-uns
vont jusqu'à l'essayer sur eux-mêmes. Ce sont les
charlatans de la profession et il faut se débarrasser
d'eux sans tarder, il n'y a pas d'autres moyens. »

Des légendes pourtant se créaient et Karla en
était une. Même son âge était un mystère. Selon toute
probabilité, Karla n'était pas son vrai nom. Des décen-
nies de son existence restaient dans l'ombre et n'en
sortiraient sans doute jamais, puisque les gens avec
qui il travaillait avaient une façon bien à eux de mourir ou de garder bouche cousue.

« On raconte que son père était dans l'Okhrana
et qu'il a par la suite fait sa réapparition dans la
Tchéka. Je ne crois pas que ce soit vrai, mais c'est
possible. Selon une autre version, il travaillait comme
aide-cuisinier sur un train blindé contre les troupes

d'occupation japonaises en Extrême-Orient. On dit qu'il a appris son métier avec Berg — qu'en fait il était son disciple — ce qui est un peu comme si l'on disait qu'il avait eu pour professeur de musique... oh ! je ne sais pas, citez-moi un grand compositeur. En ce qui me concerne, sa carrière a commencé en Espagne en 36, parce que là au moins nous avons des documents. Il s'est fait passer pour un journaliste russe blanc, fidèle à la cause de Franco et a recruté toute une écurie d'agents allemands. C'était une opération extrêmement compliquée et remarquable pour un jeune homme. Il a réapparu ensuite lors de la contre-offensive soviétique contre Smolensk à l'automne 41 comme officier de renseignement sous les ordres de Koniev. Il avait pour mission de diriger les réseaux de partisans derrière les lignes allemandes. Chemin faisant il a découvert que son opérateur radio avait été retourné et transmettait des messages à l'ennemi. Il l'a retourné de nouveau et à partir de ce moment il s'est mis à jouer à la radio un jeu qui leur a littéralement fait perdre la boule.

— Ça aussi faisait partie de la légende, dit Smiley : à Yelnia, grâce à Karla les Allemands avaient canonné leurs propres premières lignes.

« Et entre ces deux pointages, continua-t-il, en 36 et en 41, Karla s'est rendu en Angleterre, nous pensons qu'il y a passé six mois. Mais même aujourd'hui nous ne savons pas — ou plutôt *je* ne sais pas — sous quel nom ni sous quelle couverture. Ce qui ne veut pas dire que Gerald ne le sache pas. Mais il est peu probable que Gerald nous le dise, du moins pas exprès. »

Smiley n'avait jamais parlé à Guillam de cette façon. Il n'était guère enclin aux confidences ni aux longs discours; Guillam le connaissait comme un homme timide, malgré ses vanités, et quelqu'un qui n'attendait pas grand-chose de la communication.

« Vers 48, ayant loyalement servi son pays, Karla a passé quelque temps en prison et plus tard en Sibérie. Rien de personnel là-dedans. Il se trouvait tout simplement appartenir à l'une de ces sections des services de renseignement de l'Armée Rouge qui, à l'occasion d'une purge ou d'une autre, avaient cessé d'exister. »

Et certainement, poursuivit Smiley, après sa réintégration consécutive à la mort de Staline, il fit un séjour en Amérique; car quand les autorités indiennes l'arrêtèrent durant l'été 55 à Delhi pour une vague infraction aux lois sur l'immigration, il arrivait tout juste de Californie. On raconta par la suite au Cirque qu'il était pour quelque chose dans les grands scandales de trahison en Grande-Bretagne et aux Etats-Unis.

Smiley, lui, savait à quoi s'en tenir : « Karla était de nouveau en disgrâce. Moscou voulait sa peau et nous pensions pouvoir le persuader de passer à l'Ouest. C'est pourquoi je pris l'avion pour Delhi. Pour avoir une conversation avec lui. »

Il y eut un silence durant lequel le serveur à l'air las se pencha vers eux en demandant si tout allait bien. Smiley lui assura avec une grande sollicitude que c'était le cas.

« L'histoire de ma rencontre avec Karla, reprit-il, était tout à fait dans l'esprit de cette époque. Vers le milieu des années 50, le Centre de Moscou était littéralement en pièces détachées. Les officiers supérieurs étaient exécutés ou victimes de purges par charrettes

278

entières et les échelons subalternes étaient en proie à une paranoïa collective. Cela eut tout d'abord pour résultat une foule de défections parmi les officiers du Centre en poste à l'étranger. Des quatre coins du monde, à Singapour, à Nairobi, à Stockholm, à Canberra, à Washington, je ne sais pas où, nous avions ce même arrivage régulier venant des antennes locales : pas simplement le gros gibier, mais les traîne-patins, les chauffeurs, les employés du chiffre, les dactylos. Il fallait bien réagir. Je ne crois pas qu'on ait jamais compris à quel point l'industrie stimule sa propre inflation — et en moins de temps qu'il ne faut pour le dire j'étais devenu une sorte de voyageur de commerce, prenant un jour l'avion pour une capitale, le lendemain pour un poste frontière minable, une fois même j'ai dû me rendre sur un bateau en mer — pour enregistrer des transfuges russes. Pour égrener, pour filtrer, pour fixer les conditions, pour assister à des debriefings et m'occuper éventuellement des liquidations. »

Guillam ne le quittait pas des yeux, mais même sous ce cruel éclairage au néon, l'expression de Smiley ne révélait rien d'autre qu'une concentration un peu anxieuse.

« Nous avions mis au point, pourrions-nous dire, trois sortes de contrat pour ceux dont les histoires tenaient debout. Si le client avait une habilitation qui n'était pas intéressante, nous pouvions le négocier avec un autre pays et ne plus nous en occuper. L'acheter pour l'avoir en stock, comme on dit, à peu près comme font les chasseurs de scalps aujourd'hui. Ou bien nous pouvions le réinjecter en Russie : c'est-à-dire en supposant que sa défection n'avait pas encore été remarquée là-bas. Ou bien s'il avait de la chance, nous l'enrôlions, on lui pompait tout ce qu'il savait et on le réinstallait à l'Ouest. C'était généralement Londres qui décidait. Pas moi. Mais n'oubliez pas une chose : à cette époque, Karla, Gerstmann comme il se faisait appeler, n'était qu'un client comme les autres. Je vous ai raconté cette histoire de fond en comble, je n'ai rien voulu vous cacher, mais vous devez bien garder présent à l'esprit, à travers tout ce qui s'est passé entre nous ou plus exactement ce qui ne s'est pas passé, que tout ce que moi ou n'importe qui d'autre du Cirque savait quand j'ai pris l'avion pour Delhi, c'était qu'un homme qui se faisait appeler Gerstmann avait installé une liaison radio entre Rudnev, chef des réseaux clandestins au Centre de Moscou et un organisme de Californie contrôlé par le Centre et qui restait en friche faute de moyen de communication. C'est tout. Gerstmann avait fait passer en contrebande un émetteur par la frontière canadienne et il était resté trois semaines à San Francisco pour former le nouvel opérateur. C'était notre hypothèse de départ et il y avait tout un tas d'émissions d'essai pour la soutenir. »

Pour ces émissions d'essai entre Moscou et la Californie, expliqua Smiley, on utilisait un code : « Et puis un jour Moscou envoya un ordre précis...

— Toujours en utilisant ce code ?

— Précisément. C'est là le point. Grâce à un moment d'inattention de la part des cryptographes de Rudnev, nous avions de l'avance sur eux. Nos décrypteurs avaient déchiffré le code et c'est ainsi que nous avions eu nos renseignements. Gerstmann devait quitter aussitôt San Francisco et se rendre à Delhi pour un rendez-vous avec le correspondant de Tass, un dénicheur de talents qui était tombé sur une piste chinoise intéressante et qui avait besoin d'instructions immédiates. Pourquoi lui faisaient-ils faire tout ce chemin de San Francisco à Delhi, pourquoi fallait-il envoyer Karla et personne d'autre... Ça, c'est une histoire pour un autre jour. Le seul point qui compte c'est que quand Gerstmann arriva au rendez-vous à Delhi, l'homme de l'agence Tass lui remit un billet d'avion en lui disant de rentrer immédiatement à Moscou. Pas de question. L'ordre émanait de Rudnev personnellement. Il était signé du nom de code de Rudnev et rédigé de façon assez sèche. »

Sur quoi l'homme de Tass s'en alla, laissant Gerstmann planté sur le trottoir avec un tas de questions et vingt-huit heures avant le départ de son avion.

« Il n'était pas là depuis longtemps quand les autorités indiennes l'arrêtèrent sur notre demande et l'expédièrent à la prison de Delhi. Pour autant que je m'en souvienne, nous avions promis aux Indiens un morceau du produit. *Je crois* que c'était ça le marché », observa-t-il, et comme quelqu'un brusquement choqué par une défaillance de sa mémoire, il resta un moment silencieux à contempler d'un œil distrait la salle enfumée. « Ou peut-être avions-nous dit qu'ils pourraient l'avoir quand nous en aurions fini avec lui. Oh ! mon Dieu, mon Dieu.

— Ça n'a pas vraiment d'importance, dit Guillam.

— Pour une fois dans la vie de Karla, comme je vous le disais, le Cirque avait de l'avance sur lui, reprit Smiley après avoir bu une gorgée de vin et fait une grimace. Il ne pouvait pas le savoir, mais le réseau de San Francisco qu'il venait de remettre sur pied venait d'être complètement démantelé le jour où il était parti pour Delhi. Dès que Control apprit l'histoire il la refila aux Américains, étant entendu qu'ils avaient loupé Gerstmann mais qu'ils tombaient sur le reste du réseau de Rudnev en Californie. Gerstmann arriva à Delhi sans se douter de rien, et il ne savait toujours rien quand j'arrivai à la prison de Delhi pour lui vendre ma petite police d'assurances, comme disait Control. Son choix était très simple. Il n'y avait pas le moindre doute, dans les circonstances actuelles, qu'on réclamait la tête de Gerstmann à Moscou où, pour sauver la sienne, Rudnev s'acharnait à le dénoncer pour avoir grillé le réseau de San Francisco. L'affaire avait fait pas mal de bruit aux Etats-Unis et Moscou était furieux de la publicité. J'avais avec moi les photographies de l'arrestation prises par la presse américaine; j'avais même celles de l'émetteur radio que Karla avait importé et les plans d'émission qu'il avait planqués avant de partir. Vous savez comme ça nous agace tous quand ces choses-là se retrouvent dans les journaux. »

Guillam le savait; et il se souvint brusquement du dossier Témoin qu'il avait confié à Mendel au début de la soirée.

« Pour me résumer, Karla était le véritable orphelin de la guerre froide. Il avait quitté son pays pour aller faire un travail à l'étranger. Ce travail lui avait sauté au nez, mais il ne pouvait pas rentrer : dans son pays çà allait encore plus mal pour lui qu'à l'étranger. Nous n'avions aucune autorité pour le maintenir en état d'arrestation, c'était donc à Karla de nous demander protection. Je ne crois pas être jamais tombé sur un cas plaidant de façon plus évidente en faveur de la défection. Je n'avais qu'à le convaincre de l'arrestation du réseau de San Francisco — lui brandir sous le nez les photographies et les coupures de presse que j'avais dans ma serviette — lui parler un peu des manigances inamicales de frère Rudnev à Moscou, câbler aux interrogateurs quelque peu surmenés de Sarratt et, avec un peu de chance, je serais de retour à Londres pour le weed-end. Je crois même que j'avais des billets pour une représentation de Sadlers Wells. C'était l'année où Ann avait la passion des ballets. »

Oui, Guillam avait entendu parler de ça aussi, un Apollon de vingt ans, la coqueluche de la saison. Ils avaient pendant des mois fait toutes les boîtes de Londres.

La chaleur dans la prison était accablante, poursuivit Smiley. La cellule avait une table de fer au milieu et des anneaux de fer scellés dans le mur. « On l'amena menottes aux mains, ce qui semblait ridicule tant il était frêle. Je leur demandai de lui libérer les mains et quand ils l'eurent fait, il les posa sur la table devant lui en regardant la circulation se rétablir. Ça devait être douloureux mais il ne fit aucun commentaire. Il était là depuis une semaine et il portait une tunique de calicot. Rouge. Je ne sais plus ce que signifiait la couleur rouge. Ça correspond à l'éthique de la prison. » Buvant une gorgée de vin, il fit de nouveau la grimace, puis lentement son expression se dissipa tandis que les souvenirs revenaient le hanter.

« Ma foi, à première vue, il ne me fit guère d'impression. J'aurais eu du mal à reconnaître dans le petit bonhomme qui était devant moi le cerveau dont nous avions entendu parler dans la lettre d'Irina, pauvre femme. Il est sans doute vrai aussi que j'avais les nerfs un peu émoussés par tant de rencontres similaires au cours de ces derniers mois, par tous mes déplacements et aussi, ma foi... par ce qui se passait chez moi. »

Depuis que Guillam le connaissait, c'était l'allusion

la plus directe qu'avait jamais faite Smiley aux infidélités d'Ann.

« Pour je ne sais quelle raison, ça faisait très mal. » Il avait toujours les yeux ouverts mais son regard était fixé sur un monde intérieur. La peau de son front et de ses joues était tendue comme par l'effort de sa mémoire; mais rien ne pouvait dissimuler aux yeux de Guillam la solitude évoquée dans ce seul aveu. « J'ai une théorie qui sans doute est assez immorale, reprit Smiley d'un ton plus léger. Chacun de nous ne dispose que d'un certain quantum de compassion. Je prétends que si nous prodiguons notre inquiétude à propos de chaque chat égaré, nous n'arriverons jamais au centre des choses. Qu'est-ce que vous en pensez ?

— A quoi ressemblait Karla ? demanda Guillam traitant la question comme si elle était de pure rhétorique.

— L'air d'un vieil oncle. Modeste et très vieil oncle. Il aurait fait très bien en prêtre : la variété rabougrie et râpée qu'on rencontre dans les petites villes d'Italie. Un petit type sec, aux cheveux argentés, avec des yeux bruns vifs et des tas de rides. Ou bien un maître d'école, il aurait pu être un maître d'école : coriace, si on veut, et sagace dans les limites de son expérience : mais quand même le petit format. On n'avait guère d'autre impression au début, sinon qu'il vous regardait bien en face et que son regard se fixa sur moi dès le début de notre conversation. Si on peut appeler ça une conversation, étant donné qu'il n'a jamais prononcé un mot. Pas un seul pendant tout le temps que nous avons passé ensemble; pas une syllabe. En plus, il faisait une chaleur abominable et j'étais crevé à force de voyager. »

Par politesse plutôt que par appétit, Smiley s'attaqua à sa nourriture, avalant sans joie plusieurs bouchées avant de reprendre son récit. « Voilà, murmura-t-il, pour ne pas vexer le cuisinier. A vrai dire, j'étais quelque peu prédisposé contre Mr. Gerstmann. Nous avons tous nos préjugés et les opérateurs radio figurent parmi les miens. Je les ai toujours trouvés assez fatigants, de mauvais agents opérationnels, trop tendus et péniblement peu sérieux quand il s'agit de faire leur travail. Gerstmann, me semblait-il n'était qu'un membre comme les autres de la confrérie. Peut-être que je cherche des excuses pour m'être mis à travailler sur lui avec moins » — il hésita — « moins de soin, moins de précaution qu'il n'en aurait fallu avec le recul. » Sa voix soudain se fit plus forte. « Encore que je ne sois pas du tout sûr d'avoir besoin de me trouver des excuses », dit-il.

Là, Guillam sentit une vague de colère inhabituelle, que trahissait l'ombre d'un sourire qui passa sur les lèvres pâles de Smiley. « Et puis la barbe après tout », marmonna Smiley.

Guillam attendit, déconcerté.

« Je me souviens également m'être dit que la prison semblait l'avoir transformé très rapidement en sept jours. Il avait cette poussière blanche incrustée dans la peau et il ne transpirait pas. Moi, j'étais en nage. Je débitai mon petit laïus comme je l'avais fait une douzaine de fois déjà cette année, sauf que de toute évidence il n'était pas question de le renvoyer en Russie pour nous servir d'agent. « Vous avez le choix. « C'est à vous et à personne d'autre de prendre la « décision. Passez à l'Ouest et nous pouvons vous as « surer, dans des limites raisonnables, une vie conve-

« nable. Après un debriefing au cours duquel nous
« comptons sur votre coopération, nous pouvons vous
« aider à prendre un nouveau départ, à vous donner
« une nouvelle identité, la tranquillité, une certaine
« somme d'argent. D'un autre côté vous pouvez ren-
« trer chez vous et j'imagine qu'on vous fusillera ou
« qu'on vous enverra dans un camp. Le mois dernier
« ils y ont expédié Bykov, Shur et Muranov. Mainte-
« nant, pourquoi ne me dites-vous pas votre prénom ? »
Quelque chose comme ça. Puis je me rassis et j'essuyai
la sueur sur mon front en attendant qu'il dise « Oui,
« je vous remercie ». Il ne fit rien. Il ne parla pas.
Il resta simplement assis là, raide et menu sous le
grand ventilateur qui ne fonctionnait pas, en me fixant
de ses yeux bruns au regard plutôt gai. Les mains posées devant lui. Très calleuses. Je me rappelle m'être
dit : il faut que je lui demande où il a fait tant de
travaux manuels. Il les tenait... comme ça... appuyées
sur la table, les paumes ouvertes et les doigts un peu
crispés, comme s'il avait encore les menottes. »

Le garçon, croyant que par ce geste Smiley exprimait quelque désir, s'approcha pesamment et Smiley
lui assura une fois de plus que tout allait parfaitement et que le vin notamment était exquis, il se
demandait vraiment où ils se le procuraient; jusqu'au
moment où le garçon partit en souriant d'un air secrètement amusé et vint essuyer avec son torchon la
table voisine.

« Ce fut alors, je crois, qu'une extraordinaire sensation de malaise commença à m'envahir. La chaleur
m'accablait vraiment. L'odeur était épouvantable et
je me rappelle comme j'écoutais le tac-tac de ma
propre sueur tombant sur la table de fer. Ce n'était
pas simplement son silence; son immobilité commen-

çait à me porter sur les nerfs. Oh ! j'avais connu des transfuges qui prenaient leur temps pour parler. Ça peut être un effort terrible pour quelqu'un entraîné au secret même envers ses amis les plus proches, d'ouvrir tout d'un coup la bouche et de raconter des secrets à ses ennemis. L'idée me traversa aussi l'esprit que les autorités de la prison auraient pu considérer comme un geste de courtoisie de me l'attendrir avant de me l'amener. On m'assura qu'on n'en avait rien fait, mais bien sûr on ne peut jamais savoir. Aussi tout d'abord je mis son silence sur le compte du choc. Mais cette immobilité, cette immobilité intense et vigilante, c'était autre chose. Surtout quand tout en moi était à ce point agité : Ann, les battements de mon cœur, les effets de la chaleur et du voyage...

— Je comprends, fit doucement Guillam.

— Vraiment ? Etre assis est un geste éloquent, n'importe quel acteur vous le dira. Chacun s'assied selon son tempérament. On se vautre et on se met à califourchon, on se repose comme des boxeurs entre deux rounds, on s'agite, on se perche, on croise et on recroise les jambes, on perd patience, on perd sa résistance. Gerstmann ne faisait rien de tout cela. Son attitude était précise et irréductible, son petit corps anguleux était comme un promontoire rocheux ; il aurait pu rester assis comme ça toute la journée, sans bouger un muscle. Alors que moi... » Eclatant d'un rire gêné et embarrassé, Smiley goûta de nouveau le vin, mais il n'était pas meilleur qu'avant. « Alors que moi, j'avais une terrible envie d'avoir quelque chose devant moi, des papiers, un livre, un rapport. Je crois que je suis quelqu'un d'assez nerveux ; je suis agité changeant. J'en avais du moins l'impression à ce moment-là. Il me semblait que je manquais de calme philosophique. Que je manquais de philosophie, si vous préférez. Mon travail m'avait opprimé bien plus que je ne m'en étais rendu compte, jusqu'à maintenant. Mais dans cette cellule infecte, je me sentais vraiment accablé. J'avais l'impression que toute la responsabilité de mener la guerre froide était tombée sur mes épaules. Ce qui, bien sûr, était ridicule, j'étais simplement épuisé et un petit peu malade. » Il but une nouvelle gorgée.

« Je vous assure, insista-t-il, une fois de plus furieux contre lui-même, personne n'a à se chercher d'excuses pour ce que j'ai fait.

— Qu'est-ce que vous avez fait ? demanda Guillam en riant.

— Bref, il y a eu ce silence, reprit Smiley, sans tenir compte de cette question. On ne peut pas dire que ça venait de Gerstmann puisque de toute façon il ne disait rien; ça venait donc plutôt de moi. J'avais débité ma tirade; j'avais brandi les photographies, dont il ignorait l'existence : je peux dire qu'il semblait tout à fait disposé à me croire quand je lui racontai que le réseau de San Francisco était grillé. Je répétai cet incident, et puis celui-là, je brodai quelques variations, et finalement je me trouvai à sec. Ou plus exactement, je restai assis là à transpirer comme un porc. Le premier imbécile venu sait que, si jamais ça vous arrive, on se lève et on s'en va; on dit : « C'est à prendre « ou à laisser » ou bien « A demain matin »; n'importe quoi. « Allez donc réfléchir une heure. »

« En fait, voilà que je me retrouvai à parler d'Ann. » Il enchaîna aussitôt, par-dessus l'exclamation étouffée de Guillam. « Oh ! pas mon Ann à moi, pas comme ça. De son Ann à lui. Je supposai qu'il en avait une. Je m'étais demandé, comme ça, vaguement sans doute, à quoi pourrait penser un homme dans une situation pareille, à quoi est-ce que moi je penserais ? Et mon esprit m'avait fourni une réponse subjective : à sa femme. Est-ce que ça s'appelle projection ou substitution ? J'ai horreur de ces termes-là, mais je suis sûr que l'un d'eux s'applique. J'échangeais ma triste situation pour la sienne, voilà la vérité, et comme je m'en rends compte aujourd'hui, je commençai à me livrer à un interrogatoire de moi-même : il ne parlait pas, vous vous rendez compte ? Il y avait certains éléments extérieurs, il est vrai, auxquels je m'accrochai. Il avait un air conjugal; il avait l'air d'être la moitié d'un couple, il avait l'air trop complet pour être seul dans toute sa vie. Et puis il y avait son passeport, décrivant Gerstmann comme marié; et c'est une habitude chez nous tous d'avoir des couvertures, des personnalités d'emprunt au moins parallèles avec la réalité. » Il retomba dans un moment de réflexion. « Je pensais souvent à ça. J'en parlais même à Control : nous devrions prendre plus au sérieux les couvertures de l'opposition, disais-je. Plus un homme a d'identités, plus elles expriment la personne qu'elles dissimulent. Le quinquagénaire qui se rajeunit de cinq ans. L'homme marié qui se qualifie de célibataire; l'orphelin qui s'attribue deux parents... ou bien l'interrogateur qui se projette dans la vie d'un homme qui ne parle pas. Peu d'hommes peuvent résister à exprimer leurs appétits quand ils bâtissent une fantaisie autour d'eux-mêmes. »

Il était de nouveau perdu dans ses réflexions et Guillam attendit patiemment qu'il revînt. Car si Smiley avait pu concentrer son attention sur Karla, Guillam avait fixé la sienne sur Smiley; et en cet instant il serait allé n'importe où avec lui, il aurait suivi n'importe quel chemin pour rester auprès de lui et entendre la fin de l'histoire.

« Je savais aussi par les rapports américains que Gerstmann fumait à la chaîne : des Camel. J'en fis chercher quelques paquets et je me souviens avoir eu une impression très étrange en remettant de l'argent à un gardien. J'avais l'impression, vous comprenez, que Gerstmann voyait quelque chose de symbolique dans cette transaction financière entre moi-même et l'Indien. En ce temps-là, j'avais mon argent dans une ceinture. Je dus tâtonner pour arracher un billet d'une liasse. Le regard de Gerstmann me donna l'impression d'être un oppresseur impérialiste de trente-sixième ordre. » Il sourit. « Et ça, on peut dire que je ne le suis pas. Bill, si vous voulez. Percy. Mais pas moi. » Il appela le garçon afin de l'éloigner : « Pourrions-nous avoir de l'eau, s'il vous plaît ? Une carafe et deux verres ? Merci. » Il reprit son récit : « Alors je l'interrogeai sur Mrs. Gerstmann.

« Je lui demandai : où était-elle ? C'était une question à laquelle j'aurais bien aimé qu'on me réponde à propos d'Ann. Pas de réponse, mais le regard ferme. De chaque côté de lui, les deux gardiens, et leurs regards semblaient si peu concentrés par comparaison. Il faudrait qu'elle se fasse une nouvelle vie, dis-je; il n'y avait pas d'autre solution. N'avait-il aucun ami sur qui il pût compter pour s'occuper d'elle ? Peut-être pourrions-nous trouver des méthodes pour entrer secrètement en contact avec elle ? Je lui expliquai que son retour à Moscou ne l'avancerait à rien, elle. Je m'écoutais moi-même, je continuais, je n'arrivais pas à m'arrêter. Peut-être que je n'en avais pas envie. Je songeais réellement à quitter Ann, vous comprenez, je pensais que l'heure en était venue. Revenir serait un geste à la Don Quichotte, lui dis-je, sans aucun intérêt matériel pour sa femme ni pour personne, bien au contraire. Elle serait mise au ban de la société; dans le meilleur des cas, on l'autoriserait à le voir brièvement avant son exécution. D'un autre côté, s'il passait dans notre camp, nous parviendrions peut-être à négocier la sortie de sa femme; nous avions beaucoup de stock en ce temps-là, ne l'oubliez pas, et une partie retournait en Russie comme monnaie d'échange; encore que pourquoi, au nom du Ciel, aurions-nous puisé dans nos stocks pour ce but, voilà qui me dépasse. Assurément, dis-je, elle préférerait le savoir en sûreté à l'Ouest, avec de bonnes chances pour elle de le rejoindre, plutôt que fusillé ou mourant de faim en Sibérie ? J'insistais vraiment sur son cas à elle : l'expression qu'il avait m'y encourageait. J'aurais pu jurer que j'arrivais à communiquer avec lui, que j'avais trouvé le défaut de sa cuirasse : alors que, bien entendu, tout ce que je faisais, c'était de lui montrer le défaut de la mienne. Et quand je mentionnai le mot de Sibérie, je touchai quelque chose. Je le sentais, comme un nœud dans ma gorge, je sentais chez Gerstmann un frisson de révulsion. Naturellement que j'avais touché quelque chose, commenta Smiley d'un ton amer, puisque c'était tout récemment qu'il avait été déporté là-bas. Finalement le gardien est revenu avec les cigarettes, des paquets plein les bras, et il les a laissés tomber avec fracas sur la table en fer. J'ai compté la monnaie, je lui ai donné un pourboire, et ce faisant j'ai surpris de nouveau la même expression dans les yeux de Gerstmann; je croyais y lire de l'amusement, mais vraiment je n'étais plus en état de le dire. Je remarquai que le gardien refusait mon pourboire; sans doute n'aimait-il pas les

Anglais. J'ouvris un paquet et offris une cigarette à Gerstmann. « Allons, dis-je, vous fumez à la chaîne, « tout le monde sait cela. Et c'est votre marque pré- « férée. » Ma voix semblait tendue et bizarre et je ne pouvais rien y faire. Gerstmann se leva et fit poliment comprendre au gardien qu'il aimerait regagner sa cellule. »

Prenant son temps, Smiley repoussa de côté son assiette à moitié pleine, sur laquelle des écailles de graisse s'étaient formées comme des plaques de gel.

« En quittant la cellule il changea d'avis et prit une cigarette dans un paquet et le briquet sur la table, mon briquet, un cadeau d'Ann. « A George, de la part d'Ann avec tout mon amour. » Je n'aurais jamais rêvé de le laisser le prendre dans des circonstances normales; mais les circonstances n'étaient pas normales. En fait je trouvais même tout à fait naturel qu'il s'emparât du briquet d'Ann; je considérais, le Ciel me pardonne, que cela exprimait bien le lien qu'il y avait entre nous. Il fourra le briquet et les cigarettes dans la poche de sa tunique rouge, puis tendit les mains pour qu'on lui remît les menottes. Je dis : « Allumez- « en une maintenant si vous voulez. » J'expliquai au garde : « Laissez-le allumer une cigarette, je vous prie. » Mais il ne fit pas un geste. « Notre intention, ajoutai-je, est de vous mettre dans l'avion de Moscou à moins « que nous ne parvenions à un accord. » Il aurait aussi bien pu ne pas m'avoir entendu. Je regardai les gardes l'entraîner, puis je regagnai mon hôtel, quelqu'un me raccompagna en voiture, aujourd'hui encore je ne pourrais pas vous dire qui. Je ne savais plus ce que j'éprouvais. J'étais plus désemparé et plus malade que je ne voulais en convenir, même en mon for intérieur. Je pris un maigre dîner, trop arrosé, et je me retrouvai avec une fièvre de cheval. J'étais allongé sur mon lit, à rêver de Gerstmann. J'avais une envie terrible de le voir rester. Dans l'état fébrile où j'étais, je m'étais vraiment mis dans la tête de le garder, de refaire sa vie, si possible de le réinstaller avec sa femme dans des conditions idylliques. De le libérer; de le sortir de la guerre pour de bon. Je tenais désespérément à ce qu'il ne reparte pas. » Il leva les yeux et on voyait dans son regard qu'il se moquait de lui-même. « Ce que je dis, Peter, c'est que c'était Smiley et non pas Gerstmann, qui se tirait du conflit cette nuit-là.

— Vous étiez malade, insista Guillam.

— Disons fatigué. Malade ou fatigué, toute la nuit, entre l'aspirine, la quinine et des visions d'un sentimentalisme écœurant de la résurrection du mariage de Gerstmann, une image revenait sans cesse. C'était celle de Gerstmann, les mains sur l'appui de la fenêtre, regardant en bas dans la rue avec ses yeux bruns : et moi qui n'arrêtais pas de lui répéter : « Restez, ne sautez pas, restez. » Ne me rendant pas compte, bien sûr, que c'était de ma propre insécurité que je rêvais, non pas de la sienne. Le matin de bonne heure un médecin vint me saigner pour faire baisser la fièvre. J'aurais dû laisser tomber l'affaire, câbler qu'on envoie un remplaçant. J'aurais dû attendre avant d'aller à la prison, mais je ne pensais à rien d'autre qu'à Gerstmann : j'avais besoin d'entendre sa décision. A huit heures je me faisais déjà escorter jusqu'aux cellules. Il était assis, raide comme un piquet, sur un banc; pour la première fois je devinai le soldat en lui, et je compris que, comme moi, il n'avait pas dormi de la nuit. Il ne s'était pas rasé et il y avait un duvet argenté sur sa mâchoire qui lui donnait un visage de vieil homme. Sur d'autres bancs, des Indiens dor-

maient, et avec sa tunique rouge et ce teint légèrement argenté, il paraissait très blanc au milieu d'eux.
Il tenait à la main le briquet d'Ann, le paquet de cigarettes était posé à côté de lui sur le banc, intact. J'en
conclus qu'il avait utilisé la nuit et la tentation des
cigarettes à laquelle il avait résisté pour décider s'il
était capable d'affronter la prison, les interrogatoires
et la mort. Un coup d'œil à son expression me dit qu'il
avait décidé que oui. Je ne le suppliai pas, dit Smiley, poursuivant son récit. Aucune comédie n'aurait pu
l'ébranler. Son avion partait au milieu de la matinée;
j'avais encore deux heures. Je suis le plus mauvais
avocat du monde, mais pendant ces deux heures j'es-
sayai d'invoquer toutes les raisons que je connaissais
pour l'empêcher de reprendre l'avion pour Moscou.
Je croyais, voyez-vous, que j'avais vu quelque chose
dans son visage, qui était au-dessus du simple dogme;
sans me rendre compte que c'était mon propre reflet. Je m'étais convaincu que Gerstmann en fin de
compte était accessible à des arguments humains ordi-
naires venant d'un homme de son âge, de sa profession et, ma foi, de sa trempe. Je ne lui promis pas la
fortune, les femmes, les Cadillac et le beurre à discrétion, j'acceptai le fait qu'il n'avait rien à faire de tout
cela. J'eus du moins alors l'habileté d'éviter le sujet
de sa femme. Je ne lui fis aucun discours sur la liberté,
en admettant que cela veuille dire quelque chose, ni
sur la bonne volonté fondamentale de l'Ouest : d'ailleurs, ce n'était pas la bonne époque pour raconter
ça, et je n'étais pas moi-même dans un état idéologique
parfaitement clair. Je le pris par le biais de la pa-
renté. « Ecoutez, dis-je, nous commençons à vieillir
« et nous avons passé chacun notre vie à chercher les
« faiblesses dans le système de l'autre. J'y vois clair

« dans les valeurs de l'Est tout comme vous voyez clair
« dans nos valeurs de l'Ouest. Tous deux, j'en suis sûr,
« nous avons éprouvé jusqu'à la nausée les satis-
« factions techniques de cette foutue guerre. Mais
« maintenant voilà que votre camp va vous exécuter.
« vous ne croyez pas qu'il est temps de reconnaître
« que les idéaux de votre côté ne valent pas plus
« chers que du mien ? Ecoutez, dis-je, dans notre
« métier nous n'avons qu'une vision négative. A cet
« égard, aucun de nous n'a nulle part où aller. Tous
« deux quand nous étions jeunes, nous avons souscrit
« à des visions grandioses... » De nouveau je sentis
un élan en lui, la Sibérie — j'avais touché un nerf —
« mais plus maintenant, n'est-ce pas ? » J'insistai pour
le faire simplement répondre à cette question : l'idée
ne lui était-elle pas venue que lui et moi, par des
routes différentes, aurions bien pu parvenir aux mêmes
conclusions sur la vie ? Même si mes conclusions
étaient à ses yeux peu libérales, assurément le che-
minement de nos deux esprits était le même ? Ne
croyait-il pas, par exemple, que les généralités politiques n'avaient aucun sens ? Que seul ce qu'il y avait
de particulier dans la vie avait maintenant une valeur
pour lui ? Qu'aux mains des hommes politiques, les
grands desseins n'aboutissent à rien qu'à de nouvelles
formes de misère ? Et que donc sa vie, le fait de la
sauver d'un peloton d'exécution tout aussi absurde,
était plus importante — plus importante sur le plan
de la morale, de l'éthique, — que le sens du devoir,
l'obligation, l'engagement ou quoi que ce fût qui le
maintenait sur cette voie d'autodestruction où il était
maintenant ? L'idée ne lui était-elle pas venue de
mettre en doute — après tous les voyages de sa vie —
de mettre en doute l'intégrité d'un système qui pro-

posait de sang-froid de le fusiller pour des méfaits qu'il n'avait jamais commis ? Je le suppliai — oui, je l'implorai, j'en ai peur, nous étions en route pour l'aéroport, il ne m'avait toujours pas adressé un mot — je le suppliai de réfléchir s'il croyait vraiment, s'il lui était honnêtement possible actuellement d'avoir foi dans le système qu'il avait servi. »

Pendant un moment, Smiley resta là silencieux. « J'avais jeté au vent tout ce que je possède de psychologie; tout mon métier aussi. Vous pouvez imaginer ce que j'ai entendu de Control. Tout de même, mon histoire l'amusa; il adorait découvrir les faiblesses des gens. Surtout les miennes, je ne sais pourquoi. » Il avait repris son ton détaché. « Alors voilà. Quand l'avion est arrivé, je suis monté à bord avec lui et j'ai fait une partie du trajet. En ce temps-là ce n'était pas partout des avions à réaction. Il était en train de m'échapper et je ne pouvais rien faire pour l'arrêter. J'avais renoncé à parler mais j'étais là au cas où il voudrait changer d'avis. Il n'en fit rien. Il préférait mourir plutôt que de me donner ce que je voulais; il préférait mourir plutôt que désavouer le système politique dans lequel il était engagé. La dernière image que j'eus de lui, pour autant que je sache, ce fut son visage impassible encadré par le hublot de l'avion, et qui me regardait descendre la passerelle. Deux durs à l'air très russe s'étaient joints à nous et s'étaient installés dans les places derrière lui et je n'avais vraiment aucune raison de rester. Je rentrai à Londres et Control dit : « Ma foi, j'espère « bien qu'ils le fusilleront », et il me réconforta en m'offrant une tasse de thé. Cet abominable thé de Chine qu'il boit, du thé au jasmin ou Dieu sait quoi, qu'il envoie chercher chez cet épicier du coin. Je veux dire qu'il envoyait chercher. Puis il me donna trois mois de congé sans me laisser le choix. « J'aime bien « que vous ayez des doutes, dit-il. Ça me renseigne « sur votre compte. Mais n'en faites pas un culte ou « bien vous deviendrez assommant. » C'était un avertissement. J'en tins compte. Et il me dit de ne plus tant penser aux Américains; il m'assura que lui-même n'y pensait presque jamais. »

Guillam le regarda, attendant la conclusion. « Mais vous, qu'est-ce que vous en pensez ? demanda-t-il d'un ton qui laissait entendre qu'on l'avait frustré de la fin. Est-ce que Karla a jamais envisagé de rester ?

— Je suis sûr que l'idée ne lui a jamais traversé l'esprit, dit Smiley d'un ton écœuré. Je me suis conduit comme un crétin sentimental. L'archétype même du libéral occidental mollasse. Mais je préfère être quand même le genre d'imbécile que je suis plutôt que le sien. Je suis sûr, répéta Smiley avec vigueur, que ni mes arguments, ni les ennuis qui l'attendaient au Centre de Moscou n'auraient fini par l'ébranler le moins du monde. Je pense qu'il a passé la nuit à étudier comment il allait river son clou à Rudnev une fois rentré. Rudnev a été d'ailleurs exécuté un mois plus tard. On a donné à Karla le poste de Rudnev et il s'est mis au travail pour réactiver ses anciens agents. Au nombre desquels Gerald, sans nul doute. C'est drôle de se dire que tout le temps qu'il me regardait, il pensait peut-être à Gerald. Je suis sûr qu'ils ont dû bien en rire depuis. »

Cet épisode avait eu un autre résultat, dit Smiley. Depuis son expérience de San Francisco, Karla n'avait plus jamais touché à la radio clandestine. Il avait totalement supprimé ça de son style : « Les liaisons avec l'ambassade sont autre chose. Mais sur le terrain ses agents n'avaient même pas le droit d'en approcher. Et il a toujours le briquet d'Ann.

— Le vôtre, dit Guillam, le reprenant.

— Oui. Oui, le mien. Bien sûr. Dites-moi, poursuivit-il, tandis que le garçon emportait son argent, est-ce que Tarr pensait à quelqu'un en particulier lorsqu'il a fait cette déplaisante allusion à Ann ?

— Je crois que oui, malheureusement.

— La rumeur est aussi précise que ça ? Et ça descend si bas ? Jusqu'à Tarr ?

— Oui.

— Et que dit-on précisément ?

— Que Bill Haydon était l'amant d'Ann Smiley », dit Guillam, sentant descendre sur lui ce froid qui était sa protection lorsqu'il annonçait de mauvaises nouvelles, telles que : vous êtes grillé; vous êtes sacqué; vous êtes en train de mourir.

« Ah ! je vois. Oui. Merci. »

Il y eut un silence très embarrassé.

« Et y avait-il, y a-t-il une Mrs. Gerstmann ? interrogea Guillam.

— Karla jadis avait contracté mariage avec une fille de Leningrad, une étudiante. Elle s'est tuée quand il a été envoyé en Sibérie.

— Karla est donc à l'épreuve du feu, finit par dire Guillam. On ne peut pas l'acheter et on ne peut pas le battre, c'est ça ? »

Ils regagnèrent la voiture.

« Je dois dire que c'était assez cher pour ce qu'on nous a servi, avoua Smiley. Croyez-vous que le garçon m'ait roulé en me rendant la monnaie ? »

Mais Guillam n'était pas disposé à discuter le coût des mauvais repas en Angleterre. Il reprit le volant; le jour une fois de plus devint pour lui un cauchemar, un bouillonnement confus de dangers à demi perçus et de soupçons.

« Alors qui est la source Merlin ? demanda-t-il. Où Alleline aurait-il pu se procurer ces renseignements, sinon des Russes eux-mêmes ?

— Oh ! il les tenait des Russes, pas d'erreur là-dessus.

— Mais, bonté divine, si les Russes ont envoyé Tarr...

— Ils ne l'ont pas envoyé. Et Tarr n'a pas utilisé non plus les passeports britanniques, n'est-ce pas ? Les Russes ont mal compris. Ce qu'Alleline avait, c'était la preuve que Tarr les avait roulés. C'est le message capital que nous avons appris de toute cette tempête dans une tasse de thé.

— Alors que diable Percy voulait-il dire en parlant de « remuer la boue dans les mares » ? Il devait parler d'Irina, bon sang.

— Et de Gerald », reconnut Smiley.

Une fois de plus ils roulèrent en silence, et le gouffre entre eux parut soudain infranchissable.

« Ecoutez, je n'y suis pas encore tout à fait, Peter, reprit doucement Smiley. Mais presque. Karla a mis le Cirque sens dessus dessous; ça je le comprends, et vous aussi. Mais il reste un dernier nœud particulièrement ingénieux et celui-là, je n'arrive pas à le défaire. Mais j'en ai bien l'intention. Et si vous voulez un sermon, Karla n'est pas à l'épreuve du feu parce que c'est un fanatique. Et un jour, si j'ai mon mot à dire, ce manque de modération causera sa chute. »

Il pleuvait lorsqu'ils arrivèrent à la station de métro de Stratford; un groupe de piétons était blotti sous l'auvent.

« Peter, à partir de maintenant je tiens à ce que vous y alliez doucement.

— Trois mois sans le choix ?

— Reposez-vous un peu sur vos avirons. »

Refermant la portière derrière lui, Guillam fut brusquement pris de l'envie de souhaiter à Smiley bonne nuit ou même bonne chance, aussi se pencha-t-il sur la banquette et abaissa-t-il la vitre en prenant son souffle pour l'appeler. Mais Smiley n'était plus là. Guillam n'avait jamais connu personne qui pût disparaître aussi vite dans une foule.

Durant tout le reste de cette même nuit, la lumière à la fenêtre de la chambre mansardée de Mrs. Barraclough, à l'hôtel Islay, brûla sans interruption. Sans s'être changé, sans s'être rasé, George Smiley resta penché à la table du commandant, lisant, comparant, annotant, vérifiant, tout cela avec une intensité qui, s'il avait pu s'observer lui-même, lui aurait sûrement rappelé les derniers jours de Control au cinquième étage à Cambridge Circus. Agitant les fragments du puzzle, il consulta les feuilles d'absences de Guillam, les listes de malades, en remontant jusqu'au début de l'année dernière et il les compara avec les déplacements de l'attaché culturel Alexis Alexandrovitch Polyakov, avec ses voyages à Moscou, ses voyages hors de Londres tels qu'ils étaient signalés au Foreign Office, par la Special Branch et les services d'immigration. Il les compara de nouveau avec les dates où Merlin semblait fournir ses renseignements et, sans très bien savoir pourquoi il le faisait, il classa en deux catégories les rapports Sorcier, ceux dont on pouvait prouver qu'ils étaient d'actualité au moment où on les recevait, et ceux qui auraient pu être mis de côté, un mois, deux mois auparavant, soit par Merlin, soit par ceux qui le contrôlaient, afin de combler des périodes creuses : par exemple, des réflexions, des études de caractère de membres éminents de l'administration, des ragots du Kremlin qui auraient pu être recueillis à n'importe quel moment et gardés pour un jour sans pluie. Ayant dressé la liste des rapports d'actualité, il inscrivit leurs dates dans une colonne et écarta le reste. A ce moment, on aurait pu comparer son humeur à celle d'un savant qui sent d'instinct qu'il est au bord d'une découverte et qui attend d'une minute à l'autre le lien logique qui va tout déclencher. Plus tard, lors d'une conversation avec Mendel, il appela ça « tout fourrer dans un tube à essai et voir si ça explose ». Ce qui le fascinait le plus, disait-il, c'était l'allusion faite par Guillam aux sombres avertissements d'Alleline à propos des flaques de boue qu'on remuait : il cherchait, en d'autres termes, le « dernier nœud particulièrement ingénieux » que Karla avait serré afin d'expliquer les soupçons précis auxquels la lettre d'Irina avait donné corps.

Il tomba sur quelques étranges découvertes pour commencer. Tout d'abord, que les neuf fois où Merlin avait fourni un rapport d'actualité, ou bien Polyakov se trouvait à Londres, ou bien Toby Esterhase avait fait un rapide voyage à l'étranger. Ensuite, au cours de la période cruciale suivant l'aventure de Tarr à Hong Kong cette année-là, Polyakov était à Moscou pour une consultation urgente sur les questions culturelles; et que peu après Merlin apporta quelques-uns de ses renseignements les plus spectaculaires et les plus d'actualité sur « la pénétration idéologique » des Etats-Unis, comprenant notamment une évaluation de la façon dont le Centre couvrait les principales agences de renseignement américaines.

Revenant encore une fois en arrière, il établit que l'inverse était vrai également : que les rapports qu'il avait écartés sous prétexte qu'ils n'étaient pas directement liés à des événements récents étaient ceux qui le plus généralement étaient distribués alors que Polyakov se trouvait à Moscou ou en congé.

Et alors il comprit.

Ce ne fut pas une révélation explosive, une illumination, il ne s'écria pas « Eurêka », pas de coup de téléphone à Guillam, à Lacon, pour dire « Smiley est un vrai champion ». Mais simplement, devant lui, dans les dossiers qu'il avait examinés et les notes qu'il avait compilées, se trouvait la corroboration d'une théorie que Smiley, Guillam et Ricki Tarr avaient vu démontrée ce jour-là, chacun de son point de vue : qu'entre la taupe Gerald et la source Merlin il y avait une réciprocité qu'on ne pouvait nier plus longtemps; que la versatilité proverbiale de Merlin lui permettait de fonctionner comme l'instrument de Karla aussi bien que celui d'Alleline. Ou bien ne devrait-il pas plutôt dire, songea Smiley — en jetant une serviette sur son épaule et s'engageant d'un pas joyeux dans le couloir pour fêter la chose en prenant un bain — comme l'agent de Karla ? Et qu'au cœur de cette conspiration il y avait un dispositif si simple que sa symétrie le laissa sincèrement transporté de joie. Ce dispositif avait même une présence physique : en plein Londres, une maison, payée par le Trésor, un achat de soixante mille livres; et souvent convoitée, à n'en pas douter, par les nombreux infortunés contribuables qui chaque jour passaient devant elle, certains qu'ils ne pourraient jamais se l'offrir et ne sachant pas qu'ils l'avaient déjà payée. Ce fut d'un cœur plus léger qu'il n'en avait connu depuis bien des mois qu'il ouvrit le dossier dérobé aux archives sur l'Opération Témoin.

24

Il faut lui rendre cette justice, la gouvernante s'était fait du souci toute la semaine à propos de Roach, depuis qu'elle l'avait trouvé tout seul dans la salle des douches, dix minutes après que ses compagnons de dortoir furent descendus prendre le petit déjeuner, toujours en pantalon de pyjama, penché au-dessus d'un lavabo tout en se brossant les dents avec obstination. Lorsqu'elle l'interrogea, il évita son regard. « C'est son misérable père, dit-elle à Thursgood. Il le déprime de nouveau. » Et le vendredi : « Il *faut* que vous écriviez à sa mère pour lui dire qu'il fait une rechute. »

Mais même la gouvernante, malgré toute sa sensibilité maternelle, n'aurait pas deviné que le diagnostic, c'était la terreur pure et simple.

Que pouvait-il bien faire, lui, un enfant ? C'était là son remords. C'était le fil qui remontait tout droit jusqu'à l'infortune de ses parents. C'était la triste situation qui rejetait sur ses épaules voûtées la responsabilité sempiternelle de préserver la paix du monde. Roach, le guetteur — « le meilleur guetteur de toute l'unité, sacrebleu », pour utiliser l'inestimable formule de Jim Prideaux — avait fini par trop bien guetter. Il aurait sacrifié tout ce qu'il possédait, son argent, le cadre en cuir abritant la photographie de ses parents, tout ce qui lui donnait de la valeur dans le monde, si cela lui avait fait oublier cette découverte qui le rongeait depuis dimanche soir.

Il avait pourtant émis des signaux. Le dimanche soir, une heure après l'extinction des feux, il s'était rendu bruyamment aux toilettes, s'était enfoncé un doigt dans la gorge, avait eu une nausée et avait fini par vomir. Mais le moniteur du dortoir, qui était censé s'éveiller et donner l'alarme — « madame la gouvernante, Roach est malade » — continua à dormir comme une masse durant tout cet épisode. Roach regagna piteusement son lit. Le lendemain après-midi, de la cabine téléphonique installée à côté de la salle des professeurs, il avait dicté le menu pour la journée en chuchotant bizarrement dans l'appareil, avec l'espoir qu'un professeur allait le surprendre et le croire fou. Personne ne fit attention à lui. Il avait essayé de mêler la réalité aux rêves, en espérant que l'événement allait se transformer en quelque chose qu'il avait imaginé; mais chaque matin, en passant devant le Creux, il revoyait la silhouette déjetée de Jim penchée sur sa pelle au clair de lune; il croyait voir l'ombre noire de son visage sous le rebord de son vieux chapeau et entendre le gémissement qu'il poussait tout en creusant. Roach n'aurait jamais dû être là. Ça aussi, ça faisait partie de son remords : que cette révélation se fût faite dans le péché. Après une leçon de violoncelle à l'autre bout du village, il était rentré au collège avec une lenteur désespérée afin d'arriver trop tard pour l'office du soir, et le regard désapprobateur de Mrs. Thursgood. Tout le collège était au culte, sauf lui et Jim : il les entendit chanter le *Magnificat* en passant le long de l'église, prenant le chemin le plus long pour pouvoir contourner le Creux, où la lumière de Jim brillait encore. Planté à sa place habituelle, Roach observait l'ombre de Jim qui se déplaçait lentement derrière la fenêtre aux rideaux tirés. Il se couche de bonne heure, décida-t-il avec satisfaction, lorsque la lumière s'éteignit brusquement; car récemment Jim était trop absent pour son goût, s'en allant au volant de l'Alvis après le rugby et ne rentrant que quand Roach dormait déjà. Là-dessus, la porte de la caravane s'ouvrit et se referma, Jim se dressa sur le carré de légumes, une pelle à la main, et Roach, en proie à la plus grande perplexité, se demandait ce qu'il pouvait bien vouloir déterrer dans l'obscurité. Des légumes pour son dîner ? Un moment, Jim demeura immobile, écoutant le *Magnificat*, puis pivota lentement en fixant droit sur Roach un regard mauvais, bien que celui-ci fût hors de vue dans l'obscurité des tertres. Roach songea même à l'appeler; mais il se sentait trop coupable d'avoir manqué le service à la chapelle.

Finalement Jim se mit à mesurer. Ce fut du moins l'impression qu'eut Roach. Au lieu de creuser, il s'était agenouillé à l'un des coins du carré de légumes et avait posé la pelle sur la terre, comme pour la mettre dans l'alignement de quelque chose que Roach ne voyait pas. Le clocher de l'église, par exemple. Cela fait, Jim s'approcha rapidement du bout de la palette métallique, marqua l'endroit d'un coup de talon, ramassa la pelle et se mit à creuser rapidement, Roach compta douze fois; puis il se redressa pour scruter de nouveau les lieux. Du côté de l'église, c'était le silence; puis des prières. Se baissant d'un geste vif,

Jim tira du sol un paquet qu'il enfouit aussitôt dans les plis de son duffle-coat. Quelques secondes plus tard, et bien plus vite que cela ne semblait possible, la porte de la caravane claqua, la lumière se ralluma, et dans un élan d'audace comme il n'en avait connu de sa vie, Bill Roach descendit à pas de loup dans le Creux jusqu'à moins d'un mètre de la fenêtre mal masquée par les rideaux, utilisant la pente pour se donner la hauteur dont il avait besoin pour regarder à l'intérieur.

Jim était debout près de la table. Sur la couchette derrière lui étaient posés des livres de classe, une bouteille de vodka et un verre vide. Il avait dû les fourrer là pour faire de la place. Il avait un canif à la main mais il ne s'en servait pas. Jim ne coupait jamais de la ficelle s'il pouvait s'en dispenser. Le paquet avait une trentaine de centimètres de long et l'emballage était dans un tissu jaunâtre comme une blague à tabac. L'ouvrant, il en retira ce qui semblait être une clef à molette enveloppée dans de la toile à sac, mais qui irait enterrer une clef à molette, même pour la meilleure voiture que l'Angleterre ait jamais produite ? Les vis ou les boulons étaient dans une enveloppe jaune séparée; il les répandit sur la table et les examina à tour de rôle. Ça n'était pas des boulons; c'étaient des plumes. Ça n'était pas des plumes non plus mais tout avait disparu. Et ça n'était pas une clef à molette, ça n'était pas une clef anglaise, rien, mais absolument rien qui pût servir pour la voiture.

Roach avait trébuché jusqu'au bord du Creux. Il courait entre les tertres, se dirigeant vers l'allée, mais il courait plus lentement qu'il n'avait jamais couru; il courait dans le sable et l'eau profonde et l'herbe qui s'attachait à ses jambes, avalant goulûment l'air

307

de la nuit, pour le rejeter aussitôt, il courait de guingois comme Jim, poussant tantôt sur cette jambe,
tantôt sur celle-là, secouant la tête, pour gagner de la
vitesse. Il ne savait pas vers où il se dirigeait. Il ne
pensait qu'à ce qu'il avait laissé derrière lui, dans son
esprit il fixait encore le revolver noir et les bandes de
peau de chamois; les bouts de plume qui s'étaient
révélés être des balles, tandis que Jim les introdui-
sait méthodiquement dans le barillet, son visage
sillonné de rides penché vers la lampe, pâle et cli-
gnant un peu dans la lumière aveuglante.

25

« JE ne veux pas qu'on me cite, George, l'avertit le Ministre avec son accent traînant et paresseux. Pas de notes, pas de mémos. J'ai des électeurs dont je dois m'occuper. Pas vous. Ni Oliver Lacon, n'est-ce pas, Oliver ?

— Je suis désolé, dit Smiley.

— Vous le seriez encore plus, si vous aviez ma circonscription », répliqua le Ministre.

Comme on pouvait le prévoir, la simple question de savoir où ils devaient se rencontrer avait déclenché une querelle stupide. Smiley avait fait observer à Lacon qu'il serait imprudent de se rencontrer dans son bureau de Whitehall puisqu'il était constamment soumis aux attaques du personnel du Cirque, soit qu'il s'agît de messagers apportant des dépêches ou de Percy Alleline passant pour discuter de l'Irlande. Le Ministre de son côté rejeta aussi bien l'hôtel Islay que Bywater Street sous le prétexte arbitraire que ce n'étaient pas des endroits sûrs. Il avait fait une récente apparition à la télévision et était fier d'être reconnu. Après plusieurs échanges de coups de téléphone, ils se décidèrent pour la petite maison style

Tudor de Mendel à Mitcham, où le Ministre et sa voiture étincelante se remarquaient comme le nez au milieu du visage. C'était là qu'ils étaient assis maintenant, Lacon, Smiley et le Ministre, dans le salon impeccable, avec des rideaux de tulle et des sandwiches au saumon frais, pendant que leur hôte était posté au premier étage à surveiller les approches. Dans l'allée, les enfants essayaient de faire dire au chauffeur pour qui il travaillait.

Derrière la tête du Ministre s'alignait une rangée de livres sur les abeilles. C'était la passion de Mendel, Smiley s'en souvenait : il utilisait le mot « exotique » pour les abeilles qui ne venaient pas du Surrey. Le Ministre était encore un jeune homme, avec une tache sombre à la mâchoire qui lui donnait l'air de s'être fait cueillir à froid dans quelque bagarre inavouable. Il avait le sommet du crâne dégarni, ce qui lui donnait un air de maturité injustifié, et un terrible accent d'Eton. « Bon, alors quelles sont les décisions ? » Il avait également l'art des dialogues brusques.

« Eh bien, tout d'abord, à mon avis, vous devriez ralentir toutes les négociations récentes que vous avez eues avec les Américains. Je pensais à l'annexe secrète que vous gardez dans votre coffre, dit Smiley, celle qui envisage l'exploitation ultérieure du matériel Sorcier.

— Jamais entendu parler, dit le Ministre.

— Bien sûr, je comprends très bien ce qui vous pousse; c'est toujours tentant de mettre la main sur la crème de cet énorme service américain, et je vois très bien les raisons de leur échanger Sorcier en retour.

— Alors, quelles sont les raisons *contre* ? s'enquit

le Ministre comme s'il s'adressait à son agent de change.

— Si la taupe Gerald existe », commença Smiley. De tous ses cousins, avait dit Ann un jour non sans fierté, seul Miles Sercombe était dépourvu de toute qualité susceptible da racheter ses défauts. Pour la première fois, Smiley fut vraiment persuadé qu'elle avait raison. Il avait l'impression d'être non seulement idiot mais incohérent. « Si la taupe existe, ce qui, je suppose, est une chose admise entre nous. » Il attendit, mais personne ne le contredit. « Si la taupe existe, répéta-t-il, ce n'est pas seulement le Cirque qui doublera ses profits grâce à l'accord conclu avec les Américains. Le Centre de Moscou en profitera aussi, parce qu'ils auront par la taupe tout ce que vous achèterez aux Américains. »

Dans un geste d'agacement, le Ministre frappa de la main sur la table de Mendel, laissant une empreinte moite sur la cire.

« Bon sang, je ne comprends pas, déclara-t-il. Ce matériel Sorcier est absolument merveilleux ! Il y a un mois, c'était susceptible de nous acheter la lune. Maintenant voilà que nous plongeons dans nos terriers en disant que ce sont les Russes qui nous le concoctent. Mais enfin, qu'est-ce qui se passe ?

— Ma foi, je ne crois pas que ce soit tout à fait aussi illogique que cela semble. Après tout, il nous est arrivé de temps en temps d'utiliser par-ci par-là un réseau russe, et si je puis me permettre de le dire, nous les avons utilisés assez bien. Nous leur avons donné le meilleur matériel dont nous pouvions disposer. Des renseignements sur les fusées, sur les plans de guerre. Vous étiez dans ce coup-là vous-même » — cela à l'adresse de Lacon, qui acquiesça d'un hoche-

311

ment de tête un peu sec. « Nous leur avons jeté en pâture des agents dont nous pouvions nous dispenser, nous leur avons assuré de bonnes communications, des liaisons par courrier sans ennuis, nous avons laissé la voie libre à leurs messages radio pour pouvoir les écouter. C'était le prix que nous payions pour contrôler l'adversaire — quelle était donc votre expression ?... « pour savoir comment ils formaient leurs commissaires ». Je suis certain que Karla en ferait autant pour nous s'il contrôlait nos réseaux. Il en ferait plus, n'est-ce pas, s'il avait un œil sur le marché américain aussi ? » Il s'interrompit pour lancer un regard à Lacon. « Beaucoup, beaucoup plus. Un pied chez les Américains, je veux dire un gros dividende américain, placerait la taupe Gerald au premier rang. Et, bien entendu, le Cirque aussi par procuration. En tant que Russe, on donnerait presque n'importe quoi aux Anglais si... eh bien, si on pouvait acheter les Américains en retour.

— Merci », dit vivement Lacon.

Le Ministre partit, emportant avec lui deux sandwiches pour manger dans la voiture et sans dire au revoir à Mendel, sans doute parce que ce n'était pas un de ses électeurs.

Lacon resta.

« Vous m'avez demandé de chercher le moindre indice sur Prideaux, annonça-t-il enfin. Eh bien, je m'aperçois que finalement nous avons bien quelques documents sur lui. »

Il avait par hasard feuilleté des dossiers sur la sécurité intérieure du Cirque, expliqua-t-il, « simplement histoire de mettre un peu d'ordre dans mon bureau ». Ce faisant, il était tombé sur de vieux rapports de recrutement. L'un d'eux concernait Prideaux.

« Il a été habilité sans restriction, vous comprenez. Pas une ombre. Toutefois » — une étrange inflexion de sa voix amena Smiley à lever les yeux vers lui — « je crois que cela pourrait quand même vous intéresser. Une vague rumeur à propos de l'époque où il était à Oxford. Nous avons tous le droit d'avoir un peu flirté avec la gauche à cette époque.

— Ma foi, oui. »

Le silence retomba, rompu seulement par les pas étouffés de Mendel à l'étage au-dessus.

« Prideaux et Haydon étaient vraiment très proches, vous savez, avoua Lacon. Je ne m'en étais pas rendu compte. »

Il se trouva soudain fort pressé de partir. Plongeant dans sa serviette, il en tira une grande enveloppe sans en-tête, la fourra dans celle de Smiley et repartit vers le monde plus orgueilleux de Whitehall, et Mr. Barraclough vers l'hôtel Islay, où il se remit à lire le dossier de l'Opération Témoin.

26

C'ÉTAIT le lendemain à l'heure du déjeuner. Smiley avait lu et dormi un peu, lu encore, il avait pris un bain, et tout en montant les marches du perron de cette jolie maison londonienne, il se sentait content parce qu'il aimait bien Sam.

La maison était en brique brune et de style géorgien, à deux pas de Grosvenor Square. Il y avait cinq marches et une sonnette en cuivre dans un petit enfoncement sculpté. La porte était noire avec des colonnes de chaque côté. Il appuya sur le bouton et il aurait aussi bien pu appuyer sur la porte, elle s'ouvrit tout de suite. Il pénétra dans un vestibule circulaire, avec une autre porte à l'opposé et deux hommes corpulents, vêtus de noir, qui auraient pu être suisses à l'abbaye de Westminster. Sur une cheminée en marbre, deux chevaux caracolaient qui auraient pu être des Stubbs. Un homme s'approcha pour le débarrasser de son manteau; le second le conduisit jusqu'à un lutrin pour signer le livre.

« Hebden, murmura Smiley tout en écrivant, donnant un nom de code que Sam pourrait se rappeler. Adrian Hebden. »

L'homme qui avait pris son manteau répéta le nom dans un téléphone intérieur : « Mr. Hebden, Mr. Adrian Hebden.

— Si cela ne vous ennuie pas d'attendre une seconde, monsieur », dit l'homme auprès du lutrin. Il n'y avait pas de musique et Smiley eut l'impression qu'il aurait dû y en avoir; et aussi une fontaine.

« En fait, dit Smiley, je suis un ami de Mr. Collins. Si Mr. Collins est disponible. Je crois même qu'il m'attend peut-être. »

L'homme au téléphone murmura : « Je vous remercie » et raccrocha l'appareil. Il escorta Smiley jusqu'à la porte du fond et l'ouvrit. Elle ne fit pas un bruit, pas même un froissement sur le tapis de soie. « Mr. Collins est par là, monsieur, murmura-t-il respectueusement. Les consommations sont offertes par la maison. »

Les trois pièces de réception avaient été réunies, avec des piliers et des arches pour les diviser optiquement, et des murs lambrissés d'acajou. Dans chaque pièce se trouvait une table, la troisième était à près de vingt mètres. Les lumières éclairaient d'absurdes tableaux représentant des fruits entassés dans des cadres dorés colossaux, et le drap vert des tables. Les rideaux étaient tirés, les tables occupées environ au tiers, quatre ou cinq joueurs à chacune, tous des hommes, mais on n'entendait que le cliquetis de la boule dans la roulette et le bruit des plaques qu'on redistribuait, ainsi que le murmure étouffé des croupiers.

« Adrian Hebden, dit Sam Collins, avec un peu de malice dans la voix. Ça fait bien longtemps.

— Bonjour, Sam, dit Smiley et ils échangèrent une poignée de main.

— Venez dans mon antre », dit Sam, et il fit un signe de tête au seul autre homme de la salle à être debout, un robuste gaillard qui avait trop de tension et un visage buriné. Le grand gaillard hocha la tête à son tour.

« Ça vous plaît ? demanda Sam tandis qu'ils traversaient un corridor aux murs tendus de soie rouge.

— C'est très impressionnant, dit Smiley poliment.

— C'est le mot, dit Sam. Impressionnant. Voilà ce que c'est. » Il portait une veste de smoking. Son bureau était tout tendu de velours dans le style edwardien, la table avait un dessus de marbre et des pieds en bronze, mais la pièce elle-même était très petite et pas très bien ventilée, elle ressemblait plutôt, songea Smiley, à une loge de théâtre, meublée avec les restes du magasin des accessoires.

« On me laissera peut-être même mettre quelques sous à moi plus tard, disons d'ici à un an. Ils ne sont pas commodes, mais ce sont des fonceurs, vous savez.

— Je n'en doute pas, dit Smiley.

— Comme nous autrefois.

— Exactement. »

Il était soigné et allègre dans ses façons, et il avait une moustache noire soigneusement taillée. Smiley n'arrivait pas à l'imaginer sans. Il avait sans doute cinquante ans. Il avait passé pas mal de temps en Orient où ils avaient travaillé une fois ensemble sur un aller simple contre un opérateur radio chinois. Il commençait à grisonner mais il paraissait encore trente-cinq ans. Son sourire était chaleureux et il avait cet air aimable et ouvert d'un bon camarade de mess. Il avait posé les deux mains sur la table comme s'il jouait aux cartes et regardait Smiley avec une tendresse possessive qui était paternelle ou filiale, ou peut-être les deux.

« Si notre copain dépasse cinq, dit-il sans cesser de sourire, préviens-moi, Harry, veux-tu. Autrement n'ouvre pas ta grande gueule, je discute avec un roi du pétrole. » Il s'adressait à une petite boîte sur son bureau. « Où en est-il maintenant ?

— Il gagne trois, dit une voix râpeuse, dont Smiley devina qu'elle appartenait à l'homme au visage buriné et qui avait de la tension.

— Alors il a encore huit à perdre, dit Sam tranquillement. Gardez-le à la table, voilà tout. Traitez-le comme un héros. » Il ferma l'interrupteur et sourit. Smiley sourit à son tour.

« Vraiment, c'est la bonne vie, lui assura Sam. En tout cas, ça vaut mieux que de vendre des machines à laver. C'est un peu bizarre, bien sûr, de passer une veste de smoking à dix heures du matin. Ça me rappelle la couverture diplomatique. » Smiley se mit à rire. « Et c'est régulier, que vous le croyiez ou non, ajouta Sam sans changer d'expression. L'arithmétique nous fournit toute l'assistance dont nous avons besoin.

— J'en suis certain, dit Smiley une fois de plus, avec une grande politesse.

— Un peu de musique ? »

C'était sur bande et ça venait du plafond. Sam la mit aussi fort qu'ils pouvaient la supporter.

« Alors, qu'est-ce que je peux faire pour vous ? demanda Sam, son sourire s'élargissant.

— Je voudrais vous parler de la nuit où Jim Prideaux s'est fait tirer dessus. C'était vous l'officier de service. » Sam fumait des cigarettes brunes qui sentaient le cigare. En allumant une, il laissa l'extré-

317

mité s'enflammer, puis la regarda rougeoyer. « On écrit ses Mémoires, mon vieux ? demanda-t-il.

— Nous rouvrons le dossier.

— Qui est ce *nous*, mon vieux ?

— Moi, moi tout seul, avec Lacon qui pousse à la roue et le Ministre qui se fait tirer l'oreille.

— Tout pouvoir corrompt mais il faut bien qu'il y en ait qui gouvernent et dans ce cas frère Lacon, à contrecœur, bousculera tout le monde pour arriver en haut du tas.

— Ça n'a pas changé », dit Smiley.

Sam tira d'un air méditatif sur sa cigarette. Les cassettes déversaient maintenant des chansons de Noel Coward.

« C'est un de mes rêves, en fait, dit Sam Collins au milieu du vacarme. Un de ces jours, Percy Alleline franchit cette porte avec une méchante valise marron et demande à venir risquer sa chance. Il joue tout le budget secret sur le rouge et perd.

— Le dossier a été caviardé, dit Smiley. Il s'agit d'aller trouver les gens et de leur demander ce qu'ils se rappellent. Il n'y a presque plus rien dans le dossier.

— Je n'en suis pas surpris », dit Sam. Par téléphone il commanda des sandwiches. « J'en vis, expliqua-t-il. Des sandwiches et des petits gâteaux. Ça fait partie de la gratte. »

Il était en train de verser le café quand la petite lumière rouge s'alluma entre eux sur le bureau.

« Notre ami est à flot, dit la voix râpeuse.

— Alors, commence à compter », dit Sam en fermant le commutateur.

Il raconta la chose simplement mais avec précision, comme un bon soldat évoque une bataille, plus pour gagner ou perdre, mais simplement pour se souvenir. Il rentrait tout juste de l'étranger, dit-il, trois ans à Ventiane. Il s'était pointé au Personnel et présenté à la Dauphin; personne ne semblait avoir de projet pour lui, alors il songeait aller prendre un mois de congé dans le midi de la France quand MacFedean, le vieux cerbère qui était pratiquement le valet de Control, le cueillit dans le couloir et l'escorta jusqu'au bureau de Control.

« C'était quel jour exactement ? dit Smiley.

— Le 19 octobre.

— Le jeudi.

— Le jeudi. Je pensais prendre l'avion pour Nice le lundi. Vous étiez à Berlin. J'aurais voulu vous offrir un verre mais les mémés m'ont dit que vous étiez occupé et quand je me suis renseigné au bureau des Mouvements on m'a dit que vous étiez parti pour Berlin.

— Oui, c'est vrai, dit Smiley simplement. Control m'avait envoyé là. »

Pour m'éloigner du chemin, aurait-il pu ajouter; c'était une impression qu'il avait eue même à l'époque.

« Je me mis en quête de Bill mais, Bill n'était pas là non plus. Control l'avait expédié quelque part dans le Nord, dit Sam évitant le regard de Smiley.

— Pour chasser l'homme des neiges, murmura Smiley. Mais il est revenu. »

Là, Sam lança un bref regard interrogateur du côté de Smiley, mais il n'ajouta rien au sujet du voyage de Bill Haydon.

« Toute la baraque semblait morte. J'ai bien failli prendre le premier avion pour rentrer à Ventiane.

— C'était rudement mort en effet », avoua Smiley en songeant : sauf pour l'Opération Sorcier.

Et Control, reprit Sam, semblait brûler de fièvre. Il était entouré d'une mer de dossiers, il avait la peau jaune et quand il parlait il s'interrompait sans cesse pour s'esssuyer le front avec un mouchoir. Ce fut à peine s'il se donna le mal de lui faire la danse de l'éventail habituelle, dit Sam. Il ne le félicita pas pour trois bonnes années passées sur le terrain, pas plus qu'il ne fit d'allusions sournoises à sa vie privée qui, à cette époque, était un vrai désastre; il déclara simplement qu'il voulait que Sam prît le tour de garde de week-end au lieu de Mary Masterman, Sam pouvait-il changer avec elle ?

« Bien sûr que je peux, dis-je. Si vous voulez que je prenne la garde, je le ferai. » Il me dit qu'il m'expliquerait le reste de l'histoire samedi. En attendant je ne devais en parler à personne. Je ne devais pas faire la moindre allusion au fait qu'il m'avait demandé cela. Il avait besoin de quelqu'un de sûr pour tenir le standard au cas où il y aurait une crise, mais ce devait être quelqu'un d'une station extérieure ou quelqu'un comme moi qui était depuis longtemps absent du siège. Et ce devait être aussi un vétéran. »

Sam s'en alla donc trouver Mary Masterman à qui il raconta le coup de malchance qui lui arrivait : impossible de mettre dehors l'occupant de son appartement avant son départ en congé lundi; qu'est-ce qu'elle dirait s'il prenait la garde à sa place pour s'économiser l'hôtel ? Il prit son service à neuf heures le samedi matin, avec sa brosse à dents et six boîtes de bière dans un porte-documents encore constellé d'étiquettes avec des palmiers. Geoff Agate devait le relever le dimanche soir.

Sam insista une fois de plus pour expliquer comme les bureaux avaient l'air morts. Autrefois, le samedi était un jour pratiquement comme les autres, dit-il. La plupart des départements régionaux avaient quelqu'un au desk qui travaillait le week-end, certains avaient même du personnel de nuit, et quand on faisait un tour dans l'immeuble, on avait l'impression que, malgré quelques défauts, c'était un service où il y avait pas mal d'activité. Mais ce samedi matin-là, on aurait dit que l'immeuble avait été évacué, dit Sam; ce qui d'ailleurs, d'après ce qu'il apprit plus tard, était le cas — sur l'ordre de Control. Deux ou trois décrypteurs s'escrimaient au second étage, les salles de radio et du chiffre étaient en plein boum, mais de toute façon ces gens-là travaillaient à toutes les heures. A part ça, dit Sam, c'était le grand silence. Il resta assis à attendre un coup de téléphone de Control, mais rien ne vint. Il passa encore une heure à taquiner les cerbères qui, à son avis, étaient les plus abominables flemmards du Cirque. Il vérifia leur liste de présence et découvrit deux dactylos et un chargé de desk marqués présents mais qui étaient absents, alors il signala au rapport le cerbère en chef, un *nouveau* du nom de Mellows. Puis il finit par monter voir si Control était là.

« Il était assis là, tout seul à part MacFadean. Pas de mémés, pas vous, rien que le vieux Mac qui s'affairait à prodiguer le thé au jasmin et la sympathie. Je suis trop long ?

— Non, continuez, je vous en prie. Tous les détails dont vous pouvez vous souvenir.

— Alors là-dessus, Control s'est dépouillé d'un autre voile. Un demi-voile. Quelqu'un accomplissait une mission très spéciale pour lui, dit-il. C'était d'une grande importance pour le Service. Il répétait cela sans cesse. Pour le Service. Pas pour Whitehall, ni pour sauver la livre ni l'Angleterre, mais pour nous. Même quand tout serait terminé, je ne devais jamais en souffler mot. Pas même à vous. Ni à Bill, ni à Bland, ni à personne.

— Ni à Alleline ?

— Il n'a pas une fois mentionné le nom de Percy.

— Non, bien sûr, reconnut Smiley. A la fin, c'est à peine s'il en était capable.

— Je devais le considérer pour la nuit comme directeur des Opérations. Je devais me considérer comme un coupe-circuit entre Control et tout ce qui se passait dans le reste de l'immeuble. S'il arrivait quoi que ce fût, un message, un coup de téléphone, si banal qu'il pût sembler, je devais attendre que la voie fût libre puis me précipiter dans l'escalier et le remettre à Control. Personne ne devait savoir, ni maintenant ni plus tard, que c'était Control qui était aux commandes. En aucun cas je ne devais lui téléphoner ni lui adresser un note; même les lignes intérieures étaient taboues. C'est la vérité, George, dit Sam, en prenant un sandwich.

— Oh ! je vous crois », dit Smiley avec chaleur.

S'il fallait envoyer des télégrammes, Sam devait là encore prévenir directement Control. Il n'avait pas besoin de s'attendre à voir grand-chose arriver jusqu'à ce soir; et même alors il était fort improbable qu'il se passât quelque chose. Vis-à-vis des cerbères et autre piétaille, comme disait Control, Sam devait faire de son mieux pour avoir un air naturel et occupé.

La séance terminée, Sam regagna le bureau de permanence, envoya chercher un journal du soir, ouvrit une boîte de bière, sélectionna une ligne directe avec l'extérieur et commença à se mettre à l'aise. Il y avait un steeple-chase à Kempton, ce qu'il n'avait pas regardé depuis des années. Au début de la soirée, il fit une autre tournée d'inspection et vérifia les signaux d'alarme à l'étage des archives générales. Trois sur quinze ne fonctionnaient pas et, parvenu à ce point, il commençait à être vraiment populaire auprès des cerbères. Il se fit cuire un œuf et quand il l'eut mangé, il monta au second pour soulager le vieux Mac d'une livre et lui offrir une bière.

« Il m'avait demandé de lui jouer une livre sur je ne sais quel canasson bancal. Je bavardai dix minutes avec lui, regagnai mon antre, écrivis quelques lettres, regardai un film pourri à la télé, puis je me couchai. Le premier appel arriva juste au moment où j'allais m'endormir. A onze heures vingt exactement. Les téléphones ne cessèrent pas de sonner pendant les dix heures suivantes. Je croyais que le standard allait me sauter à la gueule.

— Arcadi perd cinq, dit une voix dans la boîte.

— Excusez-moi », dit Sam, avec son sourire habituel, et laissant Smiley avec la musique, il monta à l'étage prendre la situation en main.

Resté seul, Smiley regarda la cigarette brune de Sam se consumer lentement dans le cendrier. Il attendit, Sam ne revenait pas, il se demanda s'il ne devrait pas l'éteindre. Pas le droit de fumer en service, songea-t-il, c'est le règlement.

« Tout est arrangé », dit Sam.

Le premier appel émanait du fonctionnaire de permanence au Foreign Office sur la ligne directe, dit Sam. Dans la course on pourrait dire que le Foreign Office gagnait d'une courte tête.

« Le chef de Reuters à Londres venait de l'appeler à propos d'une histoire de fusillade à Prague. Un espion britannique avait été abattu par les forces de sécurité russe, on traquait ses complices, est-ce que le Foreign Office était intéressé ? Le fonctionnaire de service nous passait cela pour information. Je répondis que ça m'avait l'air d'être du vent et je raccrochai au moment précis où Mike Meakin des écoutes radio arriva pour me dire que ça bardait du côté des émetteurs tchèques : la moitié des messages étaient en code, mais l'autre moitié était en clair. Il captait sans arrêt des rapports tronqués à propos d'une fusillade près de Brno. Je demandai : Prague ou Brno. Ou les deux ? Rien que Brno. Je lui dis : continuez à écouter, et là-dessus les cinq sonnettes entrèrent en danse. Au moment où je sortais du bureau, le fonctionnaire de permanence au Foreign Office revint sur la ligne directe. Le type de Reuters avait rectifié son histoire, dit-il : au lieu de Prague, il fallait lire Brno. Je fermai la porte avec l'impression de laisser un nid de guêpes dans mon salon. Control était planté devant son bureau quand j'entrai. Il m'avait entendu monter l'escalier. Au fait, est-ce qu'Alleline a fait poser un tapis dans cet escalier ?

— Non », dit Smiley. Il était absolument impassible. « George est comme l'oiseau-mouche », avait dit un jour Ann à Haydon en sa présence. « Il réduit la température de son corps jusqu'à ce qu'elle soit la même que celle du milieu environnant. Comme ça il ne perd pas d'énergie à s'adapter. »

« Vous savez comme il était vif quand il vous regardait. Il a jeté un coup d'œil à mes mains pour voir si j'avais un télégramme pour lui et j'aurais bien voulu apporter quelque chose, mais elles étaient vides. « Je crois bien qu'il y a un peu de panique », annonçai-je. Je lui résumai la situation, il regarda sa mon-

324

tre, je pense qu'il essayait de calculer ce qui allait arriver si tout s'était passé sans histoires. Je dis : « Est-ce que je peux avoir quelques explications, s'il « vous plaît ? » Il se rassit, je ne le voyais pas trop bien, il avait cette lampe verte sur son bureau qui n'éclairait pas beaucoup. Je répétai : « J'aurais besoin « d'explications. Voulez-vous que je donne un dé- « menti ? Pourquoi ne pas faire venir quelqu'un ? » Pas de réponse. Remarquez, il n'y avait personne à faire venir, mais je ne le savais pas encore. « Il me « faut des explications. » On entendait des bruits de pas en bas et je savais que les gars de la radio essayaient de me trouver. « Vous voulez descendre « régler ça vous-même ? » dis-je. Je contournai le bu- reau, en enjambant ses dossiers, tous ouverts à des endroits différents; on aurait dit qu'il compilait une encyclopédie. Certains d'entre eux devaient dater d'avant la guerre. Il était assis comme ça. »

Sam croisa les doigts, les bouts appuyés contre son front et contempla le bureau. Son autre main était posée à plat, tenant la montre de gousset imaginaire de Control. « Dites à MacFedean de m'appeler un taxi, et puis trouvez-moi Smiley. — Et l'opération ? » demandai-je. Je dus attendre toute la nuit pour avoir une réponse. « On peut la démentir, dit-il. Les deux hommes avaient des papiers étrangers. Personne ne pourrait savoir à ce stade qu'ils étaient Anglais. On ne parle que d'un homme », dis-je. Puis je repris : « Smiley est à Berlin. »

En tout cas c'est ce que je crois avoir dit. Là-des- sus, nouveau silence de deux minutes. « N'importe qui fera l'affaire. Ça ne change rien. » Je pense que j'aurais dû le plaindre, mais sur le moment je n'arri- vais pas à éveiller en moi beaucoup de sympathie.

Il me laissait avec le bébé sur les bras et je ne savais absolument rien. MacFadean n'était pas dans les parages, alors j'estimai que Control pouvait se trouver lui-même un taxi et lorsque j'arrivai en bas de l'escalier, je devais avoir l'air de Gordon à Khartoum. La vieille mégère de service aux écoutes radio brandissait des bulletins dans ma direction comme des pavillons, deux cerbères m'interpellaient à tue-tête, l'opérateur radio avait toute une liasse de messages, les téléphones sonnaient, pas seulement le mien, mais une demi-douzaine de lignes directes au quatrième étage. J'allai droit jusqu'au bureau de garde et je coupai toutes les lignes, tout en essayant d'y voir clair. La harpie des écoutes radio — bon sang, comment s'appelle cette femme, elle jouait au bridge avec la Dauphin ?

— Purcell. Molly Purcell.

— C'est ça. Son histoire avait au moins le mérite d'être nette. La radio de Prague promettait un bulletin d'informations exceptionnel dans une demi-heure. Il y avait un quart d'heure de cela. Le bulletin concernerait un acte de grossière provocation par une puissance occidentale, une violation de la souveraineté de la Tchécoslovaquie, et une atteinte aux peuples de toutes les nations éprises de liberté. A part ça, dit Sam sèchement, ce devait être une rigolade d'un bout à l'autre. J'appelai bien entendu Bywater Street, puis j'envoyai un message à Berlin pour leur dire de vous trouver et de vous faire rentrer par l'avion d'hier. Je donnai à Mellows les principaux numéros de téléphone et l'envoyai trouver une ligne extérieure et mettre la main sur tout ce qu'il pourrait contacter comme huiles. Percy était en Ecosse pour le weekend et ne dînait pas chez lui. Sa cuisinière donna un numéro à Mellows, il l'appela et parla à son hôte. Percy venait de partir.

— Je vous demande pardon, dit Smiley l'interrompant. Vous avez appelé Bywater Street pourquoi ? » Il tenait sa lèvre supérieure entre le pouce et l'index, la tirant vers l'extérieur comme si elle était difforme, tout en regardant dans le vide.

« Au cas où vous seriez rentré de Berlin de bonne heure, dit Sam.

— Et c'était le cas ?

— Non.

— Alors, à qui avez-vous parlé ?

— A Ann.

— Ann est absente pour l'instant, dit Smiley. Pourriez-vous me rappeler comment ça s'est passé, votre conversation.

— Je vous ai demandé et elle m'a dit que vous étiez à Berlin.

— Et c'est tout ?

— C'était une crise, George, dit Sam d'un ton d'avertissement.

— Et alors ?

— Je lui ai demandé si par hasard elle savait où était Bill Haydon. C'était urgent. Je pensai qu'il était en congé, mais il aurait pu être par là. Quelqu'un m'avait dit un jour qu'ils étaient cousins. » Il ajouta : « D'ailleurs, à ce qu'on m'a dit, c'est un ami de la famille.

— Oui, en effet. Qu'est-ce qu'elle a dit ?

— Elle m'a gratifié d'un « non » grognon et a raccroché. Désolé, George. La guerre, c'est la guerre.

— Quel ton avait-elle ? demanda Smiley après avoir laissé l'aphorisme reposer un moment entre eux.

327

— Je vous ai dit : grognon. »

Roy était à l'université de Leeds, à dénicher des talents, dit Sam, et n'était pas joignable.

Entre deux appels, Sam se faisait engueuler de tous les côtés. Il aurait tout aussi bien pu envahir Cuba : « Les militaires poussaient les hauts cris à propos de mouvements de blindés tchèques le long de la frontière autrichienne, les gars des écoutes radio n'arrivaient pas à s'entendre penser tant le trafic radio autour de Brno était intense, et pour ce qui est du Foreign Office, le fonctionnaire de permanence avait des vapeurs et la fièvre jaune tout à la fois. D'abord Lacon, puis le Ministre aboyaient aux portes, et à minuit et demi nous avions le bulletin d'informations tchèque annoncé, avec vingt minutes de retard, mais ça n'en valait pas mieux pour ça. Un espion britannique du nom de Jim Ellis, voyageant avec de faux papiers tchèques et assisté de contre-révolutionnaires tchèques, avait tenté d'enlever un général tchèque dont on ne donnait pas le nom dans la forêt voisine de Brno et de lui faire passer clandestinement la frontière autrichienne. Ellis avait été touché, mais on ne disait pas tué, d'autres arrestations étaient imminentes. Je cherchai Ellis dans l'index des noms de code et trouvai Jim Prideaux. Et je pensai, tout comme Control avait dû penser : si Jim s'est fait tirer dessus et qu'il a des papiers tchèques, comment diable connaissent-ils son nom de code et comment savent-ils qu'il est anglais ? Sur ces entrefaites, Bill Haydon est arrivé, blanc comme un linge. Il avait vu la dépêche sur le télex à son club. Il avait aussitôt fait demi-tour pour venir au Cirque.

— Et à quelle heure était-ce exactement ? demanda

Smiley, en fronçant vaguement les sourcils, il devait être assez tard. »

Sam semblait regretter de ne pas pouvoir rendre les choses plus faciles. « Une heure et quart, dit-il.

— Ce qui est tard, n'est-ce pas, pour lire les télex du club ?

— C'est un monde que je ne connais pas, mon vieux.

— Le club de Bill, c'est le Savile, je crois ?

— Je ne sais pas », dit Sam avec obstination. Il but un peu de café. « C'était un spectacle de le regarder, c'est tout ce que je peux vous dire. Je le considérais plutôt comme un fantaisiste. Mais pas ce soir-là, croyez-moi. D'accord, il était secoué. C'était bien normal. Il arrivait là sachant qu'il y avait eu une effroyable fusillade et c'était à peu près tout. Mais quand je lui racontai que c'était Jim qui s'était fait tirer dessus, il me regarda comme un fou. J'ai cru qu'il allait me sauter à la gorge. On lui a tiré dessus. Comment ça ? On l'a abattu ? » Je lui fourrai les dépêches dans la main et il les dévora l'une après l'autre...

« Est-ce qu'il ne devait pas être déjà au courant d'après le télex ? demanda Smiley d'une petite voix. Je croyais qu'à ce moment-là la nouvelle était partout : Ellis abattu. C'était le chapeau de toutes les dépêches, non ?

— Ça dépend quel bulletin il a vu, je suppose, fit Sam en haussant les épaules. Quoi qu'il en soit, il s'est installé au standard et le matin venu, il avait rassemblé les quelques renseignements dont on disposait et ramené quelque chose qui ressemblait à du calme. Il dit au Foreign Office de rester tranquille et d'attendre, il mit la main sur Toby Esterhase et l'envoya cueillir une paire d'agents tchèques, étudiants à l'Ecole des sciences économiques de Londres. Bill les avait laissés comploter jusque-là, il avait l'intention de les retourner et de les renvoyer dans leur pays. Les lampistes de Toby assommèrent les deux gars et les bouclèrent à Sarrett. Puis Bill appela le chef de l'antenne tchèque à Londres et lui parla d'un ton de sergent-major : il le menaça de le découvrir de telle façon qu'il deviendrait la risée de la profession, si on touchait à un cheveu de Jim Prideaux. Il l'invita à transmettre ça à ses maîtres. J'avais l'impression d'être témoin d'un accident de la circulation avec Bill comme seul docteur disponible. Il appela un de ses contacts dans la presse et lui raconta à titre purement confidentiel qu'Ellis était un mercenaire tchèque avec un contrat américain, il pouvait utiliser l'histoire sans citer ses sources. On la retrouva en fait dans les dernières éditions. Dès qu'il le put, il fila jusqu'à l'appartement de Jim pour s'assurer qu'il n'avait rien laissé traîner dont un journaliste pourrait s'emparer, si un journaliste était assez malin pour établir le rapport d'Ellis à Prideaux. Je crois qu'il fit un travail de nettoyage soigné. La famille, tout.

— Il n'y avait pas de famille, dit Smiley. A part Bill, j'imagine », ajouta-t-il à moitié sous cape. Sam reprit :

« A huit heures, Percy Alleline arriva, il avait réussi à obtenir un avion spécial de la RAF. Il était tout souriant. Ça ne me parut pas très malin, étant donné les sentiments de Bill, mais c'était comme ça. Il voulut savoir pourquoi j'étais de garde, alors je lui racontai la même histoire que j'avais débitée à Mary Masterman : pas d'appartement. Il utilisa mon téléphone pour prendre un rendez-vous avec le Ministre et il parlait encore quand Roy Bland arriva, fou de rage et à moitié beurré, voulant savoir qui diable avait fait des saletés sur ses plates-bandes, et m'accusant pratiquement. Je lui dis : « Bon sang, et ce vieux « Jim ? Vous pourriez le plaindre un peu pendant que « vous y êtes », mais Roy est un garçon avide et il aime mieux les vivants que les morts. Je lui ai remis le standard avec toutes mes affections, et je descendis prendre le petit déjeuner au Savoy et lire les journaux du dimanche. Tout ce qu'on y trouvait, c'était un résumé des bulletins émis par la radio de Prague et un démenti méprisant du Foreign Office. »

Smiley dit enfin : « Après ça, vous êtes parti pour le midi de la France ?

— Pour deux mois charmants.

— Personne ne vous a de nouveau questionné... à propos de Control, par exemple ?

— Pas avant mon retour. A ce moment-là, vous aviez été saqué, Control était malade à l'hôpital. » La voix de Sam se fit un peu plus grave. « Il n'a pas fait de bêtise, n'est-ce pas ?

— Il est simplement mort. Que s'est-il passé ?

— Percy faisait fonction de chef, il m'a convoqué et a voulu savoir pourquoi j'étais de garde à la place de Masterman et quelles communications j'avais eues avec Control. Je ne démordis pas de mon histoire et Percy me traita de menteur.

— Alors c'est pour ça qu'on vous a saqué : pour mensonge ?

— Pour alcoolisme. Les cerbères ont pris leur revanche. Ils avaient compté cinq boîtes de bière dans la corbeille à papiers du bureau de l'officier de garde et ils ont fait leur rapport au surveillant. Il y a un règlement impératif : pas d'alcool dans les locaux. En temps voulu un conseil de discipline m'a reconnu coupable d'avoir mis le feu aux arsenaux de la Reine, alors je me suis reconverti dans la brême. Qu'est-ce qui vous est arrivé, à vous ?

— Oh ! à peu près la même chose. Il semble que je n'aie pas réussi à les convaincre que je n'étais pas dans le coup.

— En tout cas, si vous voulez qu'on coupe la gorge à quelqu'un, dit Sam, en le faisant discrètement sortir par une petite porte donnant sur une charmante impasse, passez-moi un coup de fil. » Smiley était plongé dans ses pensées. « Et si jamais vous voulez vous faire un peu d'argent de poche, reprit Sam, amenez donc un des élégants amis d'Ann.

— Sam, écoutez. Cette nuit-là, Bill couchait avec Ann. Non, écoutez. Vous l'avez appelée, elle vous a dit que Bill n'était pas là. A peine avait-elle raccroché qu'elle a poussé Bill hors du lit et il a rappliqué au Cirque une heure après en sachant qu'il y avait eu une fusillade en Tchécoslovaquie. Si vous me racontiez l'histoire sans prendre de gants, c'est ce que vous diriez ?

— A peu près.

— Mais vous n'avez pas parlé à Ann des Tchèques quand vous l'avez appelée...

— Il s'est arrêté à son club en allant au Cirque.

— Si c'était ouvert. Très bien : alors pourquoi ne savait-il pas que Jim Prideaux avait été abattu ? »

Dans la lumière du jour, Sam un instant parut vieux, bien que le sourire n'eût pas quitté son visage. Il semblait avoir quelque chose à dire, puis changea d'avis. Il parut tour à tour en colère, puis déçu, puis de nouveau impassible. « Adios, dit-il. Faites attention », et il se retira vers la nuit permanente du métier qu'il avait choisi.

27

LORSQUE Smiley avait quitté l'Islay pour Grosvenor Square ce matin, les rues baignaient d'une lumière éblouissante et le ciel était bleu. Maintenant, alors qu'au volant de la Rover louée il passait devant les façades sans charme d'Edgware Road, le vent était tombé, le ciel était noir et lourd de pluie, et tout ce qui restait du soleil, c'étaient des reflets rougeâtres qui s'attardaient sur le macadam. Il se gara dans St-John's Wood Road, dans la cour d'un nouvel immeuble-tour avec un auvent vitré, mais il n'entra pas par le perron. Passant devant une grande sculpture ne représentant, lui sembla-t-il, rien d'autre qu'une sorte de fouillis cosmique, il se dirigea sous une petite pluie fine et glacée jusqu'à un escalier extérieur qui descendait vers les sous-sol avec l'inscription « Sortie seulement ». Jusqu'au premier palier, les marches étaient en mosaïque et la rampe était en bois de teck. Passé ce point, la générosité de l'entrepreneur avait cessé. Le plâtre brut remplaçait les revêtements luxueux et des relents d'ordures en attente empestaient l'air. Les manières de Smiley étaient prudentes plutôt que furtives, mais lorsqu'il atteignit la porte de fer il s'arrêta avant de poser les deux mains sur la longue poignée, et il se redressa comme pour se préparer à une épreuve. La porte s'ouvrit d'une trentaine de centimètres et s'arrêta avec un bruit sourd, aussitôt suivi d'un cri de fureur qui retentit plusieurs fois en écho comme quand on crie dans une piscine.

« Alors, vous ne pouvez pas regarder une fois ? »

Smiley se faufila par l'entrebâillement. La porte s'était arrêtée contre le pare-chocs d'une voiture étincelante, mais ce n'était pas la voiture que Smiley regardait. Au fond du garage deux hommes en salopette lavaient à la lance une Rolls-Royce dans un box. Tous deux regardaient dans sa direction.

« Pourquoi vous ne prenez pas l'autre chemin ? interrogea la même voix furieuse. Vous locataire ici ? Pourquoi vous n'utilisez pas ascenseur locataire ? Cet escalier pour incendie. »

Il était impossible de dire lequel des deux parlait mais de toute façon c'était avec un fort accent slave. La lumière dans le box était derrière eux. C'était le plus petit des deux hommes qui tenait le tuyau.

Smiley s'avança, prenant soin de ne pas approcher ses mains de ses poches. L'homme à la lance se remit au travail, mais le plus grand des deux resta à l'observer dans la pénombre. Il portait une combinaison blanche et il avait retroussé les pointes du col, ce qui lui donnait un air un peu canaille. Il avait des cheveux noirs peignés en arrière et drus.

« Je dois vous dire que je ne suis pas locataire, avoua Smiley. Mais je me demande si je ne pourrais pas parler à quelqu'un pour louer un emplacement de parking. Je m'appelle *Carmichael*, expliqua-t-il d'une voix plus forte. Je viens d'acheter un appartement un peu plus haut dans la rue. »

Il fit un geste comme pour exhiber une carte; comme si les documents qu'il pourrait fournir devaient parler plus en sa faveur que son apparence insignifiante. « Je paierai d'avance, promit-il. Je pourrais signer un contrat ou ce qu'il faut, j'en suis sûr. Naturellement, je tiens à ce que ce soit régulier. Je peux vous donner des références, verser un dépôt, n'importe quoi de raisonnable. Dès l'instant que c'est régulier. C'est une Rover. Neuve. Je ne veux rien faire derrière le dos de la Compagnie parce que ce n'est pas dans mes habitudes. Mais je ferai n'importe quoi d'autre de raisonnable. Je l'aurais bien descendue, mais je n'étais pas sûr. Et puis, ma foi, je sais que ça paraît stupide, mais la rampe ne m'a pas plu. C'est une voiture toute neuve, vous comprenez. »

Durant cet interminable déclaration d'intention, qu'il avait débitée d'un air soucieux et tatillon, Smiley était resté dans le faisceau d'une forte lampe pendue à un chevron : un personnage suppliant, presque implorant, aurait-on pu penser, et qu'on voyait bien dans cet espace découvert. Cette attitude avait eu l'effet désiré. Quittant le box, la silhouette en blanc se dirigea vers une niche vitrée aménagée entre deux piliers de fer, et de sa belle tête fit signe à Smiley de le suivre. Tout en marchant, il ôtait ses gants. C'étaient des gants de cuir, piqués sellier et très beaux.

« Ah! il faut vous faire attention comment vous ouvrez porte, lança-t-il de la même voix forte. Il faut utiliser ascenseur, vous comprenez, ou peut-être vous payez deux livres. Vous utilisez ascenseur, vous ne faites pas d'histoires.

— Max, il faut que je vous parle, dit Smiley une fois qu'ils furent dans la niche. Seul. Pas ici. »

Max était un homme large et puissant avec un visage d'enfant pâle, mais la peau était sillonnée de rides comme celle d'un vieillard. Il était beau et ses yeux étaient encore très fixes. Son attitude générale était d'une redoutable immobilité.

« Maintenant, vous voulez parler maintenant ?

— Dans la voiture. J'en ai une dehors. Si vous remontez la rampe vous tombez juste dessus. »

Mettant sa main en porte-voix, Max hurla quelque chose à travers le garage. Il avait une demi-tête de plus que Smiley et une voix de tambour-major. Smiley ne comprit pas ce qu'il disait. C'était peut-être du tchèque. Il n'y eut pas de réponse, mais Max déboutonnait déjà sa salopette.

« C'est à propos de Jim Prideaux, dit Smiley.

— Sûr », dit Max.

Ils roulèrent jusqu'à Hampstead et restèrent assis dans la Rover bien astiquée, à regarder les gosses casser la glace sur l'étang. La pluie avait fini par s'arrêter; peut-être parce qu'il faisait si froid.

Sorti de son garage, Max portait un costume bleu et une chemise bleue. Sa cravate était bleue mais soigneusement différente des deux autres bleus : il s'était donné beaucoup de mal pour trouver cette nuance. Il portait plusieurs bagues et des bottes d'aviateur avec une fermeture à glissière sur le côté.

« Je ne suis plus au Cirque. On vous l'a dit ? » demanda Smiley. Max haussa les épaules. « Je pensais qu'on vous l'aurait dit », dit Smiley.

Max était assis très droit; il ne s'appuyait pas sur la banquette, il était trop fier. Il ne regarda pas Smiley. Son regard était tourné fixement vers l'étang et les enfants qui jouaient et glissaient parmi les roseaux.

« On ne me dit rien, dit-il.

— J'ai été saqué, expliqua Smiley. Sans doute à peu près au même moment que vous. »

Max parut s'étirer légèrement, puis reprit sa position. « Dommage, George. Qu'est-ce que vous avez fait : volé de l'argent ?

— Je ne veux pas qu'ils sachent, Max.

— Vous privé, moi privé aussi, dit Max et d'un étui à cigarettes en or, il offrit à Smiley une cigarette que celui-ci refusa.

— Je veux apprendre ce qui s'est passé, reprit Smiley. Je voulais le découvrir avant qu'on me vire, mais je n'ai pas eu le temps.

— C'est pour ça qu'on vous a saqué ?

— Peut-être.

— Vous ne savez pas tant de choses, hein ? » dit Max, son regard errant toujours nonchalamment sur les gosses.

Smiley parla très simplement, observant sans cesse le visage de Max au cas où celui-ci ne comprendrait pas. Ils auraient pu parler allemand, mais Max avait horreur de cela, il le savait. Alors il s'exprimait en anglais et guettait le visage de Max.

« Je ne sais rien du tout, Max. Je n'étais absolument pas dans le coup. J'étais à Berlin quand ça s'est passé, je ne savais rien des plans ni des circonstances. On m'a câblé, mais quand je suis arrivé à Londres, c'était trop tard.

— Les plans, répéta Max. Ça se posait là comme plans. » Sa mâchoire et ses joues parurent soudain un réseau de rides et ses yeux se plissèrent, dans une grimace ou peut-être un sourire. « Alors maintenant vous avez beaucoup de temps, hein, George ? Seigneur, ça se posait là comme plans.

— Jim avait une mission spéciale à accomplir. Il vous a demandé.

— Bien sûr. Jim demande à Max de faire le baby-sitter.

— Comment vous a-t-il contacté ? Est-ce qu'il est venu à Acton trouver Toby Esterhase en disant : « Toby, je veux Max » ? Comment a-t-il fait ? »

Les mains de Max étaient posées sur ses genoux. Elles étaient fines et soignées, à l'exception des jointures qui étaient épaisses. Au nom d'Esterhase il joignit les mains, faisant une sorte de cage comme s'il avait attrapé un papillon.

« Qu'est-ce que ça peut foutre ? demanda Max.

— Alors, qu'est-ce qui s'est passé ?

— C'était privé, dit Max. Jim privé, moi privé. Comme maintenant.

— Allons, dit Smiley. Je vous en prie. »

Max se mit à raconter comme si c'était un gâchis comme les autres : une histoire de famille, d'affaires ou d'amour. C'était un lundi soir de la mi-octobre, oui, le 16. C'était une période creuse, il n'était pas allé à l'étranger depuis des semaines et il en avait ras le bol. Il avait passé toute la journée à effectuer une reconnaissance sur une maison de Bloomsbury où deux étudiants chinois étaient censés habiter; les lampistes envisageaient de cambrioler leurs chambres. Il était sur le point de regagner la Blanchisserie d'Acton pour rédiger son rapport quand Jim l'avait abordé dans la rue en lui faisant le numéro de la rencontre accidentelle et l'avait emmené jusqu'au Crystal Palace, où ils étaient restés assis dans la voiture à bavarder, comme maintenant, sauf qu'ils parlaient tchèque. Jim expliqua qu'il y avait une mission spéciale en préparation, quelque chose de si énorme, de si secret que personne d'autre au Cirque, pas même Toby Esterhase, n'avait le droit de savoir que ça se passait. Ça venait de tout en haut et c'était coton. Est-ce que ça intéressait Max ?

« Je dis : « Bien sûr, Jim. Max intéressé. » Puis il demande : « Prends un congé. Tu vas trouver Toby, tu dis : Toby, ma mère malade, il me faut un congé. » J'ai pas de mère. « Sûr », je lui dis, « je prends congé. Combien de temps, Jim ? »

Toute l'histoire ne devrait pas durer plus que le week-end, dit Jim. Ils devaient arriver le samedi et repartir le dimanche, puis il demanda à Max s'il n'avait pas en réserve quelque identité de rechange : le mieux, ce serait nationalité autrichienne, petit commerçant, avec permis de conduire assorti. Si Max n'avait rien sous la main à Acton, Jim lui ferait préparer quelque chose à Brixton.

« Sûr, je dis. J'ai Hartmann, Rudi, de Linz, émigré sudète. »

Max raconta donc à Toby une histoire de pépin avec une fille à Bradford, et Toby fit à Max une conférence de dix minutes sur les mœurs sexuelles des Anglais ; et le jeudi, Jim et Max se rencontrèrent dans une planque qu'utilisaient en ce temps-là les chasseurs de scalps, une vieille bâtisse délabrée de Lambeth. Jim avait apporté les clefs. Une affaire de trois jours, répéta Jim, une conférence clandestine dans les environs de Brno. Jim avait une grande carte et ils l'étudièrent. Jim voyagerait avec des papiers tchèques, Max avec des papiers autrichiens. Ils gagneraient séparément Brno. Jim prendrait l'avion de Paris à Prague, puis le train à partir de Prague. Il ne dit pas quels papiers il aurait, mais Max supposait que c'étaient des papiers tchèques, parce que Max lui en avait vu utiliser auparavant. Max était Hartmann, Rudi, commerçant en verrerie et plats réfractaires. Il devait passer la frontière autrichienne en camionnette près de Mikulov, puis prendre la direction du nord jusqu'à Brno, en se donnant largement le temps d'arriver à un rendez-vous à six heures et demi le samedi soir dans une petite rue à côté du terrain de football. Il y avait un grand match ce soir-là qui commençait à sept heures. Jim arriverait avec la foule jusqu'à la petite rue, puis monterait dans la camionnette. Ils se mirent d'accord sur des heures, des rendez-vous de repêchage et les imprévus habituels, et d'ailleurs, dit Max, chacun connaissait par cœur le style de l'autre.

Une fois sortis de Brno, ils devaient suivre la route de Bilovice jusqu'à Krtiny, puis prendre à l'est en direction de Racice. Quelque part sur la route de Racice, ils trouveraient sur le côté gauche une voiture noire garée, selon toute probabilité une Fiat. Les deux premiers chiffres du numéro minéralogique seraient 99. Le conducteur lirait un journal. Ils s'arrêteraient, Max s'approcherait en demandant si tout allait bien. L'homme répondrait que son docteur lui avait interdit de conduire plus de trois heures d'affilée. Max répondrait qu'il était vrai que les longs trajets étaient fatigants pour le cœur. Le conducteur leur montrerait alors où garer la camionnette et les emmènerait au rendez-vous dans sa voiture.

« Qui deviez-vous rencontrer, Max ? Est-ce que Jim vous l'a dit ? »

Non, c'était tout ce que Jim lui avait dit.

Jusqu'à Brno, poursuivit Max, les choses se passèrent à peu près comme prévu. A la sortie de Mikulov, ils furent suivis un moment par deux motocyclistes en civil qui se relayaient toutes les dix minutes, mais il mit ça sur le compte des plaques d'immatriculation autrichiennes et ne s'en préoccupa pas. Il atteignit Brno sans effort au milieu de l'après-midi, et pour continuer à jouer le jeu, il prit une chambre à l'hôtel et alla boire deux cafés au restaurant. Un gus entama la conversation et Max lui parla des vicissitudes du commerce de la verrerie et de sa petite amie de Linz qui était partie avec un Américain. Jim n'était pas au premier rendez-vous mais il arriva au rendez-vous de repêchage une heure plus tard. Max supposa tout d'abord que le train avait eu du retard mais Jim se contenta de dire « roule lentement » et il comprit alors que quelque chose n'allait pas.

Voici comment les choses devaient se passer, dit Jim. Il y avait eu un changement de plan. Max devait rester en dehors du coup. Il devait déposer Jim à proximité du lieu de rendez-vous, puis se planquer à Brno jusqu'au lundi matin. Il ne devait prendre contact avec aucun des réseaux du Cirque : personne du réseau Colère, personne du réseau Platon, et surtout aucun contact avec l'antenne de Prague. Si Jim n'avait pas fait surface à l'hôtel à huit heures le lundi matin, Max devait filer comme il pouvait. Si Jim réapparaissait, la tâche de Max consisterait à remettre à Control un message de Jim : le message pourrait être très simple, ce pourrait n'être pas plus qu'un seul mot. Arrivé à Londres, il devrait aller trouver Control personnellement, prendre un rendez-vous par l'intermédiaire du vieux MacFadean, et lui transmettre le message, est-ce que c'était clair ? Si Jim ne se montrait pas, Max devait reprendre une vie normale et nier tout, à l'intérieur du Cirque aussi bien qu'à l'extérieur.

« Est-ce que Jim vous a dit pourquoi le plan avait changé ?

— Jim était inquiet.

— Il lui était donc arrivé quelque chose en chemin ?

— Peut-être. Je dis à Jim : « Ecoute, Jim, je viens « avec. Moi, je ferai le baby-sitter, je conduis pour « toi, je tire pour toi, et voilà. » Jim se met très en colère, vous voyez ?

— Je vois », dit Smiley.

Ils prirent la route de Racice, et trouvèrent la voiture garée tous feux éteints en face d'un chemin de terre, une Fiat, noire, avec un numéro minéralogique commençant par 99. Max arrêta la camionnette et Jim descendit. Comme Jim se dirigeait vers la Fiat, le conducteur entrebâilla la porte pour faire s'allumer l'éclairage intérieur. Il avait un journal ouvert posé sur le volant.

« Vous avez pu voir son visage ?

— Il était dans l'ombre. »

Max attendit, sans doute échangèrent-ils les mots de code, Jim monta et la voiture s'éloigna sur le chemin de terre, toujours tous feux éteints. Max rentra à Brno. Il était assis à prendre un schnaps au restaurant quand un formidable grondement envahit toute la ville. Il crut tout d'abord que ça venait du stade de football, puis il se rendit compte que c'étaient des camions, un convoi qui dévalait la route. Il demanda à la serveuse ce qui se passait et elle raconta qu'il y avait eu une fusillade dans les bois, c'étaient des contre-révolutionnaires. Il alla jusqu'à la camionnette, alluma la radio et prit le bulletin d'informations de Prague.

C'était la première fois qu'il entendait parler d'un général. Il supposa qu'il y avait des barrages de police partout, et de toute façon il avait les instructions de Jim de se planquer à l'hôtel jusqu'au lundi matin.

« Peut-être Jim m'envoie message. Peut-être un type de résistance vient me voir.

— Avec cet unique mot, dit tranquillement Smiley.

— Sûr.

— Il n'a pas dit quelle sorte de mot c'était ?

— Vous êtes fou », dit Max. On ne savait pas si c'était une affirmation ou une question.

« Un mot tchèque, un mot anglais ou un mot allemand ?

— Personne n'est venu », dit Max, sans prendre la peine de répondre à ces folies.

Le lundi il brûla le passeport avec lequel il était entré, changea les plaques de sa camionnette et prit la filière de sortie par l'Allemagne de l'Ouest. Plutôt que de prendre la direction du sud, il roula vers le sud-ouest, laissa la camionnette dans un fossé et traversa la frontière en car à Freistadt, qui était la route la plus pépère qu'il connaissait. A Freistadt il prit un verre et passa la nuit avec une fille parce qu'il se sentait démonté et furieux et qu'il avait besoin de reprendre son souffle. Il arriva à Londres le mardi soir et, en dépit des ordres de Jim, il pensa qu'il ferait mieux d'essayer de contacter Control. « Ç'a été fichtrement difficile », observa-t-il.

Il essaya de téléphoner, mais n'alla pas plus loin que les mémés. MacFedean n'était pas là. Il songea à écrire, mais il se rappela ce que lui avait dit Jim et comment personne d'autre au Cirque ne devait savoir. Il décida qu'écrire était trop dangereux. Le bruit courait à la Blanchisserie d'Acton que Control était malade.

Il essaya de découvrir à quel hôpital, mais n'y parvint pas.

« Est-ce que les gens à la Blanchisserie semblaient savoir où vous étiez allé ?

— Je me demande. »

Il s'interrogeait encore quand les surveillants le convoquèrent et demandèrent à voir son passeport au nom de Rudi Hartmann. Max dit qu'il l'avait perdu, ce qui était après tout très proche de la vérité. Pourquoi n'avait-il pas signalé la perte ? Il ne savait pas. Quand la perte avait-elle eu lieu ? Il ne savait pas. Quand avait-il vu Jim Prideaux pour la dernière fois ? Il ne s'en souvenait pas. On l'envoya à la Nursery de Sarratt, mais Max se sentait furieux et très en forme, et au bout de deux ou trois jours les interrogateurs se lassèrent de lui, ou bien quelqu'un leur dit d'arrêter.

« Je reviens à Blanchisserie d'Acton. Toby Esterhase me donne cent livres, me dit d'aller me faire voir. »

Des applaudissements jaillirent autour de l'étang. Deux garçons avaient fait couler une grande plaque de glace et l'eau maintenant bouillonnait par le trou.

« Max, qu'est-ce qui est arrivé à Jim ?

— Qu'est-ce que ça peut foutre ?

— Vous entendez ces choses-là. Ça se sait parmi les émigrés. Qu'est-ce qui lui est arrivé ? Qui l'a rafistolé, comment Bill Haydon l'a-t-il récupéré ?

— Les émigrés ne parlent plus à Max du tout.

— Mais vous avez entendu des choses, n'est-ce pas ? »

Cette fois ce furent les mains blanches qui lui dirent. Smiley vit les doigts s'écarter, cinq sur une main, trois sur l'autre, et il se sentait déjà au bord de la nausée avant que Max ne reprît :

« Donc ils tirent sur Jim par-derrière. Peut-être que Jim s'enfuyait, qu'est-ce que ça peut foutre ? Ils mettent Jim en prison, ça n'est pas si bon pour Jim. Pour mes amis non plus. Pas bon du tout. » Il se mit à compter : « Pribyl, commença-t-il en se touchant le pouce. Bukova Mirek, de la femme de Pribyl le frère. » Il replia un doigt. « Aussi la femme de Pribyl. » Un second doigt, un troisième : « Kolin Jiri, sa sœur aussi, morts. Ça c'était le réseau Colère. » Il changea de main. « Après le réseau Colère, c'est le tour du réseau Platon. L'avocat Rabotin, le colonel Landkron, et les dactylos Eva Krieglova et Hanka Vilova. Morts aussi. C'est fichtrement cher, George » — il brandit ses doigts bien soignés tout près du visage de Smiley — « c'est bigrement cher pour un Anglais avec une balle dans le dos ». Il s'emportait. « Pourquoi vous vous préoccupez, George ? Le Cirque pas bon pour les Tchèques. Les Alliés pas bons pour les Tchèques. Jamais un richard n'est sorti pauvre de prison, vous voulez connaître une histoire ? Comment vous dites *Märchen*, s'il vous plaît, George ?

— Conte de fées, dit Smiley.

— Bon, alors plus de contes de fées pour me raconter comment les Anglais ont sauvé la Tchécoslovaquie, fini !

— Ce n'était peut-être pas Jim, dit Smiley après un long silence. C'est peut-être quelqu'un d'autre qui a grillé les réseaux. Pas Jim. »

Max ouvrait déjà la portière. « Qu'est-ce que ça peut foutre ? demanda-t-il.

— Max, dit Smiley.

— Ne vous inquiétez pas, George. Je n'ai personne à qui vous vendre. D'accord ?

— D'accord ! »

Immobile dans la voiture, Smiley le vit héler un taxi. Il fit un petit geste de la main comme s'il appelait un garçon de café. Il donna l'adresse sans prendre la peine de regarder le chauffeur. Puis il s'éloigna, assis très raide, regardant droit devant lui, comme un souverain ignorant la foule.

Comme le taxi disparaissait, l'inspecteur Mendel se leva lentement du banc, replia son journal et s'approcha de la Rover.

« La voie est libre, dit-il. Rien sur votre dos, rien sur votre conscience. »

Smiley, qui n'en était pas si sûr, lui remit les clefs de la voiture, puis se dirigea vers l'arrêt d'autobus, en traversant d'abord la rue pour se diriger vers l'ouest.

28

Sa destination était dans Fleet Street, une cave au rez-de-chaussée pleine de barriques de vin. Dans d'autres quartiers, on pourrait considérer trois heures et demie comme un peu tard pour un apéritif, mais lorsque Smiley poussa doucement la porte, une douzaine de silhouettes qu'on distinguait à peine dans la pénombre se tournèrent pour le dévisager du bar. Et à une table de coin, aussi anonyme que les arches en plastique ou que les faux mousquets accrochés aux murs, il y avait Jerry Westerby installé devant un double gin.

« Mon vieux, dit Jerry Westerby timidement d'une voix qui semblait sortir du sol. Ça, par exemple. Hé Jimmy! » Sa main qu'il avait posée sur le bras de Smiley tout en appelant le barman de l'autre, était énorme et capitonnée de muscles, car Jerry avait été naguère gardien de but pour une équipe de cricket locale. Contrairement aux autres gardiens de cricket, c'était un grand gaillard, mais il avait les épaules encore voûtées à force d'être resté penché. Il avait une tignasse de cheveux roux grisonnants et un visage rougeaud et il portait la cravate d'un club sportif célèbre sur une chemise de soie crème. La vue de

Smiley de toute évidence lui faisait très plaisir, car son visage rayonnait.

« Ça alors, répéta-t-il. Si je m'attendais à celle-là. Dites donc, qu'est-ce que vous foutez maintenant ? » — en même temps il l'entraînait de force sur la banquette auprès de lui. « On se dore les fesses au soleil, on crache au plafond ? Hé... » — une question urgente — « Qu'est-ce que ce sera pour vous ? »

Smiley commanda un Bloody Mary.

« Ça n'est pas une totale coïncidence, Jerry », avoua Smiley. Il y eut un bref silence entre eux que Jerry entreprit soudain de combler.

« Alors, comment va la petite dame ? Ça va bien ? C'est ça l'amour. Un grand mariage, celui-là, je l'ai toujours dit. »

Jerry Westerby pour sa part avait commis plusieurs mariages, mais peu qui lui eussent fait plaisir.

« Je vais vous proposer un marché, George, dit-il, roulant vers lui une énorme épaule. Je vais m'installer avec Ann à cracher au plafond, et vous prenez mon boulot et vous faites les comptes rendus des championnats féminins de ping-pong. Qu'est-ce que vous en dites ? Santé.

— *Cheers*, dit Smiley d'un ton jovial.

— Au fait, ça fait un moment que je n'ai pas vu la petite bande, avoua Jerry d'un air gêné, rougissant une fois de plus de façon inexplicable. Une carte de Noël du vieux Toby l'année dernière, c'est à peu près tout. On a dû me mettre au rancart. Difficile de leur en vouloir. » Il donna une chiquenaude au bord de son verre. « Un peu trop de ça, voilà. Ils croient que je ne saurais pas tenir ma langue. Que je craquerais.

— Je suis sûr que non, dit Smiley, puis le silence retomba entre eux.

— Trop d'eau de feu mauvais pour les braves »,
psalmodia Jerry d'un ton solennel. Depuis des années
ils avaient entre eux ce numéro de Peau-Rouge, se
rappela Smiley, le cœur serré.

« *Hog*, dit Smiley.

— *Hog*, dit Jerry et ils burent.

— J'ai brûlé votre lettre aussitôt après l'avoir lue,
reprit Smiley d'une voix calme et tranquille. Au cas
où vous vous poseriez la question. Je n'en ai parlé
absolument à personne. De toute façon elle est arrivée
trop tard. Tout était terminé. »

En entendant cela, le teint coloré de Jerry vira au
rouge écarlate.

« Ce n'est donc pas la lettre que vous m'avez écrite
qui les a découragés de vous, continua Smiley du
même ton très doux, si c'est ce que vous pensez. Et
après tout, vous me l'avez remise en main propre.

— C'est très bien de votre part, murmura Jerry,
merci. Je n'aurais pas dû l'écrire. Une étourderie
de collégien.

— Allons donc, dit Smiley en commandant une
nouvelle tournée. Vous l'avez fait pour le bien du
Service. »

En disant cela, Smiley avait l'impression d'entendre
Lacon. Mais la seule façon de parler à Jerry, c'était
de s'exprimer comme le journal de Jerry : des phrases
courtes, des opinions faciles.

Jerry exhala longuement la fumée de sa cigarette.
« Mon dernier boulot, c'était, oh! il y a un an, se
rappela-t-il avec un renouveau de désinvolture. Plus.
Il s'agissait de déposer un petit paquet à Budapest.
Rien du tout en fait. Une cabine téléphonique. Une
étagère en haut. Lever la main. Je l'ai laissé là. Un
jeu d'enfant. Je ne crois pas avoir fait de boulette ni

349

rien. J'ai fait mes petits calculs et tout ça. Les signaux de sécurité. « Boîte aux lettres prête pour la levée. « Servez-vous. » Comme on nous enseignait, vous savez. Quand même, vous autres, vous êtes mieux placés pour juger, n'est-ce pas ? Vous êtes les gambergeurs. Il faut faire son boulot, voilà tout. Pas plus. Tout ça fait partie d'un ensemble. D'un plan.

— Ils ne tarderont pas à venir vous chercher, fit Smiley d'un ton consolant. Je suis sûr qu'ils vous laissent récupérer une saison. Ils font ça, vous savez.

— J'espère », dit Jerry, avec un sourire loyal très timide. Lorsqu'il but, son verre tremblait légèrement.

« C'était le voyage que vous avez fait juste avant de m'écrire ? demanda Smiley.

— Bien sûr. Le même voyage en fait, Budapest, puis Prague.

— Et c'est à Prague que vous avez entendu cette histoire ? L'histoire à laquelle vous faisiez allusion dans votre lettre ? »

Au bar, un homme au visage rubicond et vêtu de noir prédisait l'effondrement imminent de la nation. Il nous donnait trois mois, disait-il et puis rideau.

« Un drôle de type, ce Toby Esterhase, dit Jerry.

— Mais qui connaît son affaire, dit Smiley.

— Oh ! mon vieux, de première bourre. Brillant, si vous voulez mon avis. Mais bizarre, vous savez. *Hog.* » Ils burent de nouveau et Jerry Westerby pointa mollement un doigt derrière sa nuque pour imiter une plume d'Apache. « Le malheur, disait l'homme rubicond au bar, son verre à la main, c'est que nous ne saurons même pas que c'est arrivé. »

Ils décidèrent de déjeuner tout de suite, parce que Jerry avait cet article à écrire pour l'édition de demain : le buteur de Birmingham qui avait perdu la boule. Ils

350

allèrent dans un petit restaurant indien où la direction ne demandait pas mieux que de leur servir de la bière à l'heure du thé, et ils convinrent que si quelqu'un leur tombait dessus, Jerry présenterait George comme le directeur de sa banque, idée qui ne cessa de l'amuser durant tout le repas. Il y avait une musique de fond que Jerry appelait le vol nuptial du moustique, et qui menaçait par moments de couvrir les notes plus étouffées de sa voix rauque; ce qui était probablement tout aussi bien. Car, tandis que Smiley affichait courageusement son enthousiasme pour le curry, Jerry, après ses hésitations initiales, s'était lancé dans une toute autre histoire, à propos d'un certain Jim Ellis : histoire que ce cher vieux Toby Esterhase avait refusé de lui laisser publier.

Jerry Westerby était cet individu extrêmement rare, le parfait témoin. Il n'avait pas de fantaisie, pas de malice, pas d'opinion personnelle. Simplement, l'affaire était bizarre. Il n'arrivait pas à la chasser de son esprit, et maintenant qu'il y repensait, il n'avait pas parlé à Toby depuis.

« Rien que cette carte, vous voyez, « Joyeux Noël », signé Toby — une photo de Leadenhall Street sous la neige. » Il contemplait avec une grande perplexité le ventilateur électrique. « Il n'y a rien de spécial à propos de Leadenhall Street, n'est-ce pas, mon vieux ? Pas de boîtes aux lettres, ni de planque, ni rien, n'est-ce pas ?

— Pas que je sache, dit Smiley en riant.

— Impossible de trouver pourquoi il a choisi Leadenhall Street pour une carte de Noël. C'est fichtrement curieux, vous ne trouvez pas ? »

Peut-être qu'il voulait simplement une image de Londres sous la neige, suggéra Smiley; Toby, après tout, était à bien des égards tout à fait étranger.

« Drôle de façon de garder le contact, je dois dire. Il m'envoyait généralement une caisse de scotch, ça arrivait comme une horloge. » Jerry fronça les sourcils et but une gorgée de sa chope. « Ça n'est pas le scotch qui me préoccupe, expliqua-t-il, avec cet air perplexe qui voilait parfois les visions plus amples de son existence, je peux m'acheter mon scotch quand j'en ai envie. C'est simplement que quand on n'est plus dans le coup, on croit que tout a une signification, alors les cadeaux deviennent importants, vous voyez ce que je veux dire ? »

C'était il y a un an, ma foi, en décembre. Le restaurant des Sports à Prague, dit Jerry Westerby, était un peu en dehors des sentiers battus pour le journaliste occidental moyen. Ceux-ci pour la plupart traînaient au Cosmos ou à l'International, en parlant à voix basse et en restant entre eux parce qu'ils étaient nerveux. Mais le café favori de Jerry, c'était les Sports, et depuis qu'il y avait emmené Holotek, le gardien de but, après que son équipe eut gagné le match contre les Tatares, Jerry était très bien vu du barman, qui s'appelait Stanislaus ou Stan.

« Stan est un vrai prince. Il fait exactement ce qui lui plaît. Il vous donne tout d'un coup l'impression que la Tchécoslovaquie est un pays libre. »

Restaurant, expliqua-t-il, signifiait bar. Alors que bar en tchèque signifiait boîte de nuit, ce qui était drôle. Smiley reconnut que ça devait être déconcertant.

Malgré tout, Jerry avait toujours une oreille qui traînait quand il allait là, après tout on était en Tchécoslovaquie, et une ou deux fois il avait pu rapporter un renseignement, par-ci par-là, à Toby ou le mettre sur la piste de quelqu'un.

« Même si c'était simplement une histoire de trafic de devises ou de marché noir. Tout fait ventre, selon Toby. Ces petits bouts s'ajoutent — en tout cas, c'est ce que Toby disait. »

Tout à fait juste, reconnut Smiley. C'était comme ça que ça se passait.

« Un gambergeur alors, ce Toby ?

— Bien sûr.

— Autrefois j'ai travaillé directement pour Roy Bland, vous comprenez. Et puis Roy a eu de l'avancement, alors c'est Toby qui m'a pris en main. Ça déroute un peu, en fait, tous ces changements. *Cheers*.

— Depuis combien de temps travailliez-vous pour Toby quand vous avez fait ce voyage ?

— Deux ans, pas plus. »

Il y eut un silence pendant qu'on leur apportait les plats et qu'on remplissait les chopes, et que Jerry Westerby, de ses énormes mains, émiettait un piment sur le curry le plus relevé du menu, puis répandait par-dessus une sauce rouge. La sauce, expliqua-t-il, était destinée à l'épicer un peu. « Le vieux Khan la prépare spécialement pour moi, précisa-t-il en aparté. Il la conserve dans un abri blindé. »

Donc, reprit-il, ce soir-là, au bar de Stan il y avait ce jeune type aux cheveux coupés comme avec un bol avec une jolie fille à son bras.

« Et je me suis dit : « Attention, mon petit Jerry, « c'est une coupe de cheveux militaire. » Exact ?

— Exact », fit Smiley en écho, en pensant qu'à sa façon pour ce qui était de la gamberge, Jerry non plus ne devait rien à personne.

Il apparut que le jeune homme était le neveu de Stan et qu'il était très fier de son anglais : « C'est extraordinaire ce que les gens sont prêts à vous raconter si ça leur donne l'occasion de montrer comme ils parlent bien une langue. » Il était en permission et il était tombé amoureux de cette jeune fille, il avait encore huit jours devant lui et le monde entier était son ami, y compris Jerry. Particulièrement Jerry, en fait, parce que Jerry payait les consommations.

« On est donc tous là assis en pagaille à la grande table du coin, des étudiants, de jolies filles, toute sorte de gens. Le vieux Stan était sorti de derrière le comptoir et il y avait un gars qui se débrouillait pas mal avec un accordéon. Plein de *Gemütlichkeit*, plein de gnole, plein de bruit. »

Le bruit était particulièrement important, expliqua Jerry, parce que ça lui permettait de bavarder avec ce garçon sans que personne d'autre y fît attention. Le garçon était assis à côté de Jerry, il s'était tout de suite pris d'amitié pour lui. Il avait un bras passé autour de la fille et un bras autour de Jerry.

« Un de ces gosses qui peuvent vous toucher sans vous donner la chair de poule. En général, je n'aime pas qu'on me touche. Les Grecs le font toujours. Personnellement, j'ai horreur de ça. »

Smiley dit qu'il en avait horreur aussi.

« Tiens, maintenant que j'y pense, la fille ressemblait un peu à Ann, reprit Jerry. Un air madré, vous voyez ce que je veux dire ? Des yeux à la Garbo, du sex-appeal à revendre. »

Alors, pendant que tout le monde s'en donnait à cœur joie de chanter, de boire et de s'embrasser à la ronde, ce garçon demanda à Jerry s'il aimerait connaître la vérité à propos de Jim Ellis.

« J'ai fait semblant de n'avoir jamais entendu parler de lui, expliqua Jerry à Smiley. « Je serai ravi », lui dis-je. « Qu'est-ce qu'il fait, Jim Ellis dans le

354

civil ? » Et le garçon me regarde comme si j'étais demeuré et me dit : « C'est un espion anglais. » Seulement personne d'autre n'entendait, vous comprenez, ils étaient tous à vociférer et à chanter des chansons de corps de garde. Il avait la tête de la fille sur son épaule, mais elle était à moitié beurrée et au septième ciel, alors il a continué à me parler, fier de son anglais, vous voyez.

— Je vois, dit Smiley.

— « Un espion anglais. » Il me gueule ça droit dans l'oreille. « Il s'était battu avec les partisans tchèques pendant la guerre. Il est venu ici en se faisant appeler Hajek et il a été abattu par la police secrète russe. » Alors je me suis contenté de hausser les épaules en disant : « Première nouvelle, mon vieux. » Je ne poussais pas, vous voyez. Y faut jamais pousser. Ça leur fout la frousse.

— Vous avez tout à fait raison », dit Smiley du fond du cœur, et pendant un interlude, il évita patiemment de nouvelles questions sur Ann, et sur ce que c'était que d'aimer, d'aimer vraiment l'autre toute notre vie.

« Je suis un conscrit, commença le garçon, d'après Jerry Westerby. Il faut que je serve dans l'armée, sinon je ne pourrai pas aller à l'université.» En octobre il avait participé à des manœuvres dans les forêts des environs de Brno. Il y avait toujours plein de militaires dans les bois par là; en été, toute la région était fermée au public parfois pendant tout un mois. Il participait à un exercice d'infanterie assommant qui était censé durer deux semaines, mais le troisième jour il fut annulé sans raison et les troupes reçurent l'ordre de rentrer en ville. C'étaient les ordres : faites votre paquetage et retour à la caserne. Toute la forêt devait être évacuée à la tombée de la nuit.

« Au bout de quelques heures, toute sorte de rumeurs insensées commençaient à circuler, poursuivit Jerry. Un type disait que la station de recherches balistiques de Tisnov avait sauté. Quelqu'un d'autre disait que les bataillons à l'entraînement s'étaient mutinés et tiraient sur les soldats russes. Qu'un soulèvement avait éclaté à Prague, que les Russes avaient pris le gouvernement, que les Allemands avaient attaqué, Dieu sait ce qui ne s'était pas passé. Vous savez comment sont les soldats. Ils sont les mêmes partout, les soldats. Ça cancane à en perdre le souffle. »

L'allusion à l'armée amena Jerry Westerby à demander des nouvelles de certaines relations datant de sa période militaire, des gens que Smiley avait vaguement connus et oubliés. Ils finirent par reprendre le récit.

« Ils levèrent le camp, chargèrent les camions et restèrent assis à attendre le départ du convoi. Ils n'avaient pas fait un kilomètre que tout s'arrêta de nouveau et qu'on ordonna au convoi de dégager la route. Les camions durent s'engager sous les arbres. Il y en a qui se sont embourbés, qui ont versé dans le fossé, n'importe quoi. Apparemment, c'était la pagaille. »

C'étaient les Russes, dit Westerby. Ils arrivaient de Brno et ils étaient très pressés, et tout ce qui était tchèque devait s'éclipser ou sinon en subir les conséquences.

« D'abord est arrivé un groupe de motocyclettes qui dévalaient la route tous phares allumés en se faisant injurier par les chauffeurs des camions. Et puis une voiture d'état-major et des civils, le garçon avait compté six civils au total. Et puis deux camions pleins de troupes spéciales armées jusqu'aux dents et en tenues camouflées. Enfin un camion chargé de chiens policiers. Tout ça faisant un bruit d'enfer. Je ne vous ennuie pas, mon vieux ? »

Westerby épongea la sueur sur son visage avec un mouchoir et clignota comme quelqu'un qui revient à lui. La sueur trempait aussi sa chemise de soie; il avait l'air de sortir d'une douche. Le curry n'étant pas son mets préféré, Smiley commanda deux nouvelles chopes pour faire passer le goût.

« C'était donc la première partie de l'histoire. Les troupes tchèques s'en vont, les troupes russes arrivent. Vous voyez ? »

Smiley dit que oui, il pensait qu'il suivait parfaitement jusqu'à maintenant.

Mais de retour à Brno, le garçon apprit rapidement que le rôle de son unité dans l'opération était loin d'être fini. Leur convoi fut rejoint par un autre et le lendemain soir, pendant huit ou dix heures, ils parcoururent la campagne sans destination apparente. Ils se dirigèrent vers l'ouest, du côté de Trebic, s'arrêtèrent et attendirent pendant que la section des transmissions émettait un long message, puis ils repartirent vers le sud-est, presque jusqu'à Znojmo sur la frontière autrichienne, en émettant comme des dingues en chemin, personne ne savait qui avait ordonné cet itinéraire, personne ne voulait rien expliquer. A un moment on leur ordonna de mettre baïonnette au canon, à un autre moment on leur fit dresser les tentes, puis ils rempaquetèrent tout leur barda et repartirent. Çà et là ils rencontraient d'autres unités : près de la gare de triage de Breclav, des chars qui tournaient en rond, une fois, deux canons automoteurs. Partout c'était la même histoire : une activité chaotique, désordonnée. Les plus vieux disaient que c'était un châtiment infligé par les Russes pour être tchèques. Quand il revint une fois de plus à Brno, le garçon entendit une tout autre explication. Les Russes étaient après un espion britannique du nom de Hajek. Il espionnait la station de recherche et avait essayé d'enlever un général et les Russes l'avaient abattu.

« Alors le garçon a posé des questions, vous comprenez, dit Jerry. Ce petit impertinent a demandé à son sergent : « Si Hajek est déjà abattu, pourquoi avons-« nous besoin de parcourir toute la campagne en « faisant un tel foin ? » Et le sergent lui a répondu : « Parce que c'est l'armée. » Les sergents, c'est bien tous les mêmes, hein ? »

Très calmement Smiley demanda : « Nous parlons de deux nuits, Jerry. Quelle nuit est-ce que les Russes ont pénétré dans la forêt ? »

Jerry Westerby eut une grimace de perplexité. « C'est ce que le garçon voulait me dire, vous comprenez, George. C'est ce qu'il essayait de m'expliquer au bar de Stan. A propos de quoi couraient toutes ces rumeurs. Les Russes sont arrivés le vendredi. Ils n'ont abattu Hajek que le samedi. Alors les petits malins disaient : tiens, les Russes attendaient que Hajek se montre. Ils savaient qu'il venait. Ils étaient au courant de tout. Ils étaient à l'affût. Sale histoire, vous comprenez. Mauvais pour notre réputation, vous voyez ce que je veux dire ? Mauvais pour le grand chef. Mauvais pour la tribu. *Hog.*

— *Hog*, dit Smiley en buvant sa bière.

— C'est ce que Toby estimait aussi, attention. On

voyait les choses de la même manière, simplement on n'a pas eu la même réaction.

— Alors vous avez tout raconté à Toby, dit Smiley d'un ton léger, tout en passant à Jerry un grand plat de riz; de toute façon vous étiez bien obligé de le voir pour lui dire que vous aviez déposé le paquet pour lui à Budapest, alors vous lui avez raconté l'histoire Hajek aussi.

— Eh bien, c'était justement ça, dit Jerry. C'était ça qui le tracassait, c'est ça qui était drôle, et qui en fait l'avait poussé à écrire à George. Le vieux Toby m'a dit que tout ça c'était de la blague. Il est devenu très militaire et désagréable. Au début il était plein d'enthousiasme : c'étaient de grandes claques dans le dos et Westerby au pouvoir. Et puis il est retourné à la boutique et le lendemain matin il m'a copieusement engueulé. Convocation d'urgence, il m'a emmené dans sa voiture et m'a fait tourner en rond dans le parc en hurlant tout ce qu'il savait. Il m'a dit que j'étais si beurré en ce moment que je ne savais pas distinguer les faits de la fiction. Ce genre de blabla. En fait, ça m'a un peu agacé.

— J'imagine que vous vous êtes demandé après avec qui il avait parlé entre-temps, dit Smiley d'un ton compatissant. Qu'est-ce qu'il a dit *exactement*, demanda-t-il, sans aucune intensité mais comme s'il voulait simplement que tout fût bien clair dans son esprit.

— Il m'a dit que c'était selon toute probabilité un coup monté. Le garçon était un provocateur. C'était un travail de diversion pour envoyer le Cirque courir après sa queue. Il m'a engueulé comme il n'est pas permis pour répandre des histoires qui ne tenaient pas debout. Alors, George, je lui ai dit : « Mon vieux, « c'est ce que je lui ai dit, mon vieux Toby, je

« faisais simplement mon rapport. Pas la peine de
« monter sur vos grands chevaux. Hier vous trou-
« viez qu'il n'y avait pas mieux que moi. Ça n'est
« pas la peine de vous retourner pour tirer sur le
« messager. Si vous avez décidé que l'histoire ne
« vous plaît pas, c'est votre affaire. » Il ne voulait plus rien entendre, vous comprenez ? Illogique,
que je trouvais que c'était. Un type comme ça. Tout
chaud une minute et glacial la minute d'après. Ça
n'était pas son meilleur numéro, vous voyez ce que
je veux dire ? »

De la main gauche, Jerry se frotta le côté de la tête,
comme un collégien qui fait semblant de réfléchir.
« — D'accord, que j'ai dit, n'en parlons plus. Je vais
« en faire un article pour le canard. Rien sur le fait
« que les Russes soient arrivés là les premiers. Sur
« l'autre partie. *Sale affaire dans la forêt*, ce genre
« de connerie. » Je lui dis : « Si ça n'est pas assez
« bon pour le Cirque, ça ira pour le canard. » Là-
dessus le voilà qui repart de plus belle. Le lendemain un des gambergeurs du Cirque téléphone au
patron. Empêchez ce clown de Westerby de raconter
l'histoire Ellis. Frottez-lui le nez dans l'avis D : avertissement officiel. « Toute nouvelle allusion à Jim Ellis
« alias Hajek est contraire à l'intérêt national, alors
« mettez cette histoire au rancart. » Et on me recole
aux championnats féminins de ping-pong. *Cheers !*

— Mais entre-temps vous m'aviez écrit », lui rappela
Smiley.

Jerry Westerby devint pourpre. « Navré, dit-il.
J'étais devenu tout xénophobe et méfiant. Ça vous
fait ça quand on n'est plus dans le coup : on ne se
fie plus à ses meilleurs amis. On leur fait moins
confiance qu'à des étrangers. » Il fit une nouvelle ten-

tative : « C'est simplement que je pensais que le vieux Toby perdait un peu la boule. Je n'aurais pas dû faire ça, n'est-ce pas ? C'est contre le règlement. » Malgré son embarras il parvint à esquisser un douloureux sourire. « Là-dessus j'ai appris que la boîte vous avait viré, alors je me suis senti encore plus bête. Vous ne chassez pas tout seul, n'est-ce pas, mon vieux ? Vous ne... » Il laissa la question en suspens; mais peut-être pas sans réponse.

Comme ils se séparaient, Smiley le prit doucement par le bras.

« Si Toby prenait contact avec vous, je crois préférable que vous ne lui disiez pas que nous nous sommes vus aujourd'hui. C'est un brave type mais il a trop tendance à croire que les gens se liguent contre lui.

— Pas question, mon vieux.

— Et s'il prend effectivement contact avec vous dans les jours suivants, reprit Smiley — dans ce cas bien improbable, suggérait son ton — en fait vous pourriez même me prévenir. Comme ça je pourrais vous soutenir. Ne m'appelez pas chez moi, à la réflexion, appelez ce numéro. » Jerry Westerby tout d'un coup était pressé, cet article sur le buteur de Birmingham ne pouvait pas attendre. Mais tout en prenant la carte de Smiley, il demanda quand même en détournant les yeux d'un air un peu embarrassé : « Il ne se passe rien de fâcheux, mon vieux ? Pas de sale boulot en perspective ? » Son sourire était vraiment terrible. « La tribu n'a pas perdu la boule ni rien ? »

Smiley éclata de rire et posa légèrement une main sur l'énorme épaule un peu voûtée de Jerry.

« A votre disposition, dit Westerby.

— Je m'en souviendrai.

— Vous voyez, je croyais que c'était vous : vous qui aviez téléphoné au patron.

— Ça n'était pas moi.

— Peut-être que c'était Alleline.

— Je le pense.

— A votre disposition, répéta Westerby. Je suis navré, vous savez. Faites mes amitiés à Ann. » Il hésita.

« Allons, Jerry, dites-le, fit Smiley.

— Toby racontait une histoire sur elle. Je lui ai dit de fourrer ça dans sa poche avec son mouchoir par-dessus. Il n'y a rien de vrai là-dedans, n'est-ce pas ?

— Merci, Jerry. A bientôt. *Hog.*

— Je savais bien qu'il n'y avait rien de vrai là-dedans », dit Jerry, ravi et, levant le doigt pour imiter sa plume d'Indien, il regagna d'un pas lourd sa réserve.

29

EN attendant cette nuit-là, seul dans son lit à l'Islay, mais n'arrivant pas encore à trouver le sommeil, Smiley reprit une fois de plus le dossier que Lacon lui avait remis dans la maison de Mendel. Il datait de la fin des années 50, de l'époque où, comme les autres services de Whitehall, le Cirque était harcelé d'examiner sévèrement la loyauté de son personnel. La plupart des pièces du dossier étaient de simple routine : écoutes téléphoniques, rapports de surveillance, interminables entretiens avec des professeurs, des amis et des gens désignés comme références. Mais un document attira Smiley comme un aimant; il ne s'en lassait pas. C'était une lettre, classée sèchement à l'index comme « Haydon à Fanshawe, 3 février 1937 ». Plus précisément c'était une lettre manuscrite de l'étudiant Bill Haydon à son professeur Fanshawe, un dénicheur de talents pour le Cirque, qui présentait le jeune Jim Prideaux comme un candidat approprié pour être recruté par les renseignements britanniques. La lettre était précédée d'une explication de texte. Les Excellents étaient « un club de la haute société de Christ Church, composé principalement d'anciens élèves d'Eton », écrivait l'auteur inconnu. Fanshawe (P.R. de T. Fanshawe, légion d'honneur. Ordre de l'Empire britannique, Dossier personnel numéro tant) en était le fondateur, Haydon (innombrables renvois) en était cette année-là l'étoile incontestée. La coloration politique des Excellents, auxquels le père de Haydon avait aussi appartenu en son temps, était résolument conservatrice. Fanshawe, mort depuis longtemps, était un passionné de l'Empire et « les Excellents constituaient son réservoir privé pour le Grand Jeu », expliquait la préface. Chose étrange, Smiley gardait de son temps un vague souvenir de Fanshawe : un homme maigre et passionné, avec des lunettes sans monture, un parapluie à la Chamberlain et des joues bizarrement congestionnées, comme s'il faisait encore ses dents. Steed-Asprey l'appelait Oncle Tata.

« Mon cher Fan, je vous conseille de vous remuer un peu pour prendre quelques renseignements sur le jeune gentleman dont le nom figure sur le fragment de peau humaine ci-joint. » (Note superflue des enquêteurs : Prideaux.) « Vous connaissez sans doute Jim — en admettant que vous le connaissiez — comme un *athleticus* d'une certaine envergure. Ce que vous ne savez pas, et devriez savoir, c'est qu'il est un pas mauvais linguiste et qu'il n'est pas non plus un complet idiot... »

(Suivait alors un résumé biographique d'une surprenante exactitude : ... lycée Lakanal à Paris, inscrit à Eton, n'y est jamais allé, externat jésuite à Prague, deux semestres à Strasbourg, parents dans la banque européenne, petite aristocratie, vivent séparés...)

« D'où la profonde connaissance qu'a Jim de l'étranger et de son air un peu orphelin, que je trouve irrésistible. Au fait, bien qu'il soit un croisement de différentes parties d'Europe, ne vous y trompez pas : la version achevée nous est toute dévouée. Pour l'instant, il se donne du mal et se pose des questions, car il vient de s'apercevoir qu'il existe un univers au-delà de la ligne de touche et que cet univers, c'est moi.

« Mais il faut que vous sachiez d'abord comment j'ai fait sa connaissance.

« Comme vous le savez, c'est mon habitude (et je ne fais en cela que suivre vos ordres) de passer de temps en temps un costume arabe et d'aller flâner dans les bazars, pour m'asseoir parmi les prolétaires et prêter l'oreille aux propos de leurs prophètes, afin que je puisse, le moment venu, mieux les confondre. Les faiseurs de gris-gris en vogue ce soir-là nous arrivaient du sein de la Mère Russie elle-même : un académicien du nom de Khlebnikov, actuellement attaché à l'ambassade soviétique à Londres, un petit bonhomme à la gaieté plutôt contagieuse, qui parvenait à dire quelques petites choses amusantes au milieu des absurdités habituelles. Le bazar en question était un club de débats qui s'appelait les Populaires, notre rival, mon cher Fan, et bien connu de vous, par d'autres incursions que j'y ai faites de temps en temps. Après le sermon, on servit un café violemment prolétarien, accompagné de petits pains au lait affreusement démocratiques, et je remarquai alors ce grand gaillard assis tout seul au fond de la salle, et apparemment trop timide pour se mêler aux autres. Je crus reconnaître son visage pour l'avoir vu sur le terrain de cricket ; il se trouve que nous avions tous les deux joué dans je ne sais quelle équipe rassemblée à la hâte, sans échanger un mot. Je ne sais vraiment pas comment le décrire. Il a le talent, Fan. Maintenant je suis sérieux. »

Là, l'écriture, jusqu'alors embarrassée, s'étalait, tandis que l'auteur trouvait son rythme :

« Il a cette tranquillité pesante qui en impose. Il a littéralement les pieds par terre. Un de ces petits garçons silencieux et réfléchis qui dirigent l'équipe sans que personne s'en aperçoive. Fan, vous savez comme il m'est difficile d'*agir*. Vous devez me rappeler tout le temps, me rappeler intellectuellement, qu'à moins de goûter aux dangers de la vie, je n'en connaîtrai jamais les mystères. Mais Jim agit d'instinct... Il est fonctionnel... Il est mon autre moitié, à nous deux nous ferions un homme admirable, sauf qu'aucun de nous n'a d'oreille. Et, Fan, vous connaissez cette sensation qui vous prend quand il faut absolument qu'on aille trouver quelqu'un de nouveau, sinon le monde va s'écrouler sur vous ? »

L'écriture se calmait de nouveau.

« Yavas Lagloo, dis-je, ce qui à ma connaissance est l'équivalent russe de rendez-vous au fond du jardin ou quelque chose d'analogue, et il me dit « Oh ! bonjour », ce que je crois il aurait dit à l'archange Gabriel si celui-ci s'était trouvé passer par là.

« — Quel est votre dilemme ? dis-je.

« — Je n'en ai pas, dit-il, après environ une heure de réflexion.

« — Alors que faites-vous ici ? Si vous n'avez pas de dilemme, comment êtes-vous entré ? »

« Alors il me gratifie d'un large sourire placide et nous nous approchons du grand Khlebnikov, nous serrons un moment sa petite patte, et puis nous revenons à petits pas jusqu'à ma chambre. Où nous buvons. Et buvons. Et, Fan, il buvait tout ce qui lui tombait sous la main. Ou peut-être que c'était moi, je ne me rappelle plus. Et quand l'aube est venue, savez-vous ce que nous avons fait ? Je vais vous le dire, Fan. Nous sommes descendus gravement jusqu'aux Parcs, je me suis assis sur un banc avec un chronomètre, le grand Jim a passé son survêtement et a couru vingt tours. Vingt. J'en étais tout épuisé.

« Nous pouvons venir vous trouver n'importe quand, il ne demande rien de mieux qu'à être en ma compagnie ou en celle de mes divins et malicieux amis. Bref, il m'a nommé son Méphistophélès et je suis grandement amusé par ce compliment. Oh ! j'oubliais, il est vierge, il a environ deux mètres quarante et il sort de la même usine qui a construit Stonehenge. Ne soyez pas inquiet. »

Le dossier redevenait morne. Se redressant, Smiley tourna impatiemment les feuilles jaunies, cherchant une pâture plus consistante. Les professeurs des deux hommes affirment (vingt ans après) qu'il est inconcevable que les relations entre les deux aient été « plus que purement amicales »... On n'a jamais recueilli le témoignage de Haydon... Le professeur de Jim parle de lui comme d'un garçon « intellectuellement omnivore après une longue inanition » — il écarte toute insinuation qu'il est « communisant ». La confrontation qui a lieu à Sarratt commence par de longues excuses, notamment en raison des superbes états de service de Jim pendant la guerre. Après l'extravagance de la lettre de Haydon, les réponses de Jim respirent une agréable simplicité. Un représentant de la concurrence est présent, mais on l'entend rarement intervenir. Non, Jim n'a jamais revu Khlebnikov ni personne se présentant comme son émissaire... Non, il ne lui a jamais parlé qu'en cette seule occasion. Non, il n'a pas eu d'autres contacts avec les communistes ni avec les Russes à cette époque, il serait incapable de se rappeler le nom d'un seul membre des Populaires...

Q. : *(Alleline)* Ça ne doit pas vous empêcher de dormir, n'est-ce pas ?
R. : A vrai dire, non *(Rires)*.

Oui, il avait été membre des Populaires tout comme il avait été membre du club théâtral de son collège, de la société philatélique, de la société des langues modernes, de l'Union et de la société historique, de la société morale et du groupe d'études Rudolph Steiner... C'était une façon d'arriver à suivre des conférences intéressantes et de rencontrer des gens; surtout de rencontrer des gens. Non, il n'avait jamais distribué de la littérature de gauche, encore qu'il eût quelque temps lu le *Soviet Weekly*... Non, il n'avait jamais payé de cotisation à aucun parti politique, ni à Oxford ni plus tard, en fait il n'avait même jamais voté... Une raison pour laquelle il s'était inscrit à tant de clubs à Oxford, c'était qu'après une éducation désordonnée à l'étranger il n'avait aucun camarade de classe anglais...

Les interrogateurs sont maintenant tous du côté de Jim; tout le monde est du même côté contre la concurrence et sa démocratie tatillonne.

Q. : *(Alleline)* Pour préciser un point, puisque vous avez tellement séjourné à l'étranger, cela vous ennuierait-il de nous dire où vous avez appris votre si long drive ? *(Rires.)*
R. : Oh! en fait, j'avais un oncle qui avait une propriété en dehors de Paris. C'était un passionné de cricket. Il avait un filet et tout l'équipement.

Quand j'allais là pour les vacances il m'envoyait des balles de service sans arrêt.

(Note des interrogateurs : Le comte Henri de Saint-Yvonne, décédé en 1941, Dossier personnel AF 64-7.) Fin de l'interrogatoire. Le représentant de la concurrence aimerait citer Haydon comme témoin, mais Haydon est à l'étranger et pas disponible. Rencontre remise *sine die*...

Smiley était presque endormi lorsqu'il lut le dernier document du dossier, jeté là à tout hasard longtemps après que la concurrence eut officiellement accepté le recrutement de Jim. C'était une coupure d'un journal d'Oxford de l'époque publiant une critique de l'exposition des œuvres de Haydon en juin 1938 intitulée *Réel ou Surréel ? Un œil d'Oxford.* Après avoir réduit en pièces l'exposition, le critique concluait sur cette note allègre : « Nous avons cru comprendre que le distingué Mr. James Prideaux a sacrifié sur ses heures de cricket afin d'aider à accrocher les toiles. Il aurait mieux fait, à notre avis, de rester sur le stade. Toutefois, comme son rôle d'humble serviteur des arts était la seule note sincère de toute cette affaire, peut-être ferions-nous mieux de ne pas y aller trop fort... »

Il sommeillait, son esprit un assemblage vaguement ordonné de doutes, de soupçons et de certitudes. Il pensait à Ann, et dans sa lassitude la chérissait profondément, brûlant de protéger sa fragilité à elle avec la sienne. Comme un jeune homme, il murmurait son nom tout haut et imaginait son beau visage se penchant vers lui dans la pénombre, pendant que Mrs. Pope Graham hurlait à la prohibition par le trou de la serrure. Il pensait à Tarr et à Irina, et méditait inutilement sur l'amour et la loyauté; il pensait à Jim Prideaux et à ce que demain réservait. Il avait conscience d'une modeste approche vers la conquête. Il avait été poussé bien loin, il avait navigué ici et là, demain, avec un peu de chance, il pourrait repérer la terre : une paisible petite île déserte, par exemple. Un endroit dont Karla n'avait jamais entendu parler. Rien que pour lui et pour Ann. Il s'endormit.

TROISIÈME PARTIE

30

Dans le monde de Jim Prideaux, le jeudi s'était passé comme n'importe quel autre jour, sauf qu'à un moment, au petit matin, sa blessure à l'épaule avait commencé à suinter, sans doute, se dit-il, à cause de la course inter-pavillons du mercredi après-midi. Ce fut la douleur qui l'éveilla, puis le courant d'air sur la partie humide de son dos, là où s'était produit l'écoulement. L'autre fois où c'était arrivé, il avait pris sa voiture jusqu'à l'hôpital de Taunton, mais les infirmières avaient jeté un coup d'œil et l'avaient expédié en urgence pour attendre le docteur Un tel et une radio, alors il avait subrepticement récupéré ses vêtements et avait filé. Il en avait assez des hôpitaux et il en avait assez des toubibs. Des hôpitaux anglais, des autres hôpitaux, Jim en avait eu son compte. L'écoulement, ils appelaient ça une séquelle.

Il ne pouvait pas atteindre la plaie pour la soigner, mais après le dernier incident il s'était taillé des triangles de charpie et avait cousu des fils aux coins. Ayant installé cela sur l'égouttoir et ayant préparé le mercurochrome, il fit chauffer de l'eau, ajouta un demi-paquet de sel et se donna une douche improvisée, en s'accroupissant pour 'mettre son dos sous le jet. Il trempa la charpie dans le mercurochrome, la jeta sur son dos, l'attacha par-devant et s'allongea à plat ventre sur la couchette avec une bouteille de vodka à portée de la main. La douleur se calma et une torpeur l'envahit, mais il comprit que s'il s'y abandonnait il dormirait toute la journée, alors il posa la bouteille de vodka au bord de la fenêtre et s'assit à la table à corriger des copies de français pendant que l'aube du jeudi s'insinuait dans le Creux et que les freux commençaient à croasser dans les ormes.

Parfois il pensait à sa blessure comme à un souvenir qui l'obsédait. Il faisait tous ses efforts pour la faire cicatriser et l'oublier, mais tous ses efforts n'étaient pas toujours suffisants.

Il faisait les corrections lentement parce qu'il aimait ça, et parce que corriger lui maintenait l'esprit là où il fallait. A six heures et demie, sept heures, il en avait terminé, alors il passa un vieux pantalon de flanelle et un veston de sport et s'en alla tranquillement jusqu'à l'église, qui n'était jamais fermée à clef. Là il s'agenouilla un moment dans la travée centrale de la petite chapelle Curtois, qui était un monument familial aux morts des deux guerres et qu'on visitait rarement. La croix du petit autel avait été sculptée par des sapeurs à Verdun. Toujours agenouillé, Jim tâtonna avec précaution sous le banc jusqu'au moment où ses doigts découvrirent des bandes de ruban adhésif; et les suivant, une boîte d'un métal froid. Ses dévotions terminées, il remonta le sentier de la Combe jusqu'en haut de la colline, en partie au pas de course pour transpirer un peu, car la chaleur faisait merveille pendant que ça durait et le rythme le calmait. Après sa nuit d'insomnie et la vodka du petit matin, il se sentait un peu étourdi, aussi quand il vit les poneys en bas de la Combe qui le fixaient de leurs yeux affolés, il leur lança en mauvais patois du Somerset : « Foutez le camp d'là ! Bougres d'imbéciles, me zieutez pas comme ça ! » avant de redescendre le sentier pour aller prendre son café et changer son pansement.

La première leçon après les prières, c'était le français, et là Jim faillit perdre patience : il donna une punition stupide à Clements le fils du drapier, et il dut l'annuler à la fin de la classe. Dans la salle des professeurs, il se livra à un autre manège rappelant celui de la chapelle : prestement, sans se soucier de personne et sans faire d'histoire, vite fait. C'était une notion assez simple, la vérification du courrier, mais ça marchait. Il n'avait jamais entendu parler de personne qui l'utilisât, parmi les professionnels, mais il est vrai que les pros ne parlent pas de leur métier. « Voilà comment je vois les choses, aurait-il dit. Si l'opposition vous surveille, il est certain qu'elle surveillera votre courrier, parce que c'est ce qu'il y a de plus facile à faire : plus facile encore si l'opposition est de chez vous et qu'elle a la coopération des services postaux. Alors qu'est-ce que vous faites ? Chaque semaine, de la même boîte aux lettres, à la même heure, au même rythme, vous postez une enveloppe portant votre nom comme destinataire et une seconde destinée à un tiers innocent à la même adresse. Vous fourrez là-dedans n'importe quoi — une invitation pour une vente de charité, une annonce de soldes au supermarché local — faites bien attention à cacheter l'enveloppe, et puis attendez et comparez les heures d'arrivée. Si la lettre qui vous est adressée arrive plus tard que l'autre, c'est que vous avez quelqu'un sur les talons, en l'occurrence Toby. »

Dans son vocabulaire étrange et imagé, Jim appelait cela tâter l'eau, et une fois de plus il ne trouva rien à redire à la température. Les deux lettres avaient été distribuées ensemble, mais Jim arriva trop tard pour piquer celle adressée à Marjoribanks, dont c'était le tour de jouer le rôle de complice involontaire. Ayant empoché la sienne, Jim se plongea donc dans le *Daily Telegraph* pendant que Marjoribanks avec un « oh ! la barbe » d'irritation déchirait une invitation imprimée à s'inscrire à la Société de Lecture de la Bible. Après cela, la routine de l'école reprit jusqu'au match de rugby de l'équipe junior contre celle de Sainte-Ermine, qu'il devait arbitrer. Le jeu était rapide, et quand le match fut terminé, son épaule lui faisait de nouveau mal, alors il but de la vodka jusqu'à la première sonnerie, dont il avait promis de se charger à la place du jeune Elwes. Il n'arrivait pas à se rappeler pourquoi il lui avait promis cela, mais les jeunes professeurs et surtout ceux qui étaient mariés comptaient sur lui pour un tas de petites corvées et il se laissait faire. La cloche était un vieux tocsin de navire, quelque chose que le père de Thursgood avait déniché et qui faisait maintenant partie de la tradition. En la faisant sonner, Jim aperçut le petit Bill Roach planté juste auprès de lui, et le dévisageant avec un pâle sourire, réclamant son attention, comme cela lui arrivait une douzaine de fois chaque jour.

« Salut, Jumbo, qu'est-ce qui te tracasse cette fois-ci ?

— Monsieur, s'il vous plaît, monsieur.

— Allons, Jumbo, parle.

— Monsieur, il y a quelqu'un qui demande où

vous habitez, monsieur », dit Roach. Jim reposa la cloche.

« Quelle sorte de quelqu'un, Jumbo ? Allons, je ne vais pas te mordre, allons, hé... hé ! quelle sorte de quelqu'un ? Quelqu'un homme ? Quelqu'un femme ? Un faiseur de gris-gris ? Allons, mon vieux, dit-il doucement, en se penchant pour être à la hauteur de Roach. Pas la peine de pleurer. Qu'est-ce qui se passe ? Tu as de la fièvre ? » Il tira un mouchoir de sa manche. « Quelle sorte de quelqu'un ? répéta-t-il du même ton étouffé.

— Il a demandé à Mrs. McCullum's. Il a dit qu'il était un ami. Puis il est remonté dans sa voiture, elle est garée devant le cimetière, monsieur. » Un nouveau flot de larmes jaillit : « Il est assis dedans.

— Foutez-moi le camp d'ici, bon sang ! cria Jim à un groupe d'élèves plus âgés qui ricanaient sur le seuil. Foutez le camp ! » Il revint vers Roach. « Un grand, ami ? Un grand type un peu dégingandé, Jumbo ? De gros sourcils et le dos voûté. Mince ? Bradbury, venez ici et ne restez pas bouche bée ! Emmenez Jumbo chez la gouvernante ! Un type mince ? » demanda-t-il de nouveau, d'une voix douce mais très ferme.

Mais Roach était à court de mots. Il n'avait plus de mémoire, plus de sens des dimensions ni des perspectives; sa faculté de sélection dans le monde adulte avait disparu. Les hommes grands, petits, vieux, jeunes, bossus, droits, ils formaient tous une même armée de dangers impossibles à distinguer les uns des autres. Dire non à Jim était plus qu'il n'en pouvait supporter. Dire oui, c'était endosser l'affreuse responsabilité de le décevoir. Il vit le regard de Jim posé sur lui, il vit le sourire s'effacer et sentit une grosse main miséricordieuse se poser sur son bras.

« C'est bien, Jumbo. Personne n'a jamais guetté comme toi, tu sais ? »

Appuyant sa tête désespérément contre l'épaule de Bradbury, Bill Roach ferma les yeux. Quand il les ouvrit il vit à travers ses larmes que Jim avait déjà monté la moitié de l'escalier.

Jim se sentait calme; presque détendu. Depuis des jours il savait qu'il y avait quelqu'un. Ça aussi faisait partie de sa routine : surveiller les endroits où ceux qui le guettaient posaient des questions. L'église avec l'allée et venue de la population locale, est un endroit tout trouvé; l'hôtel de ville, le registre des électeurs; les commerçants, s'ils avaient des clients qui avaient des comptes; les pubs, si le gibier ne les fréquentait pas : en Angleterre il savait que c'étaient ces coins-là que les guetteurs patrouillaient automatiquement avant de vous tomber dessus. Et d'ailleurs, à Taunton, deux jours auparavant, alors qu'il devisait gaiement avec le bibliothécaire adjoint, Jim avait repéré l'indice qu'il recherchait. Un étranger, apparemment venu de Londres, avait manifesté de l'intérêt pour les habitants du village, oui, c'était un monsieur qui s'occupait de politique — enfin plutôt de recherche politique, un professionnel pourrait-on dire — et une des choses qu'il demandait, figurez-vous, c'était le dernier recensement du village même où habitait Jim, mais oui, la liste des électeurs, on songeait à faire une enquête porte à porte sur une communauté vraiment à l'écart, en s'intéressant tout particulièrement aux nouveaux arrivants. Croyez-vous, avait acquiescé Jim, et à partir de là il avait pris ses dispositions. Il acheta des billets de chemin de fer pour diverses destinations;

Taunton Exeter, Taunton Londres, Taunton Swindon, tous valables un mois; car il savait que s'il se retrouvait en cavale, les billets ne seraient pas faciles à se procurer. Il avait sorti de leurs planques ses vieilles identités et son pistolet et les avait cachés à portée de la main au-dessus du sol; il avait fourré une valise pleine de vêtements dans la malle de l'Alvis, et gardait le réservoir plein. Ces précautions lui permettaient de trouver le sommeil; ou le lui auraient permis, avant le retour de ses ennuis de dos.

« Qui a gagné, monsieur ? »

C'était Prebble, un nouveau, en robe de chambre et tube de dentifrice à la main, qui se rendait à l'infirmerie. De temps en temps les élèves s'adressaient à Jim sans raison, sa taille et son déhanchement étaient pour eux comme un défi.

« Le match, monsieur, contre Sainte-Ermine.

— Sainte-Vermine, lança un autre élève. Oui, monsieur, qui a gagné en fait ?

— C'est eux, monsieur, aboya Jim. Comme vous l'auriez su, *monsieur* si vous aviez regardé, *monsieur* », et balançant vers eux un énorme poing en feignant un direct, il expédia les deux garçons vers le dispensaire.

« Bonsoir, monsieur.

— Bonsoir, petits salopards », lança Jim et il partit dans la direction opposée vers la salle des malades d'où l'on apercevait l'église et le cimetière. La salle n'était pas éclairée, elle avait un air et une atmosphère qu'il détestait. Douze garçons étaient allongés dans la pénombre à sommeiller entre le dîner et l'heure où on prenait leur température.

« Qui est-ce ? demanda une voix rauque.

— C'est Rhino, dit un autre. Hé ! Rhino, qui a gagné contre Sainte-Vermine ? »

Appeler Jim par son surnom, c'était de l'insubordination, mais dans la salle des malades on s'estimait libéré de toute discipline.

« Rhino ? Qui diable est Rhino ? Connais pas. Ça n'est pas un nom, ricana Jim, en se glissant entre deux lits. Eteignez-moi cette torche, c'est interdit. Une tatouille, voilà ce que ç'a été. Dix-huit à zéro pour Vermine. » Cette fenêtre-là allait presque jusqu'au plancher. Un vieux garde-feu la protégeait des élèves. « Ça cafouillait bien trop à la ligne des trois quarts, marmonna-t-il en regardant dehors.

— J'ai horreur du rugby », dit un garçon du nom de Stephen.

La Ford bleue était garée à l'ombre de l'église, juste sous les ormes. Du rez-de-chaussée on ne l'aurait pas vue, mais elle n'avait pas l'air cachée. Jim resta parfaitement immobile, un peu en retrait de la fenêtre, à guetter des signes révélateurs. La lumière déclinait rapidement mais il avait bonne vue et il savait quoi chercher : une antenne discrète, un second rétroviseur intérieur pour le traîne-patins, des traces de brûlures sous le tuyau d'échappement. Sentant la tension chez lui, les garçons devinrent facétieux.

« Monsieur, c'est une pépée ? Elle est bien, monsieur ?

— Monsieur, il y a le feu ?

— Monsieur, elle a les jambes comment ?

— Oh ! monsieur, ne me dites pas que c'est Miss Aaronson ? » Là-dessus tout le monde se mit à pouffer parce que Miss Aaronson était vieille et laide.

« Taisez-vous, lança Jim, très en colère. Taisez-

380

vous, grossiers personnages. » En bas, Thursgood faisait l'appel des grands avant l'étude.

Abercombie, présent. Astor, présent. Blakeney ? Malade.

Observant toujours, Jim vit la portière de la voiture s'ouvrir et George Smiley en descendre précautionneusement, vêtu d'un lourd manteau.

Les pas de la gouvernante résonnaient dans le couloir. Il entendit le couinement de ses talons de caoutchouc et le tintinnabulement des thermomètres dans un pot de pommade.

« Mon bon Rhino, qu'est-ce que vous faites donc avec mes malades ? Et fermez ce rideau, méchant garçon, vous allez les faire tous mourir de pneumonie. William Merridew, asseyez-vous. »

Smiley fermait à clef la portière de la voiture. Il était seul et il ne portait rien, pas même une serviette.

« On vous réclame à cor et à cri au pavillon de Grenville, Rhino.

— J'y vais, j'y vais », répliqua Jim d'un ton léger et, sur un « Bonsoir, tout le monde », un peu sec, il partit en boitillant vers le dortoir de Grenville où il avait promis de terminer une nouvelle de John Buchan. Tout en faisant la lecture, il remarqua qu'il y avait certains sons qu'il avait du mal à prononcer, qu'ils se bloquaient quelque part dans sa gorge. Il savait qu'il transpirait, il devinait que son dos suintait et lorsqu'il eut terminé, il avait une crispation de la mâchoire qui ne venait pas simplement d'avoir lu tout haut. Mais tout cela n'était que des symptômes dérisoires auprès de la rage qui montait en lui lorsqu'il se précipita dans l'air glacé de la nuit. Un moment, sur la terrasse envahie par les plantes grimpantes, il hésita, en contemplant l'église. Il lui faudrait trois minutes, peut-être moins, pour reprendre le pistolet fixé sous le banc, le fourrer dans la ceinture de son pantalon, du côté gauche, la crosse à l'intérieur tournée vers l'aine...

Son instinct lui conseilla « non », alors il se dirigea droit vers la caravane en chantant aussi fort que sa voix mélodieuse pouvait porter.

31

À L'INTÉRIEUR de la chambre du motel, ce n'était jamais le calme. Même quand dehors la circulation passait par une de ses rares périodes d'accalmie, les vitres continuaient à vibrer. Dans la salle de bain, les verres à dents vibraient aussi, tandis que derrière chaque cloison et au-dessus d'eux, on pouvait entendre de la musique, des bruits sourds, des bribes de conversation et des rires. Quand une voiture arrivait dans la cour, on avait l'impression que c'était dans la chambre qu'on claquait la porte, dans la chambre aussi qu'on marchait. Tout le mobilier était assorti. Les chaises jaunes allaient avec les tableaux jaunes et la moquette jaune. Les dessus de lit en chenille allaient avec la peinture orange des portes, et par une pure coïncidence avec l'étiquette de la bouteille de vodka. Smiley avait tout disposé comme il fallait. Il avait espacé les chaises et posé la vodka sur la table basse, et maintenant, tandis que Jim le regardait d'un œil mauvais, il alla prendre dans le minuscule réfrigérateur une assiette de saumon fumé et du pain bis déjà beurré. Son humeur, par contraste avec celle de Jim, était étonnamment gaie, ses mouvements vifs et ordonnés.

« Je me suis dit : autant que nous nous installions confortablement, fit-il avec un petit sourire, tout en s'affairant à disposer les choses sur la table. Quand faut-il que vous reveniez au collège ? Y a-t-il une heure particulière ? » Ne recevant pas de réponse il s'assit. « Ça vous plaît, l'enseignement ? Je crois me rappeler que vous en avez fait un peu après la guerre, n'est-ce pas ? Avant qu'on vous rappelle ? C'était un collège privé aussi ? Je ne crois pas m'en souvenir.

— Vous n'avez qu'à regarder dans le dossier, lança Jim. Ne venez pas ici jouer au chat et à la souris avec moi, George Smiley. Si vous voulez savoir des choses, lisez mon dossier. »

Tendant la main, Smiley emplit deux verres et en offrit un à Jim.

« Votre dossier personnel au Cirque ?

— Demandez-le aux surveillants. Demandez-le à Control.

— Je pense que je devrais, dit Smiley d'un ton hésitant. L'ennui, c'est que Control est mort et que j'ai été flanqué dehors bien avant votre retour. Personne n'a pris la peine de vous dire ça, quand ils vous ont rapatrié ? »

A ces mots, l'expression du visage de Jim s'adoucit, et il fit lentement un de ces gestes qui amusaient tant les élèves du collège Thursgood. « Bonté divine, murmura-t-il, alors Control n'est plus là », et sa main gauche lissa les poils de sa moustache puis remonta vers ses cheveux clairsemés. « Pauvre diable, murmura-t-il. De quoi est-il mort, George ? Le cœur ? C'est le cœur qui l'a tué ?

— On ne vous a même pas dit ça au debriefing ? » demanda Smiley.

A la mention d'un debriefing, Jim se crispa et retrouva son regard mauvais.

« Oui, dit Smiley. C'était son cœur.

— Qui l'a remplacé ? »

Smiley éclata de rire. « Fichtre, Jim, mais de quoi avez-vous parlé à Sarratt, si on ne vous a même pas dit ça ?

— Bon Dieu, qui l'a remplacé ? Ça n'était pas vous, n'est-ce pas, puisqu'on vous a foutu dehors ! Qui l'a remplacé, George ?

— C'est Alleline, dit Smiley en observant Jim très attentivement, et remarquant comment l'avant-bras était posé immobile sur les genoux. Qui vouliez-vous que ce soit ? Vous aviez un candidat, n'est-ce pas, Jim ? » Et après un long silence : « Et on ne vous a pas dit, par hasard, ce qui est arrivé au réseau Colère ? A Pribyl, à sa femme et à son beau-frère ? Ni au réseau Platon ? A Landkron, à Eva Krieglova, à Hanka Vilova ? Vous en avez recruté quelques-uns de ceux-là, dans le bon vieux temps, avant Roy Bland ? Le vieux Landkron a même travaillé pour vous pendant la guerre. »

Il y avait quelque chose de terrible dans la façon dont Jim ne voulait pas faire un geste en avant et était incapable de faire un geste en arrière. Son visage rougeaud était crispé par l'indécision et la sueur perlait au-dessus de ses sourcils roux en broussaille.

« Bon Dieu, George, qu'est-ce que vous voulez donc ? J'ai tiré un trait. C'est ce qu'on m'a dit de faire. De tirer un trait, de me faire une vie nouvelle, d'oublier tout ça.

— C'est qui, *on*, Jim ? Roy ? Bill, Percy ? » Il attendit. « Est-ce qu'ils vous ont dit ce qui était arrivé à Max, eux ? A propos, Max va bien. » Se levant, il versa rapidement une nouvelle rasade de vodka à Jim, puis se rassit.

« Bon, allons-y; alors, qu'est-ce qui est arrivé aux réseaux ?

— Grillés. Ce qu'on raconte c'est que vous les avez grillés pour sauver votre peau. Je n'en crois pas un mot. Mais il faut que je sache ce qui s'est passé. » Il reprit aussitôt : « Je sais que Control vous a fait promettre par tout ce que vous avez de plus sacré, mais c'est fini. Je sais qu'on vous a interrogé à mort et je sais que vous avez repoussé certaines choses si loin au fond de vous que c'est à peine si vous pouvez les retrouver ou faire la différence entre la vérité et la couverture. Je sais que vous avez essayé de tirer un trait et de vous dire que rien de tout ça n'était arrivé. J'ai essayé aussi. Eh bien, après ce soir vous pourrez tirer votre trait. J'ai apporté une lettre de Lacon et si vous voulez lui téléphoner, il attend votre coup de fil. Je ne veux pas vous faire taire. Je préférerais que vous parliez. Pourquoi n'êtes-vous pas venu me voir chez moi quand vous êtes rentré ? Vous auriez pu le faire. Vous aviez essayé de me voir juste avant de partir, alors pourquoi pas quand vous êtes rentré ? Ça n'est pas simplement le règlement qui vous en a empêché.

— Personne ne s'en est sorti ? dit Jim.

— Non. Il semble qu'ils aient été fusillés. »

Ils avaient appelé Lacon, et Smiley, maintenant, était assis tout seul à boire son verre à petites gorgées. De la salle de bain il entendait le bruit de l'eau qui coulait et des grognements tandis que Jim s'aspergeait le visage.

« Bonté divine, allons quelque part où nous puissions respirer », murmura Jim, comme si c'était une condition pour qu'il parle. Smiley prit la bouteille et marcha auprès de lui tandis qu'ils traversaient le parking jusqu'à la voiture.

Ils roulèrent une vingtaine de minutes; Jim était au volant. Lorsqu'ils se parlèrent, ils étaient sur le plateau, la colline ce matin-là était libre de toute brume avec toute une vue sur la vallée. Des lumières éparses brillaient au loin. Jim était assis raide comme un piquet, l'épaule droite soulevée et les mains pendantes, à regarder à travers le pare-brise embué l'ombre des collines. Le ciel était clair et le visage de Jim se découpait sur ce fond. Smiley commença par des questions brèves. Il n'y avait plus de colère dans la voix de Jim et peu à peu il se mit à parler plus facilement. A un moment, discutant les méthodes de Control, il éclata même de rire, mais Smiley ne se détendit jamais, il était aussi prudent que s'il faisait traverser la rue à un enfant. Quand Jim s'emballait, prenait le mors aux dents ou s'énervait, Smiley le ramenait doucement jusqu'au moment où ils étaient au même niveau, marchant du même pas et dans la même direction. Quand Jim hésitait, Smiley l'encourageait à sauter l'obstacle. Au début, par un mélange d'instinct et de déduction, Smiley, en fait, fournit à Jim son propre récit.

La première fois que Control avait donné ses instructions à Jim, suggéra Smiley, ils avaient bien pris rendez-vous en dehors du Cirque ? En effet. Où ça ? Dans un appartement meublé de Saint-James, un endroit proposé par Control. Quelqu'un d'autre était-il présent ? Personne. Et pour contacter Jim la première fois, Control avait bien utilisé MacFedean, son cerbère personnel ? Oui, c'était le vieux Mac qui était venu par la navette de Brixton avec un mot demandant à Jim un rendez-vous pour ce soir-là. Jim devait dire à Mac oui ou non et lui rendre le mot. Il ne devait en aucun cas utiliser le téléphone, pas même la ligne intérieure, pour discuter ces arrangements. Jim avait dit oui à Mac et il était arrivé à sept heures.

« Tout d'abord, je suppose, Control vous a mis en garde ?

— Il m'a dit de ne me fier à personne.

— Est-ce qu'il a nommé quelqu'un en particulier ?

— Plus tard, dit Jim. Pas au début. Au début il m'a simplement dit : ne vous fiez à personne. Surtout personne du bureau. George ?

— Oui.

— Ils ont bien été fusillés, n'est-ce pas ? Landkron, Krieglova, les Pribyl ? Une exécution sommaire ?

— La police secrète a ramassé les deux réseaux la même nuit. Après cela, personne ne sait, mais les plus proches parents ont été avertis qu'ils étaient morts. Ça veut généralement dire qu'ils le sont. »

A leur gauche une rangée de pins comme une armée immobile émergeait de la vallée.

« Après cela je suppose que Control vous a demandé quelles identités tchèques vous aviez, reprit Smiley. C'est exact ? »

Il dut répéter la question.

« Je lui ai dit Hajek, dit enfin Jim. Vladimir Hajek, journaliste tchèque basé à Paris. Control m'a demandé combien de temps encore les papiers étaient bons. « On ne sait jamais », lui ai-je dit. « Quelquefois ils sont grillés après un seul voyage. » Sa voix se fit soudain plus forte, comme s'il n'arrivait plus à se contenir. « Il était sourd comme une cruche, Control, quand il le voulait.

— Alors c'est là qu'il vous a dit ce qu'il voulait que vous fassiez, suggéra Smiley.

— Pour commencer, nous avons discuté les possibilités de démenti. Il m'a dit que si j'étais pris, je ne devais absolument pas parler de Control. Ce serait un coup monté par un chasseur de scalps, une petite expédition privée. Même sur le moment, je me suis dit : Qui diable croira jamais ça ? Chaque mot qu'il prononçait avait l'air de lui écorcher les lèvres, poursuivit Jim. Tout le temps je sentais sa répugnance à me dire quoi que ce soit. Il ne voulait pas que je sache, mais il voulait que j'aie des instructions bien précises. « J'ai eu une offre de service », dit Control. « Un fonctionnaire haut placé, nom de code Témoin. » « Un fonctionnaire tchèque ? » je demande. « Un « militaire », dit-il. « Vous avez l'esprit militaire, Jim, « vous devriez pas mal vous entendre tous les deux. » Et ç'a été tout le temps comme ça. Je me disais : si tu ne veux rien me dire, mon bonhomme, ne me dis rien, mais cesse d'avoir la tremblote comme ça. »

Après avoir encore tourné autour du pot, dit Jim, Control annonça que Témoin était un général d'artillerie tchèque. Il s'appelait Stevcek; il était connu dans les milieux de la défense nationale à Prague comme très prosoviétique, si tant est que ça voulait dire quelque chose; il avait travaillé à Moscou à la liaison, c'était un des très rares Tchèques à qui les Russes faisaient confiance. Stevcek avait fait part à Control, par un intermédiaire que Control avait personnellement rencontré en Autriche, de son désir de s'entretenir avec un officier de haut rang du Cirque de questions les intéressant mutuellement. L'émissaire devait parler tchèque, ce devait être quelqu'un capable de prendre des décisions. Le vendredi 20 octobre, Stevcek inspecterait la station de recherches balistiques de Tisnov, près de Brno, à cent cinquante kilomètres environ au nord de la frontière autrichienne. De là il se rendrait dans un pavillon de chasse pour y passer le week-end, seul. C'était un endroit en pleine forêt, non loin de Racice. Il serait disposé à recevoir là un émissaire le soir du samedi 21. Il fournirait également une escorte pour faire l'aller et retour depuis Brno.

Smiley demanda : « Control a-t-il donné la moindre indication sur les mobiles de Stevcek ?

— Une petite amie, dit Jim. Une étudiante avec qui il sortait, une dernière flambée, disait Control : il y avait vingt ans de différence d'âge entre eux. Elle avait été fusillée durant le soulèvement de l'été 68. Jusqu'alors, Stevcek avait réussi à dissimuler ses sentiments antisoviétiques, pour sa carrière. La mort de la fille avait mis un terme à tout ça; il leur en voulait à mort. Depuis quatre ans, il se tenait coi, continuait de se montrer ami des Russes, tout en mettant de côté des renseignements qui leur feraient vraiment du mal. Dès que nous lui aurions donné des assurances et précisé la filière de sortie, il était vendeur.

— Control avait-il vérifié tout cela ?

— Ce qu'il avait pu. Nous savions pas mal de choses sur Stevcek. Un général d'état-major avide avec toute une liste de postes importants. Un technocrate. Quand il ne suivait pas de cours, il se faisait les dents à l'étranger : Varsovie, Moscou, un an à Pékin, quelque temps comme attaché militaire en Afrique, et puis de nouveau à Moscou. Jeune pour son grade.

390

« — Est-ce que Control vous avait dit ce que vous deviez attendre comme renseignements ?

— Du matériel sur la Défense. Les fusées. Les missiles.

— Rien d'autre ? dit Smiley en lui passant la bouteille.

— Un peu de politique.

— Rien d'autre ? »

Smiley eut l'impression, et ce n'était pas la première fois, de tomber non pas sur l'ignorance de Jim mais sur une volonté bien déterminée de ne pas se souvenir. Dans l'obscurité, la respiration de Jim Prideaux se fit soudain profonde et avide. Il avait posé les mains sur le haut du volant et il avait le menton appuyé dessus, tout en regardant d'un œil vide le pare-brise embué.

« Combien de temps sont-ils restés au trou avant d'être exécutés ? voulut savoir Jim.

— Bien plus longtemps que vous, malheureusement, avoua Smiley.

— Bonté divine », dit Jim. Avec un mouchoir qu'il avait pris dans sa manche, il essuya la sueur qui luisait sur son visage.

« Les renseignements que Control espérait obtenir de Stevcek, souffla Smiley, tout doucement.

— C'est ce qu'on m'a demandé quand on m'a interrogé.

— A Sarratt ? »

Jim secoua la tête. « Là-bas. Ils savaient que depuis le début c'était une opération montée par Control. Je n'ai rien pu dire pour les persuader que c'était un coup à moi. Ils ont rigolé. »

Une fois de plus, Smiley attendit patiemment que Jim fût prêt à poursuivre.

« Stevcek, dit Jim. Control avait cette idée fixe : c'était Stevcek qui donnerait la solution, c'était Stevcek qui fournirait la clef. « Quelle clef ? » je lui ai demandé. « Quelle clef ? » Il avait sa sacoche, vous savez ce vieux porte-musique marron. Il en a tiré des tableaux, annotés de sa propre main, des tableaux à l'encre de couleur et au crayon. « Un aide-mémoire vi-« suel, dit-il. Voici le type que vous allez rencontrer. » La carrière de Stevcek retracée année par année : il ne m'a fait grâce de rien. Académies militaires, décorations, épouses. « Il aime les chevaux, dit-il. Vous « étiez cavalier vous-même, Jim. Ça fait un point « commun de plus, ne l'oubliez pas. » Je me suis dit : ça va être marrant d'être assis quelque part chez les Tchèques avec les chiens à mes trousses, à discuter du dressage des juments pur sang. » Il eut un petit rire un peu étrange, alors Smiley rit aussi.

« Les postes marqués en rouge représentaient les missions de liaison de Stevcek avec les Soviétiques. En vert, c'était son travail de renseignement. Stevcek avait touché à tout. Il était le quatrième personnage dans les services de renseignement tchèques, grand ponte dans le domaine de l'armement, secrétaire du comité de la sécurité nationale intérieure, un peu conseiller militaire du Prœsidium, au desk anglo-américain dans l'appareil de renseignement de l'armée tchèque. Là-dessus Control en arrive à cette période vers le milieu des années 60, au second séjour de Stevcek à Moscou et c'est marqué moitié rouge et moitié vert. Ostensiblement, dit Control, Stevcek était attaché à l'état-major de liaison du pacte de Varsovie en tant que colonel général, mais ça n'était qu'une couverture. Son vrai travail, c'était à la section Angleterre du Centre de Moscou. Il opérait sous le pseudo de Minn, dit-il. Sa tâche consistait à coordonner les efforts des Tchèques avec ceux du Centre. C'est ça le trésor, dit Control. Ce que Stevcek veut nous vendre en réalité, c'est le nom de la taupe du Centre de Moscou infiltrée au Cirque. »

Ça pourrait n'être qu'un seul mot, songea Smiley, se rappelant Max, et de nouveau il sentit cette soudaine vague d'appréhension. Au bout du compte, il le savait, ce ne serait rien d'autre que ça : un nom pour la taupe Gerald, un cri dans le noir.

« Il y a une pomme pourrie, Jim, expliqua Control, et elle contamine toutes les autres. » Jim poursuivait son récit. Sa voix s'était durcie, son attitude aussi. « Il parlait tout le temps de processus d'élimination, comment il était revenu en arrière, avait fait des recherches et presque atteint son but. Il y avait cinq possibilités, dit-il. Ne me demandez pas comment il avait trouvé ça. « C'est un des cinq chefs. Les cinq « doigts de la main. » Il m'a offert un verre et nous sommes restés là comme deux collégiens à mitonner un code, Control et moi. Nous avons utilisé la comptine Tinker, Tailor. Nous sommes restés assis là dans cet appartement meublé à le mettre au point, en buvant ce mauvais sherry cypriote qu'il offrait toujours. Si je n'arrivais pas à sortir, s'il y avait du grabuge après mon entrevue avec Stevcek, si je devais me planquer, je devais lui faire parvenir cet unique mot, même si je devais pour ça aller jusqu'à Prague et l'écrire à la craie sur la porte de l'ambassade ou appeler le permanent de Prague et le lui hurler au téléphone. Tinker, Tailor, Soldier, Sailor. Alleline, c'était Tinker, Haydon, c'était Tailor, Bland, c'était Soldier et Toby Estherhase, c'était Poorman. Nous avons laissé tomber Sailor parce que ça rimait avec Tailor. Vous, c'était Beggarman, dit Jim.

— Vraiment ? Et qu'est-ce que vous en avez pensé, Jim, de la théorie de Control ? Comment avez-vous trouvé l'idée, dans l'ensemble ?

— Parfaitement idiote. Du vent.

— Pourquoi ?

— C'était idiot, simplement; répéta-t-il avec un entêtement tout militaire. Vous vous imaginez l'un de nous... une taupe... c'est dingue !

— Mais vous y avez cru ?

— Mais non ! Enfin, bon sang, pourquoi est-ce que vous...

— Pourquoi pas ? En raisonnant, nous avons toujours accepté l'idée que tôt ou tard ça arriverait. Nous nous sommes toujours prévenus les uns les autres : soyez sur vos gardes. Nous avons retourné assez de membres d'autres services : des Russes, des Polonais, des Tchèques, des Français. Même cet Américain bizarre. Qu'est-ce qu'ils ont de si spécial tout d'un coup, les Anglais ? »

Sentant l'hostilité de Jim, Smiley ouvrit sa portière pour laisser entrer l'air froid.

« On fait quelques pas ? dit-il. Pas la peine de rester enfermés quand on peut marcher un peu. »

Comme Smiley le prévoyait, avec le mouvement Jim retrouva une plus grande facilité de parole.

Ils étaient sur le bord ouest du plateau, avec seulement quelques arbres dressés devant eux et plusieurs abattus. Un banc couvert de givre s'offrait à eux, mais ils le dédaignèrent. Il n'y avait pas de vent, les étoiles brillaient, et lorsque Jim reprit son récit, ils se mirent à marcher côte à côte, Jim réglant son pas sur celui de Smiley, tantôt s'éloignant de la voiture, tantôt revenant vers elle. De temps en temps ils s'arrêtaient, épaule contre épaule, face à la vallée.

Tout d'abord, Jim décrivit le recrutement de Max et toutes les manigances qu'il avait dû employer pour déguiser sa mission au reste du Cirque. Il laissa entendre qu'il avait peut-être un tuyau pour contacter un employé du chiffre soviétique d'un rang élevé à Stockholm et il prit un billet pour Copenhague sous son vieux pseudo, Ellis. Au lieu de cela, il prit l'avion pour Paris, ressortit ses papiers au nom de Hajek et arriva par le vol régulier à l'aéroport de Prague le samedi matin. Il passa le contrôle de police comme dans un rêve, alla vérifier l'heure de son train à la gare, puis partit faire un tour puisqu'il avait deux heures à tuer et qu'il se disait qu'il pourrait surveiller un peu ses arrières avant de partir pour Brno. Cet automne-là, le temps était étonnamment mauvais : il y avait de la neige sur le sol et il en tombait encore.

En Tchéco, dit Jim, la surveillance n'était généralement pas un problème. Les services de sécurité ne savaient pratiquement pas ce que c'était que de pratiquer la filoche, sans doute parce que de mémoire d'homme aucune administration n'avait jamais éprouvé la moindre gêne à ce propos. On avait encore tendance, expliqua Jim, à ne pas lésiner sur les bagnoles et les as de la filoche comme chez Al Capone, et c'était ce que Jim cherchait des yeux : des Skoda noires et des trios de petits hommes en chapeau mou. Quand il fait froid, repérer ces détails-là est un peu plus dur parce que la circulation est lente, que les gens marchent plus vite et que tout le monde est emmitouflé dans des cachenez. Malgré tout, jusqu'au moment d'arriver à la gare Masaryk ou gare Centrale, comme on se plaît à l'appeler aujourd'hui, il n'avait aucune inquiétude. Mais à Masaryk, dit Jim, il eut une intuition, une histoire d'instinct plutôt que de faits, à propos de deux femmes qui avaient pris des billets avant lui.

Là-dessus, avec l'aisance sans passion d'un professionnel, Jim repassa dans sa tête le trajet qu'il venait de faire. Dans une arcade de magasins à côté de la place Wenceslas, il avait été dépassé par trois femmes, dont celle du milieu poussait une voiture d'enfant. La femme la plus proche de la chaussée portait un sac à main en plastique rouge et celle qui en était la plus éloignée tenait un chien en laisse. Dix minutes plus tard, deux autres femmes s'avancèrent à sa rencontre, toutes deux fort pressées, et l'idée le traversa que si c'était Toby Esterhase qui avait arrangé tout ça, ce serait bien son style; rapides changements de profil pour prendre des photos depuis la voiture d'enfant, voitures de soutien pas loin avec émetteur radio et une seconde équipe en retrait au cas où la première était dépassée. A Masaryk, en regardant les deux femmes qui le précédaient dans la file d'attente devant le guichet, Jim comprit ce qui lui arrivait. Il y a une pièce de vêtement que quelqu'un qui fait une planque n'a ni le temps ni l'envie de changer, et encore moins par une température quasi polaire, ce sont ses chaussures. Des deux paires qui s'offraient à ses yeux dans la file d'attente, Jim en reconnut une : noires, en plastique fourré, avec une fermeture à glissière sur le côté et les talons dans une matière brune qui crissait un peu dans la neige. Il les avait déjà vues ce matin-là, dans le passage Sterba, portées avec d'autres vêtements par la femme qui poussait la voiture d'enfant. Dès lors Jim n'eut plus de soupçons : il savait, tout comme Smiley aurait su, lui aussi.

Au kiosque à journaux de la gare, Jim s'acheta un *Rude Pravo* et prit le train pour Brno. S'ils avaient voulu l'arrêter, ils l'auraient fait maintenant. Ils devaient s'intéresser aux succursales : c'est-à-dire qu'ils suivaient Jim pour localiser ses contacts. Inutile de chercher des raisons, mais Jim devina que l'identité de Hajek était grillée et qu'ils avaient préparé le piège dès l'instant où il avait prit son billet d'avion. Dès l'instant qu'ils ne savaient pas qu'il les avait repérés, il avait encore l'avantage, dit Jim; et un moment Smiley se retrouva en Allemagne occupée, à l'époque où il était agent opérationnel; vivant avec un goût de terreur perpétuellement dans la bouche, désarmé devant le regard du moindre étranger.

Il était censé prendre le treize heures huit arrivant à Brno à seize heures vingt-sept. Comme on l'avait annulé, il prit un extraordinaire omnibus, un train spécial pour le match de football, qui s'arrêtait à tous les lampadaires, et chaque fois Jim pensait pouvoir reconnaître ceux qui le suivaient. La qualité était variable. A Chocen, un bled si jamais il en avait vu un, il descendit s'acheter une saucisse et il n'y en avait pas moins de cinq, tous des hommes, disséminés sur le quai minuscule, les mains dans les poches, faisant semblant de bavarder entre eux et se couvrant de ridicule.

« S'il y a une chose qui distingue un bon filocheur d'un mauvais, dit Jim, c'est l'art subtil de tout faire de façon convaincante. »

A Svitavy, deux hommes et une femme s'installèrent dans son compartiment et se mirent à parler du grand match. Au bout d'un moment, Jim se joignit à la conversation : il avait lu la rubrique sportive dans son journal. C'était un match revanche, et qui causait une excitation folle. Jusqu'à Brno il ne se passa plus rien, aussi descendit-il pour aller flâner du côté des magasins et dans les quartiers encombrés où ils étaient obligés de lui coller aux talons de peur de le perdre.

Il voulait les endormir, leur démontrer qu'il ne se doutait de rien. Il savait maintenant qu'il était l'objectif de ce que Toby appellerait une opération grand chelem. A pied, ils travaillaient par équipes de sept. Les voitures changeaient si souvent qu'il n'arrivait plus à les compter. Les directives générales provenaient d'une camionnette d'un vert crasseux conduite par un agent. La camionnette avait une antenne circulaire et une étoile dessinée à la craie à l'arrière, à une hauteur inaccessible pour un gosse. Les voitures, quand il les repérait, se signalaient l'une à l'autre par un sac à main de femme posé sur la tablette de la boîte à gants et par le pare-soleil du passager rabattu. Il devait y avoir d'autres signaux, mais ces deux-là lui suffisaient. Il savait d'après ce que lui avait dit Toby que des coups de ce genre pouvaient mobiliser jusqu'à une centaine de personnes et que c'était un appareil trop lourd si jamais le gibier parvenait à filer. Toby les détestait pour cette raison.

Il y a sur la principale place de Brno un magasin qui vend de tout, expliqua Jim. Faire des courses en Tchéco est généralement assommant parce qu'il y a peu de points de vente au détail pour chaque industrie nationalisée, mais cet endroit-là était nouveau et très impressionnant. Il acheta des jouets, un foulard, des cigarettes et essaya des chaussures. Il se dit que ceux qui l'avaient en filoche attendaient toujours l'arrivée de son contact clandestin. Il vola un bonnet de fourrure et un imperméable blanc en matière plastique ainsi qu'un sac en papier dans quoi les mettre. Il flâna assez longtemps au rayon des hommes pour s'assurer que les deux femmes qui constituaient l'équipe avancée étaient toujours sur ses talons mais répugnaient à trop s'approcher. Il se dit qu'elles avaient dû signaler aux hommes de les relayer et qu'elles attendaient. Dans les toilettes des hommes, il fit très vite. Il enfila l'imperméable blanc par-dessus le sien, fourra le sac dans sa poche et coiffa la chapka. Il abandonna là ses autres paquets puis dévala comme un fou l'escalier d'incendie, força la porte d'une issue de secours, se précipita dans une ruelle, en remonta une autre qui était à sens unique, fourra l'imperméable blanc dans le sac, entra d'un pas nonchalant dans un autre magasin qui était en train de fermer et acheta là un imperméable noir pour remplacer le blanc. Se dissimulant au milieu des clients qui s'en allaient, il monta dans un tramway bondé, y resta jusqu'à l'avant-dernier arrêt, marcha une heure et arriva au rendez-vous de repêchage avec Max à la minute près.

Là-dessus il décrivit son dialogue avec Max et expliqua qu'ils avaient failli se battre.

Smiley demanda : « L'idée ne vous est jamais venue de laisser tomber ?

— Non. Absolument pas, riposta Jim, sa voix prenant un ton menaçant.

— Bien que, depuis le début, vous ayez trouvé que tout ça ne tenait pas debout ? » Il n'y avait dans le ton de Smiley que de la déférence. Aucun énervement, aucun désir de marquer de points; rien que le désir d'obtenir la vérité, la vérité sans détour sous le ciel de la nuit. « Vous avez simplement continué à aller de l'avant. Vous aviez vu ce qui se passait derrière votre dos, vous estimiez la mission absurde, mais malgré tout vous continuiez, vous vous enfonciez de plus en plus profondément dans la jungle.

— Parfaitement.

— Peut-être que vous aviez changé d'avis à propos de la mission ? Que la curiosité vous attirait après tout, c'était ça ? Vous vouliez passionnément savoir qui était la taupe, non ? Je ne fais que hasarder des hypothèses, Jim.

— Qu'est-ce que ça change ? Qu'est-ce que ça peut bien foutre, mes mobiles, dans un gâchis comme ça ? »

La demi-lune était dégagée de tout nuage et paraissait très proche. Jim était assis sur le banc. Celui-ci était posé sur du gravier et, tout en parlant, Jim de temps en temps ramassait un caillou et le lançait du revers de la main dans les fougères. Smiley s'était installé auprès de lui, et il ne le quittait pas des yeux. A un moment, pour lui tenir compagnie, il but une lampée de vodka et pensa à Tarr et à Irina en train de boire sur leur colline au-dessus de Hong Kong. Ce doit être une habitude du métier, songea-t-il : on parle mieux quand il y a une vue.

Par la vitre ouverte de la Fiat garée sur le bas-côté, poursuivit Jim, les mots de passe s'échangèrent sans un accroc. Le conducteur était un de ces Tchèques Magyars musclés, avec une moustache de style édouardien et il empestait l'ail. Jim ne le trouva pas sympathique, mais il ne s'attendait pas à mieux. Les deux portières arrière étaient verrouillées et il y eut d'abord une discussion à propos de la place où il devait s'asseoir. Le Magyar affirmait que ce n'était pas sûr pour Jim d'être derrière. Et puis, ça n'était pas démocratique. Jim lui dit d'aller se faire voir. Il demanda à Jim si celui-ci avait une arme et Jim dit que non, ce qui n'était pas vrai, mais si le Magyar ne le crut pas, il n'osa pas piper. Il demanda si Jim avait apporté des instructions pour le général. Jim répondit qu'il n'avait rien apporté. Il était venu pour écouter.

Jim se sentait un peu nerveux, raconta-t-il. Ils roulaient et le Magyar débita son discours. Lorsqu'ils arriveraient au pavillon de chasse, il n'y aurait pas de lumière ni aucun signe de vie. Le général serait à l'intérieur. S'il n'y avait aucun signe de vie, une bicyclette, une voiture, une lumière, un chien, si rien n'indiquait que la maison était occupée, alors le Magyar entrerait le premier et Jim attendrait dans la voiture. Sinon, Jim entrerait seul et ce serait le Magyar qui ferait le guet. Est-ce que c'était clair ?

Pourquoi ne pas entrer simplement ensemble ? demanda Jim. Parce que le général ne voulait pas, répondit le Magyar.

Ils roulèrent une demi-heure d'après la montre de Jim, se dirigeant vers le nord-ouest à trente kilomètres à l'heure de moyenne. La route était sinueuse, les côtes étaient raides, et des arbres bordaient la chaussée. Il n'y avait pas de lune et il ne distinguait pas grand-chose, sauf de temps en temps se détachant sur le ciel, d'autres forêts, d'autres collines. La neige était arrivée du nord, remarqua-t-il ; c'était un détail qui devait lui servir plus tard. La route était dégagée mais de gros camions y avaient creusé des ornières. Ils roulaient sans lumière. Le Magyar avait commencé à raconter une histoire grivoise et Jim sentit que c'était sa façon à lui d'être nerveux. Les relents d'ail étaient épouvantables. On aurait dit qu'il en mâchait sans arrêt. Sans avertissement, il coupa le moteur. Ils descendaient une pente, mais plus lentement. Ils ne s'étaient pas tout à fait arrêtés quand le Magyar saisit le frein à main : Jim alla se cogner la tête contre le montant du pare-brise et prit son pistolet. Ils se trouvaient à l'entrée d'un chemin. Trente mètres plus bas se dressait une maison en bois basse. Il n'y avait aucun signe de vie.

Jim expliqua au Magyar ce qu'il aimerait qu'il fasse. Il aimerait que le Magyar mette le bonnet de fourrure de Jim et son manteau et qu'il fasse le trajet à sa place. Il devrait avancer lentement, en gardant les mains jointes derrière le dos et marcher au milieu du sentier. S'il s'avisait de ne pas suivre l'une ou l'autre de ces instructions, Jim l'abattrait. Quand il atteindrait la cabane, il devrait entrer et expliquer au général que Jim prenait des précautions élémentaires. Puis il devrait revenir lentement sur ses pas, signaler à Jim que tout allait bien et que le général était prêt à le recevoir. Ou pas, selon le cas.

Le Magyar ne semblait pas ravi de cet arrangement, mais il n'avait guère le choix. Avant de le laisser descendre, Jim lui fit manœuvrer la voiture pour qu'elle se trouvât tournée vers le bas du chemin. S'il y avait la moindre entourloupette, expliqua Jim, il allumerait les phares et tirerait sur lui dans le faisceau lumineux, non pas une fois mais plusieurs, et pas dans les jambes. Le Magyar commença sa marche. Il avait presque atteint la maison quand des projecteurs éclairèrent tout le secteur : le pavillon de chasse, le sentier et un large espace autour. Puis un certain nombre de choses se produisirent en même temps. Jim ne vit pas tout parce qu'il était occupé à faire faire demi-tour à la voiture. Il vit quatre hommes dégringoler des arbres et, pour autant qu'il pût en juger, l'un d'eux assomma le Magyar. Une fusillade éclata, mais aucun des quatre hommes n'y prêta attention, ils s'étaient reculés pendant que quelqu'un prenait des photographies. Les coups de feu semblaient être tirés en l'air derrière les projecteurs. C'était très spectaculaire. Des fusées éclairantes s'allumèrent, des pistolets lance-fusées en lancèrent d'autres, et même des balles traçantes, et tandis que Jim au volant de la Fiat dévalait le sentier à fond de train, il eut l'impression de quitter un carrousel à son paroxysme. Il s'en était presque tiré — il avait vraiment l'impression de s'en être tiré — quand des bois à sa droite quelqu'un ouvrit le feu de très près avec une mitrailleuse. La première rafale fit sauter une roue arrière et la voiture se renversa. Il vit la roue passer en vol plané au-dessus du capot tandis que la voiture tombait dans le fossé sur la gauche. Le fossé avait peut-être bien trois mètres de profondeur mais la neige amortit le choc. La voiture ne prit pas feu, alors il la laissa là et attendit, face au sentier, dans l'espoir de toucher le servant de la mitrailleuse. La rafale suivante arriva par-derrière et le projeta contre la Fiat. Les bois devaient grouiller de troupes. Il savait qu'il avait été touché deux fois. Les deux balles l'avaient atteint à l'épaule droite et il lui semblait extraordinaire, allongé là à assister à tout ce carrousel, de ne pas avoir eu le bras arraché. Un klaxon retentit, peut-être deux ou trois. Une ambulance descendit le sentier et la fusillade était encore assez nourrie pour effrayer le gibier pour des années. L'ambulance lui rappela une de ces voitures de pompiers des vieux films de Hollywood, tant elle était haute. Toute une bataille pour rire se déroulait, et pourtant les ambulanciers étaient plantés là à le regarder sans s'inquiéter le moins du monde. Il était en train de perdre connaissance lorsqu'il entendit une seconde voiture arriver, et des voix d'hommes, et puis on prit de nouvelles photographies, cette fois de l'homme qu'il fallait. Quelqu'un donna des ordres mais il était incapable de savoir lesquels car ils étaient donnés en russe. Son unique pensée, tandis qu'on le mettait sur le brancard et que les projecteurs s'éteignaient, c'était comment rentrer à Londres. Il se revoyait dans l'appartement de Saint-James, avec les tableaux de différentes couleurs et la liasse de notes, assis dans le fauteuil et expliquant à Control comment sur leurs vieux jours ils étaient tous les deux tombés dans le plus magnifique piège à cons de l'histoire du métier. Sa seule consolation c'était qu'ils avaient assommé le Magyar, mais à la réflexion Jim regrettait de ne pas lui avoir cassé le cou : c'était une chose qu'il aurait pu faire très facilement et sans remords.

32

Décrire les souffrances qu'on avait endurées était pour Jim une complaisance dont il fallait se dispenser. Aux yeux de Smiley, son stoïcisme avait quelque chose d'impressionnant, d'autant plus qu'il ne semblait pas en avoir conscience. Les trous dans son récit, expliqua-t-il, étaient dus principalement aux moments où il s'était évanoui. L'ambulance le transporta, pour autant qu'il pût deviner, plus au nord. Il estima cela d'après les arbres quand on ouvrit la portière pour laisser monter le médecin : la neige était plus épaisse quand il regardait en arrière. Le revêtement était bon et il supposa qu'ils étaient sur la route de Hradec. Le médecin lui fit une piqûre; il revint à lui dans l'hôpital d'une prison avec de hautes fenêtres à barreaux, et trois hommes qui le surveillaient. Il reprit connaissance après l'opération dans une autre cellule sans fenêtre du tout, et il se dit que c'était sans doute là qu'avait eu lieu le premier interrogatoire, soixante-douze heures après qu'on l'eut rafistolé, mais le temps posait déjà un problème et bien sûr on lui avait pris sa montre.

On le déplaçait beaucoup. On l'emmenait soit dans

d'autres pièces, selon ce qu'on comptait lui faire, soit dans d'autres prisons selon la personne qui l'interrogeait. Parfois on se contentait de le faire bouger pour le maintenir éveillé, en le faisant marcher la nuit dans les couloirs entre les cellules. On le déplaçait aussi en camion, et une fois on l'embarqua à bord d'un avion du transport tchèque, mais pour le vol on l'avait ligoté et coiffé d'une cagoule, et il perdit connaissance très peu de temps après le décollage. A part cela, il n'avait guère le sentiment de progresser d'un interrogatoire à l'autre, et réfléchir ne l'avançait à rien, c'était plutôt le contraire. Ce qui demeurait encore le plus vif dans son souvenir, c'était le plan de campagne qu'il avait dressé en attendant le début du premier interrogatoire. Il savait que le silence serait impossible et que pour sa propre santé d'esprit, ou pour survivre, un dialogue devrait s'établir et qu'au terme de ce dialogue ils aient la conviction qu'il leur avait dit ce qu'il savait, tout ce qu'il savait. Allongé dans son lit d'hôpital, il traçait dans son esprit des lignes de défense derrière lesquelles, avec un peu de chance, il pourrait se replier étape après étape jusqu'au moment où il aurait donné une impression de totale défaite. Sa première ligne, estimait-il, et celle qu'il pouvait lâcher le plus facilement, c'était l'ossature même de l'Opération Témoin. N'importe qui pouvait deviner que l'histoire de Stevcek était un coup monté, ou alors qu'il avait été trahi. Mais quel que fût le cas, une chose était certaine : les Tchèques en savaient plus long sur Stevcek que Jim. Son premier aveu serait donc l'histoire Stevcek puisqu'ils la connaissaient déjà; mais il leur ferait voir du pays pour en arriver là. Tout d'abord il nierait tout en bloc et s'en tiendrait à sa couverture. Après avoir lutté un moment, il avouerait être un espion britannique et donnerait son nom de code, Ellis, de façon que, s'ils le publiaient, le Cirque sût au moins qu'il était en vie et qu'il faisait de son mieux. Il ne doutait pas que ce piège soigneusement tendu et les photographies laissaient augurer pas mal de tam-tam. Après cela, conformément à ce dont ils étaient convenus avec Control, il décrirait l'opération comme un coup à lui, monté sans le consentement de ses supérieurs et calculé pour lui valoir de l'avancement. Et il enfouirait, aussi profond qu'il pourrait aller et plus profond encore, toute idée d'un espion à l'intérieur du Cirque.

« Pas de taupe, déclara Jim aux sombres contours des Quantocks. Pas d'entretien avec Control, pas d'appartement meublé à Saint-James.

— Pas de Tinker, Tailor. »

Sa seconde ligne de défense serait Max. Il se proposait pour commencer de nier catégoriquement avoir amené avec lui un traîne-patins. Puis il pourrait dire qu'il en avait amené un mais qu'il ne connaissait pas son nom. Puis, comme tout le monde aime un nom, il leur en donnerait un; un faux d'abord, et puis le vrai. D'ici là Max devrait être tiré d'affaire, entré dans la clandestinité ou pris.

Alors se présenta à l'esprit de Jim une succession de positions moins solidement tenues : de récentes opérations de chasseurs de scalps, des potins du Cirque, n'importe quoi pour faire croire à ses interrogateurs qu'ils avaient brisé sa résistance, qu'il parlait spontanément, que c'était tout ce qu'il savait, qu'ils avaient franchi le dernier retranchement. Il ratisserait sa mémoire pour retrouver de vieilles affaires de chasseurs de scalps, et si besoin en était, il leur donnerait les noms d'un ou deux fonctionnaires soviétiques ou de pays satellites qui avaient été récemment retournés ou grillés; d'autres qui dans le passé n'avaient été que des oiseaux de passage, et qui, puisqu'ils n'étaient pas des transfuges, pouvaient être considérés maintenant comme bons à être grillés ou à mordre une nouvelle fois à l'hameçon. Il leur lancerait le moindre os auquel il pourrait penser, il leur vendrait s'il le fallait toute l'écurie de Brixton. Et tout cela serait l'écran de fumée pour dissimuler ce qui semblait à Jim le renseignement le plus vulnérable, puisqu'ils s'attendraient certainement qu'il le possédât : l'identité des membres du côté tchèque des réseaux Colère et Platon.

« Landkron, Krieglova, Vilova, les Pribyl », dit Jim.

Pourquoi choisissait-il le même ordre pour leurs noms ? se demanda Smiley.

Depuis longtemps, Jim n'était plus responsable de ces réseaux. Des années auparavant, avant de reprendre Brixton, il avait contribué à les mettre sur pied, il avait recruté quelques-uns de leurs membres fondateurs; depuis lors un tas de choses leur étaient arrivées entre les mains de Bland et de Haydon, un tas de choses dont il ne savait rien. Mais il était sûr d'en savoir encore assez pour les griller d'un coup. Et ce qui l'inquiétait le plus, c'était la crainte que Control, ou Bill, ou Percy Alleline, ou quiconque avait en ce temps-là son mot à dire, fût trop avide, ou trop lent pour évacuer les réseaux d'ici que Jim, sous des contraintes qu'il ne pouvait que deviner, n'eût d'autre alternative que de tout lâcher.

« Alors, c'est ça le plus drôle, dit Jim sans la moindre trace d'humour. Ils se fichaient éperdument des réseaux. Ils m'ont posé une demi-douzaine de questions à propos du réseau Colère puis ils s'en sont désintéressés. Ils savaient pertinemment que l'Opération Témoin n'était pas née dans ma cervelle et ils étaient au courant de tous les détails du rendez-vous au cours duquel Control avait négocié à Vienne le départ de Stevcek. Ils ont commencé exactement là où je voulais terminer : par notre conversation à Saint-James. Ils ne m'ont posé aucune question sur un traîne-patins éventuel, ça ne les intéressait pas de savoir qui m'avait conduit en voiture jusqu'à mon rendez-vous avec le Magyar. Tout ce qu'ils voulaient, c'était parler de la théorie de la pomme pourrie de Control. »

Un mot, songea de nouveau Smiley, ça pourrait n'être qu'un seul mot. Il dit : « Est-ce qu'ils connaissaient l'adresse de Saint-James ?

— Mon pauvre ami, ils connaissaient la marque de son foutu sherry.

— Et les tableaux ? demanda aussitôt Smiley. Et le porte-musique ?

— Non. » Il ajouta : « Pas au début. Non. »

Steed-Asprey appelait ça un raisonnement inversé. Ils savaient parce que la taupe Gerald leur avait dit, songea Smiley. La taupe savait ce que les surveillants avaient réussi à tirer du vieux MacFadean. Le Cirque fait lui-même l'analyse de ses échecs. Karla peut profiter de ses découvertes à temps pour les utiliser contre Jim.

« Alors je suppose qu'à ce moment vous commenciez à croire que Control avait raison : qu'il y avait bel et bien une taupe », dit Smiley.

Jim et Smiley étaient accoudés à une barrière en bois. Le terrain descendait devant eux en pente raide, en une longue étendue de fougères et de prés. En bas un autre village, une baie et un étroit ruban de mer baigné de lune.

« Ils sont allés tout de suite au vif du sujet. « Pour- « quoi Control a-t-il monté cette opération tout seul ? « Qu'espérait-il en tirer ? — Son retour en grâce », dis-je. Alors ils se sont mis à rire : « Avec quelques « malheureux renseignements sur des installations « militaires dans le secteur de Brno ? Ça ne lui aurait « même pas valu un bon repas à son Club. — Peut- « être qu'il commençait à perdre la main », dis-je. Si Control perdait la main, dirent-ils, qui est-ce qui piétinait ses plates-bandes ? Alleline, dis-je, c'était ça; Alleline et Control étaient en concurrence pour fournir des renseignements. Mais à Brixton on n'avait que des rumeurs, expliquai-je. « Et qu'est-ce qu'ap- « porte Alleline que Control n'apporte pas ? — Je ne « sais pas. — Mais vous venez de dire qu'Alleline et « Control étaient en concurrence pour fournir des « renseignements. — C'est ce qu'on raconte. Je n'en « sais rien. » Et, hop, on me remettait au trou. »

A ce stade, dit Jim, il avait complètement perdu la notion du temps. Il vivait soit dans l'obscurité de sa cagoule, soit dans la lumière crue des cellules. Il n'y avait plus ni jour ni nuit, et pour rendre tout ça encore plus étrange, on laissait la sonorisation marcher presque tout le temps.

Ils le travaillaient sur le principe de la chaîne de production, expliqua-t-il; on ne le laissait pas dormir, ils se relayaient pour l'interroger, on le désorientait au maximum, pas mal de passages à tabac, jusqu'au moment où l'interrogatoire finissait par être pour lui une lente course entre devenir un peu maboul, comme il disait, et s'effondrer complètement. Naturellement, il espérait perdre la boule, mais ça n'était pas quelque chose qu'on pouvait décider soi-même, parce qu'ils avaient leur façon de vous faire reprendre vos sens. Une bonne partie du travail au corps se faisait à l'électricité.

« Alors on remet ça. Sous un nouvel angle. « Stevcek « était un général important. S'il a demandé à rencon- « trer un officier supérieur britannique, il pouvait « s'attendre que celui-ci fût dûment informé de tous les « aspects de sa carrière. Et vous nous racontez que « vous n'étiez pas informé ? — Je dis que je tenais « mes informations de Control. — Avez-vous lu le « dossier de Stevcek au Cirque ? — Non. — Est-ce que « Control l'a lu ? — Je ne sais pas. — Quelles conclu- « sions Control a-t-il tirées de la seconde affectation « de Stevcek à Moscou ? Est-ce que Control vous a « parlé du rôle de Stevcek au Comité de Liaison du « pacte de Varsovie ? — Non. » Ils ne voulaient pas démordre de cette question et sans doute que je ne voulais pas démordre non plus de ma réponse parce que après quelques autres non, ils se sont un peu énervés. Ils ont paru perdre patience. Quand je suis tombé dans les pommes, ils m'ont aspergé au jet et nous voilà repartis. »

C'était le mouvement perpétuel, reprit Jim. Son récit était devenu étrangement saccadé. Des cellules, des couloirs, une voiture... à l'aéroport, le tapis rouge et un petit passage à tabac avant l'avion... en vol, il s'était endormi, et on l'avait puni : « Je suis revenu à moi dans une cellule, plus petite, pas de peinture sur les murs. Par moments, je croyais que j'étais en Russie. Je calculai d'après les étoiles que nous avions volé vers l'est. Par moments, je m'imaginais à Sarratt, à un cours de résistance aux interrogatoires. »

Pendant deux jours on l'avait laissé seul. Il avait le cerveau brumeux. Il continuait à entendre la fusillade dans la forêt, il revoyait le carrousel, et quand enfin la grande séance avait commencé, celle qu'il se rappelait comme le marathon, il avait le désavantage de se sentir à moitié battu en y allant.

« C'était une question de santé plus qu'autre chose, commenta-t-il, très tendu maintenant.

— Nous pourrions faire une pause. Si vous voulez », dit Smiley, mais là où était Jim il n'y avait pas de pause, et ce qu'il voulait ne comptait pas.

Ç'avait été une longue séance, dit Jim. A un moment donné, il leur avait parlé des notes de Control et de ses tableaux, avec les crayons et les encres de couleur. Ils s'acharnaient sur lui comme de beaux diables et il se souvenait d'un public exclusivement masculin, au bout de la pièce, tous ces gens qui le dévisageaient comme une bande d'étudiants en médecine en échangeant entre eux des remarques à voix basse, et il leur parlait des crayons, histoire d'entretenir la conversation, de les faire taire et écouter. Ils écoutaient mais ils ne s'arrêtaient pas.

« Une fois qu'ils avaient les couleurs, ils voulaient savoir ce qu'elles signifiaient. « Qu'est-ce que bleu voulait dire ? » « Control n'avait pas de bleu. » « Qu'est-ce que rouge voulait dire ? Qu'est-ce que ça représentait, le rouge ? Donnez-nous un exemple de rouge sur le tableau. Qu'est-ce que rouge voulait dire ? Qu'est-ce que rouge voulait dire ? Qu'est-ce que rouge voulait dire ? » Et puis tout le monde s'en va, sauf deux gardes et un petit type glacial, très raide, qui avait l'air d'être le patron. Les gardes me conduisent jusqu'à une table et ce petit bonhomme s'assied à côté de moi comme un affreux gnome, avec les mains croisées. Il a deux crayons devant lui, un rouge, un vert, et un tableau de la carrière de Stevcek. »

Ce n'était pas que Jim avait craqué à proprement parler, il était simplement à court d'invention. Il était incapable de trouver de nouvelles histoires. Les vérités qu'il avait enfermées si profondément en lui étaient tout ce qui se présentait.

« Alors vous lui avez parlé de la pomme pourrie, suggéra Smiley. Et vous lui avez parlé de Tinker, Tailor. »

Oui, reconnut Jim, il l'avait fait. Il avait dit que Control était convaincu que Stevcek pourrait identifier une taupe infiltrée au Cirque. Il lui avait parlé du code Tinker, Tailor, en précisant qui était chacun d'eux, un nom après l'autre.

« Quelle a été sa réaction ?

— Il a réfléchi un moment et puis il m'a offert une cigarette. Horreur de ça.

— Pourquoi ?

— Un goût américain. Une Camel ou une saleté comme ça.

— Est-ce qu'il en a fumé une lui-même ? »

Jim eut un bref hochement de tête. « Une vraie cheminée », dit-il.

Après cela, reprit Jim, le temps a recommencé à s'écouler. On l'emmena dans un camp, non loin d'une ville lui sembla-t-il, et il vécut dans un groupe de baraquements entouré d'un double périmètre de barbelés. Avec l'aide d'un gardien il parvint bientôt à marcher; un jour, il alla même faire un tour dans la forêt. Le camp était très grand : le groupe de baraquements où il se trouvait n'en constituait qu'une partie. La nuit, il apercevait la lumière d'une ville à l'est. Les gardiens portaient des treillis et ne parlaient pas, aussi n'avait-il aucun moyen de dire s'il était en Tchéco ou en Russie, mais il aurait parié que c'était la Russie, et quand le médecin vint examiner son dos, il utilisa un interprète russe-anglais pour exprimer la piètre opinion qu'il avait du travail de son prédécesseur. Les interrogatoires continuaient de façon sporadique, mais sans hostilité. On lui affecta une nouvelle équipe, mais à côté des onze premiers, c'étaient des gens qui n'étaient pas pressés. Une nuit on le conduisit jusqu'à un terrain militaire d'où un chasseur de la RAF le ramena à Inverness. De là, il prit un petit avion jusqu'à Elstree, puis une camionnette jusqu'à Sarratt; les deux fois, il voyagea de nuit.

Jim allait vite maintenant. A vrai dire, il était déjà lancé dans le récit de ses expériences à la Nursery quand Smiley demanda : « Et le patron, le petit bonhomme glacial : vous ne l'avez jamais revu ? »

Une fois, reconnut Jim; juste avant de partir.

« Pour quoi faire ?

— Pour cancaner. » D'une voix beaucoup plus forte. « Un tas de foutaises à propos de gens du Cirque, en fait.

— Qui ça ? »

Jim éluda la question. Des conneries à propos de qui était en haut de l'échelle et qui était en bas. Qui venait juste après le chef : « Comment voulez-vous que je sache ? » ai-je dit. Ces foutus cerbères le savent avant Brixton.

« Alors, ces foutaises, ça concernait qui, précisément ? »

Surtout Roy Bland, dit Jim d'un ton morne. Comment Bland conciliait-il ses sympathies pour la gauche avec le travail du Cirque ? Il n'a aucune sympathie pour la gauche, dit Jim, voilà tout. Quelle était la position de Bland par rapport à Esterhase et à Alleline ? Qu'est-ce que Bland pensait des toiles de Bill ? Et puis dans quelle mesure Roy buvait-il et qu'adviendrait-il de lui si jamais Bill lui retirait son soutien ? Jim à toutes ces questions donna de maigres réponses.

« On n'a parlé de personne d'autre ?

— Si, d'Esterhase, répondit Jim du même ton crispé. Ce type voulait savoir comment on pouvait faire confiance à un Hongrois. »

La question suivante de Smiley, même pour lui, parut faire tomber sur toute la vallée noyée d'ombre un silence absolu.

« Et qu'est-ce qu'il a dit de moi ? » Il répéta : « Qu'est-ce qu'il a dit de moi ?

— Il m'a montré un briquet. Il m'a dit qu'il était à vous. Un cadeau d'Ann. « Avec tout mon amour. » Et sa signature. Gravée.

— Est-ce qu'il a raconté comment ce briquet se trouvait en sa possession ? Qu'est-ce qu'il a dit, Jim ? Allons, je ne vais pas me mettre à avoir les genoux qui tremblent parce qu'un agent russe a fait une mauvaise plaisanterie à mes dépens. »

La réponse de Jim claqua comme un ordre militaire. « Il pensait qu'après son aventure avec Bill Haydon, elle voudrait peut-être faire changer l'inscription. » Il tourna les talons vers la voiture. « Je lui ai dit, cria-t-il avec fureur. Je lui ai dit à son petit visage fripé. On ne peut pas juger Bill sur des choses comme ça. Les artistes ont des échelles de valeur totalement différentes. Ils voient des choses qui nous échappent. Ils sentent des choses qui nous dépassent. Ce petit salaud s'est contenté de rigoler. « Je ne savais « pas que ses toiles étaient aussi bonnes », m'a-t-il dit. Vous savez ce que je lui ai répondu, George ? « Allez « vous faire voir. Allez vous faire foutre. Si vous « aviez un Bill Haydon dans votre service minable, « vous pourriez dire set et match. » Je lui ai dit : « Bonté divine, qu'est-ce que vous dirigez ici ? Un « service ou une branche de l'Armée du Salut ?

— C'était bien envoyé, observa Smiley, comme s'il commentait quelque débat lointain. Et vous ne l'aviez jamais vu ?

— Qui ça ?

— Le petit type glacial. Son visage ne vous était pas familier... d'autrefois, par exemple ? Oh ! vous savez comment nous sommes. Nous sommes entraînés à voir des tas de têtes, des photos de personnages importants du Centre, et parfois on s'en souvient. Même si on ne peut plus mettre un nom dessus. En tout cas, ce n'était pas le cas pour celui-là. Je me demandais simplement. Je me suis dit que vous aviez du temps pour réfléchir, reprit-il sur le ton de la conversation. Vous étiez là à récupérer, à attendre de rentrer, et qu'est-ce que vous aviez d'autre à quoi penser ? » Il attendit. « A quoi pensiez-vous, je me demande ? A la mission. A votre mission, je suppose.

— De temps en temps.

— Et à quelles conclusions parveniez-vous ? Vous avez abouti à des soupçons, à des intuitions, à des tuyaux qui pourraient me servir ?

— A rien du tout, merci, riposta Jim, très sèchement. Vous me connaissez, George Smiley, je ne suis pas un faiseur de gris-gris, je suis un...

416

— Vous êtes un simple agent d'exécution qui laisse la réflexion aux autres. Néanmoins : quand vous savez qu'on vous a entraîné dans un piège gros comme une maison, trahi, tiré dans le dos et que pendant des mois vous n'avez rien d'autre à faire qu'à rester couché ou assis, ou qu'à marcher de long en large dans une cellule russe, je croirais que l'homme d'action le plus résolu — sa voix n'avait rien perdu de ses intonations amicales — pourrait en arriver à se demander comment il s'est retrouvé dans un pétrin pareil. Prenons un instant l'Opération Témoin, suggéra Smiley à la silhouette immobile devant lui. Ça a mis un terme à la carrière de Control. Il est tombé en disgrâce et il n'a pas pu continuer à poursuivre sa taupe, en supposant qu'il y en avait une. Le Cirque est passé en d'autres mains. Avec le sens de l'à-propos qu'il a toujours eu, Control est mort. L'Opération Témoin a eu également un autre effet. Elle a révélé aux Russes — grâce à vous, en fait — l'étendue exacte des soupçons de Control. Qu'il avait limité à cinq le nombre des suspects, mais qu'apparemment il n'était pas allé plus loin. Je ne veux pas dire par là que vous auriez dû réfléchir à tout cela dans votre cellule en attendant. Après tout, vous n'aviez aucune idée, au fond de votre prison, que Control avait été viré — encore que l'idée ait pu vous traverser que les Russes avaient monté toute cette bataille pour rire histoire de faire du tam-tam. Non ?

— Vous avez oublié les réseaux, dit Jim d'un ton morne.

— Oh ! les Tchèques avaient repéré les réseaux bien avant votre entrée en scène. Ils ne les ont ramassés que pour consacrer l'échec de Control. »

Le ton léger, presque désinvolte, avec lequel Smiley lançait toutes ces théories, n'éveilla aucun écho chez Jim. Après avoir vainement attendu de l'entendre formuler le moindre commentaire, Smiley laissa tomber. « Eh bien, si nous passions à la réception à laquelle vous avez eu droit à Sarratt, hein ? Pour en finir ? »

Dans un rare moment d'oubli il se servit une rasade de vodka avant de passer la bouteille à Jim.

A en juger par sa voix, Jim avait sa dose. Il parlait d'un ton vif et coléreux, avec cette même brièveté militaire qui lui servait de refuge en face des incursions intellectuelles.

Pendant quatre jours à Sarratt, dit-il, il avait vécu dans les limbes. « Je bouffais, je buvais, je dormais. Je me baladais autour du terrain de cricket. » Il aurait bien nagé, mais la piscine était en réparation comme c'était déjà le cas six mois auparavant : belle efficacité ! Il avait passé une visite médicale, regardé la télévision dans son bungalow et joué un peu aux échecs avec Cranko, qui dirigeait la réception.

En attendant, il comptait sur la venue de Control, mais celui-ci ne se manifestait pas. La première personne du Cirque à venir le voir, ç'avait été l'officier chargé des affectations, pour lui parler d'un bureau ami fournissant des professeurs intérimaires, puis un grouillot du service des soldes pour discuter de ses droits à une pension, et enfin de nouveau le docteur pour évaluer le montant de sa prime de démobilisation. Il s'attendait à voir les interrogateurs se montrer, mais ils n'en firent jamais rien, ce qui était un soulagement car il ne savait pas ce qu'il leur aurait raconté avant d'avoir le feu vert de Control et il en avait assez des questions. Il se dit que Control devait les retenir. Cela lui semblait insensé de dissimuler aux interrogateurs ce qu'il avait déjà dit aux Russes et aux Tchèques, mais tant qu'il n'avait pas eu de nouvelles de Control, que pouvait-il faire d'autre ? Comme Control ne donnait toujours pas signe de vie, il envisagea d'aller trouver Lacon pour lui raconter son histoire. Puis il décida que Control attendait qu'il en eût fini avec la Nursery pour le contacter. Il eut une rechute de quelques jours, et puis c'était fini. Toby Esterhase arriva avec un costume neuf, apparemment pour lui serrer la main et lui souhaiter bonne chance. Mais en fait pour lui expliquer la situation.

« Drôle d'idée de l'avoir envoyé, lui, mais il semblait avoir gravi des échelons. Là-dessus je me suis souvenu de ce que Control disait sur l'utilisation des gars des succursales. »

Esterhase lui raconta que le Cirque avait bien failli sombrer à la suite de l'Opération Témoin, et que Jim était pour l'instant la bête noire numéro un du Cirque. Control n'était plus dans le coup, et une réorganisation était en cours pour apaiser Whitehall.

« Ensuite, il m'a dit de ne pas m'en faire, dit Jim.

— A propos de quoi ?

— A propos de ma mission. Il a dit que peu de gens connaissaient la véritable histoire et que j'avais pas besoin de m'inquiéter parce qu'on s'en occupait. Tous les faits étaient connus. Là-dessus il m'a donné mille livres en espèces pour s'ajouter à ma prime de démobilisation.

— Venant de qui ?

— Il ne me l'a pas dit.

— A-t-il fait allusion à la théorie de Control à propos de Stevcek ? Un espion du Centre à l'intérieur du Cirque ?

— Les faits étaient connus, répéta Jim, le regard mauvais. On m'a *ordonné* de ne contacter personne, de n'essayer de raconter nulle part mon histoire parce qu'on s'en occupait au niveau le plus élevé et que tout ce que je ferais risquait de tout gâcher. Le Cirque était de nouveau sur ses pieds. Je pouvais oublier Tinker, Tailor et tout le fatras : les taupes, tout. « Lais-« sez tomber, dit-il. Vous avez de la chance, Jim, « répétait-il sans arrêt. On vous a ordonné de devenir « un simple rêveur. » Je n'avais qu'à ne plus y penser. Compris ? Ne plus y penser. Me comporter simplement comme si rien ne s'était jamais passé. » Il criait maintenant. « Et c'est ce que j'ai fait : j'ai obéi aux « ordres et je n'y ai plus pensé ! »

Le paysage nocturne parut soudain innocent aux yeux de Smiley; on aurait dit une vaste toile sur laquelle on n'avait jamais rien peint de mauvais ni de cruel. Côte à côte, ils contemplaient la vallée et leur regard, par-dessus les groupes de lumières, allait jusqu'à une colline dénudée qui se dressait à l'horizon. Une tour était bâtie à son sommet et, un moment, elle marqua pour Smiley la fin du voyage.

« Oui, dit-il, j'ai dû oublier pas mal de choses aussi. Alors Toby vous a parlé de Tinker, Tailor. Comment diable a-t-il pu avoir connaissance de cette histoire-là, à moins que... Et pas de nouvelle de Bill, reprit-il. Pas même une carte postale.

— Bill était à l'étranger, dit sèchement Jim.

— Qui vous a dit ça ?

— Toby.

— Donc vous n'avez jamais vu Bill : depuis l'Opération Témoin, lui, votre plus vieil ami, le plus intime, il a disparu.

— Vous avez entendu ce qu'a dit Toby. J'étais en quarantaine.

— Bill pourtant ne s'est jamais beaucoup embarrassé des règlements, n'est-ce pas ? dit Smiley, comme s'il évoquait de vieux souvenirs.

— Et vous ne l'avez jamais porté dans votre cœur, répliqua Jim.

— Je regrette de n'avoir pas été là quand vous êtes venu me voir avant de partir pour la Tchéco, observa Smiley après un bref silence. Control m'avait expédié en Allemagne pour ne pas m'avoir dans les jambes et quand je suis rentré... qu'est-ce que vous vouliez me dire exactement ?

— Rien. Je trouvais que la Tchéco, ça risquait d'être un peu coton. Je voulais passer vous faire signe, vous dire au revoir.

— Avant une mission ? s'écria Smiley avec une certaine surprise. Avant une mission aussi spéciale ? » Jim ne semblait pas avoir entendu. « Vous avez fait signe à quelqu'un d'autre ? J'imagine que nous étions tous absents. Toby, Roy... Bill, vous lui avez fait signe ?

— A personne.

— Bill était en congé, n'est-ce pas ? Mais je suppose qu'il était quand même dans les parages.

— A personne, insista Jim, tandis qu'un spasme de douleur lui faisait lever l'épaule droite et tourner la tête. Ils étaient tous partis, ajouta-t-il.

— Ça ne vous ressemble vraiment pas, Jim, reprit Smiley du même ton doux, d'aller serrer la main des gens avant de partir pour des missions capitales. Vous avez dû devenir sentimental sur vos vieux jours. Ce n'était pas... » Il hésita. « Ce n'était pas un conseil ni rien de ce genre que vous cherchiez, n'est-ce pas ? Après tout, vous étiez persuadé que cette mission ne rimait à rien, non ? Et que Control était en train de perdre la main. Vous aviez peut-être l'impression que vous devriez raconter vos problèmes à un tiers ? Je reconnais que tout ça avait l'air plutôt farfelu. »

Découvrir les faits, disait Steed-Asprey, et puis les essayer sur les histoires comme des vêtements.

Jim enfermé dans un silence furieux, ils regagnèrent la voiture.

Au motel, Smiley tira des profondeurs de son ample manteau vingt photographies format carte postale et les étala en deux rangées sur la table de céramique. Certaines étaient des instantanés, certaines des portraits ; c'étaient uniquement des photos d'hommes et aucun d'eux n'avait l'air anglais. Avec une grimace, Jim en choisit deux et les remit à Smiley. Il était sûr de la première, murmura-t-il, moins sûr de la seconde. La première, c'était le patron, le gnome glacial. La seconde était celle du salaud qui observait dans l'ombre pendant que les gorilles réduisaient Jim en petits morceaux. Smiley remit les clichés dans sa poche. Lorsqu'il emplit leurs verres pour le coup de l'étrier, un observateur moins torturé que Jim aurait pu remarquer chez lui un sentiment non pas de triomphe mais de cérémonial : comme si cette rasade apposait un sceau sur quelque chose.

« Alors, quand est-ce donc que vous avez vu Bill pour la dernière fois ? Pour lui parler », demanda Smiley, comme on pourrait s'enquérir d'un vieil ami. Il avait de toute évidence arraché Jim à d'autres pensées car celui-ci mit un moment à lever la tête et à répondre à la question.

« Oh! de temps à autre, dit-il, nonchalamment. J'ai dû tomber sur lui dans les couloirs.

— Et lui parler ? Peu importe. » Car Jim s'était replongé dans ses pensées.

Jim refusa de se laisser raccompagner jusqu'au collège. Smiley dut le déposer en haut de l'allée goudronnée qui à travers le cimetière menait jusqu'à l'église. Il avait laissé des livres de classe dans la chapelle, expliqua-t-il. Sur le moment, Smiley se sentit enclin à ne pas le croire, mais il n'arrivait pas à comprendre pourquoi. Peut-être parce qu'il en était arrivé à considérer qu'après trente ans de métier, Jim demeurait un assez piètre menteur. La dernière image que Smiley eut de lui, ce fut cette ombre de guingois qui se dirigeait vers le portail normand tandis que ses talons crépitaient comme des coups de fusil entre les tombes.

Smiley se rendit à Taunton et du Castle Hotel donna toute une série de coups de téléphone. Malgré son épuisement il dormit d'un sommeil agité entre deux visions de Karla attablé auprès de Jim avec deux crayons et de l'attaché culturel Polyakov, alias Viktorov, rongé d'inquiétude sur la sécurité de sa taupe Gerald, et attendant impatiemment dans la cellule des interrogatoires que Jim craque. Enfin de Toby Esterhase surgissant à Sarratt à la place de Haydon absent, et conseillant gaiement à Jim de tout oublier de Tinker, Tailor et de leur défunt inventeur, Control.

La même nuit, Peter Guillam roulait vers l'ouest, traversant toute l'Angleterre jusqu'à Liverpool, avec Ricki Tarr pour seul passager. C'était un voyage assommant dans des conditions pénibles. Pendant presque tout le trajet, Tarr se vanta des récompenses qu'il allait réclamer, et de l'avancement aussi, une fois qu'il aurait accompli sa mission. Ensuite il se mit à parler des femmes de sa vie : Danny, sa mère, Irina. Il semblait envisager un ménage à quatre dans lequel les deux femmes s'occuperaient conjointement de Danny et de lui-même.

« Il y a un côté très maternel chez Irina. Naturellement, c'est en cela qu'elle est frustrée. » Quant à Boris, il n'avait rien à en foutre, il dirait à Karla de le garder. Comme ils approchaient de leur destination, son humeur changea de nouveau et il devint silencieux. L'aube était froide et brumeuse. Des relents de suie et d'acier emplissaient la voiture.

« Ne traînez pas à Dublin non plus, dit soudain Guillam. Ils s'attendent à vous voir prendre les itinéraires classiques, alors ne vous montrez pas trop. Prenez le premier avion en partance.

— Nous avons déjà discuté tout ça.

— Eh bien, figurez-vous que je recommence, répliqua Guillam. Quel est le pseudo de Mackelvore ?

— Oh ! bonté divine », murmura Tarr, et il le donna.

Il faisait encore sombre quand le ferry pour l'Irlande leva l'ancre. Il y avait des soldats et de la police partout : cette guerre, la dernière, la précédente. Un vent violent soufflait et la traversée s'annonçait rude. Sur le quai, un sentiment de solidarité effleura brièvement la petite foule tandis que les feux du navire s'éloignaient en dansant dans la pénombre. Quelque part une femme pleurait, ailleurs un ivrogne fêtait sa libération.

Il rentra lentement en essayant d'y voir plus clair en lui : qui était ce nouveau Guillam qui sursautait au moindre bruit soudain, avait des cauchemars et non seulement n'était pas capable de garder sa petite amie mais qui inventait des raisons absurdes pour ne pas lui faire confiance. Il l'avait questionnée à propos de Sand et des horaires qu'elle avait, et à propos du secret dont elle s'entourait en général. Après l'avoir écouté, ses yeux bruns et graves fixés sur lui, elle lui avait dit qu'il était idiot et elle était partie. « Je suis ce que tu crois que je suis », avait-elle dit en allant chercher ses affaires dans la chambre. De son appartement désert il téléphona à Toby Esterhase pour l'inviter à venir bavarder un moment un peu plus tard ce jour-là.

SMILEY était assis dans la Rolls du Ministre, avec Lacon auprès de lui. Dans la famille d'Ann, on appelait la voiture le corbillard et on en condamnait le côté voyant. On avait envoyé le chauffeur prendre son petit déjeuner. Le Ministre était assis devant et tout le monde avait les yeux tournés par-delà le long capot vers le fleuve jusqu'aux tours noyées dans la brume de la station électrique de Battersea. Le Ministre avait les cheveux très fournis sur la nuque et ils se retroussaient en petites cornes autour des oreilles.

« Si vous avez raison, déclara le Ministre après un silence funèbre, et je ne dis pas que ce soit le cas, mais si vous avez raison, combien de porcelaine va-t-il casser d'ici à la fin de la journée ? »

Smiley ne comprenait pas très bien.

« Je parle du scandale, George. Gerald part pour Moscou. Bon, alors que se passe-t-il ? Est-ce qu'il saute sur une chaise pour rire à gorge déployée en public de tous les gens qu'il a ridiculisés ici ? Enfin, bon sang, nous sommes tous dans le bain, non ? Je ne vois pas pourquoi nous devrions le laisser partir pour qu'il puisse le faire couler sur nos têtes et que la concurrence n'ait plus qu'à passer la balayette. »

Il essaya un autre angle. « Je veux dire, le simple fait que les Russes connaissent nos secrets ne signifie pas que tout le monde doive en savoir autant. Nous avons d'autres chats à fouetter, vous ne trouvez pas ? Et tous nos bons collègues du Parlement : est-ce qu'ils vont lire les affreux détails dans le Bulletin du Rond-de-Cuir de la semaine prochaine ? »

Ou bien ses électeurs, songea Smiley.

« Je crois qu'il y a toujours eu un point que les Russes acceptent, dit Lacon. Après tout, si vous ridiculisez votre ennemi, vous n'avez plus aucune justification pour vous en prendre à lui. » Il ajouta : « Jusqu'à maintenant, ils n'ont jamais profité de leurs occasions, n'est-ce pas ?

— Eh bien, assurez-vous qu'ils en feront autant cette fois. Qu'ils s'y engagent par écrit. Non, ne faites pas ça. Mais dites-leur bien que ce qui est bon pour l'un l'est aussi pour l'autre. Nous ne passons pas notre temps à publier la hiérarchie du Centre de Moscou, alors pour une fois, ils peuvent jouer le jeu. »

Refusant de se laisser déposer, Smiley dit qu'un peu de marche lui ferait du bien.

C'était le jour où Thursgood était de permanence et il n'aimait pas cela. A son avis, les chefs d'établissement devraient être au-dessus de ces basses besognes, ils devraient garder l'esprit clair pour méditer sur la politique à suivre et sur les charges du commandement. Le fait de parader dans sa toge de Cambridge ne le consolait pas, et planté là dans la salle de gymnastique à surveiller les élèves qui se mettaient en rangs pour l'appel matinal, ses yeux les fixaient d'un regard sinistre sinon totalement hostile. Ce fut

Marjoribanks, pourtant, qui administra le coup de grâce.

« Il a dit que c'était sa mère, souffla-t-il à l'oreille de Thursgood. Il a reçu un télégramme et a annoncé qu'il partait immédiatement. Il n'a même pas voulu rester pour prendre une tasse de thé. J'ai promis de vous transmettre le message.

— C'est monstrueux, dit Thursgood, absolument monstrueux.

— Si vous voulez, je reprendrai ses classes de français. Nous pouvons réunir la Cinq et la Six.

— Je suis furieux, dit Thursgood. Je n'arrive pas à comprendre pourquoi je suis furieux à ce point.

— Et Irving dit qu'il s'occupera de la finale de rugby.

— Des rapports à faire, des compositions, la finale de rugby. Qu'est-ce qu'elle a donc, cette femme ? La grippe, tout bonnement, j'imagine, une grippe saisonnière. Ça nous arrive à tous, et à nos mères aussi. Où habite-t-elle ?

— J'ai cru comprendre d'après ce qu'il a dit à Sue qu'elle était mourante.

— Voilà en tout cas une excuse qu'il ne pourra pas utiliser deux fois, dit Thursgood, nullement radouci, et d'une voix sèche il fit taire les élèves et commença l'appel.

— Roach ?

— A l'infirmerie, monsieur. »

C'était la goutte d'eau qui faisait déborder le vase. L'élève le plus riche de l'école qui avait une dépression nerveuse à propos de ses misérables parents, et le père qui menaçait de le retirer du collège.

34

IL était presque quatre heures de l'après-midi du
même jour. « Des planques j'en ai connu », songea
Guillam en inspectant l'appartement lugubre. Il aurait
pu en parler comme un voyageur de commerce pourrait parler des hôtels : de la galerie des glaces cinq
étoiles de Belgravia avec des pilastres en Wedgwood
et des feuilles de chêne dorées, jusqu'à ce pied-à-terre
de chasseur de scalps minable de Lexham Gardens,
qui sentait la poussière et les égouts, avec un extinc-
teur d'un mètre dans l'entrée noire comme un four.
Au-dessus de la cheminée, des cavaliers qui buvaient
dans des chopes d'étain. Sur les tables gigognes, les
coquillages faisant office de cendriers, et dans la cuisine grise, des instructions anonymes recommandant
de Bien S'Assurer Que Les Deux Brûleurs du Réchaud Sont Eteints. Il traversait le vestibule quand
la sonnette de l'immeuble retentit, juste à l'heure.
Il décrocha le téléphone intérieur et entendit la voix
déformée de Toby qui braillait dans l'écouteur. Il
pressa le bouton et entendit le cliquetis de la serrure
électrique qui se répercutait dans la cage de l'escalier.
Il ouvrit la porte du palier mais laissa la chaîne de

sûreté jusqu'à ce qu'il fût sûr que Toby était seul.

« Comment ça va ? dit Guillam avec entrain, en le faisant entrer.

— Très bien en fait, Peter », dit Toby, ôtant son manteau et ses gants.

Il y avait du thé sur un plateau : Guillam l'avait préparé, deux tasses. Les planques affichent un certain niveau de service. Ou bien on fait semblant d'habiter là, ou bien on s'adapte à n'importe quoi; ou, tout simplement on pense à tout. Dans le métier, se dit Guillam, le naturel est un art. C'était quelque chose que Camilla était incapable d'apprécier.

« En fait c'est un temps très bizarre », annonça Esterhase comme s'il en avait vraiment analysé les qualités. Les conversations dans les planques ne valaient jamais beaucoup mieux. « On fait quelques pas et on est déjà complètement épuisé. Alors, nous attendons un Polonais ? dit-il en s'asseyant. Un Polonais dans la fourrure qui à votre avis pourrait nous servir de courrier ?

— Il devrait être ici d'une minute à l'autre.

— Nous le connaissons ? J'ai demandé à mes gens de chercher ce nom-là mais ils n'en ont pas trouvé trace. »

Mes gens se dit Guillam : il faudra que je me souvienne d'utiliser cette formule. « Les Polonais Libres lui ont fait du charme il y a quelques mois et il a filé à toutes jambes, expliqua-t-il. Et puis Karl Stack l'a repéré du côté des docks et a pensé qu'il pourrait servir aux chasseurs de scalps. » Il haussa les épaules. « Il m'a bien plu, mais à quoi bon ? Nous n'arrivons même pas à occuper nos gens.

— Peter, vous êtes très généreux », dit Esterhase avec respect, et Guillam eut l'impression ridicule qu'il

430

venait de lui donner un pourboire. A son soulagement on sonna et Fawn alla prendre son poste sur le pas de la porte.

« Désolé, Toby, dit Smiley, un peu essoufflé d'avoir monté les escaliers. Peter, où faut-il que j'accroche mon manteau ? »

Le faisant pivoter vers le mur, Guillam leva les bras sans résistance de Toby et les plaqua contre la cloison, puis le palpa pour s'assurer qu'il n'avait pas de pistolet, en prenant son temps. Toby n'en avait pas.

« Il est venu seul ? demanda Guillam. Ou bien est-ce qu'il a un petit camarade qui l'attend dans la rue ?

— La voie m'a paru libre », dit Fawn.

Smiley était à la fenêtre à regarder dans la rue. « Voulez-vous éteindre un instant ? demanda-t-il.

— Attendez dans le vestibule, ordonna Guillam, et Fawn se retira, emportant le manteau de Smiley. « Vous avez vu quelque chose ? » demanda-t-il à Smiley, en le rejoignant à la fenêtre.

Déjà l'après-midi londonien avait pris les roses brumeux et les jaunes du crépuscule. Le square était dans un quartier résidentiel de style victorien; au milieu, un petit jardin fermé, déjà sombre. « Ça n'est qu'une ombre, je suppose », dit Smiley avec un grognement, et il se retourna vers Esterhase. La pendule sur la cheminée sonna quatre coups. Fawn avait dû la remonter.

« Je voudrais vous exposer une théorie, Toby. Une idée sur ce qui se passe. Je peux ? »

Esterhase n'eut pas un battement de cils. Ses petites mains reposaient sur les bras de son fauteuil.

431

Il était assis confortablement, mais presque au garde-à-vous, les pointes et les talons de ses chaussures bien cirées se touchant.

« Vous n'êtes pas obligé de parler. Et il n'y a pas de risque à écouter, n'est-ce pas ?

— Peut-être.

— Il y a deux ans de cela. Percy Alleline veut la place de Control, mais il n'a pas de position au Cirque. Control y a veillé. Control est malade, il n'est plus de première jeunesse, mais Percy ne peut pas le déloger. Vous vous rappelez cette époque ? »

Esterhase fit un bref signe de tête.

« C'est une de ces périodes de morte saison, reprit Smiley de son ton raisonnable. Il n'y a pas assez de travail à l'extérieur, alors on commence à intriguer dans le service, à s'espionner les uns les autres. Un matin, Percy est assis dans son bureau sans rien à faire. Il a sur le papier le titre de directeur des opérations, mais en pratique il joue simplement le rôle de tampon entre les sections régionales et Control, et encore. La porte de Percy s'ouvre et quelqu'un entre. Nous l'appellerons Gerald, ça n'est qu'un nom. « Percy, dit-il, je suis tombé sur une source russe « extraordinaire. Ça pourrait être une mine d'or. » Ou peut-être qu'il ne dit rien, qu'il attend qu'ils soient sortis de l'immeuble, parce que Gerald a une grande habitude du terrain, il n'aime pas parler avec des murs et des téléphones autour de lui. Peut-être qu'ils vont faire une balade dans le parc ou un tour en voiture. Peut-être qu'ils déjeunent ensemble, et à ce stade Percy n'a qu'une expérience très limitée du théâtre d'opérations européen, surtout en ce qui concerne la Tchéco ou les Balkans. Il s'est fait les dents en Amérique du Sud et après cela il a travaillé dans les anciennes possessions : l'Inde, le Moyen-Orient. Il ne sait pas grand-chose des Russes, ni des Tchèques, il a tendance à voir le rouge rouge et à s'en tenir là. Je suis injuste ? »

Esterhase pinça les lèvres et fronça un peu les sourcils, comme pour dire qu'il ne discutait jamais un supérieur.

« Alors que Gerald, au contraire, est un expert dans ce domaine. Sa vie opérationnelle, il l'a passée à fouiner et à traîner dans les marchés d'Orient. Percy est complètement dépassé, mais il est passionné. Gerald est dans son élément. Cette source russe, dit Gerald, pourrait bien être la plus riche que le Cirque ait connue depuis des années. Gerald ne veut pas en dire trop mais il compte voir des échantillons dans un jour ou deux, et quand il les aura, il aimerait que Percy y jette un coup d'œil rien que pour se faire une idée de la qualité du produit. Ils pourront discuter plus tard des détails concernant la source. « Mais « pourquoi moi ? dit Percy. Qu'est-ce qui se passe ? » Alors Gerald lui explique. « Percy, dit-il, certains « d'entre nous dans les sections régionales sont très « préoccupés par le niveau des pertes en opérations. « Il y a, semble-t-il, quelque chose qui cloche quelque « part. On parle trop au Cirque et en dehors. Trop « de gens figurent sur les listes de distribution. Sur le « terrain, nos agents sont acculés, nos réseaux sont « ramassés ou pire, et chaque nouvelle espièglerie se « termine par un accident de la circulation. Nous « voulons que vous nous aidiez à arranger tout ça. » Gerald ne se mutine pas, et il prend soin de ne pas insinuer qu'il y a à l'intérieur du Cirque un traître qui fait griller toutes les opérations, car nous savons vous et moi qu'une fois qu'on se lance dans ce genre de propos, la machine s'enraye et finit par s'arrêter. D'ail-leurs, la dernière chose que veut Gerald, c'est une chasse aux sorcières. Mais il dit quand même qu'il y a des fuites et que la négligence en haut amène à des échecs en bas. Tout cela est un vrai baume pour l'oreille de Percy. Il énumère les récents scandales et s'attache à insister sur l'aventure d'Alleline au Moyen-Orient, qui a si mal tourné et qui a bien failli coûter sa carrière à Percy. Puis il formule sa proposition. Voici ce qu'il dit. Suivant ma théorie, vous compre-nez; ça n'est qu'une théorie.

— Bien sûr, George, dit Toby en s'humectant les lèvres.

— Une autre hypothèse serait qu'Alleline soit son propre Gerald, vous comprenez. Seulement, je n'y crois pas : je ne crois pas que Percy soit capable d'aller s'acheter un maître espion russe et de manœu-vrer tout seul à partir de là. Je crois qu'il gâcherait tout.

— Bien sûr, dit Esterhase, avec une totale assu-rance.

— Voici donc, dans ma théorie, ce que Gerald dit ensuite à Percy. « Nous — c'est-à-dire moi-même et « ceux qui partagent mes sentiments et qui parti-« cipent à ce projet — nous aimerions que vous soyez « notre porte-parole, Percy. Nous ne sommes pas des « politiciens, nous sommes des agents. Nous ne com-« prenons pas la jungle de Whitehall. Vous si. Vous « vous chargez des commissions, nous nous charge-« rons de Merlin. Si vous agissez comme notre truche-« ment et que vous nous protégiez de la pourriture « qui s'est installée, ce qui veut dire dans les faits « limiter au strict minimum le nombre de ceux qui « seront au courant de l'opération, nous vous fourni-

« rons la marchandise. » Ils discutent des moyens et des méthodes permettant d'y parvenir, puis Gerald laisse Percy ronger son frein. Une semaine, un mois, je ne sais pas. Assez longtemps pour que Percy ait le temps de réfléchir. Un jour, Gerald fournit le premier échantillon. Et naturellement il est excellent. Très, très bon. Du matériel sur la Marine, justement, ce qui ne saurait mieux convenir à Percy parce qu'il est très bien en cour à l'Amirauté, c'est là qu'il a ses fans. Percy. donne donc une présentation privée à ses petits copains de la Marine et ils en ont l'eau à la bouche. « D'où ça vient-il ? Est-ce qu'il y en aura « d'autres ? » Il y en a plein d'autres. Quant à l'identité de la source... eh bien, c'est à ce stade un grand, grand mystère, mais ça doit être comme ça. Pardonnez-moi si je m'écarte un peu du sujet de temps en temps, mais je n'ai que le dossier pour me guider. »

La mention du dossier, cette première indication que Smiley agissait peut-être officiellement, produisit chez Esterhase une réaction très perceptible. Le tic habituel de la langue pour s'humecter les lèvres s'accompagna d'un mouvement en avant de la tête et d'une expression de familiarité rusée, comme si Toby par tous ces indices s'efforçait d'insinuer que lui aussi avait lu le dossier, quel qu'il fût, et qu'il partageait totalement les conclusions de Smiley. Celui-ci s'était interrompu pour boire une gorgée de thé.

« Vous en voulez d'autre, Toby ? demanda-t-il, par-dessus le rebord de sa tasse.

— Je m'en occupe, dit Guillam, d'un ton qui respirait plus la fermeté que l'hospitalité. Fawn, du thé », lança-t-il à travers la porte. Elle s'ouvrit aussitôt et Fawn apparut sur le seuil, une tasse à la main.

Smiley était revenu vers la fenêtre. Il avait écarté de quelques centimètres le rideau et contemplait le square.

« Toby ?

— Oui, George ?

— Vous avez amené un baby-sitter ?

— Non.

— Personne ?

— George, pourquoi voulez-vous que j'amène des baby-sitters si je viens simplement retrouver Peter et un malheureux Polonais ? »

Smiley regagna son fauteuil. « Merlin en tant que source, reprit-il. Où en étais-je ? Ah ! oui, de façon bien commode, il apparut que Merlin n'était pas une source unique, n'est-ce pas ? comme peu à peu Gerald l'expliqua à Percy et aux deux autres qu'il avait maintenant entraînés dans le cercle magique. Merlin était un agent soviétique, d'accord, mais comme Alleline, il était plutôt le porte-parole d'un groupe dissident. Nous adorons nous voir dans la situation d'autrui, et je suis certain que dès le début Percy se prit de sympathie pour Merlin. Ce groupe, cette clique dont Merlin était le chef, se composait, mettons d'une demi-douzaine de fonctionnaires soviétiques de même tendance, et chacun dans son domaine bien placé. Avec le temps, j'imagine, Gerald en vint à donner à ses lieutenants et à Percy une idée assez précise de ses sources secondaires, mais je n'en sais rien. La tâche de Merlin consistait à collationner leurs renseignements et à les transmettre à l'Ouest, et au cours des quelques mois suivants, il fit montre d'une remarquable diligence à ne faire que cela. Il utilisait toute sorte de méthodes, et le Cirque n'était que trop disposé à lui fournir l'équipement. Encre sympathique, micropoints collés sur des points dans des lettres à l'air innocent, boîtes aux lettres mortes dans des capitales occidentales, alimentées par Dieu sait quel brave Russe et consciencieusement relevées par les braves lampistes de Toby Esterhase. Même des entrevues, arrangées et surveillées par les baby-sitters de Toby » — un bref silence pendant lequel Smiley jeta un coup d'œil vers la fenêtre — « un ou deux dépôts à Moscou par l'intermédiaire de l'antenne locale, mais qu'on ne laissa jamais rencontrer son bienfaiteur. Mais pas de radio clandestine; Merlin n'aime pas ça. On avait à un moment proposé — c'était même allé jusqu'au Trésor — d'installer en permanence un émetteur à longue portée en Finlande, rien que pour ses besoins, mais tout ça s'écroula quand Merlin dit : « Jamais de la vie. » Il avait dû prendre des leçons de Karla, vous ne croyez pas ? Vous savez à quel point Karla a horreur de la radio. Le grand atout de Merlin, c'est sa mobilité : c'est son principal talent. Peut-être est-il au ministère du Commerce à Moscou et peut-il utiliser des voyageurs de commerce. Quoi qu'il en soit, il a des ressources et des antennes hors de Russie. Et c'est pourquoi ses compagnons de conspiration s'adressent à lui pour traiter avec Gerald et se mettre d'accord sur les conditions, les conditions financières. Car c'est qu'ils veulent de l'argent. Plein d'argent. J'aurais dû le mentionner. A cet égard, les services secrets et leurs clients sont malheureusement comme tout le monde. Ils accordent le plus de valeur à ce qui coûte le plus, et Merlin coûte une fortune. Vous n'avez jamais acheté un faux ?

— J'en ai vendu deux une fois, dit Toby avec un sourire nerveux, mais personne ne rit.

— Plus vous payez, moins vous avez tendance à

douter de son authenticité. C'est idiot, mais c'est comme ça. Il est également réconfortant pour tout le monde de savoir que Merlin est vénal. C'est un mobile que nous comprenons tous, pas vrai, Toby ? Surtout au Trésor. Vingt mille francs par mois versés dans une banque suisse; ma foi, Dieu sait qui ne ferait pas d'entorse à quelques principes égalitaires pour une somme pareille. Alors Whitehall lui paie une fortune et qualifie ses renseignements d'inestimables. Et quelques-uns d'entre eux en effet sont bons, reconnut Smiley. Très bons, je crois, et c'est normal. Et puis un jour, Gerald confie à Percy le plus grand de tous les secrets. Le groupe Merlin a une antenne à Londres. C'est le début, il faut que je vous le dise maintenant, d'un coup très, très habile. »

Toby reposa sa tasse et avec son mouchoir se tamponna délicatement les commissures des lèvres.

« Selon Gerald, un membre de l'ambassade soviétique ici à Londres est bel et bien prêt à agir comme le représentant de Merlin à Londres et en mesure de le faire. Il se trouve même dans la position extraordinaire de pouvoir, en de rares occasions, utiliser les installations de l'ambassade pour communiquer avec Merlin à Moscou, pour envoyer et recevoir des messages. Et si toutes les précautions imaginables sont prises, il est même possible de temps en temps pour Gerald d'arranger des rendez-vous clandestins avec cet homme-miracle, de lui donner des instructions et de l'interroger, de lui poser des questions et de recevoir des réponses de Merlin presque par retour du courrier. Nous appellerons ce fonctionnaire soviétique Alexeis Alexandrovitch Polyakov, et nous prétendrons qu'il appartient au service culturel de l'ambassade soviétique. Vous me suivez ?

438

— Je n'ai rien entendu, dit Esterhase. Je suis devenu sourd.

— Selon le récit de Gerald, il est membre de l'ambassade soviétique depuis un bon moment — neuf ans pour être précis — mais Merlin ne l'a ajouté que récemment au troupeau. Pendant que Polyakov était en permission à Moscou, peut-être ?

— Je n'entends rien.

— Très vite Polyakov devient important, car avant longtemps, Gerald fait de lui la cheville ouvrière de l'Opération Sorcier et d'un tas d'autres choses. Les boîtes aux lettres mortes à Amsterdam et à Paris, les encres sympathiques, les micropoints : tout ça continue, mais au ralenti. C'est si commode d'avoir Polyakov sous la main, on ne peut pas manquer ça. Une partie du meilleur matériel de Merlin arrive clandestinement à Londres par la valise diplomatique : tout ce que Polyakov a à faire, c'est de décâcheter les enveloppes et de les remettre à son homologue au Cirque : Gerald ou quiconque a été désigné par Gerald. Mais il ne faut jamais oublier que cet aspect de l'Opération Sorcier est terriblement, terriblement secret. Le comité Sorcier lui-même est bien entendu secret aussi, mais comprend quand même pas mal de membres. L'opération est importante, ce qu'elle rapporte est important, le traitement et la distribution à eux seuls nécessitent une masse de paperasserie : transcripteurs, traducteurs, codeurs, dactylos, experts et Dieu sait quoi. Rien de tout cela, bien sûr ne préoccupe Gerald : en fait, ça lui plaît, car l'art d'être Gerald, c'est de faire partie d'une bande. Le comité Sorcier est-il dirigé d'en bas ? Du milieu ou d'en haut ? J'aime assez la façon dont Karla décrit les comités, pas vous ? Est-ce une expression chinoise ? Un comité est un animal avec quatre pattes de derrière.

« Mais l'antenne de Londres — Polyakov —, cette partie-là est restreinte au cercle magique original. Skordeno, de Silsky, toute la meute : ils peuvent filer à l'étranger et servir de nègres à Merlin là-bas. Mais ici, à Londres, l'opération impliquant frère Polyakov, la façon dont le coup se monte, c'est un secret très particulier, pour des raisons très particulières. Vous, Percy, Bill Haydon et Roy Bland. A vous quatre, vous constituez le cercle magique. Exact ? Maintenant hasardons quelques hypothèses sur la façon dont ça fonctionne, dans le détail. Il y a une maison, nous savons tous cela. Tout de même, les rendez-vous là-bas sont ménagés avec un grand luxe de précautions, on peut en être sûr, n'est-ce pas ? Qui le rencontre, Toby ? Qui s'occupe de Merlin ? Vous ? Roy ? Bill ? »

Prenant le bout large de sa cravate, Smiley retourna la doublure de soie et se mit à nettoyer ses lunettes. « Tout le monde, dit-il, répondant à sa propre question. Comment ça ? Parfois c'est Percy qui le rencontre. A mon avis, Percy représente pour lui le côté autoritaire : « Ne serait-il pas temps que vous preniez des « vacances ? Avez-vous eu des nouvelles de votre « femme cette semaine ? » Percy doit être très bon dans ce rôle. Mais le comité Sorcier utilise Percy avec ménagement. Percy, c'est le gros bonnet, et il doit conserver la valeur d'une présence rare. Puis il y a Bill Haydon; Bill le rencontre. Ça devait arriver plus souvent, je pense. Bill a une connaissance impressionnante de la Russie et il est distrayant. J'ai l'impression que Polyakov et lui doivent s'entendre assez bien. J'imagine que Bill devait être remarquable quand il s'agissait de donner des instructions, vous ne pensez pas ?

S'assurer que les messages qu'il fallait parvenaient bien à Moscou ? Quelquefois il emmène Roy Bland avec lui, quelquefois il envoie Roy tout seul. Je pense que c'est quelque chose qu'ils mettent au point entre eux. Et Roy, bien sûr, est un spécialiste des questions économiques, en même temps qu'une autorité en matière de pays satellites; alors il y aura pas mal de choses à discuter dans ce domaine-là aussi. Et parfois — j'imagine des anniversaires, Toby, ou un Noël, ou bien des occasions spéciales où l'on transmet des remerciements, où l'on verse une prime... il y a une petite fortune à la rubrique « sorties », je l'ai remarqué, pour ne pas parler des primes — parfois, pour entretenir les bonnes relations, vous venez tous les quatre porter un toast au roi de l'autre côté de l'eau : à Merlin par le truchement de son envoyé, Polyakov. Enfin, je suppose que Toby aussi a des choses à discuter avec l'ami Polyakov. Il y a des détails de boutique, des potins utiles sur ce qui se passe à l'ambassade, qui sont si précieux pour les lampistes dans leurs opérations de surveillance de routine du bureau du permanent. Alors Toby aussi a ses séances de tête-à-tête. Après tout, il ne faut pas négliger le potentiel local de Polyakov, indépendamment de son rôle de représentant de Merlin à Londres. Ce n'est pas tous les jours qu'on a un diplomate soviétique à Londres, apprivoisé au point de vous manger dans la main. Un peu d'entraînement avec un appareil de photo et Polyakov pourrait être très utile simplement au niveau domestique. A condition que nous nous rappelions tous nos priorités. »

Son regard n'avait pas quitté le visage de Toby. « J'imagine que Polyakov pouvait fournir quelques bobines de pellicule, n'est-ce pas ? Et qu'une des tâches de celui qui le voyait pouvait être de reconstituer ses stocks : de lui apporter de petits paquets cachetés. Des paquets de pellicule. De la pellicule vierge, bien sûr, puisqu'elle venait du Cirque. Dites-moi, Toby, s'il vous plaît, est-ce que le nom de Lapin signifie quelque chose pour vous ? »

Un coup de langue sur les lèvres, un froncement de sourcils, un sourire, un mouvement en avant de la tête : « Bien sûr, George, je connais Lapin.

— Qui a ordonné de détruire les rapports des lampistes sur Lapin ?

— C'est moi, George.

— De votre propre initiative ? »

Le sourire s'élargit un peu. « Vous savez, George, j'ai gravi quelques échelons depuis ce temps-là.

— Qui a dit qu'il fallait saquer Connie Sachs ?

— Ecoutez, je crois que c'était Percy. Mettons que ce soit Percy, peut-être Bill. Vous savez comment c'est dans une grande opération. Des chaussures à cirer, des casseroles à nettoyer, toujours quelque chose à faire. » Il haussa les épaules. « Peut-être que c'était Roy, après tout.

— Alors vous acceptez des ordres d'eux tous, dit Smiley d'un ton léger. C'est faire montre de bien peu de discernement, Toby. Vous devriez le savoir. »

Esterhase n'aima pas cela du tout.

« Qui vous a dit de calmer Max, Toby ? Ces mêmes trois personnes ? Seulement, vous voyez, il faut que je fasse mon rapport sur tout cela à Lacon. Il est très pressant en ce moment. J'ai l'impression que son Ministre le harcèle. Alors, qui était-ce ?

— George, vous frappez à la mauvaise porte.

— C'est sûrement le cas pour l'un de nous, reconnut Smiley aimablement. Ils veulent aussi savoir pour

442

Westerby : qui l'a fait taire. Etait-ce la même personne qui vous a envoyé à Sarratt avec mille livres en billets et un mot pour apaiser la conscience de Jim Prideaux ? Je ne recherche que des faits, Toby, pas des têtes. Vous me connaissez, je ne suis pas du genre vindicatif. D'ailleurs qui dit que vous ne soyez pas un garçon très loyal ? La question est simplement de savoir : loyal envers qui ? » Il ajouta : « Seulement ils tiennent beaucoup à savoir, vous comprenez. Il circule même de vilains bruits disant qu'on va faire appel à la concurrence. Personne ne veut ça, n'est-ce pas ? C'est comme de s'adresser à des avocats quand on a une scène avec sa femme : c'est un pas irrévocable. Qui vous a donné le message pour Jim à propos de Tinker, Tailor ? Saviez-vous ce que ça signifiait ? Vous le teniez directement de Polyakov, c'était ça ?

— Bon sang, murmura Guillam. Laissez-moi le cuisiner, ce salaud. »

Smiley ne répondit pas. « Parlons encore de Lapin. Quel était son poste ici ?

— Il travaillait pour Polyakov.

— C'était son secrétaire au service culturel ?

— Son traîne-patins.

— Mais, mon cher Toby : qu'est-ce qu'un attaché culturel peut bien faire d'un traîne-patins ? »

Esterhase ne quittait pas Smiley des yeux. On dirait un chien, se dit Guillam, il ne sait pas s'il doit s'attendre à un coup de pied ou à un os. Ses yeux allaient sans cesse du visage de Smiley à ses mains, puis revenaient à son visage, à l'affût d'un indice.

« Ne dites pas de bêtises, George, dit Toby d'un ton nonchalant. Polyakov travaille pour le Centre de Moscou. Vous le savez aussi bien que moi. » Il croisa ses petites jambes et, toute son insolence du début revenant, se renversa dans son fauteuil et but une gorgée de thé froid.

Alors que Smiley, aux yeux de Guillam, parut momentanément désappointé; ce dont Guillam dans sa confusion conclut qu'à n'en pas douter il était très content de lui. Peut-être était-ce parce que enfin c'était Toby qui entretenait la conversation.

« Voyons, George, dit Toby. Vous n'êtes pas un enfant. Réfléchissez au nombre d'opérations que nous avons menées de cette façon. Nous achetons Polyakov, d'accord ? Polyakov est un agent de Moscou mais il est notre homme. Seulement il doit faire semblant vis-à-vis des gens de chez lui de nous espionner. Comment peut-il s'en tirer autrement ? Comment entre-t-il dans cette maison et en sort-il à toute heure, sans gorille, sans baby-sitter, quand tout est si facile ? Il vient dans notre boutique pour en rapporter de la marchandise. Alors nous lui donnons de la marchandise. Des broutilles qu'il puisse envoyer là-bas pour que tout le monde à Moscou lui donne de grandes claques dans le dos en lui disant qu'il est un type formidable, ça arrive tous les jours, ces histoires-là. »

Si Guillam semblait en proie à une sorte de fureur contenue, Smiley, lui, paraissait avoir les idées remarquablement claires.

« Et c'est à peu près la version officielle, n'est-ce pas, entre les quatre initiés ?

— Officielle, je n'en sais rien, dit Esterhase, avec un geste de la main très hongrois, paume tendue et renversée.

— Alors qui est l'agent de Polyakov ? »

La question, Guillam le comprenait, comptait beaucoup pour Smiley : il avait joué toute cette longue main pour y arriver. Tandis que Guillam attendait, ses yeux fixés tantôt sur Esterhase qui n'était plus si assuré, tantôt sur le visage de mandarin de Smiley, il s'aperçut que lui aussi commençait à comprendre la forme du coup monté par Karla, et de l'entrevue épuisante que lui-même avait eue avec Alleline.

« Ce que je vous demande est très simple, insista Smiley. Théoriquement, qui est l'agent de Polyakov à l'intérieur du Cirque ? Bonté divine, Toby, ne soyez pas obtus. Si la couverture de Polyakov pour vous rencontrer, vous autres, est qu'il espionne le Cirque, alors il doit bien avoir un espion au Cirque, non ? Alors, qui est-ce ? Il ne peut pas retourner à l'ambassade après vous avoir rencontrés les uns ou les autres, les bras chargés de bobines pleines de broutilles que le Cirque lui donne en pâture, et dire : « Ce « sont les copains qui m'ont donné ça. » Il faut une histoire, et une histoire qui tienne : toute une histoire avec une longue période de séduction, recrutement, rendez-vous clandestins, argent et mobile. N'est-ce pas ? Bon sang, ça n'est pas seulement l'histoire qui sert de couverture à Polyakov : c'est toute sa vie. Il faut que ce soit complet. Il faut que ce soit convaincant; je dirais même que c'est un élément capital de la partie. Alors qui est-ce ? demanda Smiley d'un ton suave. Vous ? Toby Esterhase se déguise en traître au Cirque pour préserver Polyakov ? Chapeau, Toby, ça vaut toute une poignée de décorations. »

Ils attendirent cependant que Toby réfléchissait.

« Vous voilà parti sur une fichtrement longue route, George, dit enfin Toby. Qu'est-ce qui vous arrive quand vous êtes au bout ?

— Même avec Lacon derrière moi ?

— Amenez Lacon ici. Percy aussi, Bill. Pourquoi

vous tombez sur le petit ? Adressez-vous aux gros pour changer.

— Mais je croyais que vous faisiez partie des gros maintenant. Vous seriez un excellent choix pour ce rôle, Toby. Hérédité hongroise, mécontent de ne pas avoir d'avancement plus vite, habilitation raisonnable mais pas excessive... l'esprit vif, aime bien l'argent... avec vous comme agent, Polyakov aurait une couverture qui tient vraiment debout. Les trois grands vous donnent des broutilles que vous transmettez à Polyakov, le Centre croit que Toby leur est tout acquis, tout le monde a sa part, tout le monde est content. Le seul problème qui se pose, c'est quand on s'aperçoit que vous avez transmis à Polyakov les joyaux de la Couronne et qu'en échange vous n'avez eu des Russes que des broutilles. Si ça se révélait effectivement être le cas, vous auriez besoin d'amis rudement bien placés. Nous, par exemple. Voilà ma théorie, et je conclus : Gerald est une taupe russe, traitée par Karla. Et il a mis le Cirque sens dessus dessous. »

Esterhase semblait légèrement souffrant. « George, écoutez. Si vous vous trompez, je ne veux pas me tromper aussi, vous comprenez ?

— Mais s'il a raison, vous voulez avoir raison, souffla Guillam, pour une fois intervenant dans la conversation. Et plus tôt vous aurez raison, mieux vous vous porterez.

— Bien sûr, dit Toby, absolument insensible à l'ironie. Bien sûr. Je veux dire, George, vous avez une belle idée, mais bon sang tout le monde a un double aspect, George, surtout les agents, et c'est peut-être vous qui vous trompez. Ecoutez : qui a jamais dit que le produit Sorcier, c'étaient des broutilles ? Personne.

Jamais. Il n'y a pas mieux. Mais vous avez un malheureux type avec une grande gueule qui commence à secouer la poussière et vous avez déjà la moitié de Londres qui est ameutée. Vous comprenez ? Ecoutez, je fais ce qu'on me dit. D'accord ? On me dit de faire le clown avec Polyakov, je le fais. De lui passer cette bobine de film, je la passe. Je suis dans une situation très dangereuse, expliqua-t-il. Pour moi, vraiment très dangereuse.

— J'en suis navré, dit Smiley près de la fenêtre où, par un entrebâillement du rideau il examinait une fois de plus le square. Ça doit vous préoccuper.

— Extrêmement, reconnut Toby. J'ai un ulcère, je ne peux plus manger. Très mauvaise situation. »

Pendant quelques instants, à la fureur de Guillam, tous trois communièrent dans un silence compatissant sur la triste situation de Toby Esterhase.

« Toby vous ne me mentirez pas à propos de ces baby-sitters, n'est-ce pas ? s'enquit Smiley, toujours posté derrière la fenêtre.

— George, parole d'honneur, je vous jure.

— Qu'est-ce que vous utiliseriez pour un travail comme ça ? Des voitures ?

— Des chevronnés de la filoche. On amène un car derrière l'aérogare, on les fait passer par là.

— Combien ?

— Huit, dix. A cette époque de l'année, peut-être six. On en a beaucoup de malades. C'est Noël, fit-il d'un ton morose.

— Et un homme tout seul ?

— Jamais. Vous êtes fou. Un seul homme ! Vous croyez que je vends des caramels à la sauvette, non. »

Quittant la fenêtre, Smiley revint se rasseoir.

« Ecoutez, George, c'est une idée terrible que vous

avez là, vous savez ? Je suis un patriote. Seigneur, soupira Toby.

— Quel est le poste de Polyakov dans l'antenne de Londres ? demanda Smiley.

— Polly travaille en solo.

— C'est lui qui traite son maître espion à l'intérieur du Cirque ?

— Bien sûr. On le dispense d'heures de bureau, on lui laisse la main libre pour qu'il puisse s'occuper de Toby, le maître espion. On arrange tout ça ensemble, des heures entières je passe avec lui. « Ecoutez, je « dis, Bill me soupçonne, ma femme me soupçonne, « mon gosse a la rougeole et je n'ai pas de quoi payer « le docteur. » Tout le blabla que les agents vous débitent, je le débite à Polly, pour qu'il puisse raconter ça chez lui comme si c'était vrai.

— Et qui est Merlin ? »

Esterhase secoua la tête.

« Mais vous avez quand même entendu dire qu'il était basé à Moscou, dit Smiley. Et qu'il appartient aux milieux du renseignement soviétique, à défaut d'autre chose ?

— Ça, on me l'a dit, convint Esterhase.

— Ce qui permet à Polyakov de communiquer avec lui. Dans l'intérêt du Cirque, bien sûr. Secrètement, sans éveiller les soupçons de ses collègues ?

— Bien sûr. » Toby avait repris son ton geignard, mais Smiley semblait tendre l'oreille à des sons qui ne venaient pas de la pièce.

« Et Tinker, Tailor ?

— Je n'ai aucune idée de ce que c'est. Je fais ce que me dit Percy.

— Et Percy vous a dit de calmer Jim Prideaux ?

— Bien sûr. Peut-être que c'était Bill, ou Roy peut-être, tenez, c'était Roy. Il faut bien que je mange, George, vous comprenez ? Je ne vais pas des deux côtés faire ma ruine, vous suivez ?

— Vous êtes superbement coincé : vous voyez, n'est-ce pas, Toby ? observa Smiley d'un ton paisible et un peu distant. A supposer que vous soyez coincé. Ça donne tort à tous ceux qui ont raison : Connie Sachs, Jerry Westerby... Jim Prideaux... même Control. Ça réduit au silence les sceptiques avant même qu'ils aient ouvert la bouche... les permutations sont infinies, dès l'instant où vous avez fait avaler le mensonge de base. Le Centre de Moscou doit être amené à croire qu'il dispose d'une source importante au Cirque; Whitehall ne doit à aucun prix avoir la même idée. Poussez cela jusqu'à sa conclusion logique et Gerald nous ferait étrangler nos propres enfants dans leur lit. Ce serait magnifique dans un contexte différent, remarqua-t-il d'un ton presque rêveur. Pauvre Toby : oui, je vois bien. Quelle vie vous avez dû avoir, à courir entre eux tous. »

Toby avait sa tirade toute prête : « Naturellement s'il y a quoi que ce soit que je puisse faire sur le plan pratique, vous me connaissez, George, je ne demande jamais qu'à rendre service, pas de problème. Mes gars sont assez bien entraînés si vous voulez les emprunter, nous pouvons peut-être faire affaire. Bien sûr, il faut d'abord que je parle à Lacon. Tout ce que je veux, c'est tirer cette histoire au clair. Dans l'intérêt du Cirque, vous savez. C'est tout ce que je demande. Pour le bien de la maison. Je suis un homme modeste, je ne réclame rien pour moi, d'accord ?

— Où est cette planque que vous gardez exclusivement pour Polyakov ?

— 5, Lock Gardens, Camden Town.

— Avec un gardien ?

— Mrs. McCraig.

— Une ancienne des écoutes ?

— Bien sûr.

— Il y a un système d'écoute intégré ?

— Qu'est-ce que vous croyez ?

— Ainsi Millie McCraig tient la maison et s'occupe des appareils d'enregistrement.

— C'est ce qu'elle faisait, dit Toby, baissant très vivement la tête.

— Dans une minute, je veux que vous lui téléphoniez pour lui dire que j'y passe la nuit et que je désirerais utiliser l'équipement. Racontez-lui qu'on m'a chargé d'une mission spéciale et qu'elle doit faire tout ce que je lui demanderai. J'arriverai vers neuf heures. Quelle est la procédure pour contacter Polyakov si vous voulez un rendez-vous urgent ?

— Mes gars ont une chambre à Haverstock Hill. Polly passe en voiture devant la fenêtre chaque matin pour se rendre à l'ambassade, et tous les soirs en rentrant chez lui. S'ils accrochent une affiche jaune protestant contre la circulation, c'est le signal convenu.

— Et le soir ? Pendant les week-ends ?

— Le coup du faux numéro. Mais personne n'aime ça.

— On l'a déjà utilisé ?

— Je ne sais pas.

— Vous voulez dire que vous n'avez pas mis son téléphone sur écoute ? »

Pas de réponse.

« Je veux que vous preniez le week-end. Est-ce que ça poserait un problème au Cirque ? » Esterhase secoua la tête avec enthousiasme. « Je suis sûr que de toute façon vous préférez ne pas être mêlé à tout ça, n'est-ce pas ? » Esterhase acquiesça. « Dites que vous avez des problèmes avec une fille, ou le problème que vous voulez. Vous passerez la nuit ici, peut-être demain aussi. Fawn s'occupera de vous, il y a des provisions dans la cuisine. Et votre femme ? »

Pendant que Guillam et Smiley le surveillaient, Esterhase composa le numéro du Cirque et demanda Phil Porteous. Il récita son texte à la perfection : un peu d'apitoiement sur son propre sort, un peu de complicité, un peu de plaisanterie. Une fille qui était folle de lui dans le Nord, Phil, et qui menaçait de faire des choses insensées s'il n'allait pas lui tenir la main.

« Ne me dites pas le contraire, je sais que ça vous arrive tout le temps, Phil. A propos, comment va cette créature de rêve que vous avez maintenant comme secrétaire ? Et, dites donc, Phil, si Mara téléphone de la maison, dites-lui que Toby est sur un gros coup, d'accord ? Parti faire sauter le Kremlin, de retour lundi. Vous arrangez ça, hein ? Salut, Phil. »

Il raccrocha et composa un numéro dans le nord de Londres. « Allô, Mrs. M., c'est votre petit ami préféré, vous reconnaissez ma voix ? Bon. Ecoutez, je vous envoie un visiteur ce soir, un très vieil ami, vous allez être surprise. Elle me déteste, expliqua-t-il, une main sur le micro. Il veut vérifier l'installation, reprit-il. Tout vérifier, s'assurer que ça marche bien, pas de fuite, d'accord ?

— S'il vous cause le moindre problème, dit Guillam à Fawn, d'un ton vraiment venimeux, ligotez-lui les mains et les pieds. »

Dans l'escalier, Smiley lui posa la main sur le bras. « Peter, je voudrais que vous surveilliez mes arrières. Voulez-vous faire ça pour moi ? Donnez-moi deux minutes, puis rejoignez-moi au coin de Marloes Road, en direction du nord. Suivez le trottoir de gauche. »

Guillam attendit puis sortit dans la rue. Une pluie fine flottait dans l'air, et la température était étrangement douce, on aurait dit le dégel. Là où il y avait des lumières, la bruine dérivait en nuées légères, mais dans l'ombre il ne la voyait pas plus qu'il ne la sentait : c'était simplement une brume qui brouillait sa vision en lui faisant à demi fermer les yeux. Il fit un tour complet du square puis entra dans une jolie ruelle un peu avant le lieu de rendez-vous. Arrivé sur Marloes Road, il traversa jusqu'au trottoir de gauche acheta un journal du soir et se mit à marcher d'un pas nonchalant devant des villas blotties au fond de grands jardins. Il comptait les piétons, les cyclistes, les voitures, tandis que devant lui, avançant d'un pas régulier, il repéra George Smiley, le prototype même du Londonien qui rentre chez lui. « C'est une équipe ? » avait demandé Guillam. Smiley n'avait pas pu préciser. « Avant Abingdon Villas, je traverserai, dit-il. Cherchez un soliste. Mais attention ! »

Tandis que Guillam surveillait, Smiley s'arrêta brusquement, comme s'il venait de se rappeler quelque chose, descendit périlleusement sur la chaussée et se faufila au milieu des conducteurs furieux pour disparaître aussitôt derrière les portes d'un pub. Comme il effectuait cette manœuvre, Guillam vit, ou crut voir, une haute silhouette déjetée dans un manteau sombre lui emboîter le pas, mais à cet instant un bus s'arrêta, masquant tout à la fois Smiley et son poursuivant; et lorsqu'il repartit, il avait dû emmener son poursuivant avec lui, car le seul survivant sur ce bout de trottoir était un vieil homme en imperméable de plastique noir et chapeau de toile qui flânait à l'arrêt d'autobus tout en lisant son journal du soir; et quand Smiley ressortit du pub avec sa serviette marron, il ne leva même pas le nez de la page des sports. Guillam fila encore un moment Smiley dans les parages plus élégants de Kensington, se coulant d'un square à l'autre, pénétrant dans une ruelle et en ressortant par où il était entré. Une seule fois, lorsque Guillam oublia Smiley et instinctivement revint sur ses pas, il soupçonna la présence d'un troisième personnage qui les escortait : une ombre torturée qui se découpait sur le fond de briques d'une rue déserte, mais quand il repartit en avant, elle avait disparu.

La nuit après cela s'abandonna à sa propre folie; les événements se déroulaient trop vite pour qu'il pût les isoler. Ce fut seulement bien des jours après qu'il se rendit compte que ce personnage, ou son ombre, avait éveillé dans sa mémoire un écho familier. Mais même alors, pendant quelque temps, il ne parvint pas à le situer. Et puis un matin, en s'éveillant brusquement, tout fut clair dans son esprit : une voix rauque et militaire, une douceur de manières lourdement dissimulée, une raquette de squash coincée derrière le coffre de son bureau à Brixton, qui avait fait monter les larmes aux yeux de sa secrétaire pourtant peu émotive.

35

Sans doute le seul tort qu'eut Steve Mackelvore ce même soir, en termes de métier, ce fut de se reprocher d'avoir laissé non verrouillée la portière côté passager de sa voiture. Montant du côté du conducteur, il mit sur le compte de sa propre négligence le fait que l'autre verrou ne fût pas mis. L'art de survivre, comme aimait à le rappeler Jim Prideaux, tient à une capacité infinie de suspicion. En s'en tenant aux principes de ce puriste, Mackelvore aurait dû suspecter qu'au beau milieu d'une circulation particulièrement dense, par un soir où il faisait particulièrement mauvais, dans une de ces petites rues aux magasins criards du bas des Champs-Élysées, Ricki Tarr allait ouvrir la portière côté passager et braquer sur lui un pistolet. Mais la vie de permanent à Paris en ce temps-là n'était guère de nature à garder l'esprit d'un homme affûté comme une lame, et Mackelvore avait consacré le plus clair de sa journée de travail à classer ses notes de frais de la semaine et à dresser la liste de ses retours de personnel à l'intention des surveillants. Seul le déjeuner, un repas interminable avec un anglophile peu sûr sorti du labyrinthe de la Sûreté française, était venu rompre la monotonie de ce vendredi-là.

Sa voiture, garée sous un tilleul qui se mourait dans les gaz d'échappement, avait une plaque diplomatique et un CC à l'arrière, car la couverture du permanent était consulaire, bien que personne ne la prît au sérieux. Mackelvore était un ancien du Cirque, un petit homme carré du Yorkshire aux cheveux blancs, avec un long dossier de postes consulaires qui aux yeux du monde ne lui avaient apporté aucun avancement. Paris était son dernier poste. Il n'aimait pas particulièrement Paris, et il savait, pour avoir passé toute sa vie opérationnelle en Extrême-Orient, que les Français n'étaient pas ce qu'il lui fallait. Mais, comme prélude à la retraite, on ne pouvait pas rêver mieux. Les indemnités étaient généreuses, le logement confortable, et le plus qu'on lui avait demandé au cours des dix mois qu'il avait passés là, ç'avait été de veiller au bien-être d'un agent en transit de temps en temps, de faire une marque à la craie ici ou là, de jouer le facteur pour quelque espièglerie de la Station de Londres et de distraire les huiles de passage.

Enfin, jusqu'à maintenant où il était assis dans sa propre voiture avec le canon du revolver de Tarr enfoncé dans sa cage thoracique, et la main de Tarr affectueusement posée sur son épaule droite, prête à lui briser les vertèbres cervicales s'il essayait de faire le mariole. A moins d'un mètre de là, des filles se hâtaient vers le métro et deux mètres plus loin, la circulation s'était immobilisée : ça pouvait durer comme ça une heure. Personne ne faisait attention à deux hommes en train de bavarder paisiblement dans une voiture garée.

Tarr parlait depuis que Mackelvore s'était assis. Il avait besoin d'envoyer un message à Alleline, dit-il. Ce serait confidentiel et à déchiffrer personnellement et Tarr aimerait que Steve le passe pour lui au télex pendant que Tarr attendrait auprès de lui, son pistolet à la main.

« Qu'est-ce qui vous a pris, Ricki ? » fit Mackelvore tandis qu'ils entraient bras dessus bras dessous dans l'immeuble de l'antenne de Paris. « Tout le Service vous recherche, vous le savez, non ? Ils vont vous écharper s'ils vous trouvent. Nous sommes censés vous faire des choses abominables si jamais on vous voit. »

Il songea à tourner vers la cave et à envoyer une manchette à Tarr mais il savait qu'il n'avait pas la rapidité suffisante et que Tarr le tuerait.

Le message comprendrait environ deux cents groupes, dit Tarr, tandis que Mackelvore tournait la clef dans la serrure de la porte d'entrée et allumait les lumières. Quand Steve les aurait transmis, ils resteraient assis près du télex à attendre la réponse de Percy. D'ici à demain, si son instinct ne trompait pas Tarr, Percy arriverait dare-dare à Paris pour avoir un entretien avec Ricki. Cet entretien aurait lieu également aux bureaux de l'antenne, car Tarr estimait fort peu probable que les Russes essaient de le tuer dans des locaux consulaires britanniques.

« Vous avez perdu la tête, Ricki. Ce ne sont pas les Russes qui veulent vous tuer. C'est nous. »

La pièce de devant était baptisée Réception, c'était ce qui restait de la couverture. Elle avait un vieux comptoir en bois et au mur un peu crasseux étaient accrochés des Avis aux Sujets Britanniques. Ce fut là que, de la main gauche, Tarr fouilla Mackelvore pour vérifier s'il avait une arme, mais il n'en trouva pas. C'était une maison avec une cour et la plupart des activités un peu délicates se déroulaient de l'autre côté de la cour : la salle du chiffre, la chambre forte, les machines.

« Vous êtes complètement fou, Ricki, lui répétait de façon monotone Mackelvore tout en lui faisant traverser deux ou trois bureaux vides avant de presser le bouton de sonnette de la salle du chiffre. Vous vous êtes toujours pris pour Napoléon Bonaparte, et maintenant ça vous est totalement monté à la tête. Votre père vous a trop élevé dans la religion. »

Le panneau d'acier du guichet s'ouvrit et un visage surpris, à l'expression un peu ridicule, apparut dans l'ouverture. « Vous pouvez rentrer chez vous, mon petit Ben. Allez retrouver la bourgeoise mais ne vous éloignez pas de votre téléphone au cas où j'aurais besoin de vous. Laissez les codes où ils sont et mettez les clefs sur les machines. Il faut que je communique tout de suite avec Londres, personnellement. »

Le visage se retira et ils attendirent tandis que le jeune homme déverrouillait la porte de l'intérieur : une clef, deux clefs, un cadenas.

« Ce monsieur arrive d'Orient, Ben, expliqua Mackelvore tandis que la porte s'ouvrait. C'est un de mes plus honorables correspondants.

— Bonjour, monsieur », dit Ben. C'était un grand jeune homme aux airs de mathématicien avec des lunettes et un regard qui ne vacillait pas.

« Allez, Ben. Je ne retiendrai pas ça sur vos heures de garde. Vous avez tout le week-end libre à plein tarif et vous ne me devrez aucun temps. Allons, en route.

— Ben reste ici », dit Tarr.

A Cambridge Circus l'éclairage était très jaune et d'où était posté Mendel, au troisième étage du magasin de vêtements, le macadam luisait comme de l'or de mauvaise qualité. Minuit allait bientôt sonner et cela faisait près de trois heures qu'il était là. Il était planté entre un rideau de tulle et un chevalet à vêtements. Il avait la posture qu'ont les flics du monde entier, le poids équitablement réparti sur les deux pieds, les jambes droites, légèrement penché en arrière par-dessus la ligne d'équilibre. Il avait rabattu le bord de son chapeau et retourné le col de son manteau pour qu'on ne vît pas de la rue la tache blanche de son visage, mais ses yeux, lorsqu'ils surveillaient la porte d'entrée en bas, étincelaient comme ceux d'un chat dans une cave à charbon. Il attendrait encore trois heures ou encore six heures : Mendel avait repris le collier, il avait dans les narines l'odeur de la chasse. Mieux encore, il était un oiseau de nuit; l'obscurité de ce salon d'essayage l'éveillait de façon extraordinaire. Le peu de lumière qui arrivait jusqu'à lui de la rue s'étalait à l'envers en flaques pâles sur le plafond. Tout le reste, les tables de coupe, les rouleaux de tissu, les machines sous leurs housses, le fer à vapeur, les photographies dédicacées des Princes du Sang, tout cela était là parce qu'il l'avait vu lors de sa reconnaissance cet après-midi; mais la lumière ne les atteignait pas et même maintenant c'était à peine s'il les distinguait. De sa fenêtre, il couvrait la plupart des voies d'accès : huit ou neuf rues et allées de largeur inégale qui, sans raison valable, avaient choisi Cambridge Circus comme point de rencontre. Entre elles, des immeubles de pacotille, pauvrement ornés de débris d'empire : une banque romaine, un théâtre semblable à une vaste mosquée profanée.

Derrière eux, des blocs d'immeubles à huit ou dix étages avançaient comme une armée de robots. Au-dessus, un ciel rose était lentement envahi par le brouillard.

Pourquoi était-ce si calme ? se demanda-t-il. Le théâtre s'était vidé depuis longtemps, mais pourquoi les amateurs de plaisir de Soho, à un jet de pierre tout au plus de la fenêtre, n'emplissaient-ils pas la place de taxis, de groupes de flâneurs ? Pas un seul camion de fruits n'avait bruyamment dévalé Shaftes-bury Avenue en route pour Covent Garden.

A travers ses jumelles, Mendel une fois de plus inspecta l'immeuble juste en face de lui. Il semblait dormir d'un sommeil encore plus profond que ses voisins. Les doubles battants du portail étaient clos et on ne voyait aucune lumière aux fenêtres du rez-de-chaussée. Seulement au quatrième étage, à la seconde fenêtre en partant de la gauche, brillait une pâle lueur et Mendel savait que c'était le bureau de l'officier de garde, Smiley le lui avait dit. Il leva briè-vement les jumelles vers le toit, où une plantation d'antennes dessinait d'étranges motifs sur le ciel; puis les descendit un étage plus bas jusqu'aux quatre fenêtres obscures de la section radio.

« La nuit, tout le monde utilise la grande porte, avait dit Guillam. C'est une mesure d'économie pour réduire le nombre des cerbères. »

Au cours de ces trois heures, seuls trois événements avaient récompensé la veille de Mendel : un par heure, ce n'est pas beaucoup. A neuf heures et demie, une Ford Transit bleue amena deux hommes portant ce qui semblait être une caisse de munitions. Ils ouvrirent eux-mêmes la porte et la refermèrent dès qu'ils furent à l'intérieur, pendant que Mendel murmurait son commentaire dans le téléphone. A dix heures, la navette arriva : Guillam l'avait prévenu de cela aussi. La navette recueillait les documents importants des stations auxiliaires et les apportait pour être sous bonne garde au Cirque pendant le wek-end.

La navette s'arrêtait à Brixton, Acton et Sarratt, dans cet ordre, avait dit Guillam, en dernier à l'Amirauté, et elle arrivait au Cirque vers dix heures. En l'occurrence elle arriva à dix heures sonnantes, et cette fois deux hommes de l'intérieur de l'immeuble sortirent pour aider au déchargement; Mendel signala cela aussi, et Smiley lui répondit par un patient « Merci ».

Smiley était-il assis ? Etait-il dans l'obscurité comme Mendel ? Mendel le pensait. De tous les drôles de types qu'il avait connus, Smiley était le plus bizarre. On aurait cru, à le regarder, qu'il n'était pas capable de traverser la rue tout seul, mais on aurait aussi bien pu offrir protection à un sanglier. C'est drôle, songea Mendel. Toute une vie à poursuivre les méchants, et comment est-ce que je finis ? Violation de domicile avec effraction, et voilà qu'il était planté dans le noir à espionner les clowns [1]. Avant de rencontrer Smiley, il n'avait jamais connu de clown. Il trouvait que c'était une bande d'amateurs et de collégiens; qu'ils étaient inconstitutionnels; que le mieux que le service spécial pouvait faire, dans son intérêt et dans celui du public, c'était de dire « oui, monsieur, non, monsieur » et de perdre la correspondance. y réflé-

1. C'est ainsi que dans la police de Sa Gracieuse Majesté, on appelle les membres des services secrets.

chir, à la notable exception de Smiley et de Guillam, c'est exactement ce qu'il pensait ce soir.

Peu avant onze heures, il y avait tout juste une heure, un taxi était arrivé. Un taxi de Londres avec une plaque normale, qui s'arrêta devant le théâtre. Même cela, c'était une chose dont Smiley l'avait prévenu : c'était l'habitude dans le service de ne pas prendre de taxi jusqu'à la porte. Les uns s'arrêtaient chez Foyles, les autres Old Compton Street, ou à une des boutiques, la plupart des gens avaient une destination de couverture favorite, et celle d'Alleline était le théâtre. Mendel n'avait jamais vu Alleline mais il avait la description qu'ils lui en avaient faite et en l'observant à la jumelle, il le reconnut sans aucun doute, un grand gaillard à la démarche lourde, dans un manteau sombre, il remarqua même comment le chauffeur de taxi avait fait la grimace en voyant son pourboire et lui avait crié quelque chose tandis qu'Alleline cherchait ses clefs.

La porte d'entrée n'a pas de système de sécurité particulier, avait expliqué Guillam, elle est simplement fermée à clef. La sécurité commence à l'intérieur, dès qu'on a tourné à gauche au bout du couloir. Alleline est installé au cinquième étage. Vous ne verrez pas ses fenêtres s'allumer, mais il y a un châssis vitré et la lumière devrait arriver jusqu'à la cheminée. Et voilà que comme il observait une tache jaune apparut sur les briques encrassées de la cheminée : Alleline venait d'entrer dans son bureau.

Et le jeune Guillam a besoin de vacances, songea Mendel. Il avait déjà vu ça arriver aussi. Les durs qui craquent à quarante ans. Ils enferment leur peur, prétendent qu'elle n'est pas là, s'appuient sur des adultes qui se révèlent ne pas être si adultes que ça après tout, et puis un jour tout est fini et leurs héros tombent de leur socle et ils sont assis à leur bureau avec les larmes qui ruissellent sur le buvard.

Il avait reposé le combiné sur le sol. Le ramassant, il annonça : « On dirait que Tinker vient de pointer. »

Il donna le numéro du taxi, puis reprit son attente. « Quel air avait-il ? murmura Smiley.

— Affairé, dit Mendel.

— Il a tout lieu de l'être. »

Mais celui-là ne craquera pas, conclut Mendel très content : Smiley était comme un de ces chênes avachis. On croit qu'on pourrait le renverser en soufflant dessus, mais quand vient la tempête, c'est le seul qui reste debout quand c'est fini. A cet instant de ses réflexions un second taxi s'arrêta, en plein devant l'entrée, et une haute silhouette aux gestes lents grimpa prudemment les marches une à une, comme un homme qui fait attention à son corps.

« Voilà votre Tailor, murmura Mendel dans le téléphone. Attendez, voilà Soldier aussi. Ça m'a l'air d'être un vrai rassemblement du clan. Ne nous énervons pas. »

Une vieille Mercedes 190 jaillit d'Earlham Street, vira juste sous sa fenêtre, et prit le tournant non sans mal juste au coin de Charing Cross Road, où elle se gara. Un garçon jeune et un peu lourd, aux cheveux roux, en descendit, claqua la portière et traversa la rue jusqu'à l'entrée sans retirer la clef du bureau de bord. Quelques instants plus tard une autre lumière s'alluma au quatrième étage : Roy Bland se joignait à la réunion.

Tout ce que nous avons besoin de savoir maintenant, c'est qui sort, songea Mendel.

36

LOCK GARDENS, était une terrasse comprenant quatre maisons à façades plates du XIXᵉ siècle bâties au centre d'une place en demi-cercle, chacune avec trois étages et un sous-sol, et derrière une petite bande de jardin fermée par un mur qui descendait jusqu'au canal du Régent. Les numéros allaient de deux à cinq : le numéro un ou bien s'était écroulé, ou bien n'avait jamais été bâti. Le numéro cinq constituait l'extrémité nord, et comme planque on n'aurait pas pu l'améliorer, car il y avait trois voies d'accès en trente mètres et le chemin de halage du canal en offrait deux autres. Au nord se trouvait Camden High Street pour se perdre dans la circulation; au sud et à l'ouest, s'étendaient les parcs et Primerose Hill. Mieux encore, le quartier ne possédait aucune identité sociale et n'en exigeait aucune. Certaines des maisons avaient été transformées en appartements d'une pièce et avaient dix sonnettes en bas comme un clavier de machine à écrire. Certaines étaient installées de façon grandiose et n'avaient qu'une sonnette. Le numéro cinq en avait deux; une pour Emillie McCraig et une pour son locataire, Mr. Jefferson.

Mrs. McCraig était une grenouille de bénitier et faisait des collectes pour toutes les œuvres, ce qui était d'ailleurs une excellente façon de surveiller les gens du quartier, encore que ce ne fût guère ainsi qu'ils considéraient son ardeur. On savait vaguement que son locataire, Jefferson, était étranger, dans le pétrole, et qu'il était souvent absent. Lock Gardens était son pied-à-terre. Les voisins, quand ils prenaient la peine de le remarquer, le trouvaient timide et respectable. Ils auraient eu la même opinion de George Smiley s'il leur était arrivé de l'apercevoir dans la pâle lumière du porche à neuf heures ce soir-là, lorsque Millie McCraig le fit entrer dans son salon et tira pieusement les rideaux.

C'était une veuve écossaise sèche et nerveuse, avec des bas marron, les cheveux relevés en chignon et la peau fripée et bien cirée d'un vieil homme. Dans l'intérêt de Dieu et du Cirque, elle avait dirigé des écoles bibliques en Mozambique et une mission pour matelots à Hambourg, et bien que par profession elle écoutât les conversations depuis plus de vingt ans, elle avait encore tendance à considérer tous les hommes comme des intrus. Ses façons, dès l'instant où il arriva, respiraient un calme profond et esseulé; elle lui fit visiter la maison comme une châtelaine dont les hôtes sont morts depuis longtemps.

D'abord, le demi-sous-sol où elle habitait elle-même, empli de plantes et de cet assemblage hétéroclite de vieilles cartes postales, de tables à plateaux de cuivre et de meubles en bois noir sculptés qui semblent s'attacher aux dames britanniques d'un certain âge et d'une certaine classe qui ont beaucoup voyagé. Oui, si le Cirque avait besoin d'elle la nuit, on l'appelait sur son téléphone du sous-sol. Oui, il y avait une ligne séparée en haut, mais elle ne fonctionnait que pour les appels vers l'extérieur. Le téléphone du sous-sol avait un autre poste dans la salle à manger en haut. Puis ils montèrent au rez-de-chaussée, un véritable autel au mauvais goût coûteux des surveillants ; des rayures Régence aux couleurs voyantes, des fauteuils dorés qui étaient des copies d'époque, des divans de peluche avec des glands dans les coins. La cuisine était intacte et sale. Derrière, il y avait un appentis vitré, moitié serre moitié arrière-cuisine, qui donnait sur le bout de jardin en friche et le canal. Jonchant le sol carrelé : une vieille essoreuse, une lessiveuse et des caisses d'eaux minérales.

« Où sont les micros, Millie ? » Smiley avait regagné le salon.

Ils étaient installés par paires, murmura Millie, logés derrière le papier peint, deux paires par pièce au rez-de-chaussée, une dans chaque pièce en haut. Chaque paire était reliée à un magnétophone séparé. Il la suivit dans l'escalier aux marches raides. L'étage supérieur n'était pas meublé, sauf une chambre mansardée qui abritait un cadre d'acier gris avec huit magnétophones, quatre pour le haut, quatre pour le bas.

« Et Jefferson est au courant de tout cela ?

— Mr. Jefferson, dit Millie d'un ton pincé, est traité sur une base de confiance. » Ce fut le plus près qu'elle se risqua à exprimer la désapprobation dans laquelle elle tenait Smiley et son attachement à la morale chrétienne.

En redescendant, elle lui montra les commutateurs qui commandaient tout le système. Dans chaque panneau de contrôle, il y avait un commutateur supplémentaire. Chaque fois que Jefferson ou un des garçons, comme elle disait, voulait enregistrer, il n'avait qu'à se lever et abaisser le commutateur de gauche. A partir de là, le système était activé par la voix : c'est-à-dire que la bobine ne tournait pas sauf si quelqu'un parlait.

« Et où êtes-vous pendant que tout cela se passe, Millie ? »

Elle restait en bas, dit-elle, comme si c'était la place d'une femme.

Smiley ouvrait des armoires, des placards, en passant d'une pièce à l'autre. Puis il revint à la lingerie, avec sa vue sur le canal. Tirant une torche électrique de sa poche, il envoya un bref signal vers l'obscurité du jardin.

« Quelles sont les procédures de sécurité ? » demanda Smiley tout en tripotant d'un air songeur le commutateur près de la porte du salon. Elle répondit sur le ton monotone d'une liturgie : « Deux bouteilles de lait pleines sur le pas de la porte, vous pouvez entrer et tout va bien. Pas de bouteilles de lait, vous ne devez pas entrer. »

De la direction du jardin d'hiver venait un faible tambourinement. Revenant à la lingerie, Smiley ouvrit la porte vitrée et, après une brève conversation à voix basse, réapparut avec Guillam.

« Vous connaissez Peter, n'est-ce pas, Millie ? »

Peut-être Millie le connaissait-elle, peut-être pas, ses petits yeux durs étaient fixés avec méfiance sur lui. Il était en train d'examiner le panneau de commande, tout en tâtant sa poche.

« Qu'est-ce qu'il fait ? Il ne doit pas faire ça. Empêchez-le. »

Si elle était inquiète, dit Smiley, elle n'avait qu'à appeler Lacon sur le téléphone d'en bas. Millie

McCraig ne broncha pas, mais deux plaques rouges avaient apparu sur ses joues tannées et elle claquait les doigts de colère. Avec un petit tournevis, Guillam avait précautionneusement ôté les vis de chaque côté du panneau en matière plastique et inspectait les fils derrière. Puis, très soigneusement, il abaissa la dernière manette, la tordant sur ses fils, puis remit le panneau en position, laissant les commandes qui restaient intactes.

« Nous allons simplement essayer », dit Guillam et tandis que Smiley montait au premier pour vérifier les magnétophones, Guillam, entonna « Old man river » d'une voix de basse à la Paul Robeson.

« Merci, dit Smiley avec un frisson en redescendant, c'est plus qu'assez. »

Millie était descendue au sous-sol pour téléphoner à Lacon.

Calmement, Smiley dressa le décor. Il posa le téléphone auprès d'un fauteuil dans le salon, puis dégagea sa ligne de retraite vers la lingerie. Il alla chercher deux bouteilles de lait dans le réfrigérateur à Coca-Cola dans la cuisine et les plaça sur le pas de la porte pour signifier, dans le langage éclectique de Millie McCraig, que vous pouvez entrer et que tout va bien. Il ôta ses chaussures et les laissa dans la lingerie et, ayant éteint toutes les lumières, prit son poste dans le fauteuil juste au moment où Mendel appelait pour établir la liaison.

Cependant, sur le chemin de halage du canal, Guillam avait repris sa surveillance de la maison. Le chemin est fermé au public une heure avant la tombée de la nuit : après cela, il peut être n'importe quoi, lieu de rendez-vous pour les amoureux ou havre pour les clochards; les uns et les autres, pour des raisons différentes, sont attirés par l'obscurité des ponts. En cette nuit froide, Guillam ne vit ni les uns ni les autres. De temps en temps un train vide passait, laissant derrière lui un vide encore plus grand. Il avait les nerfs si tendus, il attendait tant de choses à la fois, qu'un instant il vit toute l'architecture de cette nuit en termes apocalyptiques : les signaux sur le pont de chemin de fer devinrent des échafauds, les entrepôts victoriens de gigantesques prisons, leurs fenêtres closes de barreaux et voûtées contre le ciel brumeux. Plus près, c'était le murmure des rats et la puanteur de l'eau croupie. Puis les lumières du salon s'éteignirent; la maison resta dans l'ombre, à l'exception des rais de lumière jaune de chaque côté de la fenêtre en sous-sol de Millie. De la lingerie, un point lumineux clignota vers lui à travers le jardin en friche. Prenant dans sa poche une torche électrique, il en fit glisser le capuchon argenté, le braqua avec des doigts tremblants vers le point d'où venait la lumière et répondit au signal. Désormais, ils ne pouvaient qu'attendre.

Tarr lança le télégramme qui venait d'arriver à Ben, ainsi que le bloc sans carbone qu'il avait pris dans le coffre.

« Allons, dit-il, gagne ton salaire. Décode-moi ça.

— C'est personnel pour vous, protesta Ben. Regardez. « Personnel d'Alleline à déchiffrer vous-même. » Je n'ai pas le droit d'y toucher. C'est la sécurité maximale.

— Faites ce qu'il demande, Ben », dit Mackelvore, en observant Tarr.

Pendant dix minutes les trois hommes n'échangèrent pas un mot. Tarr était planté à l'autre bout de la pièce, très énervé par l'attente. Il avait fourré le pistolet dans sa ceinture, la crosse vers le bas. Sa veste était jetée sur une chaise. La sueur lui collait sa chemise au dos de haut en bas. Ben utilisait une règle pour séparer les groupes de chiffres, puis notait soigneusement ses résultats sur le bloc devant lui. Pour se concentrer, il appuyait sa langue contre ses dents, et il la retira avec un petit claquement. Reposant son crayon, il tendit la feuille à Tarr.

« Lis-le tout haut », dit Tarr.

La voix de Ben était douce et teintée de ferveur. « Personnel d'Alleline à Tarr à déchiffrer vous-même. Je demande absolument clarification et/ ou échantillon produit avant accéder votre requête. « Information vi-« tale à sauvegarde du Service » ne suffit pas. Laissez-moi vous rappeler votre mauvaise position ici suivant votre scandaleuse disparition, stop. Vous conseille instamment vous confier Mackelvore immédiatement, je répète immédiatement, stop. Chef. »

Ben n'avait pas tout à fait fini que Tarr se mit à rire d'une façon étrange et excitée.

« Sacré Percy ! s'écria-t-il. Oui je répète non ! Tu sais pourquoi il cherche à gagner du temps, Ben, mon trésor ? Il est en train de viser pour me tirer droit dans le dos ! C'est comme ça qu'il a eu ma petite Russki. Il me joue la même chanson, le salaud. » Il ébouriffait les cheveux de Ben, et lui criait en riant : « Je te préviens, Ben : il y a un certain nombre de salauds dans ce service, alors ne te fie à aucun d'eux, je te le dis, ou bien tu ne vivras jamais vieux ! »

Seul dans l'obscurité du salon, Smiley attendait

aussi, assis dans le fauteuil inconfortable choisi par les surveillants, la tête appuyée de guingois contre l'écouteur du téléphone. De temps en temps il marmonnait quelque chose et Mendel répondait sur le même ton, la plupart du temps ils partageaient le silence. Il était plutôt calme et même un peu mélancolique. Comme un acteur, il sentait la déception venir avant le lever du rideau, cette impression de grande chose aboutissant à une petite fin mesquine; tout comme la mort elle-même lui semblait petite et mesquine après les combats de sa vie. Il n'éprouvait aucun sentiment de victoire. Ses pensées, comme souvent quand il avait peur, s'attachaient à des gens, il n'avait pas de théorie ni de jugement particuliers. Il se demandait simplement comment tout le monde allait s'en trouver affecté, et il se sentait responsable. Il pensait à Jim et à Sam et à Max et à Connie et à Jerry Westerby et aux fidélités personnelles toutes rompues; dans une catégorie à part, il pensait à Ann et à leur conversation désespérément chaotique sur les falaises de Cornouailles; il se demandait s'il existait entre des êtres humains un amour qui ne reposât pas sur une sorte d'illusion volontaire; il aurait voulu pouvoir simplement se lever et s'en aller avant que cela ne se passât, mais il ne le pouvait pas. Il s'inquiétait, de façon toute paternelle, de Guillam et se demandait comment il allait supporter les derniers efforts pour parvenir à être une grande personne. Il repensa au jour où il avait enterré Control. Il songeait à la trahison et se demandait s'il existait une absurdité dans la trahison tout comme, semblait-il, il en existait une dans la violence. Cela le préoccupait de se sentir à ce point en faillite, et de voir tous les préceptes intellectuels ou philosophiques

470

auxquels il se cramponnait tomber en poussière maintenant qu'il était confronté avec la condition humaine.

« Rien ? demanda-t-il à Mendel dans le téléphone.

— Une paire d'ivrognes, dit Mendel qui chantent « Ah! que la jungle est belle quand il pleut dessus ».

— Connais pas. »

Faisant passer le téléphone de son côté gauche, il tira le pistolet de la poche intérieure de son veston, dont il avait saccagé l'excellente doublure de soie. Il trouva le cran de sûreté et joua un moment avec l'idée qu'il ne savait pas dans quelle position il était mis et dans quelle position il était ôté. Il retira le chargeur et le remit, et se rappela avoir fait ça des centaines de fois au trot dans le champ de manœuvre de nuit à Sarratt avant la guerre; il se rappelait comment on tirait toujours avec les deux mains, oui, monsieur, une pour tenir le pistolet et une le chargeur, monsieur; et comment il y avait une histoire dans le folklore du Cirque qui demandait de mettre un doigt le long du canon et de presser la détente avec l'index. Mais lorsqu'il essaya, la sensation était ridicule et il n'y pensa plus.

« Je vais faire un petit tour », murmura-t-il et Mendel dit : « D'accord. »

Le pistolet toujours à la main, il retourna à la lingerie, guettant un craquement du plancher qui pourrait le trahir, mais sous la méchante moquette, ce devait être du ciment; il aurait pu sauter sans même provoquer une vibration. Avec sa torche il envoya deux signaux brefs, un long délai, puis deux autres. Guillam aussitôt répondit par trois brèves.

« Me revoilà.

— D'accord », dit Mendel.

Il s'installa, pensant tristement à Ann : rêver l'im-

471

possible rêve. Il remit le pistolet dans sa poche. Du côté du canal, le gémissement d'une sirène. La nuit ? Des bateaux circulant la nuit ? Ça devait être une voiture. Et si Gerald a toute une procédure d'urgence dont nous ne savons rien ? D'une cabine téléphonique à une autre, une voiture qui donne l'alerte ? Et si Polyakov après tout a un traîne-patins, un assistant que Connie n'a jamais identifié. Il avait déjà examiné tout cela. Ce système était conçu pour être sans faille, pour permettre des rencontres dans toutes les circonstances. Quand il s'agit du métier, Karla est un pédant.

Et quand il s'était imaginé qu'on le suivait ? C'était quoi ? C'était quoi l'ombre qu'il n'avait jamais vue, seulement sentie, jusqu'au moment où il en avait des picotements dans le dos tant le regard de celui qui le surveillait était intense; il ne voyait rien; il n'entendait rien, il sentait seulement. Il était trop vieux pour ne pas tenir compte de cet avertissement. Le craquement d'un escalier qui n'avait pas craqué auparavant; le grincement d'un volet quand il n'y avait pas de vent, la voiture avec un numéro différent mais la même éraflure sur l'aile droite : le visage dans le métro qu'on sait avoir vu quelque part déjà : des années durant, c'était avec ces signes qu'il avait vécu. N'importe lequel d'entre eux était une raison suffisante pour bouger, changer de ville, d'identité. Car dans cette profession, les coïncidences, ça n'existe pas.

« Un de parti, dit soudain Mendel. Allô ?

— Je suis là. »

Quelqu'un venait de sortir du Cirque, dit Mendel. Par la porte de devant, mais il ne pouvait pas être sûr de l'identité. Un imperméable et un chapeau. Cor-

472

pulent et marchant vite. Il avait dû appeler un taxi à la porte et était monté droit dedans.

« Direction du nord, de l'autre côté. »

Smiley regarda sa montre. Donnons-lui dix minutes, songea-t-il, douze, il faudra qu'il s'arrête pour téléphoner à Polyakov en route. Puis il se dit : ne sois pas stupide, il l'a déjà fait du Cirque.

« Je raccroche, annonça Smiley.

— Bonne chance », dit Mendel.

Sur le chemin de halage, Guillam discerna trois longs signaux de la torche. La taupe est en route.

Dans la lingerie, Smiley avait une fois de plus vérifié son itinéraire, il avait repoussé quelques transats et épinglé une ficelle à l'essoreuse pour le guider parce qu'il y voyait mal dans le noir. La ficelle menait à la porte ouverte de la cuisine, la cuisine donnait sur le salon et la salle à manger à la fois, il y avait deux portes côte à côte. La cuisine était une longue pièce, en réalité une annexe de la maison avant qu'on eût ajouté la lingerie vitrée. Il avait songé à utiliser la salle à manger, mais c'était trop risqué, et puis de la salle à manger il ne pouvait pas envoyer de signaux à Guillam. Il attendit donc dans la lingerie, se sentant ridicule, en chaussettes, essuyant les verres de ses lunettes parce que la chaleur de son visage ne cessait de les embuer. Il faisait beaucoup plus froid dans la lingerie. Le salon était une pièce close et surchauffée, mais la lingerie avait ces murs extérieurs, et ces vitres et ce sol cimenté sous le tapis, qui lui donnait une impression d'humidité quand il marchait. La taupe arrive d'abord, se dit-il, c'est la taupe qui joue le rôle de l'hôte : c'est le protocole, ça fait

473

partie du jeu d'après lequel Polyakov est l'agent de Gerald.

Un taxi londonien est une bombe volante.

La comparaison s'imposait à lui lentement, venant des profondeurs de sa mémoire inconsciente. Le vacarme au moment où il fait irruption sur la place, le tic-tac du compteur tandis que s'étouffent les notes basses. L'interruption : où s'est-il arrêté, devant quelle maison, quand tous dans la rue attendons dans l'obscurité, accroupis sous des tables ou la main crispée sur un bout de ficelle, devant quelle maison ? Puis le claquement de la porte, la déception qui arrive comme une explosion : si on l'entend, ce n'est pas pour vous.

Mais Smiley entendit, et c'était pour lui.

Il entendit le bruit de deux pieds qui foulaient le gravier, un pas vif et vigoureux. Les pas s'arrêtèrent. C'est la mauvaise porte, songea absurdement Smiley, allez-vous-en. Il avait le pistolet à la main, il avait ôté le cran de sûreté. Il tendait quand même l'oreille, mais n'entendait rien. On est méfiant, Gerald, songea-t-il. On est une vieille taupe, on flaire qu'il y a quelque chose qui ne va pas. Millie, songea-t-il : Millie a ôté les bouteilles de lait, a affiché un avertissement, l'a fait repartir. Millie a tout gâché. Puis il entendit la clef tourner dans la serrure, un tour, deux tours, c'est une serrure Banham, se rappela-t-il, mon Dieu, il faut continuer à faire travailler Banham. Bien sûr : la taupe avait tâté ses poches, pour chercher ses clefs. Un homme nerveux aurait déjà eu son trousseau à la main, l'aurait serré, couvé dans sa poche durant tout le trajet en taxi; mais pas la taupe. La taupe était peut-être soucieuse, mais pas nerveuse. A l'instant où le loquet tourna, la sonnette retentit : on retrouvait là le goût des surveillants, une note aiguë, une note basse, une note aiguë. Ça voudra dire que c'est l'un de nous, avait dit Millie; un des garçons, de ses garçons, des garçons de Connie, des garçons de Karla. La porte de la rue s'ouvrit, quelqu'un entra dans la maison, il entendit le paillasson, qui bougeait, la porte se refermait, il entendit le déclic des commutateurs qui donnaient la lumière et vit une ligne pâle apparaître sous la porte de la cuisine. Il fourra le pistolet dans sa poche et s'essuya la paume de la main sur sa veste, puis le reprit et au même instant il entendit une seconde bombe volante, un second taxi qui s'arrêtait, et des pas rapides : Polyakov n'avait pas seulement sa clef à la main, il avait l'argent de la course préparé aussi : est-ce que les Russes donnent des pourboires, se demanda-t-il, ou bien est-ce que le pourboire est antidémocratique ? La sonnette retentit de nouveau, la porte d'entrée s'ouvrit et se referma, et Smiley entendit le double tintement des deux bouteilles de lait qu'on posait sur la table du vestibule, dans l'intérêt du bon ordre et du métier bien fait.

Dieu me protège, songea Smiley avec horreur tout en contemplant la vieille glacière à Coca-Cola auprès de lui, l'idée ne m'a jamais traversé l'esprit. Et s'il avait voulu les remettre au frigo ?

Le rai de lumière sous la porte de cuisine devint soudain plus vif : on allumait dans le salon. Un silence extraordinaire descendit sur la maison. Ne lâchant pas la ficelle, Smiley s'avança sur le sol glacé. Alors il entendit des voix. Tout d'abord elles étaient indistinctes. Ils devaient encore être tout au bout de la pièce, songea-t-il. Ou peut-être commencent-ils toujours à voix basse. Polyakov approchait : il était près de la table roulante, en train de servir à boire.

« Quelle est notre couverture au cas où nous serions dérangés ? » demanda-t-il en bon anglais.

Une voix merveilleuse, se rappela Smiley, fondante comme la tienne, souvent je passais les bandes deux fois rien que pour l'entendre parler. Connie, je voudrais que tu l'entendes maintenant.

Toujours de l'autre bout de la pièce, un murmure étouffé répondait à chaque question. Smiley n'entendait rien. « Où nous regrouperons-nous ? » « Quel est notre solution de repêchage ? » « Avez-vous rien sur vous que vous préféreriez que j'aie sur moi durant notre conversation, compte tenu du fait que je jouis de l'immunité diplomatique ? »

Ce doit être un catéchisme, songea Smiley, une partie de la routine enseignée par Karla.

« Le commutateur est abaissé ? Voulez-vous vérifier, je vous prie ? Je vous remercie. Qu'est-ce que vous voulez boire ?

— Scotch, dit Haydon, et bien tassé. »

Avec un sentiment de totale incrédulité, Smiley écouta la voix familière lire tout haut le télégramme même que Smiley en personne avait rédigé pour Tarr seulement quarante-huit heures auparavant.

Là-dessus, pendant un moment, une partie de Smiley se révolta soudain contre l'autre. La vague de doutes et de colère qui avait déferlé sur lui dans le jardin de Lacon, et qui depuis lors avait entravé son avance comme un courant qui vous harcèle, le poussait maintenant vers les récifs du désespoir, et de là vers la mutinerie : je refuse. Rien ne vaut la destruction d'un autre être humain. Il faut bien que quelque part le chemin de la douleur et de la trahison s'arrête. Tant que ça n'arriverait pas, il n'y avait pas d'avenir : il n'y avait qu'un glissement continuel dans des versions encore plus terrifiantes du présent. Cet homme était mon ami et l'amant d'Ann, l'ami de Jim, et pour autant que je sache, l'amant de Jim aussi, c'était la trahison, non pas l'homme, qui appartenait au domaine public.

Haydon avait trahi. Comme amant, comme collègue, comme ami; comme patriote, comme membre de cette inestimable élite qu'Ann appelait vaguement le Monde : à tous égards, Haydon avait ouvertement poursuivi un but et secrètement atteint son opposé. Smiley savait pertinemment que même maintenant il n'envisageait pas pleinement l'ampleur de cette effroyable duplicité; pourtant il y avait une partie de lui qui se levait déjà pour prendre la défense de Haydon. Est-ce que Bill aussi n'avait pas été trahi ? Les lamentations de Connie retentissaient à ses oreilles : « Pauvres trésors. Dressés pour l'Empire, dressés pour gouverner les vagues... Tu es le dernier, George, il n'y a plus que toi et Bill. » Il voyait avec une pénible clarté un homme ambitieux, né pour les grandes fresques, élevé pour gouverner, diviser et régner, dont les visions et les vanités étaient toutes fixées, comme celle de Percy, sur le jeu du monde; pour qui la réalité était une malheureuse île avec à peine une voix capable de porter sur l'eau. Ainsi Smiley n'éprouvait pas seulement du dégoût mais, malgré tout ce que cet instant signifiait pour lui, une bouffée de rancœur contre les institutions qu'il était censé protéger : « Le Contrat social marche dans les deux sens, vous savez », disait Lacon. Les mensonges nonchalants du Monde, la complaisance morale de Lacon le taciturne, la lourde avidité de Percy Alleline : des hommes comme ça annulaient n'importe quel contrat : pourquoi leur serait-on loyal ?

Il savait, bien sûr. Il avait toujours su que c'était

Bill. Tout comme Control l'avait su aussi, et Lacon chez Mendel. Tout comme Connie et Jim l'avaient su, et Alleline, Esterhase, tous autant qu'ils étaient avaient tacitement partagé cette demi-certitude inexprimée dont comme une maladie ils espéraient qu'elle allait passer si elle n'était jamais reconnue, jamais diagnostiquée.

Et Ann ? Est-ce qu'Ann savait ? Quelle était l'ombre qui s'était abattue sur eux ce jour-là sur les falaises de Cornouailles ?

L'espace d'un moment, voilà ce qu'était Smiley : un espion bedonnant et pieds nus, comme dirait Ann, déçu en amour et impuissant dans la haine, serrant un pistolet dans une main, un bout de ficelle dans l'autre, tout en attendant dans l'obscurité. Puis, son pistolet toujours à la main, il recula à pas de loup jusqu'à la fenêtre, d'où il envoya cinq brefs signaux lumineux en rapide succession. Ayant attendu assez longtemps pour qu'on accusât réception du message, il revint à son poste d'écoute.

Guillam descendit en courant le chemin de halage, la torche s'agitant violemment dans sa main jusqu'à l'endroit où il atteignit un pont assez bas avec un escalier de fer qui montait en zigzag jusqu'à Gloucester Avenue. La grille était fermée et il dut l'escalader, déchirant une manche à la hauteur du coude. Lacon l'attendait au coin de Princess Road, vêtu d'un vieux manteau et portant une serviette.

« Il est là. Il est arrivé, murmura Guillam. Il a trouvé Gerald.

— Je ne veux pas d'effusion de sang, annonça Lacon. Je veux un calme absolu. »

Guillam ne prit pas la peine de répondre. Trente

mètres plus bas, dans la rue, Mendel attendait dans un taxi. Ils roulèrent à peine deux minutes, puis firent arrêter le taxi juste avant Lock Gardens. Guillam avait à la main la clef d'Esterhase. Arrivés devant le numéro 5, Mendel et Guillam passèrent par-dessus la barrière plutôt que de risquer de la faire grincer et se coulèrent le long de la pelouse. Tout en avançant, Guillam jetait des coups d'œil en arrière et crut un instant voir une silhouette qui les observait, homme ou femme il n'aurait pu le dire, de l'ombre d'un pas de porte de l'autre côté de la rue; mais lorsqu'il attira l'attention de Mendel là-dessus, il n'y avait rien, et Mendel lui ordonna très brutalement de se calmer. La lumière du perron était éteinte. Guillam passa devant, Mendel attendit sous un pommier. Guillam introduisit la clef et sentit le pêne glisser lorsqu'il la tourna. Pauvre idiot, songea-t-il triomphalement, pourquoi n'avoir pas poussé le loquet ? Il entrebâilla la porte et hésita. Il respirait lentement, emplissant ses poumons pour l'action. Mendel fit un autre bond en avant. Dans la rue, deux jeunes garçons passèrent, riant bruyamment parce que la nuit les rendait nerveux. Une fois de plus, Guillam regarda derrière lui, mais la place était déserte. Il s'avança dans le vestibule. Il portait des chaussures de daim et elles crissaient sur le parquet, il n'y avait pas de tapis. A la porte du salon, il écouta assez longtemps pour que la fureur enfin se déchaînât en lui.

Ses agents massacrés au Maroc, son exil à Brixton, la déception quotidienne de ses efforts tandis que chaque jour il vieillissait et que la jeunesse lui filait entre les doigts; la monotonie qui se refermait autour de lui; la façon dont il avait perdu son pouvoir d'aimer, de s'amuser et de rire; l'érosion constante des valeurs simples et héroïques au nom desquelles il souhaitait vivre; les contrôles et les arrêts qu'il s'imposait au nom d'un dévouement tacite; il pouvait jeter tout cela au visage ricanant d'Haydon. Haydon, qui jadis avait été son confesseur; Haydon, toujours prêt à rire, à bavarder, à boire une tasse de mauvais café; Haydon, un modèle sur lequel il avait bâti sa vie.

Mais il y avait plus, bien plus. Maintenant qu'il voyait, qu'il savait. Haydon était plus que son modèle, il était son inspiration, le porte-flambeau d'une certaine forme de romantisme démodé, d'une idée de la vocation britannique qui — pour la raison même qu'elle était vague, discrète et fuyante — avait jusqu'alors donné un sens à la vie de Guillam. En cet instant, Guillam ne se sentait pas seulement trahi; mais orphelin. Ses soupçons, les rancœurs qu'il avait si longtemps reportées contre le monde réel — contre les femmes de son existence, contre ses tentatives d'amour — se retournaient maintenant sur le Cirque et sur la magie défaillante qui avait longtemps constitué sa foi. De toute sa force, il poussa la porte et bondit dans la pièce, pistolet au poing. Haydon et un homme pesant avec une mèche noire qui lui tombait sur le front étaient assis de chaque côté d'une petite table. Polyakov — Guillam le reconnut d'après les photographies — fumait une pipe très anglaise. Il portait un cardigan gris avec une fermeture à glissière devant, comme la partie supérieure d'un survêtement. Il n'avait même pas ôté la pipe d'entre ses dents que Guillam avait saisi Haydon par le col. D'un seul effort, il le souleva de son fauteuil. Il avait jeté son pistolet et houspillait Haydon, le secouant comme un chien en criant. Et puis brusquement cela lui parut vain. Après tout, ce n'était que Bill et ils avaient fait beaucoup de choses ensemble. Guillam avait reculé bien avant que Mendel lui prît le bras, et il entendit Smiley, inviter aussi poliment que jamais « Bill et le colonel Viktorov », comme il les appelait, à lever les mains et à les placer sur leur tête jusqu'à l'arrivée de Percy Alleline.

« Il n'y avait personne dehors, n'est-ce pas, que vous ayez remarqué ? demanda Smiley à Guillam pendant qu'ils attendaient.

— C'était calme comme une tombe », dit Mendel, répondant pour eux deux.

37

IL y a des moments qui sont trop pleins pour qu'on les vive à l'instant où ils se produisent. Pour Guillam et pour tous ceux qui se trouvaient là, c'était le cas. L'air perpétuellement distrait de Smiley et les coups d'œil prudents qu'il jetait fréquemment par la fenêtre; l'indifférence de Haydon, l'indignation prévisible de Polyakov, son insistante à être traité comme il convenait à un membre du corps diplomatique — requête à laquelle Guillam de l'endroit où il était assis sur le divan menaça sèchement d'accéder — l'arrivée tout agitée d'Alleline et de Bland, de nouvelles protestations et le pèlerinage au premier où Smiley fit passer les bandes, le long silence sinistre qui suivit leur retour dans le salon; l'arrivée de Lacon et enfin d'Esterhase et de Fawn, l'air affairé de Millie McCraig qui circulait avec la théière : tous ces événements, toutes ces scènes se déroulaient avec une irréalité théâtrale qui, tout comme le voyage à Ascot il y avait de cela une éternité, était intensifiée par l'irréalité de l'heure. Il était vrai aussi que ces incidents, au nombre desquels il fallut au début retenir de force Polyakov et subir un flot d'injures en russe adressées à

Fawn qui l'avait frappé Dieu sait où, malgré la vigilance de Mendel, ces incidents étaient comme une mauvaise intrigue secondaire auprès de l'unique but qu'avait Smiley pour rassembler tout ce monde : persuader Alleline que Haydon représentait l'unique chance qu'avait Smiley de traiter avec Karla et de sauver, sur le plan humanitaire sinon professionel, ce qui restait des réseaux que Haydon avait trahis. Smiley n'avait pas l'autorité pour mener ces transactions, et il ne semblait pas le souhaiter; peut-être estimait-il qu'à eux trois, Esterhase, Bland et Alleline étaient mieux placés pour savoir quels agents étaient encore théoriquement opérationnels. En tout cas, il ne tarda pas à se retirer au premier étage, où Guillam l'entendit une fois de plus marcher nerveusement d'une pièce à l'autre tout en continuant à surveiller par les fenêtres.

Donc, pendant qu'Alleline et ses lieutenants se retiraient avec Polyakov dans la salle à manger pour mener leur affaire seuls, les autres restèrent assis en silence dans le salon, soit regardant Haydon, soit évitant délibérément de le faire. Il ne semblait pas s'apercevoir de leur présence. Le menton dans sa main, il était assis à l'écart dans un coin, surveillé par Fawn, et il avait plutôt l'air de s'ennuyer. La conférence se termina, ils revinrent tous de la salle à manger et Alleline annonça à Lacon, qui avait insisté pour ne pas être présent lors des discussions, qu'un rendez-vous avait été pris dans trois jours à cette adresse, car d'ici là « le colonel aura eu l'occasion de consulter ses supérieurs ». Lacon acquiesça. On se serait cru à un conseil d'administration.

Les départs furent encore plus étranges que les arrivées. Entre Esterhase et Polyakov notamment, il y eut un adieu étrangement poignant. Esterhase, qui aurait toujours préféré être un gentleman plutôt qu'un espion, semblait décidé à profiter de l'occasion pour faire un geste et tendit sa main que Polyakov écarta d'un geste irrité. Esterhase promena autour de lui un regard abandonné, cherchant Smiley, peut-être dans l'espoir de se gagner davantage de ses bonnes grâces, puis il haussa les épaules et passa un bras sur le large dos de Bland. Peu après ils partirent ensemble. Ils ne dirent au revoir à personne, mais Bland semblait terriblement secoué et Esterhase avait l'air de le consoler, encore que son propre avenir en cet instant n'eût guère pu lui paraître sous de riantes couleurs. Peu après un radio-taxi arriva pour Polyakov et lui aussi s'en alla sans saluer personne. La conversation maintenant s'était totalement éteinte; sans la présence du Russe, le spectacle devenait misérablement paroissial. Haydon demeurait dans son attitude d'ennui habituel, toujours surveillé par Fawn et Mendel, et contemplé avec un embarras muet par Lacon et Alleline. On donna d'autres coups de téléphone, surtout pour appeler des voitures. A un moment, Smiley réapparut du premier étage et mentionna Tarr. Alleline téléphona au Cirque et dicta un télégramme à Paris disant que celui-ci pouvait rentrer en Angleterre avec honneur, si tant est que cela signifiait quelque chose, et un second à Mackelvore disant que Tarr était quelqu'un d'acceptable, ce qui une fois de plus parut à Guillam être une question d'opinion.

Enfin, au soulagement général, une camionnette sans fenêtre arriva de la Nursery et deux hommes en descendirent que Guillam n'avait jamais vus auparavant, un grand qui boitait, l'autre au visage terreux sous des cheveux roux. Il se rendit compte avec un frisson que c'étaient des interrogateurs. Fawn alla chercher le manteau de Haydon dans le vestibule, en inspecta les poches et l'aida respectueusement à le passer. A ce moment, Smiley s'interposa avec douceur et insista pour que le trajet qu'avait à faire Haydon depuis la porte jusqu'à la camionnette s'effectuât avec la lumière du vestibule éteinte et pour que l'escorte fût importante. Guillam, Fawn, jusqu'à Alleline, se virent enrôlés et enfin Haydon en son centre, tout le petit groupe traversa le jardin jusqu'à la camionnette.

« C'est une simple précaution », insista Smiley. Personne n'était disposé à discuter avec lui. Haydon monta dans la voiture, les interrogateurs suivirent, fermant à clef la grille de l'intérieur. Comme les portes se fermaient, Haydon leva une main dans un geste aimable, encore que ce fût un geste de congé, à l'intention d'Alleline.

Ce fut donc seulement après que divers détails revinrent à la mémoire de Guillam et que l'un ou l'autre se présenta à son souvenir; par exemple, la haine sans réserve de Polyakov envers tous ceux qui se trouvaient là, depuis la pauvre petite Millie McCraig jusqu'au sommet, et qui littéralement lui déformait le visage : sa bouche était crispée par un ricanement farouche et incontrôlable, il était devenu tout blanc et tremblait, mais ça n'était pas de peur et pas de colère. C'était de la haine pure et simple, comme Guillam ne pouvait pas en éprouver même à l'égard de Haydon, mais il est vrai que Haydon était de sa race.

Pour Alleline, à l'instant de sa défaite, Guillam se découvrit une furtive admiration : Alleline du moins avait fait montre d'une certaine allure. Mais par la suite Guillam se demandait si Percy s'était bien rendu compte, lors de cette première présentation des faits, de ce qu'ils étaient en réalité; après tout, il était encore le Chef, et Haydon était encore son Iago.

Mais ce qui parut le plus étrange à Guillam, la révélation qu'il emporta avec lui et sur laquelle il médita bien plus profondément que ce n'était son habitude, c'était que malgré toute sa colère accumulée au moment de faire irruption dans le salon, il avait fallu de sa part un acte de volonté, et même très violent, pour considérer Bill Haydon avec autre chose que de l'affection. Peut-être, comme dirait Bill, avait-il fini par devenir adulte. Mais surtout, le même soir, il grimpa les marches qui menaient à son appartement et entendit les notes familières de la flûte de Camilla qui retentissaient dans la cage de l'escalier. Et si Camilla cette nuit-là perdit un peu de son mystère, du moins au matin avait-il réussi à la libérer des pièges du double jeu où il l'avait récemment reléguée.

A d'autres égards également, au cours des quelques jours suivants, sa vie prit un tour plus favorable. Percy Alleline avait été mis en congé illimité; on avait demandé à Smiley de revenir pour quelque temps afin d'aider à recoller les morceaux. Pour Guillam, il était question de le faire revenir de Brixton. Ce ne fut que bien, bien plus tard qu'il apprit qu'il y avait eu un dernier acte; et qu'il put mettre un nom et un but sur cette ombre familière qui avait suivi Smiley dans la nuit des rues de Kensington.

38

LES deux jours suivants, George Smiley vécut dans des limbes. Aux yeux de ses voisins, quand ils le remarquaient, il semblait avoir sombré dans un chagrin qui le rongeait. Il se levait tard et traînait dans la maison en robe de chambre, à nettoyer des objets, à les épousseter, à se faire cuire des repas qu'il ne mangeait pas. L'après-midi, contrairement à tous les usages locaux, il allumait un feu de charbon et s'asseyait devant à lire ses poètes allemands ou à écrire des lettres à Ann qu'il terminait rarement et ne postait jamais. Quand le téléphone sonnait, il se précipitait pour répondre, mais n'était jamais que déçu. Derrière la fenêtre le temps continuait d'être abominable, et les rares passants —Smiley les étudiait continuellement— se pelotonnaient dans des attitudes de miséreux des Balkans. Un jour Lacon l'appela avec une requête du Ministre demandant que Smiley « se tienne prêt à venir aider à mettre un peu d'ordre à Cambridge Circus, si on le lui demandait » — en fait, de jouer les veilleurs de nuit jusqu'à ce qu'on eût trouvé un remplaçant pour Percy Alleline. Répondant vaguement, Smiley une fois de plus insista auprès de Lacon pour qu'on prît le plus grand soin de la sécurité physique de Haydon pendant qu'il était à Sarratt.

« Vous ne croyez pas que vous faites un peu de mélo ? répliqua Lacon. Le seul endroit où il puisse aller, c'est la Russie, et de toute façon c'est là où nous l'envoyons.

— Quand ça ? Dans combien de temps ? »

Il faudrait encore quelques jours pour régler les détails. Smiley dédaigna, dans l'état d'abattement où il se trouvait par réaction, de demander comment pendant ce temps progressait l'interrogatoire, mais l'attitude de Lacon donnait à penser que la réponse aurait été « mal ». Mendel lui apporta une pâture plus solide.

« La gare d'Immingham est fermée, dit-il. Il faudra que vous descendiez à Grimsby et que vous alliez à pied ou que vous preniez un car. »

Le plus souvent, Mendel se contentait de s'asseoir en l'observant, comme on pourrait le faire avec un invalide.

« Attendre ne la fera pas venir, vous savez, dit-il un jour. Il serait temps que la montagne aille à Mahomet. Jamais honteux n'eut belle amie si je puis me permettre. »

Le matin du troisième jour, on sonna à la porte et Smiley répondit si vite que ç'aurait pu être Ann, ayant égaré sa clef comme d'habitude. C'était Lacon. On demandait Smiley à Sarratt, dit-il; Haydon insistait pour le voir. Les interrogateurs n'étaient parvenus nulle part et le temps pressait. On se disait que, si Smiley voulait jouer le rôle de confesseur, Haydon accepterait de donner un compte rendu limité de ses activités.

« On m'a assuré qu'il n'y a pas eu coercition », dit Lacon.

Sarratt était un endroit bien triste après la grandeur dont Smiley gardait le souvenir. La plupart des ormes étaient morts de maladie; des pylônes bourgeonnaient sur l'ancien terrain de cricket. La maison elle-même, une vaste demeure en brique, avait également beaucoup décliné depuis la grande époque de la guerre froide en Europe, et presque tous les plus beaux meubles semblaient avoir disparu, sans doute, se dit-il, dans une des maisons d'Alleline. Il trouva Haydon dans un baraquement dissimulé parmi les arbres.

A l'intérieur, on était accueilli par la pénible odeur d'un corps de garde, des murs peints en noir et des fenêtres à hauts barreaux. Des gardiens occupaient les deux pièces voisines et ils saluèrent Smiley avec respect, en l'appelant monsieur. La nouvelle, semblait-il, s'était répandue, Haydon était vêtu d'un treillis, il tremblait et se plaignait de vertiges. A plusieurs reprises, il dut s'allonger sur son lit pour faire cesser les saignements de nez. Il s'était laissé pousser une barbe qui manquait de conviction : on n'était sans doute pas d'accord sur la question de savoir si l'on devait l'autoriser à avoir un rasoir.

« Courage, dit Smiley. Vous n'allez pas tarder à sortir d'ici. »

Il avait essayé, en route, de penser à Prideaux, et à Irina, et aux réseaux tchèques, et il était même entré dans la chambre d'Haydon avec une vague idée de devoir public : au fond, songea-t-il, il devrait le blâmer au nom des bien-pensants. Au lieu de cela, il se sentait plutôt intimidé, il avait l'impression de n'avoir jamais connu du tout Haydon, et maintenant c'était trop tard. Il était furieux aussi de l'état dans lequel se trouvait Haydon, mais lorsqu'il en fit le reproche aux gardiens, ils firent semblant de ne pas comprendre. Il fut encore plus furieux d'apprendre que les mesures supplémentaires de sécurité sur lesquelles il avait insisté avaient été levées après le premier jour. Lorsqu'il demanda à voir Craddox, chef de la Nursery, Craddox n'était pas disponible et son adjoint fit l'idiot.

Leur première conversation fut décousue et banale.

Smiley voudrait-il bien faire suivre le courrier de son club et dire à Alleline de se remuer un peu pour ses maquignonnages avec Karla ? Et puis il avait besoin de Kleenex, pour son nez. Cette habitude de pleurer, expliqua Haydon, n'avait rien à voir avec le remords ou la souffrance, c'était une réaction physique à ce qu'il appelait la mesquinerie des interrogateurs qui avaient décidé que Haydon connaissait les noms d'autres recrues de Karla et étaient déterminés à les obtenir avant son départ. Il y avait aussi une autre école qui prétendait que Fanshawe, des Excellents de Christ Church, avait agi comme dénicheur de talents pour le Centre de Moscou tout aussi bien que pour le Cirque, expliqua Haydon : « Vraiment, qu'est-ce qu'on peut faire avec des crétins comme ça ? » Il réussit, malgré sa faiblesse, à donner l'idée qu'il était le seul ici à avoir la tête sur les épaules.

Ils se promenèrent dans le parc et Smiley constata avec un sentiment proche du désespoir qu'on ne patrouillait même plus le périmètre, ni de jour ni de nuit. Après un tour Haydon demanda à rentrer au baraquement, où il souleva une lame du plancher et tira de cette cachette quelques feuilles de papier couvertes de hiéroglyphes. Ils rappelèrent vivement à Smiley le journal d'Irina. Accroupi sur le lit, il se mit à les trier, et dans cette posture, dans cette pâle lumière, avec sa longue mèche pendant presque jusqu'aux papiers, on aurait pu croire qu'il flânait dans le bureau de Control, vers les années 60 à proposer pour la plus grande gloire de l'Angleterre quelque tour merveilleusement plausible et parfaitement irréalisable. Smiley ne prit pas la peine de rien écrire, puisque tous deux savaient que de toute façon leur conversation était enregistrée. La déclaration commençait par une longue explication, dont par la suite il ne se rappela que quelques phrases :

« Nous vivons à une époque où seuls comptent les problèmes fondamenteaux...

« Les Etats-Unis ne sont plus capables de faire leur propre révolution...

« L'attitude politique du Royaume-Uni est sans rapport avec les affaires du monde et n'est pas viable moralement... »

Dans d'autres circonstances, Smiley aurait pu tomber d'accord sur pas mal de ces affirmations : c'était le ton plutôt que la musique, qui le rebutait...

« Dans l'Amérique capitaliste, l'oppression économique des masses est institutionnalisée à un point que même Lénine n'aurait pas pu prévoir.

« La guerre froide a commencé en 1917, mais les combats les plus âpres nous attendent, lorsque la paranoïa de l'Amérique sur son lit de mort la poussera à de plus grands excès en dehors de son territoire... »

Il parlait non seulement du déclin de l'Occident, mais de sa mort par cupidité et constipation. Il détestait très profondément l'Amérique, dit-il, et Smiley pensait que c'était vrai. Haydon tenait également pour acquis que les services secrets étaient la seule véritable mesure de la santé politique d'une nation, la seule expression authentique de son subconscient.

Il en arriva enfin à son propre cas. A Oxford, dit-il, il était sincèrement à droite, et pendant la guerre, peu importait de quel côté on était, dès l'instant qu'on combattait les Allemands. Pendant quelque temps, après 45, poursuivit-il, il s'était contenté du rôle que jouait la Grande-Bretagne dans le monde, jusqu'au jour où peu à peu il avait découvert à quel point il était insignifiant. Comment et quand, c'était un mystère. Dans le gâchis historique de sa propre existence, il ne pouvait désigner aucune occasion particulière : il savait simplement que, si l'Angleterre n'était plus dans le coup, le prix du poisson ne changerait pas d'un centime. Il s'était souvent demandé de quel côté il se rangerait si jamais l'épreuve venait; après de longues réflexions, il avait fini par reconnaître que si l'un ou l'autre des monolithes devait remporter la victoire, il préférerait que ce fût celui de l'Est.

« C'est un jugement esthétique autant qu'autre chose, expliqua-t-il, en levant les yeux. En partie un jugement moral aussi, bien sûr.

— Bien sûr », dit poliment Smiley.

Désormais, dit-il, ce n'était plus qu'une question de temps avant qu'il exerçât ses efforts du côté où se trouvaient ces conditions.

Ce fut le bilan de la première journée. Un sédiment blanc s'était déposé sur les lèvres de Haydon et il s'était remis à pleurer. Ils convinrent de se retrouver le lendemain à la même heure.

« Ce serait bien d'entrer un peu dans le détail, si nous pouvions, Bill, dit Smiley en s'en allant.

— Oh! écoutez, prévenez Jan, voulez-vous? » Haydon était allongé sur le lit, et recommençait à s'éponger le nez. « Je me fous de ce que vous lui direz, dès l'instant que c'est définitif. » Se redressant, il remplit un chèque et le mit dans une enveloppe brune. « Donnez-lui ça pour la note du laitier. »

Se rendant compte peut-être que Smiley ne se sentait pas très à l'aise pour s'acquitter de cette mission, il ajouta : « Bah, je ne peux pas l'emmener avec moi, n'est-ce pas ? Même si on la laissait venir, ce serait un foutu boulet que je traînerais. »

Ce même soir, suivant les instructions de Haydon, Smiley prit le métro jusqu'à Kentish Town et dénicha une petite maison dans une allée où subsistaient d'anciennes écuries. Une fille blonde au visage plat, en jean, lui ouvrit la porte; cela sentait la peinture à l'huile et le bébé. Il n'arrivait pas à se rappeler s'il l'avait rencontrée à Bywater Street, aussi commença-t-il tout de suite en disant : « Je viens de la part de Bill Haydon. Il va très bien, mais j'ai divers messages de sa part.

— Bon sang, murmura la fille. Il serait temps. »

Le living-room était dégoûtant. Par la porte de la cuisine, il aperçut une pile de vaisselle sale et il comprit qu'elle utilisait tout jusqu'à ne plus rien avoir et qu'alors elle lavait tout d'un coup. Les lames de parquet étaient nues sauf que de longs motifs psychédéliques représentant des serpents, des fleurs et des insectes étaient peints dessus.

« C'est le plafond Michel-Ange de Bill, dit-elle sur le ton de la conversation. Seulement il n'aura pas les courbatures de Michel-Ange. Vous êtes du gouvernement ? demanda-t-elle, en allumant une cigarette. Il travaille pour le gouvernement, à ce qu'il m'a dit. » Sa main tremblait et elle avait des cernes jaunes sous les yeux.

« Oh ! attendez, il faut d'abord que je vous donne ça, dit Smiley, et plongeant la main dans une poche intérieure, il lui remit l'enveloppe avec le chèque.

— Du fric, dit la fille en posant l'enveloppe auprès d'elle.

— Du fric », dit Smiley, en répondant à son sourire, puis quelque chose dans l'expression qu'il avait, ou dans l'écho qu'il avait fait à ce seul mot, amena la fille à prendre l'enveloppe et à l'ouvrir. Il n'y avait pas de mot, rien que le chèque, mais le chèque suffisait : même d'où il était assis, Smiley pouvait voir qu'il avait quatre chiffres.

Sans savoir ce qu'elle faisait, elle traversa la pièce et rangea le chèque avec les notes d'épicerie dans une vieille boîte en fer-blanc sur la tablette de la cheminée. Elle passa dans la cuisine et prépara deux tasses de Nescafé, mais ne revint qu'avec une seule.

« Où est-il ? » demanda-t-elle. Elle était plantée devant lui. « Il s'est remis à courir après ce petit morveux de matelot. C'est ça ? Et voilà mon indemnité de licenciement; c'est ça ? Eh bien, vous allez me faire le plaisir de lui dire de ma part... »

Smiley avait assisté à des scènes de ce genre auparavant, et voilà qu'absurdement les mots d'autrefois lui revenaient aux lèvres.

« Bill a accompli un travail d'importance nationale. Je crois malheureusement que nous ne pouvons pas en parler, pas plus que vous ne devez en parler. Il y a quelques jours, il est parti pour l'étranger en mission secrète. Il va être absent quelque temps. Quelques années même. Il n'a été autorisé à dire à personne qu'il partait. Il veut que vous l'oubliiez. Je suis vraiment tout à fait navré. »

Il en était là lorsqu'elle explosa. Il n'entendit pas

tout ce qu'elle disait, parce qu'elle balbutiait et qu'elle criait, et en l'entendant le bébé se mit à crier aussi, du premier étage. Elle lançait des injures, non pas à son intention, ni même particulièrement à l'intention de Bill, elle injuriait simplement, les yeux secs, en demandant qui donc, bon Dieu de bon Dieu, pouvait encore croire à un gouvernement ? Puis son humeur changea. Aux murs, Smiley remarqua d'autres toiles de Bill, représentant surtout la fille : très peu étaient terminées, et auprès de ses premières œuvres, elles avaient quelque chose de contraint, de condamné.

« Vous ne l'aimez pas, hein ? Je le sens, dit-elle. Alors pourquoi faites-vous son sale boulot pour lui ? »

A cette question non plus il ne semblait pas y avoir de réponse immédiate. En regagnant Bywater Street, il eut une fois de plus l'impression qu'on le suivait et essaya de téléphoner à Mendel pour lui donner le numéro d'un taxi qu'à deux reprises il avait aperçu et pour lui demander de faire aussitôt procéder à une enquête. Pour une fois, Mendel était sorti jusqu'après minuit : Smiley dormit mal et s'éveilla à cinq heures. A huit heures il était de retour à Sarratt où il trouva Haydon de joyeuse humeur. Les inquisiteurs l'avaient laissé tranquille; Craddox lui avait dit qu'on s'était mis d'accord sur les échanges et qu'il devrait s'attendre à voyager le lendemain ou le surlendemain. Ses requêtes avaient un parfum d'adieu; il faudrait lui faire suivre aux bons soins de la banque Narodny à Moscou, qui s'occuperait également de son courrier, le solde de son traitement et le produit de tout ce qu'on pourrait vendre en son nom. La Galerie Arnolfini à Bristol avait quelques toiles de lui, y compris quelques vieilles aquarelles de Damas, qu'il aimerait bien récupérer. Smiley pourrait-il avoir l'obligeance d'arranger cela ? Et puis, la couverture pour sa dispariton.

« Jouez la longue, conseilla-t-il. Dites qu'on m'a
envoyé en poste quelque part, tartinez bien le mystère,
laissez mariner deux ans et puis vous n'avez qu'à
me couler...

— Oh ! je crois que nous pourrons trouver quelque
chose, je vous remercie », dit Smiley.

Pour la première fois depuis que Smiley le connaissait, Haydon se préoccupait de sa toilette. Il voulait
arriver en *ayant l'air* de quelqu'un, dit-il : les premières impressions étaient si importantes. « Ces tailleurs de Moscou sont impossibles. Ils vous fagotent
comme un bedeau.

— Absolument », dit Smiley qui n'avait pas meilleure opinion des tailleurs de Londres.

Oh ! et puis il y avait un garçon, ajouta-t-il nonchalamment, un ami matelot qui habitait Notting Hill.
« Vous feriez mieux de lui donner deux ou trois cents
livres pour qu'il la boucle. Vous pourriez faire ça sur
la caisse noire ?

— J'en suis sûr. »

Il écrivit une adresse. Dans le même esprit de
bonne camaraderie, Haydon entra alors dans ce que
Smiley avait appelé les détails.

Il refusa de discuter aucun élément de son recrutement, ni de ses rapports avec Karla qui s'étalaient
sur toute une vie. « Sur toute une vie ? répéta vivement Smiley. Quand vous êtes-vous rencontrés ? »
Les assertions de la veille apparaissaient soudain
absurdes, mais Haydon ne voulut rien préciser.

Depuis 1950, environ, s'il fallait en croire ses dires,
Haydon avait de temps en temps offert à Karla des
renseignements soigneusement choisis. Ces premiers

efforts étaient limités à ce qui, espérait-il, contribuerait directement à faire avancer la cause russe par rapport aux Américains; il s'attachait « scrupuleusement à ne rien leur donner qui pût nous nuire », comme il le disait, ou nuire à nos agents sur le terrain.

L'aventure de Suez en 56 finit par le persuader de l'inanité de la situation britannique et de la capacité qu'avaient les Anglais d'entraver l'avance de l'Histoire sans être capables de rien offrir en échange. Le spectacle des Américains sabotant l'action britannique en Egypte constitua, par un étrange paradoxe, un stimulant supplémentaire. Il dirait donc que depuis 1956, il était une taupe soviétique engagée, opérant à plein temps et sans aucune retenue. En 61 il se vit décerner officiellement la citoyenneté soviétique, et au cours des dix années suivantes, deux médailles soviétiques — chose bizarre, il ne voulut pas dire lesquelles, bien qu'il assurât que ce n'était « pas de la petite bière ». Malheureusement, des affectations à l'étranger durant cette période limitèrent son habilitation; et comme il insistait pour que chaque fois que c'était possible on agît d'après les informations qu'il donnait — « plutôt que de les voir enfouies dans les archives soviétiques » — son travail était dangereux aussi bien qu'inégal. Lorsqu'il regagna Londres, Karla lui envoya Polly (qui de toute évidence était le nom de code de Polyakov) comme collaborateur, mais Haydon trouva la constante pression des rendez-vous clandestins difficile à soutenir, surtout étant donné la quantité de matériel qu'il photographiait.

Il refusa de discuter appareils de photo, équipement, salaire ou trucs de métier durant cette période pré-Merlin à Londres, et Smiley se rendit compte durant tout ce temps que même le peu que Haydon lui disait était sélectionné avec un soin méticuleux à partir d'une vérité plus considérable et peut-être quelque peu différente.

Cependant, aussi bien Karla que Haydon s'entendaient annoncer que Control flairait quelque chose. Control était malade bien sûr, mais bien évidemment il n'abandonnerait jamais de son plein gré les rênes tant qu'un risque demeurait de faire cadeau du service à Karla. C'était une course entre les recherches de Control et sa santé. A deux reprises, il avait failli tomber juste — là encore Haydon refusa de dire dans quelles circonstances — et si Karla n'avait pas réagi rapidement, la taupe Gerald aurait été prise au piège. C'était de cette situation éprouvante pour les nerfs qu'étaient nés tout d'abord Merlin et enfin l'Opération Témoin. L'Opération Sorcier avait été conçue essentiellement pour assurer la succession : pour placer Alleline auprès du trône et hâter le départ de Control. Ensuite, bien sûr, l'Opération Sorcier donna au Centre une autonomie absolue sur le produit qui affluait à Whitehall. Enfin — et à la longue, insista Haydon, c'était le plus important — cela mettait le Cirque en position de constituer une arme majeure contre l'objectif américain.

« Quelle proportion du matériel était authentique ? » demanda Smiley.

De toute évidence, dit Haydon, le niveau variait selon le but que l'on désirait atteindre. En théorie, la fabrication était très facile : Haydon n'avait qu'à prévenir Karla des secteurs où Whitehall était ignorant et les contrefacteurs préparaient pour eux les documents. Une ou deux fois, histoire de s'amuser, dit Haydon, il avait écrit le rapport lui-même. C'était

498

un exercice amusant que de recevoir, d'évaluer et de distribuer son propre travail. Les avantages de l'Opération Sorcier en termes de métier étaient évidemment inestimables. Cela plaçait Haydon pratiquement hors d'atteinte de Control et cela lui donnait une couverture en fer forgé pour rencontrer Polly chaque fois qu'il le désirait. Souvent des mois se passaient sans qu'aucune rencontre eût lieu entre eux. Haydon photographiait les documents du Cirque dans le secret de son bureau — sous couvert de préparer les broutilles destinées à Polly — les remettait à Esterhase avec pas mal d'autre camelote et le laissait apporter tout cela à la planque de Lock Gardens.

« C'était un chef-d'œuvre de classicisme, dit simplement Haydon. C'était Percy qui courait, je passais dans son sillage, Roy et Toby se chargeaient de la routine. » Là, Smiley demanda poliment si Karla avait jamais envisagé d'amener en fait Haydon à prendre en main lui-même le Cirque : pourquoi s'empêtrer d'un intermédiaire ? Haydon éluda et l'idée vint à Smiley que Karla, comme Control, aurait bien pu songer que Haydon était mieux fait pour un rôle de subordonné.

L'opération Témoin, poursuivit Haydon, était un coup passablement désespéré. Haydon était certain que Control brûlait. Une analyse des dossiers qu'il retirait des archives pour consultation donnait un inventaire désagréablement complet des opérations grillées par Haydon, ou qu'il avait autrement étouffées dans l'œuf. Il était également parvenu à rétrécir le champ à des officiers d'un certain âge et d'un certain rang...

« Au fait, demanda Smiley, est-ce que l'offre originale de Stevcek était authentique ?

— Seigneur, non, fit Haydon, tout à fait choqué. C'était un coup monté depuis le début. Stevcek existait, bien sûr. C'était un distingué général tchèque. Mais il n'a jamais fait de proposition à personne. »

Là, Smiley sentit Haydon hésiter. Pour la première fois, il semblait vraiment embarrassé quant à la moralité de son comportement. Tout d'un coup il parut nettement sur la défensive.

« Evidemment, nous avions besoin d'être certains que Control mordrait à l'hameçon, et comment il le ferait... et qui il enverrait. Nous ne pouvions pas le laisser choisir un petit trou du cul sans intérêt : il fallait un gros bonnet pour que l'histoire tienne. Nous savions qu'il ne porterait son choix que sur quelqu'un qui n'était plus directement opérationnel et quelqu'un qui ne serait pas habilité à l'Opération Sorcier. Puisque nous avions désigné un Tchèque, il devrait choisir quelqu'un qui parlât tchèque, naturellement.

— Naturellement.

— Nous voulions un vieux pilier du Cirque : quelqu'un qui pourrait ébranler un peu le temple.

— Oui, dit Smiley, en se rappelant ce personnage essoufflé et en nage sur la colline, oui, je vois la logique de tout cela.

— Enfin, bon sang, je l'ai ramené, lança Haydon.

— Oui, c'était bien bon de votre part. Dites-moi, Jim est-il venu vous voir avant de partir pour cette mission Témoin ?

— Oui, il est venu, en fait.

— Pour dire quoi ? »

Pendant un long, long moment, Haydon hésita, puis ne répondit pas. Mais la réponse se lisait tout de même, dans le vide qui s'était fait soudain dans son regard, dans l'ombre du remords qui passa sur son visage amaigri. Il était venu te prévenir, songea Smiley, parce qu'il t'aimait. Te prévenir; tout comme il est venu me dire que Control était fou, mais il n'a pas pu me trouver parce que j'étais à Berlin. Jusqu'à la fin Jim a protégé tes arrières.

Et puis, reprit Haydon, ce devait être un pays avec une histoire récente de contre-révolution. La Tchéco était franchement le seul endroit.

Smiley n'avait plus l'air tout à fait d'écouter.

« Pourquoi l'avez-vous ramené ? demanda-t-il. Par amitié ? Parce qu'il était inoffensif et que vous aviez toutes les cartes en main ? »

Ça n'était pas seulement ça, expliqua Haydon. Tant que Jim était dans une prison tchèque (il ne dit pas russe), des gens s'agiteraient pour lui et verraient en lui une sorte de clef. Mais une fois qu'il serait de retour, tout le monde à Whitehall conspirerait pour le faire taire : c'était ça quand on vous rapatriait.

« Je suis surpris que Karla ne l'ait pas simplement fait fusiller. Ou bien est-ce qu'il s'est abstenu par délicatesse envers vous ? »

Mais Haydon était retombé dans ses divagations politiques.

Puis il se mit à parler de lui-même, et déjà, aux yeux de Smiley, il semblait très visiblement se réduire à quelque chose de tout petit et de méprisable. Il fut touché d'apprendre que Ionesco nous avait récemment promis une pièce dans laquelle le héros resterait silencieux pendant que tout le monde autour de lui ne cesserait de parler. Quand les psychologues et les historiens à la mode en viendraient à écrire leur justification pour son action, il espérait qu'ils se souviendraient que c'était comme ça qu'il se voyait. En tant qu'artiste, il avait dit tout ce qu'il avait à dire à dix-sept ans, et il fallait bien faire quelque chose avec les années qui restaient. Il regrettait terriblement de ne pouvoir emmener avec lui quelques-uns de ses amis. Il espérait que Smiley se souviendrait de lui avec affection.

Smiley avait envie à ce moment de lui dire que ce n'était pas du tout dans ces termes-là qu'il se souviendrait de lui, et il aurait voulu lui dire bien des choses encore, mais cela semblait vain et Haydon avait un nouveau saignement de nez.

« Oh ! il faut que je vous demande, à propos, d'éviter toute publicité. Miles, Sercombe ont beaucoup insisté là-dessus. »

Cette fois Haydon réussit à rire. Etant parvenu à faire un gâchis du Cirque dans le privé, dit-il, il n'avait aucune envie de répéter cela en public.

Avant de partir, Smiley lui posa la seule question qui le préoccupait encore.

« Il va falloir que j'annonce ça à Ann. Y a-t-il quelque chose en particulier que vous vouliez que je lui dise ? »

Il fallut un moment à Haydon pour qu'il comprît tout à fait la question de Smiley. Tout d'abord, il crut que Smiley avait dit « Jan » et il n'arrivait pas à comprendre pourquoi Smiley n'était pas encore allé la voir.

« Oh ! *votre* Ann », dit-il, comme s'il y avait des tas d'Ann dans sa vie.

C'était une idée de Karla, expliqua-t-il. Karla estimait depuis longtemps que Smiley représentait la menace la plus redoutable pour la taupe Gerald. « Il disait que vous étiez très bon.

— Merci.

502

— Mais que vous aviez un prix : Ann. La dernière illusion de l'homme sans illusions. Il estimait que, si le bruit se répandait que j'étais l'amant d'Ann, vous n'y verriez plus très clair sur mon compte quand il s'agirait d'autres choses. » Ses yeux, Smiley le remarqua, étaient devenus très fixes. Des yeux d'étain, disait Ann. « Ne pas en faire trop, ne pas forcer, mais si c'était possible, faire la queue comme tout le monde. Vous voyez ?

— Je vois », dit Smiley.

Par exemple, la nuit de l'Opération Témoin, Karla avait insisté pour que, si possible, Haydon se trouvât avec Ann. Comme assurance.

« Et est-ce qu'il n'y a pas eu en fait un petit *hic* cette nuit-là ? » demanda Smiley, se rappelant Sam Collins et la question de savoir si Ellis avait été abattu. Haydon reconnut qu'il y avait eu un problème. Si tout s'était passé selon le plan prévu, les premiers bulletins d'informations tchèques auraient dû être publiés à dix heures trente. Haydon aurait eu l'occasion de lire les dépêches sur le télex de son club après que Sam Collins eut appelé Ann et avant d'arriver au Cirque pour prendre les choses en main. Mais comme Jim avait été abattu, il y avait eu un certain cafouillage du côté tchèque et le communiqué avait été publié après la fermeture de son club.

« C'est une chance que personne n'ait suivi ça, dit-il, en prenant une autre des cigarettes de Smiley. Au fait, lequel est-ce que j'étais ? demanda-t-il sur le plan de la conversation. J'ai oublié.

— Tailor. Moi, j'étais Beggarman. »

Parvenu à ce point, Smiley en avait assez, alors il s'éclipsa sans prendre la peine de dire au revoir. Il monta dans sa voiture et roula une heure n'importe où, jusqu'au moment où il se retrouva sur une petite route menant à Oxford et faisant du cent trente, alors il s'arrêta pour déjeuner et reprit la route de Londres. Il ne se sentait toujours pas capable d'affronter Bywater Street, alors il alla au cinéma, dîna quelque part et rentra vers minuit légèrement ivre pour trouver Lacon et Miles Sercombe sur les marches du perron, et la stupide Rolls de Sercombe, le corbillard, étalant ses quinze mètres sur le trottoir en barrant le passage à tout le monde.

Ils repartirent pour Sarratt à toute allure, et là, sous le ciel clair de la nuit, dans le faisceau de plusieurs lampes de poche, entouré de quelques pensionnaires de la Nursery, très pâles, il y avait Bill Haydon assis sur un banc en face du terrain de cricket baigné de lune. Il portait un pyjama à rayures sous son manteau; on aurait plutôt dit une tenue de prisonnier. Il avait les yeux ouverts et sa tête était anormalement penchée d'un côté, comme la tête d'un oiseau quand une main experte lui a brisé le cou.

On ne contestait guère ce qui s'était passé. A dix heures trente, Haydon s'était plaint à ses gardiens d'insomnie et de nausées. Il se proposait de prendre un peu l'air. Son dossier étant considéré comme fermé, personne ne songea à l'accompagner et il sortit dans l'obscurité tout seul. Un des gardiens se rappela qu'il avait dit en plaisantant qu'il « allait examiner dans quel état était le guichet ». L'autre était trop occupé à regarder la télévision pour se rappeler quoi que ce fût. Au bout d'une demi-heure, l'appréhension les gagna, alors le plus âgé des gardiens sortit pour jeter un coup d'œil pendant que son adjoint restait là au cas où Haydon reviendrait. On avait découvert Haydon là où il était assis maintenant; le gardien crut tout d'abord qu'il était tombé endormi. Se penchant sur lui, il perçut l'odeur de l'alcool — gin ou vodka pensa-t-il — et il conclut que Haydon était ivre, ce qui le surprit puisque la Nursery était officiellement au régime sec. Ce fut seulement lorsqu'il essaya de le soulever que sa tête bascula et que tout le reste de son corps suivit comme un poids mort. Après avoir vomi (les traces étaient encore là près de l'arbre) le gardien le remit en place et donna l'alarme.

Haydon avait-il reçu des messages pendant la journée ? demanda Smiley.

Non. Mais son costume était revenu de chez le teinturier et il était possible qu'un message eût été caché dedans — l'invitant par exemple à un rendez-vous.

« Ainsi, ce sont les Russes qui ont fait le coup, annonça le Ministre avec satisfaction, s'adressant à la forme inerte de Haydon. Pour l'empêcher de moucharder, j'imagine. Les brutes.

— Non, dit Smiley. Ils mettent un point d'honneur à ramener les leurs chez eux.

— Alors, bon sang, qui a fait ça ? »

Tout le monde attendait la réponse de Smiley, mais rien ne vint. Les lampes électriques s'éteignirent et le groupe repartit d'un pas incertain vers la voiture.

« Est-ce qu'on peut se débarrasser de lui quand même ? demanda le Ministre sur le chemin du retour.

— C'était un citoyen soviétique. Qu'ils le prennent », dit Lacon observant toujours Smiley dans l'ombre.

Ils convinrent que c'était bien dommage pour les réseaux. Il vaudrait mieux voir si Karla accepterait quand même le marché.

« Il refusera », dit Smiley.

Se rappelant tout cela dans l'isolement de son compartiment de première classe, Smiley avait l'étrange sensation d'observer Haydon par le petit bout d'une lorgnette. Il n'avait presque rien mangé depuis hier soir, mais le bar était resté ouvert pendant presque tout le trajet.

En quittant King's Cross, il avait caressé un moment l'idée qu'il aimait bien Haydon et qu'il le respectait. Bill, après tout, était un homme qui avait quelque chose à dire et qui l'avait dit. Mais son système mental repoussait cette simplification trop commode. Plus il s'interrogeait sur la confession décousue de Haydon, plus il était conscient des contradictions. Il essaya tout d'abord de voir Haydon en termes romantiques et journalistiques d'un intellectuel des années 30 pour qui Moscou était La Mecque évidente. « Moscou, c'était la discipline de Bill, se dit-il. Il avait besoin de la symétrie, d'une solution historique et économique à la fois. » Cela lui parut un peu sommaire, alors il y ajouta un peu de l'homme qu'il s'efforçait d'aimer : « Bill était un romantique et un snob. Il voulait faire partie d'une avant-garde élitiste et tirer les masses des ténèbres. » Puis il se souvint des toiles à demi terminées dans le studio de la fille à Kentish Town : crispées, trop travaillées et condamnées. Il se rappela aussi le fantôme du père autoritaire de Bill — Ann l'appelait simplement le Monstre — et il imagina le marxisme de Bill compensant ses insuffisances d'artiste et son enfance sans amour. Plus tard, bien sûr, peu importait si la doctrine s'était un peu usée. Bill était lancé sur la route et Karla savait comment le maintenir là. La trahison est beaucoup une question d'habitude, se dit Smiley, revoyant Bill allongé sur le tapis à Bywater Street, tandis qu'Ann lui jouait de la musique sur le phonographe.

Bill avait aimé cela aussi, Smiley n'en doutait pas un instant. Etre planté au milieu d'une scène secrète, jouant un monde contre l'autre, héros et auteur tout à la fois : oh ! comme Bill avait dû aimer cela !

Smiley chassa toutes ces pensées, se méfiant comme toujours des formules standard des mobiles humains et se concentra sur l'image de babouchki, de ces poupées de bois russes qui s'ouvrent, révélant un personnage à l'intérieur de l'autre, et encore un autre à l'intérieur de celui-là. De tous les hommes vivants, seul Karla avait vu la dernière petite babouchka au fond de Bill Haydon. Quand Bill avait-il été recruté, et comment ? Son attitude de droite à Oxford était-elle une pose, ou bien était-ce paradoxalement l'état de péché d'où Karla l'avait tiré vers la grâce ?

Il faut demander à Karla : dommage que je ne l'aie pas fait.

Il faut demander à Jim : je ne le ferai jamais.

Sur le plat paysage du Suffolk qui glissait lentement derrière la vitre, le visage inflexible de Karla remplaça le masque mortuaire crispé de Bill Haydon. « Mais vous aviez un prix : Ann. La dernière illusion de l'homme sans illusions. Il estimait que si le bruit se répandait que j'étais l'amant d'Ann, vous n'y verriez plus très clair à mon sujet quand il s'agirait d'autres choses. »

Illusion ? Etait-ce vraiment comme ça que Karla appelait l'amour. Et Bill ?

« C'est là, dit le contrôleur d'une voix très forte

et peut-être pour la seconde fois. Vous descendez bien à Grimsby, n'est-ce pas ?

— Non, non : à Immingham. » Puis il se rappela les instructions de Mendel et descendit pesamment sur le quai.

Il n'y avait pas de taxi en vue, alors après s'être renseigné au guichet, il traversa la cour de la gare déserte et se planta auprès d'un panneau vert portant la mention « File d'attente ». Il avait espéré qu'elle viendrait peut-être le chercher, mais peut-être qu'elle n'avait pas reçu son télégramme. Bah ! la poste à Noël : qui pouvait les blâmer ? Il se demanda comment elle allait prendre la nouvelle de la mort de Bill. Jusqu'au moment où, se rappelant son visage effrayé sur les falaises de Cornouailles, il se rendit compte que Bill alors était déjà mort pour elle. Elle avait senti la froideur de son contact et elle avait dû deviner ce qui se dissimulait derrière.

Illusion ? se répéta-t-il. Sans illusions ?

Il faisait un froid mordant; Smiley espérait vivement que son misérable amant lui avait trouvé un endroit bien chauffé.

Il regrettait de ne pas lui avoir apporté ses bottes fourrées qui étaient dans le placard sous l'escalier.

Il se rappela l'exemplaire de Grimmelshausen, qu'il n'était toujours pas allé chercher au club de Martindale.

Puis il la vit : sa voiture en triste état manœuvrait vers lui en utilisant l'allée marquée « Réservé aux autocars » et Ann au volant qui regardait du mauvais côté. Il la vit descendre, en laissant le clignotant allumé, et entrer dans la gare pour se renseigner : grande et espiègle, extraordinairement belle, essentiellement la femme d'un autre homme.

Pour le reste de ce trimestre, Jim Prideaux se conduisit aux yeux de Roach tout à fait comme sa mère s'était comportée lorsque son père était parti. Il passa beaucoup de temps à de petites choses, comme régler les éclairages pour la pièce de l'école et réparer avec de la ficelle les filets des buts, et lors des cours de français il se donnait beaucoup de mal pour corriger de menues inexactitudes. Mais les grandes choses, ses marches et ses parties de golf solitaires, ça il y avait complètement renoncé, et le soir il rentrait tôt et évitait le village. Ce qui était pire que tout, c'était son regard vague et vide quand Roach le surprenait, et la façon dont il oubliait les choses en classe, même les bons points : Roach dut lui rappeler de les distribuer chaque semaine.

Pour l'aider, Roach prit le poste de réducteur d'éclairage sur la scène. Ainsi, aux répétitions, Jim devait lui faire un signal spécial, à Bill et à personne d'autre. Il devait lever le bras et le laisser retomber de côté lorsqu'il voulait diminuer l'éclairage de la rampe.

Avec le temps toutefois, Jim parut réagir au traitement. Son regard s'éclaircit et il retrouva sa vivacité, à mesure que s'éloignait l'ombre de la mort de sa mère. Le soir de la pièce, il était de bien meilleure humeur que Roach ne l'avait jamais connu. « Hé, Jumbo, petit crapaud, où est ton imper, tu ne vois pas qu'il pleut ? » cria-t-il, tandis qu'épuisé mais triomphant ils regagnaient le bâtiment principal après la représentation. « Son vrai nom, c'est Bill, l'entendit-il expliquer à un parent en visite. Nous avons été des nouveaux ensemble. »

Le pistolet, Bill Roach avait fini par s'en convaincre, n'était après tout qu'un rêve.